Leider Geil

WEITERE TITEL VON SOPHIE RANALD

Leider Geil

SOPHIE RANALD

Übersetzt von Magdalena McLean

bookouture

Herausgegeben von Bookouture, 2022

Ein Imprint von Storyfire Ltd.
Carmelite House
50 Victoria Embankment
London EC4Y 0DZ

www.bookouture.com

ISBN: 978-1-80314-285-2
eBook ISBN: 978-1-80314-136-7

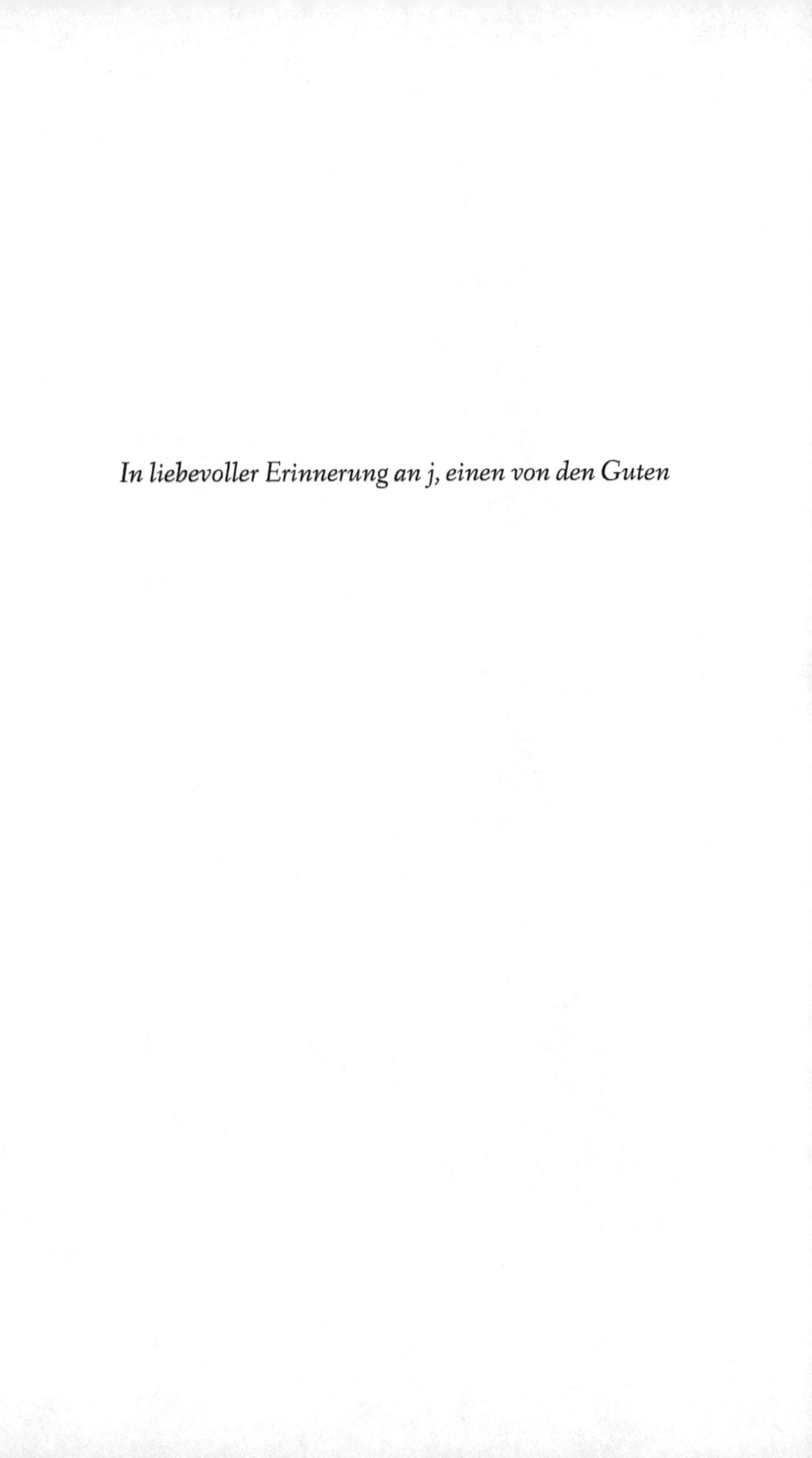

In liebevoller Erinnerung an j, einen von den Guten

1

Als ich von der Arbeit nach Hause kam, waren Maddy und Henry immer noch da – gerade noch so. Den Umzugswagen hatten sie vor dem Haus geparkt, und sie standen im Gang, umgeben von ihrem Zeug. Ich fragte mich, ob sie ursprünglich beschlossen hatten, nicht auf mich zu warten, und es sich dann doch anders überlegt hatten – so wie ich beinahe auf einen Drink nach der Arbeit gegangen wäre, aber dann beschlossen hatte, nach Hause zu kommen und mich zu verabschieden.

»Oh, da bist du ja, Charlotte!«, sagte Maddy mit heiterer Stimme, die etwas gezwungen klang.

»Ja!«, erwiderte ich ähnlich gezwungen. »Briony und Alice wollten eigentlich noch auf einen Cocktail ins *Quag's*, aber ich nicht ... Ich konnte ja nicht ...«

Ich verstummte. Ich versuchte, Maddys Aufmerksamkeit auf mich zu ziehen, aber irgendwie gelang mir auch das nicht. Da stand sie, meine beste Freundin, deren Gesicht mir so vertraut war wie mein eigenes, mitten in unserem guten alten Hausflur. Sie trug die *7 For All Mankind*-Jeans, die wir vor sechs Jahren bei *TK Maxx* gefunden hatten. Ich hatte zugesehen, wie sie erst neu, dann getragen, dann vintage aussah, und sie unzählige Male aus der Waschmaschine gefischt. Ich schaute ihre grünen Augen hinter der Cat-Eye-Brille an, ihre dunklen, kurzen Haare, das Grübchen auf ihrer linken Wange, das oft hervortrat, weil sie fast immer lächelte.

Jetzt lächelte sie nicht.

Henry räusperte sich. »Die Schlüssel hängen am Haken im Flur«, sagte er.

»Wir hätten sie ja bei Wichsmann abgegeben«, sagte Maddy und grinste, weil sie unseren Scherznamen für den Hausverwalter benutzte, »aber wir hatten keine Zeit mehr, und die haben jetzt wahrscheinlich geschlossen.«

»Kein Problem«, antwortete ich. »Ich erledige das morgen.«

»Um den Kram mit den Rechnungen haben wir uns gekümmert«, sagte Henry. »Gemeindesteuer, Wasser, Strom, Internet – und um einen dreimonatigen Nachsendeauftrag. Aber wenn wir was vergessen haben, sag uns einfach Bescheid.«

»Odeta kommt am Montag, um das Haus zu putzen«, erinnerte mich Maddy. »Denk dran: Sie fährt danach für zwei Wochen zurück nach Rumänien. Die Agentur schickt so lange eine Vertretung. Ich habe ihnen gesagt, dass du dich wegen des Dauerauftrags meldest.«

»Ollie von Wichsmann hat angerufen und gesagt, dass der Vermieter morgen jemanden vorbeischickt, der den Garten auf Vordermann bringt«, ergänzte Henry. »Hoffentlich stutzt er den Baum. Aber womöglich taucht er gar nicht erst auf. Du weißt ja, wie die sind.«

Und Maddy fügte noch hinzu: »Unsere neue Kühlgefrierkombi kommt erst nächste Woche an, deswegen haben wir dir ein paar Sachen dagelassen – Fertiggerichte und das Chili, das ich letztens gekocht habe. Gehört alles dir. Du bist immer so beschäftigt, Charlotte. Ich weiß ja, dass du keine Zeit hast, zu kochen.«

»Aber wir ziehen ja auch nicht nach Sibirien«, sagte Henry.

»Bloß nach Bromley. Das ist nur anderthalb Stunden mit dem Zug entfernt von hier.«

Anderthalb Stunden mit drei verschiedenen Zügen und einem Bus, dachte ich. Da hätten sie auch gleich ins arschkalte Sibirien ziehen können.

Als Maddy vor sechs Monaten begeistert verkündet hatte, dass sie sich dank der Erbschaft von Henrys Großmutter ein eigenes Haus kaufen und endlich dem teuren und prekären Mietwahnsinn in London entkommen konnten, hatte ich mir eine elegante Wohnung in einer nahegelegenen Neubausiedlung vorgestellt. Industrial Chic mit Blick aufs Wasser. Oder vielleicht ein Häuschen im viktorianischen Stil mit originalen Kaminöfen und polierten Holzdielen, das sie liebevoll restaurieren würden.

Stattdessen hatten sie sich ernsthaft für eine Doppelhaushälfte mit drei Schlafzimmern und großem Garten in der Vorstadt entschieden. Ich wusste, was das bedeutete: Es ging hier nicht nur um die geografische Distanz; Maddy und Henry zogen in eine komplett neue Lebensphase. Eine Phase, in der die Nähe zu guten Schulen wichtig war, in der man die Wochenenden im Garten verbrachte und Dinnerpartys mit Henrys Schwester schmiss, die wohl in der Gegend wohnte. Es war nicht nur der Hauskauf – sie waren urplötzlich erwachsen geworden. Sie waren jetzt in einer anderen Welt unterwegs als ich, die immer noch monatlich Miete zahlte, täglich die gleiche U-Bahn zur Arbeit nahm und jeden Abend allein ins Bett ging. Das würde ich auch weiterhin tun, allerdings ohne meine beste Freundin an meiner Seite.

Ich bemerkte, dass ich auf meine Schuhe starrte (Kitten Heels in Taupe, die im Laden noch bequem gewirkt hatten, aber fies spitz waren und meine Füße schon den ganzen Nachmittag quälten) und zwang mich, hoch in ihre besorgten, schuldbewussten Gesichter zu blicken.

Dann brach ich in Gelächter aus. Warum auch nicht? Sonst hätte wohl mindestens eine von uns angefangen zu weinen.

»Leute!«, sagte ich. »Ihr wisst schon, dass ich 27 bin? Ich kann das – Erwachsensein. Ich mache das schon seit vielen Jahren. Ich weiß, wie man die Gasrechnung bezahlt und die Putzfrau reinlässt und den Hausverwalter belästigt. Ich habe einen Job mit Verantwortung. Und ich bin schon seit einer gefühlten Ewigkeit nicht mehr betrunken im Nachtbus eingeschlafen. Macht euch keine Sorgen um mich.«

Maddy lachte auch und sagte: »Ach, tut mir leid, Charlotte. Natürlich mache ich mir keine Sorgen. Es ist nur ... schräg, weißt du. Ausziehen. Nach so langer Zeit. Verdammt, ich werde dich vermissen.«

»Ich werde dich auch vermissen. Aber wie gesagt, du ziehst ja nur in den Süden von London.«

»Bist du sicher, dass du heute Abend nicht mit zu uns kommen willst?«, fragte Maddy. »Wir bestellen Pizza und du kannst uns helfen, das *Billy*-Regal aufzubauen.«

Einen Moment lang war ich versucht, zuzusagen. Dann sagte ich mir, dass ich mich nicht lächerlich machen sollte, und meinte: »Auf gar keinen Fall! Seid ihr verrückt? Das ist eure erste Nacht im neuen Zuhause. Ihr müsst allein sein und die Wände küssen und in der Küche vögeln und so weiter. Und euer verdammtes *IKEA*-Regal könnt ihr selbst zusammenschrauben.«

»Bist du dir sicher, Charlotte?«, fragte Henry. »Du bist wirklich willkommen. Wir können ja bald jederzeit in der Küche vögeln.«

Obwohl er bemüht war, sich nichts anmerken zu lassen, sah ich ihm die Erleichterung an. Und konnte sie sogar nachvollziehen. Seit er und Maddy ein Paar wurden – nachdem sie und ich eine WG-Anzeige aufgegeben hatten und Henry sich darauf gemeldet hatte, nur um nach einigen Monaten sein Zimmer zu räumen und sich eins mit Maddy zu teilen –, war ich immer dabei gewesen. Na ja, natürlich nicht immer – ich arbeitete oft lange, war ein paarmal mit anderen Freunden im Urlaub gewesen, ging oft mit Arbeitskolleginnen aus und so weiter (Dates hingegen? Schwieriges Thema ...). Aber trotzdem: Während der gesamten zwei Jahre ihrer Beziehung hatte ich mich immer ein bisschen wie ihre Tochter gefühlt. Auch wenn wir noch so gut miteinander konnten – und wir verstanden uns wirklich gut –, wusste ich, dass es für die beiden nicht immer einfach gewesen war. Vor allem nicht für Henry.

Jetzt hatten sie endlich genug Platz für Zweisamkeit. Und dank eines atemberaubend romantischen Heiratsantrags im obersten Stockwerk des Shard Towers (keine Sorge, ich war nicht dabei an dem Abend, aber Maddy hatte es mir detailliert erzählt, und zwar mehrmals) heirateten sie jetzt. Da konnten sie kein bedürftiges, quietschendes fünftes Rad am Wagen brauchen.

Ich lehnte die Einladung zum Pizzabestellen und Dosenbiertrinken noch einmal energisch ab und half ihnen, den Rest ihrer Sachen zum Transporter zu schleppen.

»Du wirst ja nicht lange allein sein«, sagte Maddy, die schon wieder den Tränen nahe schien. »Die Neue zieht am Sonntag ein.«

»Ja.« Es war ewig her, dass wir die Anzeige online gepostet hatten. Selbst damals hatte ich die Anfragen nur kurz überflogen – nicht nur, weil es so viele waren, sondern vor allem, weil ich mich geweigert hatte zu akzeptieren, dass dieser Tag je kommen würde. »Wie heißt sie noch mal? Pansy?«

»So was in der Art«, sagte Henry. »Ich weiß nicht mehr genau.«

»Henry fand sie sehr nett«, sagte Maddy. »Er ist überzeugt, dass ihr euch gut verstehen werdet. Schade, dass wir sie nicht kennenlernen konnten.«

»Ja, es tut mir leid, dass du den Besichtigungskram so spontan organisieren musstest«, sagte ich zu Henry. »Wir hatten die ganzen Termine ausgemacht, aber dann hat sich Theresa May auf Artikel 50 berufen und den Brexit besiegelt oder ihn ausgelöst oder was auch immer, und ich bin erst um vier Uhr morgens nach Hause gekommen, weil Colin wollte, dass alle im Büro bleiben, für den Fall, dass die Märkte verrückt spielen.«

»Und ich habe in der Praxis Überstunden geschoben«, sagte Maddy. »Jedenfalls muss sie sehr nett sein. Und vielleicht kann sie dir coole Rabatte bei *The Outnet* verschaffen.«

»Nicht *The Outnet*«, sagte Henry. »Das andere. Sie ist dort Einkäuferin oder so.«

»*BrandAlley*?«, fragte Maddy.

Henry schüttelte den Kopf.

»*LuxeforLess*?«, fragte ich.

»Ich glaube, es ist dieser Billigshop«, meinte Henry. »Jedenfalls kommt Tansy – so heißt sie, nicht Pansy, mein Fehler! – am Sonntag. Ich habe ihr gesagt, dass sie die Schlüssel morgen bei Ollie abholen kann. Also wenn du sie vorher dort vorbeibringen könntest, Charlotte, wäre das superlieb ...«

»Überhaupt kein Problem«, sagte ich. Ist ja nicht so, als hätte ich ein ereignisreiches Wochenende vor mir. Wann hatte ich das überhaupt zum letzten Mal?

»Aber ich bin vielleicht nicht hier, wenn sie ankommt«, gab ich zu Bedenken. »Wir machen doch unseren Brunch, oder, Maddy? Der dritte Sonntag im Monat, so wie immer?«

Jetzt war es Maddy, die betreten auf ihre Schuhe blickte. Es waren abgenutzte Chucks, die einmal weiß gewesen waren und garantiert nirgendwo drückten.

»Ich glaube, diesen Monat wird das nichts«, stammelte sie verlegen. »Es ist einfach – du weißt schon. Im neuen Haus steht jetzt so viel an. Der Handwerker meinte, er würde dieses Wochenende anfangen, das Badezimmer zu fliesen, und wenn ich das Henry überlasse, haben wir am Ende ein Badezimmer mit Ziegeloptik statt Fischgrätmuster. Also, tut mir leid, dass ich so unzuverlässig bin. Ich hätte es ja in die *WhatsApp*-Gruppe geschrieben, aber ich bin nicht dazu gekommen. Aber die anderen werden da sein – Molly, Chloë ... Dann erfährst du bestimmt alles über die Hochzeit von Williams Schwester letztes Wochenende.«

»Ja, stimmt.« Meine Augen leuchteten kurz auf. »Molly in diesem kirschroten Trägerkleid aus Satin und der ›Unterhose aus Stahl‹. Wie konnte ich das vergessen?«

Molly hatte uns die letzten paar Brunchverabredungen mit Geschichten über das Brautgezicke ihrer Schwägerin unterhalten, während sie betont hatte: »Mein Gott, ich muss echt bald eine strenge Diät anfangen, wenn ich in das blöde Kleid passen und so aussehen will, dass William mir auf der Stelle einen Heiratsantrag macht.« Daraufhin hatte sie sich gemeinsam mit uns anderen großzügig an dem riesigen Haufen mit Teigtaschen und den Bloody Marys bedient. Aber ich wusste, dass Maddy mich nur daran erinnerte, um mich von der Traurigkeit abzulenken, die mich überkam, wenn ich daran dachte, dass sie nicht dabei sein würde. Ich fragte mich, wie oft sie in Zukunft fehlen würde, um mit Henry wichtigeren Pärchenkram zu unternehmen oder ihre Hochzeit zu planen. Zu ihrem Glück bemühte sich Henry bereits um Ablenkung.

»Und in einer Woche oder so zieht Adam in mein altes Zimmer«, erinnerte er mich.

»Stimmt. Adam.« Ich bemerkte plötzlich, dass ich wohl generell bei der ganzen Mitbewohnersache ein wenig zerstreut gewesen war – ich wollte es wahrscheinlich nicht wahrhaben. Ich war ganz froh gewesen, dass Maddy sich um die Anzeige auf *SpareRoom.com* gekümmert hatte (»Bist du zurechnungs- und zahlungsfähig, sauber und einigermaßen vernünftig? Zwei freie Zimmer in einem wunderschönen, geräumigen Haus in Hackney. Neues Badezimmer. Wöchentliche Putzkraft. Zimmer frei wegen eines Falls von Pärchen-zieht-zusammen. Das Haus teilst du dir mit meiner guten Freundin Charlotte, die für jeden Spaß zu haben ist, aber oft lange arbeiten muss. Deshalb bevorzugen wir Berufstätige. M oder W, Ende zwanzig bis Anfang dreißig. Nachrichten an Madeleine oder Henry ...«) und dass die beiden sich die Kandidatinnen hatten ansehen wollen. Und als Henry damals meinte, dass sein Cousin (oder ein Cousin zweiten Grades oder so) aus dem Ausland zurückkomme und nach einer Bleibe suche, hatte ich nur gesagt: »Super! Klingt gut!«, war zur Arbeit geeilt und hatte dabei eine Scheibe Brot im Toaster vergessen, die daraufhin verkohlt war und den Feueralarm ausgelöst hatte.

»Wo war er noch mal? Dubai?«, fragte ich.

»Im Iran. Sein Kumpel Amir hat dort ein Start-up mit aufgebaut, das so ähnlich funktioniert wie *Uber*. Da das Projekt jetzt abgeschlossen ist, kommt Adam zurück nach Hause. Er will sich wieder einen Job als selbstständiger App-Entwickler suchen, aber ich glaube, momentan hängt er etwas in der Luft. Soweit ich mich erinnern kann, ist er zurechnungsfähig und vernünftig genug, um unsere Bewerberanforderungen zu erfüllen, mach dir also keine Sorgen!«

Er sah sich um, schnappte sich seinen Kricketschläger samt Beinschonern und schleuderte sie in den Umzugswagen.

»So«, sagte er. »Ich glaube, wir sind so weit. Maddy?«

»Ich bin auch fertig«, gab Maddy zurück. »Ich schaue mich nur noch ein letztes Mal oben um. Kommst du, Charlotte?«

Ich folgte ihr zurück in unser Haus – beziehungsweise das Haus, das einmal unseres gewesen war und das ich mir nun mit zwei völlig fremden Menschen teilen würde. Im Prinzip sah es aus wie immer. In der Küche fehlten nur Henrys futuristische Espressomaschine, für die ich mir wohl oder übel Ersatz suchen musste, und die fancy Küchenmaschine, die Maddy gekauft hatte, um Kuchen zu backen. Damit hätte ich sowieso nichts anfangen können. Das Wohnzimmer hatte sich nicht groß verändert, befand sich allerdings in einem sonderbaren Zustand irgendwo zwischen unordentlich und aufgeräumt. Der Teppich war gesaugt, dafür lagen Unmengen von Staub auf den Regalen, wo bis vor wenigen Stunden noch Maddys Kochbuchsammlung gestanden hatte: *Ottolenghi*, *Mary Berry*, *Deliciously Ella* und Co. Den Boden hatten sie gekehrt, aber an der Wand erinnerten schwarze Abriebspuren daran, dass Henry hier Tag für Tag sein Rad rein- und rausgeschoben hatte.

Im Badezimmer der gleiche Kontrast: Meine Sachen schön ordentlich an ihrem Platz, daneben ein Abdruck auf dem Waschtisch an der Stelle, wo Henrys Rasierset gelegen hatte, und der schwache Duft von Maddys Pfingstrosen-Bodylotion im Spiegelschrank. Und dann ihre Zimmer: das eine, in dem sie geschlafen hatten, und das andere, in dem sich Henrys ganzer Krempel angehäuft hatte. Das Haus hatte nämlich drei Schlafzimmer, aber nur ein Bad. Deshalb hatten wir nie Bock gehabt, uns eine vierte Mitbewohnerin dazuzuholen.

»Ich glaube, wir sind durch«, befand Maddy.

Ich schluckte den Kloß in meinem Hals hinunter und sagte: »Ja, komplett durch. Maddy, ich wünsche dir eine wunderbare erste Nacht im neuen Haus. Ich werde euch vermissen, aber du weißt, wie sehr ich mich für euch freue, oder?«

»Das weiß ich.«

Daraufhin fielen wir uns geradezu stürmisch in die Arme und umarmten uns lange vor den geschlossenen Türen zu den verwaisten Zimmern.

Ich begleitete Maddy nicht hinunter. Stattdessen ging ich in mein Zimmer, legte ich mich aufs Bett und ging auf *Tinder*, wo ich ein Profil nach dem andere wegwischte, bis es mir zu deprimierend wurde. Ich ging runter in die Küche und machte mir einen Gin Tonic, den ich trank, während ich kurz mit dem Gedanken spielte, mir ein Kabeljaufilet mit Kräuterkruste in Alufolie zuzubereiten, wie Jamie Oliver im Fernsehen. Aber dann dachte ich mir: »Scheiß drauf!«, schob ein paar Tiefkühlpommes in den Ofen und aß sie stehend an der Küchentheke. Draußen verdunkelte sich der Sommerabend langsam von intensivem Blau zu Schiefergrau. Es hätte sich merkwürdig angefühlt, sich hinzusetzen.

Dann spazierte ich zum Laden an der Ecke, griff blind ins Kühlregal, kaufte eine Packung *Ben & Jerry's* und schaufelte sie mir im Bett in den Mund, während ich apathisch auf mein Handy starrte.

Ich war jetzt seit drei Jahren single. Davor war ich mit Liam zusammen. Wir hatten eine gemeinsame Wohnung in Newcastle, vage überlegt zu heiraten und Kinder zu bekommen. Dann wurde mir klar, dass ich eigentlich mehr wollte. Er war ein netter Kerl und wäre ein guter Ehemann und ein großartiger Vater. Aber jeden Morgen, wenn ich aufwachte und ihn ansah, schoss mir derselbe Gedanke durch den Kopf: *Scheiße. Ist das wirklich alles?*

Ich hätte den Dingen vielleicht einfach ihren Lauf gelassen, bis wir uns nicht nur auseinandergeliebt, sondern kaum noch gemocht hätten, doch dann passierten innerhalb von knapp einem Monat gleich zwei Dinge. Mama, die selbst seit Jahren single gewesen war (so ziemlich seit Papa sich verpisst hatte, als ich klein war), verkündete, dass sie nach Spanien zog. Jim, der Typ mit dem sie seit einem Jahr zusammen war, hatte mit seinem Schlosserunternehmen so viel Erfolg gehabt, dass er seinen Lebensabend in Alicante verbringen konnte, wo seine Tochter mit ihrem Mann und zwei Kindern wohnte. Und Mama ging mit ihm – allem Anschein nach ohne jegliche Rücksicht auf mich. Und dann bekam ich das Angebot für meinen Traumjob in London, das mir den Arschritt versetzte, endlich mein Leben zu ändern.

Und das war auch alles schön und gut, aber jetzt schien es so, als hätte sich in den letzten drei Jahren nicht wirklich etwas verändert. Mein Leben war in eine andere Art von Routine geglitten, aber es war immer noch Routine: Arbeit, Abende mit den Kolleginnen, Arbeit, Drinks im Pub mit Maddy und später dann mit Maddy und Henry, Arbeit, die monatlichen Brunchdates mit Maddys Freundinnen – die mich in ihre Gruppe aufgenommen hatten, ohne wirklich jemals meine eigenen Freundinnen zu werden –, Arbeit ...

Bis jetzt. Jetzt, ohne Maddy und Henry, wurde mir klar, wie leer nicht nur das Haus, sondern mein ganzes Leben war. Maddy und Henry hatten einander. Ich hatte niemanden. Wieder mal schwirrte die Frage in meinem Kopf herum: *Scheiße. Ist das wirklich alles?* Und um es auf den Punkt zu bringen: So etwas wie Sex hatte ich schon seit über einem Jahr nicht mehr gehabt.

Ich kratzte mit meinem Finger die letzten Reste *Caramel Chew Chew* vom Boden der Packung und leckte ihn ab. Mit dem klebrigen Zeigefinger googelte ich: »Wie findet man Liebe, Sex und Glück?«

Eines war sicher: Ich war nicht die einzige, die nach diesen Dingen suchte. Das Internet war voll mit Antworten auf Fragen wie: Was muss in meinem *Tinder*-Profil stehen, damit mein Traumtyp so schnell nach rechts wischt, dass er sich praktisch den Finger verstaucht? Wie kann ich die Energie des Universums nutzen, um meine Träume wahr werden zu lassen? Werde ich durch tantrische Liebeskunst von einer Niete zu einer Granate im Bett? Ich fand sogar einen sogenannten Kraftheiler, der versprach, mich gegen eine kleine Gebühr mit einem Zauber zu belegen, der mich für meinen Traummann unwiderstehlich machen würde. Obwohl ich von seinen SEO-Fähigkeiten beeindruckt war (der Link erschien oben auf der zweiten Seite meiner Suche), entschied ich mich gegen sein Angebot.

Aber gleich darunter befand sich ein Link, auf den ich sehr wohl klickte. Der Titel sprang mir sofort ins Auge: »Leider Geil – Eine Anleitung für Liebe und Sex von einem Bad Girl«.

Die Website war relativ schlicht: Da war ein Bild von einer Frau von hinten. Sie trug einen roten Mantel und ging über eine Brücke – die Brooklyn Bridge in New York nahm ich an, denn im Hintergrund zeichnete sich die Skyline von

Manhattan ab. Ich wollte immer schon mal nach New York, aber es hatte sich nie ergeben. Und wenn ich so weitermachte, würde es auch niemals dazu kommen.

Es stand nicht viel Text auf der Seite, eigentlich nur: »Hi und willkommen zu *Leider Geil*, einer Podcastserie, die ich ins Leben gerufen habe, um Singlefrauen (und –männern) dabei zu helfen, sich in den stürmischen Gewässern der Datingwelt zu orientieren. Ich nenne mich zwar Bad Girl, muss aber zugeben, dass ich langweiliger bin, als ich es gern wäre. Aber ich will diese andere Seite von mir heraufbeschwören – meine wagemutige, verwegene, coole Seite. Und da ihr auf diese Seite geklickt habt, nehme ich an, ihr wollt das bei euch auch! Aber ich kann viel besser quatschen als schreiben, also hört doch einfach mal rein!«

Na gut, Bad Girl, dachte ich, *zeig mir, was du drauf hast.* Ich scrollte weiter runter und schaute mir an, von wann die Podcasts waren. Sie waren alle vor einer Weile aufgenommen worden – der neueste war fast fünf Jahre alt. Aber die Partnersuche konnte sich in einem halben Jahrzehnt nicht so sehr verändert haben – sogar die Dating-App *Bumble* war fast schon so lange auf dem Markt. Es gab eine Unmenge an Links zu Tipps für unwiderstehliche Onlineprofile und sicheres Dating sowie zu Rezensionen für Dessous und Sexspielzeug (»Ich habe alles ausprobiert, damit ihr es nicht tun müsst. Aber vielleicht habt ihr ja trotzdem Lust drauf!«, schrieb sie). Ich fühlte mich so heißblütig wie der leere Eisbecher in meiner Hand, deshalb erschienen mir die sexy Unterwäsche und die Vibratoren fürs Erste noch zu fortgeschritten. Aber eine Kategorie fiel mir ins Auge: »Meistere diese Herausforderungen beim Dating und entfache das Feuer in dir!«

Auch wenn es nicht notwendig war, da ich allein war, steckte ich mir Kopfhörer ins Ohr, bevor ich auf Play klickte.

Hallo ihr Lieben! Willkommen zurück bei Leider Geil, der Anleitung zu Liebe und Sex von einem Bad Girl. Wenn ihr das erste Mal reinhört: Herzlich willkommen, fühlt euch gedrückt.

Wenn ihr regelmäßige Hörerinnen seid, könnt ihr den nächsten Teil überspringen. Macht den Föhn an, schreibt eine WhatsApp-Nachricht, mixt euch einen Smoothie, mir ganz egal – in ein paar Minuten könnt ihr wieder reinhören, bis dahin gebe ich unseren neuen Zuhörerinnen ein paar Hintergrundinformationen.

Vor einem Jahr oder so habe ich beschlossen, meine Geschichte in dieser Podcastserie zu dokumentieren. Zuhörerinnen, die schon länger dabei sind, kennen einige meiner schönen – und vor allem weniger schönen – Datingabenteuer. Sie waren dabei, als ich dieses furchtbare Date mit Stinke-Boy hatte – erinnert ihr euch an den? Ich leider schon. Eklige Gase, für immer in der Nase. Sie wissen, wovon ich spreche, wenn ich Mister Psycho erwähne, der – kein Scherz! – im Haus seiner verstorbenen Mutter wohnte. Inmitten ihres ganzen Krempels, inklusive ihres gerahmten Hochzeitsfotos, das noch an der Wand hing, und ihrer Haarbürste voller alter Haarbüschel, die auf dem Schminktisch lag. Es kommt noch besser: Er wollte, dass ich es in IHREM Bett mit ihm trieb. Ich verrate euch was: Ich habe es nicht getan. Die Polizei gerufen, meine ich. Und gebumst habe ich ihn auch nicht.

Aber hört's euch an – ich habe ja jetzt schon viel zu viel geredet! Ich wollte euch doch erzählen, worum es in meinem Podcast geht.

Ich habe letztens etwas festgestellt, das sowohl für mein Liebesleben als auch für mein Privatleben gilt. Mir ist klar geworden, dass ich mich irgendwie festgefahren habe. Also werde ich mich verschiedenen Herausforde-

rungen stellen, die wieder etwas Schwung in mein Liebesleben bringen sollen, damit es sich weniger wie eine lästige Pflicht anfühlt. Und hoffentlich macht mich das gleichzeitig auch ein bisschen cooler und attraktiver. Klingt doch gut, oder?

Denn ihr müsst wissen, dass es bei dieser ganzen Datinggeschichte nicht nur um Mister Right geht. Es geht um euch – und um mich natürlich – und darum, uns selbst zu entdecken. Es geht darum, wieder abenteuerlustiger zu werden, uns bis ans Limit zu pushen, uns selbst besser kennenzulernen. Verdammt, es geht um fantastische Orgasmen! Da hätte ich persönlich nichts gegen! Und ihr so?

Höre ich ein Ja? Dann seid ihr also dabei!

Fangen wir an. Die erste Herausforderung, die ich mir gestellt habe, ist eine einfache, auch wenn sie sich erst einmal anfühlt wie die Besteigung des Mount Everest …

2

Ich musste während des Podcasts eingeschlafen sein, denn als ich am nächsten Tag aufwachte, steckte mir noch einer der Kopfhörer im Ohr. Die Kabel hatten sich verheddert und die leere Eiscremepackung lag neben meinem Kopfkissen. Ich hatte einen sauren Geschmack im Mund, mir war heiß, ich war verschwitzt. Um ehrlich zu sein, war ich von mir selbst angewidert. Sonnenlicht fiel durch das Fenster in mein Zimmer. Ich hatte nicht einmal die Vorhänge zugezogen – deshalb war ich also wach geworden.

Dann hörte ich eine Männerstimme direkt unter meinem Fenster. »Oliver? Hey, Mann, hier ist Tim Gladstone. Ich bin bei Nummer 65, aber ich glaube, es ist niemand da.«

Scheiße. Dann hatte mich wohl das Klopfen an der Tür geweckt. Der Typ für den Baum, den Henry angekündigt hatte. Ich zog mir Jeans an und sprang barfuß die Treppe hinunter.

Ich öffnete die Tür.

»Sorry, sorry«, sagte ich. »Ich war ...«

»Noch im Bett«, grinste der Mann, der auf der Türschwelle stand. *Mist.* Einem Fremden mit dem Make-up von gestern, ungebürstetem Haar und morgendlichem Mundgeruch die Tür zu öffnen, war ja sowieso schon schlimm, doch der Fremde sah zu allem Überfluss auch noch aus, als wäre er einer *Google*-Bildersuche nach »heißen Handwerkern« entsprungen. Er hatte leuchtend grüne Augen und braun glänzendes, verwuscheltes Haar. Bartstoppeln verdeckten seine tiefen Grübchen. Seine Warnjacke war aufgeknöpft und ließ imposante Brustmuskeln und einen makellosen Waschbrettbauch unter dem weißen T-Shirt vermuten.

»Ich bin von *Tim's Trees*«, sagte er, während mir plötzlich klar wurde, dass ich wie eine Idiotin dastand und ihn anstarrte. Zum Glück hatte ich am Abend zuvor meinen BH nicht ausgezogen: Obwohl ich ziemlich zerzaust aussah und ganz offensichtlich gerade aufgewacht war, konnten sich meine Brüste unter meinem Top so wenigstens nicht selbstständig machen.

»*Tim's Trees*«, wiederholte ich nuschelnd.

»Ich bin hier, um einen Blick auf den Ast zu werfen, der über das Dach Ihrer Nachbarn ragt«, sagte er.

»Der Ast, der über das Dach ragt«, murmelte ich. »Richtig. Verstehe. Ja, natürlich. Äh ... er ist im Garten.«

Die Grübchen in seinen Wangen wurden noch tiefer, und obwohl sich seine Lippen nicht bewegten, merkte ich, dass er ein Grinsen unterdrückte. Oder eher schallendes Gelächter angesichts meiner Dämlichkeit.

»Gut«, sagte er. »Ich hole dann mal meine Ausrüstung aus dem Wagen.«

»Super«, antwortete ich. »Ich lasse die Hintertür für Sie auf. Ich bin in ein paar Minuten unten.«

Ich sprintete nach oben ins Badezimmer und verriegelte die Tür. Dann drehte ich das Wasser voll auf und setzte mich auf die Badewannenkante. Stand es mittlerweile wirklich schon so schlimm um mich, dass ich jetzt nicht mal mehr mit einem gut aussehenden Mann sprechen konnte, ohne zu stottern und verlegen zu werden wie die letzte Idiotin? Und das Ganze mit eisverschmiertem Mund von gestern Abend. *Ich rede doch andauernd mit gut aussehenden Männern,* versicherte ich mir. Allerdings nur im Büro – und da waren wir ja alle, um zu arbeiten, und nicht um uns gegenseitig gut zu finden. *Aber dieser Typ, dieser Tim, ist doch auch nur hier, um zu arbeiten, Charlotte,* ermahnte ich mich. *Jetzt spring unter die Dusche, zieh dir was an und geh runter und flirte mit ihm.* Flirte mit ihm? Woher zur Hölle kam denn die Idee? Dann erinnerte ich mich. Aus dem *Leider Geil*-Podcast.

Ihre erste Herausforderung, die ich offenbar noch gehört hatte, bevor ich weggenickt war: Flirte mit einem Fremden. Flirten? Was war das noch mal? Ich konnte mich beim besten Willen nicht daran erinnern, wann ich zuletzt mit jemandem geflirtet hatte. Moment – das muss vorletzten Sommer auf dem *Creamfields Festival* gewesen sein. Ich stand mit Henry und Maddy in der Schlange vor dem Stand mit Ramen-Suppe, als mich der Typ vor uns anquatschte. Ich quatschte zurück, unsere Blicke trafen sich, und dann, als ich mich gerade fragte: *Huch, flirtet der etwa mit mir?,* tauchte plötzlich seine Freundin auf und schüttete ihm ein randvolles Pint *Pimm's* über den Kopf. Klingt nicht gerade nach Romeo und Julia, oder?

Du musst das nicht tun, sagte ich mir. *Du kannst bei der ersten Herausforderung aufgeben. Oder aber du reißt dich zusammen und machst es. Du wirst ihn schließlich nie wiedersehen.*

Also duschte ich, zog mir eine kurze Hose und ein sauberes Top an und begutachtete mich kritisch im Spiegel. Beim Brunch vor ein paar Monaten hatten wir über Politik geredet - na ja, mehr oder weniger. Um ehrlich zu sein, hatten wir darüber diskutiert, ob es wahrscheinlicher war, von Melania Trump oder von Victoria Beckham ein Lächeln zu sehen zu bekommen. Und Maddy meinte damals: »Weißt du, Trumps Tochter Ivanka gleicht dir wirklich bis aufs Haar, Charlotte.«

Ich wies sie darauf hin, dass Ivanka und ich zwar beide glattes blondes Haar und ein etwas bleiches Gesicht hatten, sie aber ein Meter achtzig und ich nur einen Meter fünfundsechzig groß war – und wir wahrscheinlich trotzdem gleich schwer waren. Würde man Ivanka also einstampfen (wie das Pulver in einer Espressomaschine), sie in billigere Kleider stecken und ihr einen Newcastler Geordie-Akzent verpassen, könnte dabei jemand herauskommen, der mir entfernt ähnelte – sehr entfernt. Und das lag unter anderem daran, dass mein Vater alles andere als ein Milliardär war. Seither fragte ich mich jedes Mal, wenn ich in den Spiegel sah, ob Leute bei meinem Anblick dachten: *Mein Gott, sie sieht aus wie eine kleine, pummelige Ivanka Trump mit schlechten Zähnen!* Was das mit meinem Selbstbewusstsein anrichtete, kann man sich ja vorstellen.

Ich folgte einem heulenden Geräusch nach draußen in die grelle Sonne, das vermutlich von einer Kettensäge stammte. Die Pflastersteine waren mit Blättern und Zweigen und kleineren Ästen übersät, aber zunächst konnte ich Tim nicht entdecken, wohl aber den weißen Nachbarskater Freezer, der das Geschehen aus einem Fenster im Obergeschoss beobachtete und ziemlich genervt aussah. Dann wurde es plötzlich still und ich hörte eine Stimme sagen: »Ich bin hier oben!«

Ich weiß nicht, wie ich mir die Arbeit eines Baumchirurgen vorgestellt hatte. Mit Leitern, schätze ich. Aber er saß tatsächlich im Baum, ganz hoch oben auf einem der Äste. Die Schutzbrille verdeckte sein Gesicht, aber dadurch sah er nicht weniger sexy aus.

»Ich bin fast fertig«, rief er nach unten. »Dann räume ich dieses Chaos auf und mache mich auf den Weg.«

»Kann ich Ihnen eine Tasse Tee oder so anbieten? Etwas Kaltes? Es ist heute ja richtig heiß.«

Scheiße, du klingst wie eine Darstellerin in einem schlechten Porno, Charlotte, dachte ich und erschauderte. Aber ihm schien es nichts auszumachen.

»Das klingt großartig«, erwiderte er, ließ die Kettensäge wieder an und widmete sich seiner Arbeit. Ich stand einen

Moment lang da und schaute ihm zu. Das hatte was – ein Mann, der kompetent einen körperlich anstrengenden und gefährlichen Job machte, das war zweifellos sexy. Die Art, wie sein Körper durch die Kraft seiner Schenkel ruhig und stabil fest am Ast klebte. Sein Gesicht, das sich streng konzentriert verzog. Die Tatsache, dass es ihn nicht zu stören schien, dass er mehrere Meter über dem Boden schwebte und ein Gerät benutzte, das ihm jederzeit seinen Arm kosten konnte, wenn er nicht aufpasste. Es half natürlich, dass er jung und heiß war. Ich bin mir ziemlich sicher, dass ein bierbäuchiger Baumchirurg mittleren Alters nicht dieselben Gefühle bei mir ausgelöst hätte. Falls es solche Baumchirurgen überhaupt gab. Wohl eher nicht. Vielleicht stürzten die immer in den Tod, hackten sich den Arm ab oder bekamen Höhenangst und verabschiedeten sich in den Ruhestand.

Schweren Herzens wandte ich den Blick ab und ging hinein. Im Kühlschrank standen ein paar Dosen *Cola Light* und ein paar Flaschen Bier, die Henry dagelassen hatte. Vermutlich würde Tim kein Bier trinken, da er ja arbeitete und Auto fuhr (und mit einer tödlichen Motorsäge hantierte), aber ich würde ihm trotzdem eins anbieten. Und zur Sicherheit schaltete ich auch noch den Wasserkocher an. Meine Hände zitterten ein wenig. Es war geradezu lächerlich. Ich erinnerte mich an die Worte der *Leider Geil*-Podcasterin - das Bad Girl, wie ich sie jetzt selbst schon nannte.

Jetzt sei nicht nervös! Du musst ja schließlich nicht mit ihm schlafen! Nur ein bisschen Spaß haben, ein bisschen flirten. Erreg seine Aufmerksamkeit, sag etwas Schlagfertiges, lach mit ihm. Vielleicht sogar ein bisschen Körperkontakt, eine flüchtige Berührung am Arm, so was in der Art.

Wie schwer konnte das schon sein? Ich kannte die Antwort: megaschwer. Wenn es ums Flirten ging, war ich so eingerostet wie Paul Gascoigne bei einem Fußball-Comeback.

Ich wartete, während Tim seine gesamte Ausrüstung

zurück zu seinem Auto schleppte und den Garten sauber machte. Dann kam er in die Küche und verkündete: »Alles fertig. Ihre Nachbarn müssen sich jetzt keine Sorgen mehr um ihre Dachziegel machen.«

»Was darf ich Ihnen zu trinken anbieten?«, fragte ich und deutete mit einer vagen Geste in Richtung Wasserkocher und Kühlschrank.

Er hatte seine Arbeitsjacke ausgezogen und meine Mutmaßungen zur Beschaffenheit seines Körpers wurden bestätigt. Seine Arme waren so muskulös, dass sich die Ärmel seines weißen T-Shirts straff spannten. Das T-Shirt war jetzt vom Saft des Baumes befleckt und da, wo es an seinem Oberkörper klebte, war es schweißnass. Unter seinen Jeans waren noch mehr Muskeln am Werk. Sehr, sehr, sehr heiß.

»Ein Glas Wasser wäre toll, wenn es Ihnen nichts ausmacht«, bat er, und ich merkte, dass ich ihn wieder anstarrte.

Ich füllte ein großes Glas mit Leitungswasser und warf ein paar Eiswürfel hinein. Dabei wünschte ich, ich könnte mir einen davon über meine brennenden Wangen reiben ... oder über seine straffen Bauchmuskeln gleiten lassen, auf denen das Eis beim Kontakt mit seiner Haut sofort schmelzen würde und hinunter zu seinem - *Charlotte! Was sind das für Gedanken?*

»Also, was Sie da oben gemacht haben: Ist das sehr gefährlich?«, fragte ich.

»Im Grunde nicht gefährlicher als alles andere auch. Gefährlich ist es nur, wenn man nicht weiß, wie es geht.«

Er trat näher und nahm mir das Glas aus der Hand. So nah, dass ich ihn riechen konnte: sein Deo oder Duschgel oder was auch immer, den Geruch des Baumes, der an seinen Händen klebte, und ihn selbst - seinen sexy maskulinen Schweißduft. Ich dachte: *Das ist gefährlich. Ich weiß nicht, was ich hier tue.*

»Was machen Sie beruflich?«, fragte er.

»Ich arbeite im Finanzwesen«, antwortete ich. »Ich bin

Verwaltungsassistentin für einen Hedgefonds in Mayfair. Nicht so aufregend wie das, was Sie machen.«

»Es ist nicht immer aufregend. Nur manchmal.«

Er sah zu mir hinunter, und ich sah zu ihm zurück. Wir hielten unseren Blick einen Moment zu lang, und auf einmal veränderte sich etwas. Ich wusste, dass er wusste, was ich fühlte, und ich wusste auch, dass er genau das Gleiche fühlte. Die ruhige, sonnige Küche war plötzlich mit Sex aufgeladen, sie hätte genauso gut die Tanzfläche eines Clubs oder die Flitterwochensuite eines billigen Motels sein können.

Ich war ihm aufgefallen, so viel war klar (pummeliges Ivanka-Imitat hin oder her), aber mir fiel nichts ein, nichts Schlagfertiges, gar nichts.

Er nahm einen großen Schluck Wasser, dann reichte er mir das Glas zurück und kam noch einen Schritt näher. Seine Augen fixierten mich weiterhin.

»Deine bessere Hälfte ist wohl nicht zu Hause?«, fragte er.

Ich hatte mir erst eine Folge von *Leider Geil* angehört, und die nicht mal komplett, weil ich eingeschlafen war. Aber ich war mir ziemlich sicher, wie die Podcasterin an meiner Stelle gehandelt hätte.

Sie hätte ihr inneres Bad Girl heraufbeschworen, dem Typ in die Augen geschaut und gesagt: »Ich bin im Moment zufällig single.« Dabei hätte sie mit den Wimpern geklimpert und ihr Haar zurückgeworfen.

Und dann hätte sie selbst einen Schritt nach vorn gemacht, den einzigen Schritt, für den noch Platz war. Sie hätte ihre Hand ausgestreckt und seinen Arm dort berührt, wo sein Bizeps den Ärmel wölbte, und sie hätte gespürt, dass seine Haut genauso heiß und glatt war, wie sie aussah, und die Muskulatur darunter genauso hart und stark. Sie hätte gelächelt, ihm ihr Gesicht entgegengestreckt und auf seinen Kuss gewartet, auf eine Berührung und auf das, was danach passiert wäre. Oder vielleicht hätte sie sich selbst getraut und ihn einfach geknutscht.

Aber ich ... tat nichts davon. Stattdessen schluckte ich alles hinunter und platzte heraus: »Er müsste eigentlich jede Minute nach Hause kommen.«

Woraufhin er nur meinte: »Dann mache ich mich wohl besser auf den Weg.«

Als ich seinen Transporter nicht mehr hören konnte, ließ ich mich aufs Sofa fallen. Ich bebte geradezu vor Aufregung. Ich hatte ihn nicht berührt. Ich hatte nicht einmal richtig geflirtet. Aber ich hatte etwas *getan* – ein Teil von mir, den ich ganz vergessen hatte, war plötzlich wieder hellwach. Ich fühlte mich so lebendig wie seit Monaten nicht mehr.

O mein Gott, Charlotte, du hättest fast den Baumchirurgen gebumst!

Molly und Chloë erzählte ich am nächsten Tag beim Brunch nichts von meinem Beinahe-Abenteuer. Wenn Maddy da gewesen wäre, hätte ich vielleicht etwas gesagt – dann hätte ich vielleicht sogar eine längere Geschichte draus gestrickt, Tim noch heißer gemacht und meine Unbeholfenheit heruntergespielt – aber sie war nicht da, darum sagte ich nichts.

Stattdessen beratschlagten wir darüber, wie die Chancen standen, dass Mollys Freund William ihr jemals einen Heiratsantrag machen würde (*schlecht*, dachte ich; sie waren seit Jahren zusammen und soweit ich das beurteilen konnte, war William viel zu zufrieden damit, dass Molly jeden Abend für ihn kochte und seine Sachen bügelte, als dass es ihm ein Bedürfnis war, etwas an der Situation zu ändern). Dann redeten wir über Chloës angeblich perfekten neuen Typ Gareth (den sie online kennengelernt hatte, nur ein paar Monate nachdem Sam ihr das Herz gebrochen hatte, woraufhin sie in eine Krise gestürzt war und so viel abgenommen hatte, dass sie kein Duckface mehr machen musste, wenn sie Selfies für ihr *Tinder*-Profil schoss). Und schließlich darüber, wie ich die nächste Woche bei der Arbeit durchstehen sollte, ohne verrückt zu werden und Piers mit einem Tacker zu attackieren (er war nicht mal mein Chef, behandelte mich aber trotzdem wie seine Sekretärin).

Erst viel später, als ich beschwipst von den Margaritas aus der U-Bahn stieg, fiel mir ein, dass die neue Mitbewohnerin heute eingezogen war. *Die Arme*, dachte ich, *sie kreuzt auf und das Haus ist menschenleer.* Aber zumindest hatte sie so die Möglichkeit gehabt, sich in Ruhe umzusehen und zu entscheiden, in welchem der beiden verfügbaren Zimmer sie wohnen wollte. Während ich in unsere Straße einbog, beschleunigte meine Schritte und hielt nur kurz inne, um Freezer an seinem borstigen, weißen Kinn zu kraulen. Er hockte auf der Mauer des Nachbarhauses und wartete vermutlich darauf, dass seine Dosenöffner nach Hause kamen. Es war sieben Uhr - wir hatten also noch genug Zeit, um zusammen in den Pub zu gehen und uns kennenzulernen.

Aber als ich die Haustür aufsperrte und »Hallo?« rief, bekam ich keine Antwort. Ich rief noch mal, dann ging ich nach oben und sah mich um. Beide Schlafzimmer waren immer noch leer und sahen so trist aus, wie unbewohnte Räume nun mal aussehen. Henry hatte zwar seit Monaten nicht mehr in seinem Zimmer geschlafen, aber es hatte durch die Klamotten im Schrank und die Ski in der Ecke immer bewohnt gewirkt.

Na gut. Tansy würde jeden Moment auftauchen, dann musste ich hier nicht mehr so einsam herumgeistern. Mich überkam nämlich gerade ein schrecklicher Sonntagabend-Blues. Meine Augen waren dank der Brunch-Cocktails schwer, und ich spürte die ersten Anflüge eines Katers. Entmutigt schmiss ich eine Ladung Wäsche in die Maschine und starrte dann eine Weile in den Kühlschrank, konnte mich aber nicht entscheiden, was ich essen wollte. Schließlich machte ich mir eine Kanne Tee und nahm eine Packung Haferkekse mit auf mein Zimmer. Ich legte mich ins Bett, schnappte mir mein Tablet und sah mir ein paar Folgen *Jamestown* auf *Netflix* an.

Ich muss eingeschlafen sein, denn plötzlich wurde ich zum zweiten Mal an diesem Wochenende durch ein Klopfen an der Tür und das entsprechend laute Pochen meines Herzens geweckt. Ich schaute auf die Uhr - es war halb zwölf.

Was zur Hölle ...? Wer zog an einem Sonntag um Mitternacht in ein Haus ein? Oder vielleicht war es gar nicht Tansy, sondern jemand anderes? Luke und Hannah von nebenan hatten uns einmal aufgeweckt, weil sie im Pub waren und ihre Schlüssel vergessen hatten. Sie mussten über unseren Zaun klettern, um von hinten in ihr eigenes Haus einzubrechen. Oder es war die Polizei? Vielleicht war Maddy oder Henry etwas zugestoßen? Gedanken rasten durch meinen Kopf, einer schrecklicher und unwahrscheinlicher als der andere. Ich zog mir Klamotten an und rannte nach unten.

Mit einem prall gefüllten Rucksack auf dem Rücken, einer riesigen Reisetasche neben sich auf dem Boden und einem üppigen Strauß rosa Rosen in der Hand stand sie vor mir: ein *Victoria's Secret*-Engel. Ich schwöre es – sie war so atemberaubend schön, dass ich nur dastehen und starren konnte. Sie war viel größer als ich, hatte lange, honigblonde Haare, die irgendwie gleichzeitig verwuschelt und seidig aussahen. Ihre Augen waren violett und von langen, fedrigen schwarzen Wimpern umrahmt. Sie war unglaublich schlank, aber auch unglaublich kurvig, und hatte einen perfekten Schmollmund, der aussah wie eine Rose, bis sie lachte und ihre ebenmäßigen, perlweißen Zähne zeigte.

»Du musst Charlotte sein«, krächzte sie mit einer leicht heiseren Stimme, die zu ihrer absurd attraktiven Erscheinung passte. »Es tut mir so leid, dass ich erst so spät komme. Heute war irgendwie ein verrückter Tag. Ich habe nicht dran gedacht, dass das Büro von der Hausverwaltung geschlossen hat, deshalb konnte ich meinen Schlüssel nicht abholen, und deine Nummer hatte nicht. Ich hätte bis morgen gewartet, aber ich konnte nirgendwo anders hin.«

Mir fiel auf, dass ich die Tür blockierte - vielleicht dachte sie, dass ich sie nicht hereinlassen wollte. Beschämt trat ich zur Seite und murmelte, dass sie hereinkommen solle. Sie stolperte über den Teppich und schaffte es gerade noch so, nicht die Balance zu verlieren, wobei sie die Blumen fallen ließ. Sie war total besoffen!

Einen kurzen Moment lang war ich stocksauer auf Henry. Was hatte er sich bloß dabei gedacht? Wir hatten zwar nicht nach einer enthaltsamen Klosterschülerin gesucht, aber nach einer halbwegs vernünftigen Person – und er hatte mir diese unzuverlässige Schnapsdrossel ausgesucht. Dann sah ich sie mir noch mal an, und konnte mir ganz gut vorstellen, wie das gelaufen war.

Henry hatte bestimmt sein Bestes gegeben, dieser Bewerberin alle möglichen Fragen zu ihrer Arbeit und ihrem Sozialleben zu stellen, aber im Angesicht ihres wahnsinnigen Sexappeals war er wohl nicht in der Lage gewesen, auch nur eine ihrer Antworten zu erfassen. Sie hätte ihm sagen können, sie sei eine Crackdealerin, auf der Flucht vor dem FBI oder aus ihrer Wohnung geschmissen worden, weil sie diese aus Spaß niedergebrannt hatte - er hätte trotzdem beschlossen, dass sie die ideale Mitbewohnerin war. Nicht falsch verstehen, Henry war kein ekliger Lustmolch oder so, er war regelrecht vernarrt in Maddy - aber bei Tansy verlor wohl jeder heterosexuelle Mann die Fähigkeit, klar zu denken.

Tansy warf ihren Rucksack auf den Boden, kramte darin herum und zog eine Flasche Champagner hervor, die sie mir zusammen mit den leicht ramponierten Rosen überreichte.

»Die sind für dich«, murmelte sie. »Ehrlich, mir tut das alles so leid.«

Ich fragte mich, wie um alles in der Welt sie es an diesem

ach so verrückten Tag geschafft hatte, einen offenen Blumen-
laden mit einem so wunderschönen Strauß und ein Weinge-
schäft mit einer Flasche *Perrier-Jouët Belle Epoque* zu finden,
aber ich fragte nicht nach, sondern bedankte mich bei ihr und
bot an: »Soll ich dich herumführen?«

»Mach dir keinen Stress. Ich habe dich aus dem Bett geholt,
oder? Und ich bin auch total kaputt. Wenn es dir recht ist, gehe
ich einfach schlafen.«

Ich sagte, das sei total in Ordnung, und sie folgte mir die
Treppe hinauf, sah sich um und ging dann in das Zimmer, das
Maddy gehört hatte.

»Komm erst mal in Ruhe an«, sagte ich. »Das Bad ist da
drüben und mein Zimmer ist gleich daneben. Das Zimmer
neben deinem ist auch leer, aber diese Woche zieht noch
jemand ein, dann ist die Bude wieder voll.«

»Super!«, strahlte Tansy, lächelte ihr umwerfendes Lächeln
und gähnte. Selbst ihr Gaumen sah schön aus. Obwohl ihr
erster Auftritt mehr als fragwürdig war, hatte ich das Gefühl,
dass es unmöglich war, sie nicht zu mögen.

Ich ging die Treppe hinunter und schaltete das Licht aus,
dann fiel mir der schöne Rosenstrauß wieder ein – die
brauchten dringend Wasser. Ich stöberte in den Küchenschränken und fand die Kanne, die wir manchmal für *Pimm's*
benutzten, füllte sie mit Wasser und befreite die Blumen von
der Plastikfolie. Es waren so viele, dass ich sie nur mit Mühe
und Not hineinbekam. Als ich die Folie gerade in den Müll
werfen wollte, bemerkte ich eine weiße Karte mit verschnörkelter Floristenschrift.

Du warst gestern Abend unglaublich, wie immer. Travis.

3

Während ich in der brütenden Hitze der überfüllten U-Bahn stand und mein Gesicht in die Achselhöhle des Typs neben mir gepresst wurde (*Stinke-Boy, bist du das?*), fiel es mir schwer, irgendetwas gut zu finden; weder die lustige Podcasterin von *Leider Geil* noch die Welt im Allgemeinen und schon gar nicht mich selbst oder meinen langweiligen Alltag.

Nach Tansys Ankunft lag ich gefühlte Stunden lang wach und lauschte, wie sie unter gedämpftem Poltern und Krachen versuchte ihre Sachen möglichst lautlos zu verstauen, was ihr dank ihres Zustands leider völlig misslang. Sie muss auf ihren Zehenspitzen herumgestampft sein, hin und wieder hörte ich ein geflüstertes »Scheiße«. Als sie fertig war, blieb ich noch ein bisschen wach und hoffte, sie würde sich nicht übergeben. Und das tat sie zum Glück auch nicht. Das Haus war still und nur ein schwacher Blumenduft, der vielleicht von ihren Rosen oder von ihr selbst ausging, erinnerte mich daran, dass Tansy da war.

In meinem verschlafenen und übel gelaunten Zustand sah ich mich außerstande, eine volle Arbeitswoche anzutreten. Ich quetschte mich aus dem Zug und durch die Station. Wie jeden Morgen fragte ich mich, warum der Hedgefonds, für den ich arbeitete, sich ausgerechnet Mayfair als Bürostandort hatte aussuchen müssen. Auf dem Weg dorthin musste ich mich durch Horden von Touristen kämpfen, die scheinbar nie zuvor einen Zug von innen gesehen hatten. Wäre das Büro in der Innenstadt, könnte ich mit den anderen kaltäugigen, roboterhaften Pendlern wie ferngesteuert durch die Tunnel huschen.

Doch als ich durch die Türen in die Aquariumslobby meines Bürogebäudes trat, verbesserte sich meine Laune schlagartig. So traurig das klingen mag: Ich liebte meinen Job. Natürlich gab es Zeiten, in denen ich mich über meine Arbeit beklagte. Aber meistens war ich genauso aufgeregt wie am Tag meines Vorstellungsgesprächs, als ich das Gebäude und all die Möglichkeiten dort zum ersten Mal gesehen hatte.

Ich weiß noch, wie ich der Abteilungsleiterin Margot in einem weichen cappuccinofarbenen Ledersessel gegenübersaß. Zwischen uns stand ein riesiger, goldglänzender Konferenztisch. *Ich will diesen Job,* hatte ich gedacht. In ihrem umwerfenden rostroten Wollkleid sah Margot feminin und streng zugleich aus. Eines Tages wollte ich selbst ein solches Kleid tragen und mit ihrer selbstsicheren Autorität auftreten. Ich stellte mir vor, ein Vorstellungsgespräch mit jemandem wie mir zu führen. Sie hatte nicht die geringste Ahnung, dass ich in einer Sozialwohnung aufgewachsen war und das Schulessen vom Amt bezahlt bekommen hatte.

Ich war zwar ängstlich und eingeschüchtert, gleichzeitig hatte ich das Gefühl, dorthin zu gehören – oder zumindest dorthin gehören zu wollen.

Margots Worte kamen mir wieder in den Sinn: »Glauben Sie ja nicht, dass dieser Job immer glamourös ist, Charlotte. Es handelt sich um eine Juniorposition. Sie werden bei Kundenbesprechungen dabei sein, Präsentationen vorbereiten und unseren Vertriebschef Piers beim Marketing unterstützen, wenn erforderlich. Und wenn mal keiner da ist, um für ein Meeting Kaffee zu kochen, machen Sie das. Wenn Sie für die

PowerPoint-Folien verantwortlich sind und das Sales-Team bis zwei Uhr nachts Zahlen dafür ausrechnet, bleiben Sie so lange da. Wenn jemand Sachen aus der Reinigung abholen muss ... Sie können mir folgen?«

Ich konnte ihr folgen. Und zu meinem Erstaunen bekam ich die Stelle – und ein Gehalt, das mir schwindelerregend hoch erschien, bis mir klar wurde, wie hart ich dafür arbeiten musste.

Als ich an diesem Montagmorgen aus dem Aufzug kam und das Büro von *Colton Capital* betrat, hörte ich Colin bereits schreien. Gott sei Dank hatte ich nur selten etwas mit ihm zu tun, aber er war trotzdem mein Chef – unser aller Chef, ihm gehörte die Firma -, und es war keineswegs ungewöhnlich, dass er herumschrie. Aber wenn er damit gleich am Montagmorgen loslegte, bestimmte das den Ton für die ganze Woche. Na, das konnte ja heiter werden.

Auf dem Weg zu meinem Schreibtisch warf ich einen verstohlenen Blick durch die Glaswand des Meetingraums, der einem riesigen runden Aquarium glich und meist Schauplatz von Colins Wutausbrüchen war (wenn jemand tatsächlich gefeuert werden sollte, wurde er oder sie zu einem Gespräch mit Colin, dem Personalleiter und dem Leiter der Rechtsabteilung in einen der privaten Meetingräume gebeten und anschließend von der Security aus dem Gebäude eskortiert – später musste dann jemand vorbeigeschickt werden, der den Kram der gefeuerten Person mit einem Umzugskarton abholte).

Was auch immer meinen Chef an diesem Morgen wütend machte, würde also nicht zu einer Kündigung führen. Die einzigen Wortfetzen, die ich verstehen konnte, waren: »dämliches, inkompetentes Arschloch« und »die ganze Firma zu verarschen« - Standardvokabular einer üblichen Colin-Tirade. Was mich allerdings überraschte, war sein Opfer.

Colin schritt auf und ab. Das tat er immer, wenn er jemandem einen Einlauf verpasste. Er wippte regelrecht auf den Fußballen, sein kleiner, stämmiger Körper war aufgebläht vor Wut und seine Hängebacken wabbelten, sodass er aussah wie eine wütende Kröte. Ziemlich witzig, wenn man nicht gerade das Opfer war.

Der Mann, der seiner Predigt zuhörte, stand ganz ruhig mit dem Rücken zur Glaswand da und bewahrte sich das letzte bisschen Würde, indem er sein Gesicht von den neugierigen Blicken abwandte. Und doch war seine Silhouette unverkennbar. Niemand sonst war so groß, hatte so breite Schultern, trug so elegante italienische Anzüge oder hatte so makellos gestylte, glänzende dunkle Haare.

Renzo war vor ein paar Monaten von der Konkurrenz abgeworben worden und das Aushängeschild von *Colton Capital* – zumindest bis zum heutigen Tag. Man hatte ihm ein Depot im Wert von funfhundert Millionen Pfund anvertraut - einen ordentlichen Batzen für einen Neuling –, das er häufig spektakulär vergrößert hatte. So manches Mal hatte ich wehmütig von der stattlichen Bonuszahlung geträumt, die er sich damit verdient haben musste, und mich gefragt, was ich mit so viel Geld anstellen würde. Ich hätte damit eine Eigentumswohnung anzahlen können – ach was, damit könnte ich mir gleiche eine ganze Wohnung leisten und hätte immer noch genug Kleingeld übrig, um mir Schuhe für die nächsten paar Jahrzehnte zu kaufen oder mir einen Luxusurlaub und sogar ein Auto zu gönnen, wenn ich wollte. Ich könnte mit meiner Oma Urlaub auf den Bahamas machen, wobei sie vermutlich lieber zur Promenade von Blackpool fahren würde.

Manchmal träumte ich auch von Renzo selbst. Wie seine breiten, harten Schultern wohl ohne die nüchternen Anzüge aussahen? Ob sein Haar sich so seidig anfühlte, wie es aussah? Und ob er im Bett genauso aggressiv und kompetent war wie bei der Arbeit?

Immer wenn ich meine Gedanken in diese Richtung abschweifen ließ, brachte ich sie wieder auf den Boden der

Tatsachen zurück. Ich wusste, wohin dieser Weg führte: Ich hatte gesehen, wie es Larissa ergangen war, die den Fehler gemacht hatte, mit einem der anderen Portfoliomanager zu schlafen. Er hatte danach nie wieder mit ihr gesprochen – im Gegensatz zu seinen Kollegen. Sie hatten sogar Wetten darüber abgeschlossen, wer sie als Nächstes vögeln würde und am Ende war es so unerträglich für sie geworden, dass sie gekündigt hatte. Ich wusste also, dass nichts Gutes dabei herauskam, wenn man sich in Renzo oder einen der anderen ehrgeizigen, durchtrainierten Anzugtypen verknallte, die bei *Colton Capital* herumstolzierten und ihre Männlichkeit und ihren Erfolg so arrogant und wetteifernd zur Schau trugen wie ihre Tausend-Pfund-Lederschuhe. Die Männer, mit denen ich arbeitete, waren für mich streng tabu.

Doch Renzo und die anderen zahlten einen hohen Preis für ihr stattliches Gehalt. Nicht nur wegen der brutalen Arbeitszeiten und der Gewissheit, dass sie früher oder später ins Aquarium beordert und beschimpft werden würden, sondern auch wegen des immensen Drucks und der Tatsache, dass sie jeden Tag Millionen von Pfund aufs Spiel setzten und eines Tages verlieren würden. Ganz gleich, wie solide die Daten waren, die sie von Research-Analysten und Quants zur Verfügung gestellt bekamen, wie sicher sie sich auch waren, dass sie die Märkte in- und auswendig kannten: Das Ganze war nicht weniger riskant, als sein gesamtes Vermögen auf einen absoluten Außenseiter beim Pferderennen zu setzen, der einem leid tat, weil er so süße Schlappohren hatte. Das wusste ich, und das wussten sie. Deshalb waren all das Geschwätz, die Angeberei und die unerbittliche Machokultur nötig, die mir manchmal das Gefühl gaben, als müsste ich auf dem Weg zu meinem Schreibtisch durch ein Meer aus Testosteron schwimmen.

Ich stellte meine Tasche ab und schaltete den Computer ein. Erst mal brauchte ich unbedingt einen Kaffee, aber wenn ich in die Küche ging, musste ich wieder am Aquarium vorbei.

Stattdessen beschloss ich, mich auf die Präsentation zu konzentrieren, die ich für Piers bis zum Abend fertigstellen musste. Als ich sah, wie viel es noch zu tun gab, machte ich mich auf ein Mittagessen am Schreibtisch und einen späten Feierabend gefasst.

Ich war gerade dabei, eine *PowerPoint*-Datei zu öffnen, als die Glastür aufschwang und Renzo und Colin heraustraten. Colins Gesicht war puterrot und verschwitzt, auf seiner Stirn pulsierte eine Ader. Ich machte mir immer Sorgen, dass er bei einer seiner Schimpftiraden einen Herzinfarkt erleiden und einfach tot umfallen würde. Renzo hingegen wirkte völlig ungerührt – als hätten die beiden gerade über Kricket oder das Wetter gequatscht. Ich versuchte, diskret wegzuschauen, während er an meinem Schreibtisch vorbeiging, doch er zwinkerte mir fast unmerklich zu, woraufhin ich sofort errötete.

Den Vormittag verbrachte ich damit, an Tortendiagrammen zu feilen und die schlimmsten Auswüchse von Piers' aufgeblähter Sprache zu beschneiden. Als ich gerade überlegte, mithilfe von »Suchen & Ersetzen« jedes »obschon« in seinem Report durch ein »obwohl« zu ersetzen, beugte sich jemand über meinen Schreibtisch.

Ich schaute auf. Da stand nicht eine, sondern zwei Personen: Briony, eine von Colins drei Assistentinnen, und Xander, ein neuer Mitarbeiter, dessen Funktion mir nicht wirklich einleuchtete.

»Hey«, sagte ich. »Was gibt's?«

»Ich würde dich gern um einen Gefallen bitten«, zwitscherte Briony.

»Oh«, murmelte Xander. »Ich auch. Aber ich sehe schon, dass du viel zu tun hast, also ...«

Ich schaute auf meinen Bildschirm, dann zu den beiden und sah meine Mittagspause und die Chance auf einen Abstecher ins Fitnessstudio nach der Arbeit endgültig dahinschwinden.

»Schießt los«, seufzte ich. »Wer von euch war zuerst hier?«

»Das warst du«, sagte Briony zu Xander.

»Nein, nein«, sagte er. »Nach dir, ich bestehe darauf.«

»Okay«, meinte Briony. »Danke. Charlotte, Svetlana hat eben angerufen. Sie dreht komplett am Rad wegen Lucindas Geburtstagsfeier und hat mich gefragt, ob wir uns treffen können, um alles zu besprechen. Alle anderen haben so viel zu tun – Craig muss gerade last minute einen Veranstaltungsort für dieses Abendevent finden, Alice organisiert den Ausflug nach Silverstone ...«

»Was soll ich tun?«, unterbrach ich sie.

»Nur das Essen bei *Ocado* bestellen«, sagte Briony. »Ich würde es ja auf morgen verschieben, aber der Räucherlachs ist fast alle und du weißt ja, wie die drauf sind ...«

Das wusste ich nur allzu gut. Wenn der Mitarbeiterkühlschrank nicht voller hochwertiger Proteine war, würde es eine Meuterei geben. Ein noch größeres Drama gab es nur, wenn der Kaffee ausging (denn wenn die spezielle sortenreine Kaffeeröstung aus El Salvador aufgebraucht war, musste man wie ein ganz normaler Mensch mit *Nescafé* vorlieb nehmen). Ich wusste auch, dass diese Bestellung den größten Teil des Nachmittags in Anspruch nehmen und meine Geduld auf die Probe stellen würde, aber es gab kein Entrinnen. Wenigstens musste ich mich nicht mit der Geburtstagsparty von Colins fünfjähriger Tochter und den überzogenen Erwartungen seiner Ehefrau auseinandersetzen.

Dabei musste man zugeben, dass Svetlana es wirklich weit gebracht hatte. Laut der offiziellen Geschichte war sie den klassischen Weg von der sprichwörtlichen Tellerwäscherin zur Millionärin gegangen. Na ja, fast zumindest. Scheinbar hatte Svetlana in der Herrenabteilung von *Harrods* gearbeitet. Vor etwa zehn Jahren war Colin mit ein paar Kunden zum Mittagessen ins *Galvin at Windows* gegangen und während des Essens - eigentlich während des ersten Gangs, die Geschichte ist voller wichtiger Details - besudelte er seine *Dolce &* *Gabbana*-Krawatte mit Gazpacho (wie gesagt: wichtige Details). Damit er sich bei seinem folgenden Termin nicht blamierte, ging er in den nächsten Laden, um sich Ersatz zu kaufen. Dort sah er Svetlana und verliebte sich auf den ersten Blick.

Die Geschichte war prinzipiell glaubwürdig. Zum einen, weil Colin tatsächlich nicht in der Lage war, eine Mahlzeit zu sich zu nehmen, ohne danach auszusehen, als hätte er sich eine Essensschlacht geliefert. Und zum anderen, weil Svetlana offen gesagt eine echte Bombe war. Sie war mindestens einen Meter achtzig groß (zumindest kam es mir so vor), hatte rasiermesserscharfe Wangenknochen, eine schwarze Haarpracht und eine Figur, in die sie sehr viel und die Chirurgen der Harley Street noch mehr hineingesteckt hatten. Dazu kamen ihr russischer Akzent und ihre heisere Stimme, die Männer wahrscheinlich nicht »Kommst du zu mir ins Bett?« säuseln hörten, sondern ihnen befahl: »Leg dich sofort aufs Bett und gib mir die Peitsche – jetzt!«

Die Wahrheit (von der alle behaupteten, sie sei nur ein Gerücht, um offiziell an die Krawattengeschichte zu glauben) aber war, dass Colin Svetlana über eine teure Escort-Agentur mit gewissen Spezialdienstleistungen kennengelernt hatte. Die Details waren ein wenig vage, und um ehrlich zu sein, hatte ich mich nie nach der ganzen (inoffiziellen) Wahrheit erkundigt, schließlich war der Mann mein Chef. Das letzte Bild, das ich in meinem Kopf herumschwirren haben wollte, war Colin, der eingeschnürt wie eine Weihnachtsgans ...

Jedenfalls fragte ich mich manchmal, ob dieses unangenehme Bild seinen Angestellten ein kleiner Trost war, wenn sich die Tür des Aquariums schloss und Colin zu schreien begann.

Svetlanas Ex-Karriere hin oder her: Die Frau jagte jedem Angst ein, der mit ihr zu tun hatte, und war gleichzeitig unwiderstehlich charmant. Das merkte ich bereits kurz nach Antritt meiner Stelle. Während Briony sich noch im Mutterschutz befand, wurde ich gezwungen, Colins anderen Assistentinnen »freiwillig« bei der Organisation von Svetlanas Überraschungsparty zu Colins Fünfzigsten zu helfen. Das klingt verrückt, ich weiß, aber so lief es eben. Der Fonds gehörte Colin, aber Svetlana und damit auch ihre vier Kinder (sowie die drei aus Colins voriger Ehe und die beiden aus der davor) durften die Angestellten der Firma ganz nach ihrem Belieben nutzen. Das wussten und akzeptierten wir alle, trotzdem war es harte Arbeit, die Geburtstagsfeier zu planen, ohne dass Colin davon Wind bekam. Und so mussten die Assistentinnen und ich uns zusätzlich zu unserem normalen Arbeitspensum auch noch damit herumschlagen.

Es war brutal. Im Gegensatz dazu war der Tag, an dem Artikel 50 in Kraft trat (und damit die Frist für den Austritt des Vereinigten Königreichs aus der Europäischen Union festgelegt wurde und niemand wusste, wie die Märkte reagieren würden, weshalb ich bis zum Morgengrauen bei der Arbeit war, um aufblasbare Matratzen zum Schlafen und endlose Sashimi-Lieferungen von *Nobu* zu organisieren), ungefähr so anstrengend gewesen wie ein freier Nachmittag bei der Pediküre.

Also sagte ich zu Briony: »Natürlich, kein Problem, überlass das mir. Sag mir Bescheid, wenn du Hilfe bei der Party brauchst.« Wir tauschten mitfühlende Blicke aus und sie verschwand.

Dann wandte ich mich an Xander. »Und was kann ich für dich tun?«

Xanders Rolle war mir, wie gesagt, nicht ganz klar. Er war ein Ökonom, der für die Weltbank gearbeitet hatte, bis Colin ihn mit spannenderen Herausforderungen und einem noch spannenderen Gehalt als Gegenleistung für sein Fachwissen über Zukunftsmärkte gelockt hatte. Er hatte in der ganzen Welt gearbeitet: in Südamerika, auf dem asiatischen Subkontinent, im Nahen Osten und zuletzt in Washington, D. C. (das wusste ich, weil Piers mir vor ein paar Wochen seinen Lebenslauf in die Hand gedrückt hatte und meinte: »Könntest du das hier bitte auf die Website stellen? Danke, Darling.«)

Ein paar Tage nachdem sein Lebenslauf auf meinem Schreibtisch gelandet war, erschien Xander selbst bei *Colton Capital*. Seitdem wanderte er mit seinem Laptop umher. An einem Tag saß er bei den Analysten, am nächsten bei den Quants und tags drauf bei den Händlern – und überall hinterließ er Chaos. Wenn der Feueralarm losging, konnte man sicher sein, dass es Xander war, der seinen Toast in der Küche verbrannt hatte (als Vegetarier mied er die hochwertigen Proteine im Kühlschrank). Als Xander mir das erzählte, bot ich an, eine regelmäßige *Paxton & Whitfield*-Bestellung für Luxusstinkekäse aufzugeben, aber er meinte nur, das sei absolut nicht notwendig, da er in seiner Mittagspause gern rausgehen und die Gegend erkunden wollte, weil er noch nie in London gelebt hatte. Ich warf ihm einen Blick zu, der bedeutete: »Was zur Hölle? Glaubst du wirklich, du kommst hier in der Mittagspause an die frische Luft?«, aber er lächelte nur und stapfte davon, um sich eine Tasse Tee zu kochen, wobei er auf dem Weg in die Küche mit Pavels Schreibtisch zusammenstieß, fast eine Dose *Red Bull* umschmiss und Pavels strafenden Blick nicht einmal bemerkte.

»Es geht mal wieder um meine Chipkarte«, gestand Xander verlegen. »Ich muss sie in der U-Bahn verloren haben. Ich bin mir sicher, dass ich sie noch hatte, als ich heute Morgen los bin. Vielleicht habe ich sie auch bei *Pret a Manger* vergessen, als ich mir dort ein Croissant geholt habe. Zum Glück kam Renzo heute Morgen zur selben Zeit wie ich, sonst wäre ich gar nicht reingekommen. Dann hätte ich blöd aus der Wäsche geguckt.«

Ich versuchte daran zu denken, Margot vorzuschlagen, das alte Chipkartensystem beim Umzug in die neuen Büros, die auf den oberen zwei Stockwerken gerade mit großem Aufwand renoviert wurden, durch ein Codeschloss zu ersetzen. Aber dann, so vermutete ich, würde Xander trotz seines riesigen Gehirns andauernd den Code vergessen, sodass er alle paar Tage neu eingestellt werden müsste, um die Sicherheit nicht zu gefährden. Vielleicht sollte ich ein biometrisches System vorschlagen, seine eigenen Fingerabdrücke konnte schließlich selbst Xander nicht verlieren.

»Okay, ich gebe dir einen neuen«, seufzte ich. »Das ist jetzt schon dein ... ähm ... vierter in zwei Monaten? Starke Leistung.«

»Es tut mir leid, Charlotte.«

Ich lächelte. »Ist gar kein Problem. Aber ich werde eine Gebühr verlangen müssen.«

Xander zog eine Augenbraue hoch. Mir fiel auf, dass er hinter seiner Brille schöne Augen hatte. Auf sein Aussehen hatte ich vorher nie wirklich geachtet. In seinem schmuddeligen Tweedjackett und den Jeans stand er irgendwie im Schatten von all den anderen Männern in der Firma und ihren perfekt sitzenden Anzügen und Luxusfrisuren.

Ich senkte die Stimme: »Was hatte es vorhin mit Renzo und Colin auf sich?«

Das war noch so eine Sache, die mir an Xander aufgefallen war. Obwohl er noch nicht lange bei *Colton Capital* war, schien er über alles informiert zu sein. Die Leute vertrauten sich ihm an. Erst neulich waren er und Briony in der Küche in ein Gespräch vertieft, in dem es um die Angewohnheit von Brionys einjähriger Tochter ging, nachts um drei Uhr aufzuwachen, und darum, wie fertig Briony das machte. Ich kam gerade rein, als Briony sagte: »Ich wünschte, sie würde meine Brüste in Ruhe lassen und mir etwas Schlaf gönnen.« Briony sprach bei der Arbeit nie darüber, dass sie Mutter war, weil sie befürchtete, dass das ihrer Karriere schaden könnte.

Ich hielt es also für wahrscheinlich, dass Xander über Renzos möglichen Fehler Bescheid wusste.

»Ach ja, der ist mit einem Kunden ins *Gaslight* gegangen.«

Jetzt war ich an der Reihe, eine Augenbraue hochzuziehen.

Oder es zumindest zu versuchen, denn ich war mir nicht sicher, ob es mir tatsächlich gelang. »Na und?«, erwiderte ich.

Ich hielt zwar nichts davon, doch Kunden in Striplokale auszuführen – oder »Gentlemen's Clubs«, wie sie sich auf ihren Websites schimpften, die ich bei der Buchung von VIP-Räumen für Piers besuchen musste (auch wenn ich nicht verstand, was so gentlemanlike daran sein sollte, eine operierte Stripperin dafür zu bezahlen, dass sie einem ihre Titten ins Gesicht presste) –, war bei *Colton Capital* gang und gäbe.

»Kurswechsel«, erklärte Xander. »Anscheinend hat uns die Portfoliomanagerin, die uns vor einiger Zeit verlassen hat – Larissa hieß sie, glaube ich –, wegen sexueller Diskriminierung verklagt. Jetzt sollen sich alle zusammenreißen. Renzo hat da wohl was nicht mitbekommen.«

Das erklärte auch Renzos Zwinkern, als er an meinem Schreibtisch vorbeigegangen war. Es bedeutete: »Sieh nur, was für ein böser Junge ich bin, der die Regeln bricht und auf Firmenkosten nackte Frauen angafft. Und er kann mich nicht mal feuern, weil ich meinen Job so scheißgut mache.« Blieb natürlich immer noch die Frage blieb, wie Colin seine eigene Beziehung zu Svetlana mit diesem neuen, blitzsauberen Image in Einklang brachte.

»Verstehe«, sagte ich. »Interessant. Das werde ich im Hinterkopf behalten.«

Er hielt kurz inne und sagte dann: »Das ist schon richtig so, wenn du mich fragst. Die meisten Arbeitgeber würden so was heute nicht mehr akzeptieren. Ich meine, hallo, wir sind doch nicht mehr in den Achtzigern? So eine Kundenbespaßung ist doch echt nicht mehr zeitgemäß. Aber ich schätze, mit dieser Meinung stehe ich ziemlich allein da.«

Ich erwog, diplomatisch mit den Schultern zu zucken und meinen Mund geschlossen zu halten, aber ich konnte es nicht. »Also, ich sehe das genauso!«

Xander bekam seine neue Zugangskarte, danach schickte

ich eine E-Mail an alle Mitarbeiter, um sie darüber zu informieren, dass um vier Uhr nachmittags die Deadline für Extrawünsche für die *Ocado*-Bestellung war, und machte mich innerlich auf eine Flut von Anfragen für *Febreze*, Kaiserhummer, Rasiergel und *Grey Goose*-Wodka gefasst.

4

*Hallo ihr Hübschen, willkommen zurück. Heute lade
ich euch dazu ein, an meiner zweiten Challenge teilzu-
nehmen - und die ist der Knaller! Ich geb's gern zu - ich
bin ein bisschen nervös. Aber ich freue mich auch drauf.
Denn jetzt geht es darum, mutig zu sein, meine wilde
Seite zu entdecken und mich ein bisschen - oder noch
besser: mal so richtig - auszutoben.*
*Lasst mich das erklären. Als ich noch eine Teenagerin
war, gab es ein Sprichwort: Brave Mädchen kommen in
den Himmel, böse Mädchen kommen überallhin. Und
genau darum geht es in diesem Podcast. Nicht darum,
ein böses Mädchen zu sein und böse Dinge zu tun, oder -
noch schlimmer - eine böse Freundin zu sein, sondern
darum, etwas zu wagen. Die Flügel auszubreiten. Zu
lernen, nicht Nein zu sagen. (Natürlich gibt es Situatio-
nen, in denen es absolut in Ordnung ist, Nein zu sagen —
und dann ist es sogar absolut richtig -, aber dazu später
mehr.)*
*Heute werde ich mich also selbst herausfordern und
etwas Neues versuchen. Seid ihr dabei?*

Ich setzte mich im Bett auf und rückte die Kissen zurecht. Hätte ich mir doch nur eine Tasse Tee gekocht, bevor ich diese neueste Podcast-Episode gestartet hatte. Aber jetzt, da ich einmal angefangen hatte, wollte ich wissen, was passierte, was das Bad Girl für sich und - ich holte tief Luft - für mich auf Lager hatte.

Sie erzählte, dass sie ihren Horizont erweitern und neue Leute kennenlernen wolle.

Wie meine Freundin Ashley, die vor etwa einem Jahr einfach so beschloss, zu einem Swingerabend zu gehen, und jetzt total auf die Szene steht. Das könnte ich auch! Haha - wem mache ich was vor? Ich könnte das natürlich überhaupt nicht. Aber ich kann meine Grenzen auf andere Weise ausloten.

Das Bad Girl hatte also beschlossen, es langsam angehen zu lassen. Sie würde neue Dinge ausprobieren, einem Club beitreten (vielleicht nicht gerade einem Swingerclub) oder sogar einen Ort in ihrer Stadt aufzusuchen, an den sie sich noch nie getraut hatte. Und selbst wenn sie dort nicht die Liebe auf den ersten Blick finden würde, so konnte sie eine neue, aufregendere Seite an sich entdecken. Und gleichzeitig jede Menge spannender Erfahrungen sammeln, von denen sie ihren Freundinnen erzählen konnte.

Das klang alles ziemlich vorhersehbar – objektiv betrachtet. Aber ich konnte nicht anders, als das Bad Girl zu bewundern und der Geschichte weiter zu lauschen. Ihre Entschlossenheit und ihr Eigensinn gefielen mir irgendwie. In mancherlei Hinsicht war sie wie ich: Sie hatte einen Job, den sie liebte und für den sie hart arbeitete, obwohl sie nicht genau verriet, was sie machte. Sie lebte in einem coolen, angesagten Stadtteil. Sie gab den Großteil ihres Gehalts für Klamotten aus und beklagte sich dann darüber, dass sie gar keine Anlässe hatte, um sie zu tragen.

Aber im Gegensatz zu mir änderte sie ihr Leben. Sie wagte sich über das Gewohnte hinaus, stellte sich der Aussicht auf Misserfolg und Ablehnung und ließ sich davon nicht abhalten.

Sie war wie ich, nur in mutig.

Vielleicht färbte ja etwas von ihrem Mut auf mich ab, wenn ich ihre Mutprobe annahm und ihren Anweisungen folgte. Also öffnete ich *Facebook* und fing an, nach Gruppen und Veranstaltungen in meiner Nähe zu suchen. Es gab jede Menge davon, was mich nicht überraschte – in unserer Ecke von East London fand haufenweise Communityzeug statt. Allerdings erweckten die wenigsten dieser Events den Anschein, dort Nervenkitzel, heiße Dates oder einen Mann finden zu können, mit dem man nach zu viel Wein im *Prince George* unbeholfen rummachen konnte.

Es gab eine samstägliche Singstunde für Eltern und Kleinkinder in einer Kirche in der Nachbarschaft, die eine tolle Option gewesen wäre, wenn ich auf der Suche nach einem einsamen, fürsorglichen alleinerziehenden Vater mit traurigen Augen gewesen wäre – war ich aber nicht. Es gab einen Workshop für Möbelrestauration, der sich interessant anhörte, nur hatte ich keine geeigneten Möbel dafür. Es gab einen Kurs für Taxidermie, aber dazu hätte mich noch nicht einmal das Bad Girl selbst überreden können.

Ich war schon kurz davor aufzugeben, als mir die strenge Anweisung der Podcasterin wieder in den Sinn kam: »Jetzt komm schon, Süße! Ich weiß, was du jetzt tun wirst! Du wirst ein bisschen im Internet surfen und dir dann sagen: ›Nee, tut mir leid, der Scheiß ist nichts für mich. Ich versuche es nächste Woche wieder.‹ Stopp! Du wirst *jetzt* weitermachen, weil ich es sage und weil ich es auch tue, und alles, was ich kann, kannst du erst recht, oder?«

Richtig. Darum schwor ich mir, dass ich zur nächsten Veranstaltung gehen würde, die ich fand – egal was für eine es war. Ich scrollte so schnell nach unten, dass die Buchstaben auf meinem Display verschwammen. Als sie wieder lesbar wurden, klickte ich einfach.

Mist. Es war ein Laufclub.

»Die *Hackney Huffers*«, hieß es in der Seitenbeschreibung, »sind keine gewöhnliche Laufgruppe. Wir laufen nicht auf Zeit, wir sind in deiner Nähe, wir sind eine kleine Runde, wir sind meganett und wir heißen Läuferinnen und Läufer aller Altersgruppen und Fitnesslevels willkommen. Keine Anmeldung erforderlich – komm einfach in Laufschuhen und bring deine Abenteuerlust mit.«

Sie starteten um neun Uhr morgens, jetzt war es gerade acht. Ich konnte die Uhrzeit also nicht als Ausrede benutzen, um nicht hinzugehen, vor allem da sie sich direkt um die Ecke trafen. Widerwillig schob ich die Bettdecke beiseite und kramte in meinem Kleiderschrank nach einem Sport-BH.

»Bad Girl, wie auch immer du heißt, wenn das hier in die Hose geht, mache ich dich ganz allein dafür verantwortlich«, drohte ich laut.

* * *

Zwei Stunden später taumelte ich in die Küche. Ich hatte Tansy, seit sie eingezogen war, die ganze Woche nicht gesehen, was weniger seltsam war, als es klingen mag. Normalerweise war ich vor halb acht morgens aus dem Haus, und diese Woche hatte ich an ein paar Abenden sogar noch länger gearbeitet als sonst, war bei Maddy und Henry zum Abendessen gewesen und hatte es ausnahmsweise mal zu einem Pilateskurs geschafft. Ich nahm an, dass auch Tansy viel zu tun hatte: Sie ackerte sich wahrscheinlich im Fitnessstudio für ihre unglaubliche Figur ab, traf sich mit Travis (wer auch immer das sein mochte) und arbeitete in ihrem beneidenswert glamourös klingenden Job in der Modebranche.

Gelegentlich drang abends leise Musik durch ihre geschlossene Zimmertür. Der Geruch von Maddys Hygieneartikeln im Badezimmer war durch einen anderen, moschusartigen Duft verdrängt worden. Eines Abends, als ich nach Hause kam, war die Waschmaschine voll mit feuchter, gewaschener Wäsche. Und an einem Morgen standen ein paar große Pakete mit einer Adresse in Cornwall auf dem Etikett im Flur. Ich vermutete, dass Tansy sie auf dem Weg zur Arbeit zur Post bringen wollte. Es gab keine Anzeichen dafür, dass sie jemals die Küche benutzte; nicht mal, um sich eine Tasse Tee zu kochen. Aber von mir gab es dort ja auch keine Spuren. Und so wusste ich zumindest, dass sie nicht ausgezogen war und auch nicht tot in ihrem Zimmer lag, so wie die arme Frau in dieser *Dreams of Life*-Doku, die ich damals in der Uni gesehen hatte.

An diesem Samstagmorgen aber stand sie hier in der Küche und aß Toast. Mir wurde klar, dass ich sie in meinem Kopf zu dieser mysteriösen, wohlduftenden Göttin hochstilisiert hatte. Ich war es nicht würdig, mir ein Haus (oder gar eine Packung *Cadbury Mini Rolls*) mit ihr zu teilen. Aber sie sah total normal aus – wenn auch unverschämt gut – in ihren weißen Jeansshorts und ihrem Veloursshirt. Als sie mich sah, ließ sie ihr Frühstück fallen, das mit der *Marmite*-beschmierten Seite nach unten auf dem Küchenboden landete.

»O mein Gott, Charlotte, was ist denn mit dir passiert?«, stieß sie hervor. »Geht es dir gut? Soll ich die Polizei rufen?«

Ich schaffte es, zu lachen. »Vielleicht. Aber nur, um die Scheiß-*Hackney Huffers* wegen irreführender Werbung anzuzeigen.«

»Die *was*?«

»Ich ›erweitere meinen Horizont‹«, sagte ich und machte dabei Anführungszeichen in die Luft.

»Probiere neue Dinge aus. Darum war ich heute bei einem Lauftreff. Ich weiß, ich hätte es besser wissen müssen, ich bin überhaupt nicht in Form und ich bin selbst schuld. Aber die haben behauptet, sie wären entspannt und nett. Da stand, Läuferinnen aller Fitnesslevels wären willkommen. Was nicht dabeistand: Heute haben sie sich getroffen, um eine spezielle Trainingseinheit für den *Tough Mudder* einzulegen.«

»Den *was?*«

»Kannte ich auch nicht«, erklärte ich. »Hab's auf dem Heimweg gegoogelt. Das ist so ein krankes Event für durchgeknallte, sportsüchtige Fitnessmasochisten. Man muss durch den Schlamm robben und irgendwelche Hindernisse überwinden. Völlig lächerlich, sinnlos und schmerzhaft noch dazu.«

»Das macht bestimmt irgendwie Spaß.«

»Nein«, stöhnte ich. »Macht es nicht. Glaub mir. Das war ja noch nicht einmal das tatsächliche Rennen – und es war verrückt. Ich meine, schau mich doch mal an.«

Tansy sah mich an und musste ein Kichern unterdrücken. Ich konnte es ihr nicht verübeln: Ich war schon ein Hingucker, denn ich war buchstäblich vom Hals abwärts mit Schlamm bedeckt und auch mein Gesicht hatte einige Spritzer abbekommen. Der feuchte Dreck verhärtete sich gerade zu einer dubiosen porenverfeinernden Schlammpackung. Mein Top war an allen möglichen Stellen gerissen, weil ich unter Stacheldraht durchkriechen musste. Meine Leggings waren auch zerrissen, und an beiden Knien hatte ich mir komplett die Haut aufgescheuert.

»Aber hast du wenigstens jemanden Nettes kennengelernt?«, fragte sie.

»Nein! Natürlich nicht. Es gab zwar mehr Männer als Frauen, aber das waren alles so furchteinflößende Muskelprotze, die den ganzen Tag Gewichte stemmen oder steile Berge hochrennen. Und alle waren so verdammt gut drauf dabei. Du hättest sie sehen müssen, wie sie vor dem Start dastanden und auf den Zehenspitzen auf- und abgehüpft sind, während sie darüber gewitzelt haben, wie weh es tun wird. Diese fanatischen Mistkerle. Und die Frauen waren noch schlimmer. Strahlend und gut gelaunt, sogar am Schluss, als sie völlig verschwitzt und verdreckt waren.«

»Und zu allem Überfluss«, fuhr ich fort, »gab es dort sogar Duschen und ein echt nettes Café, in dem man frühstücken kann, aber das habe ich auf der *Facebook*-Seite natürlich nicht gelesen, deshalb hatte ich keine frischen Klamotten mit. Doch an einen Flirt beim Kaffee mit einem dieser Terminatortypen wäre wohl sowieso nicht zu denken gewesen, weil ich nach Ziegenkacke stinke.«

»Ich wollte ja nichts sagen, aber um ganz ehrlich zu sein, müffelst du schon ein wenig. Ich wusste gar nicht, dass es in London Ziegen gibt.«

»Ich auch nicht«, antwortete ich grimmig. »Aber wie sich herausstellt, gibt es sogenannte City Farms. Das sind Bauernhöfe in der Stadt, wo Leute mit Kindern hinkommen, um frische Landluft zu schnuppern und etwas Natur zu erleben. Auf so einer Farm waren wir. Und da gab es Ziegen.«

Tansys Mundwinkel zuckten wieder.

»Und ich war die ganze Zeit das Schlusslicht«, erzählte ich weiter. »Also konnte mir niemand über – oder unter – die blöden Hindernisse helfen, bis mich die Läufer von ganz vorn eingeholt haben. Aber die waren alle so richtig hardcore und schnell, dass ich mir von ihnen nicht helfen lassen wollte, als sie es mir angeboten haben. Also habe ich gesagt, es ist alles in Ordnung. War es natürlich nicht. Ich musste fast weinen, als ich das Ende erreicht habe und mir klar wurde, dass das nur die erste Runde war.«

»Ich hätte auf jeden Fall geweint«, sagte Tansy. »Unglaublich, dass du nicht einfach aufgehört hast. Warum hast du das nicht gemacht? Ich hätte aufgehört. Ich hätte mich hingesetzt und geweint und einer von diesen heißen Muskeltypen wäre stehen geblieben und hätte mich gefragt, was los ist, und dann ...«

»Dann«, unterbrach ich sie, »wenn denn tatsächlich einer

stehen geblieben wäre, worauf ich nicht wetten würde – okay, für dich vielleicht schon –, hätte er gesagt: ›Verlierer hören auf, wenn sie scheitern. Gewinner scheitern, bis sie Erfolg haben.‹ Oder vielleicht: ›Eines Tages wird das hier dein Warm-up sein.‹«

»›Wenn du mit dem Gesicht nach unten im Schlamm liegst, greif weiter nach den Sternen‹«, schlug Tansy vor.

»Umsonst ist nur der Tod.«

»Genau! Dreckskerle.«

»Ich hasse sie alle. Jeden einzelnen dieser durchtrainierten, straffen, motivierten Vollidioten.«

»So«, meinte Tansy. »Warum springst du nicht unter die Dusche und ich stecke deine Sportsachen in die Waschmaschine? Ich wollte sowieso gerade eine Maschine anwerfen. Und dann gehen wir raus und gönnen uns einen riesigen Brunch mit Speck und Crumpets und Prosecco.«

»Das hört sich doch mal nach einem Plan an«, lachte ich. »Maddy meinte, das Café in unserer Straße hat einen richtig guten Brunch, und da gibt es mittlerweile wohl auch Alkohol. Aber scheiß auf die Wäsche, das Zeug ist im Eimer. Und die Leggings erzeugen bei mir einen furchtbaren Cameltoe. Jetzt weiß ich auch wieder, wieso ich so lange keinen richtigen Sport mehr gemacht habe.«

Also duschte ich, zog mich an und lief mit Tansy die Straße hinauf zum *Daily Grind*, das allerdings mit unzähligen Mädels im Teenageralter vollgestopft und für ein Event geschlossen war. Offenbar gab hier ein Promi namens Gemma Grey eine Autogrammstunde. Also nahmen wir die U-Bahn ins Zentrum, tranken Matcha Green Tea Sours, aßen Dumplings und bestellten Unmengen von Prosecco. Wir hatten so viel Spaß, dass mir gar nicht auffiel, dass uns niemand anbaggerte.

· · ·

Wenn Tansys Ankunft etwas spektakulär gewesen war (okay, ziemlich spektakulär nach meinen Maßstäben; ich führte ein beschauliches Leben), dann war Adams Auftritt das krasse Gegenteil. Als ich eines Abends von der Arbeit nach Hause kam, war die Tür zu Henrys altem Zimmer, das am Vortag noch leer gestanden hatte, geschlossen. Mutmaßlich war Adam bei uns eingezogen. Das war alles. Kein weiteres Lebenszeichen. Nur diese geschlossene Tür.

So blieb es mehrere Tage lang. Gelegentlich wurde ich mitten in der Nacht durch Geräusche geweckt, die er im Haus machte - vom laufenden Wasserhahn in der Küche, Schritten auf dem Holzboden, der Toilettenspülung oder dem Piepen der Mikrowelle. »Es ist, als hätten wir einen Geist im Haus«, beschwerte ich mich bei Maddy und Henry, als wir uns zum Trinken in ihrer neuen Stammkneipe trafen. »Und zwar keinen lustigen Poltergeist, der Sachen umstellt und so. Eher eine Art mürrisches Spukgespenst.«

»Ein langweiliger Geist«, antwortete Henry. »Das klingt ganz nach dem Cousin, an den ich mich erinnere.«

»Ich glaube nicht, dass ich ihn je getroffen habe«, sagte Maddy.

»Doch, hast du, er war auf der Hochzeit von James, weißt du noch?«

Maddy konnte sich angeblich an gar nichts erinnern, was auf der Hochzeit von Henrys Bruder passiert war. Sie war schon ein paar Monate her, und sie war so nervös gewesen, seine ganze Familie zu treffen, dass sie anderthalb Flaschen Prosecco getrunken hatte und ins Bett gehen musste, kurz nachdem alle angefangen hatten zu tanzen, und noch bevor die Braut ihren Brautstrauß geworfen hatte.

»Was auch egal war, weil du in der Woche danach sowieso um meine Hand angehalten hast«, schwärmte sie, woraufhin die beiden einen dieser langen, intensiven Blicke austauschten, bei denen ich mich irgendwie unbehaglich fühlte und eifersüchtig wurde, aber mich auch sehr für sie freute.

»Du hast mit ihm getanzt«, erinnerte Henry sie. »Kurz bevor du in den Teich gefallen bist. Daran wirst du dich ja wohl noch erinnern können.«

»O Gott, hör auf. Nicht der verdammte Teich. Ich sterbe.«

Henry hatte sie an Adam, nicht an den Teich erinnern wollen, und sie zankten sich ein paar Minuten lang auf liebenswürdige Art und Weise.

»Oh, warte mal, ich glaube, ich erinnere mich«, entfuhr es Maddy plötzlich. »Er ist richtig groß und irgendwie auf eine streberhafte Art heiß. Dunkle Haare, Brille und Bart? Kann keinen Satz rausbringen, ohne rot zu werden und zu stottern?«

»Das ist er.«

»Wenn ich also eines Morgens einen großen, bärtigen Kerl in der Küche treffe«, schlussfolgerte ich, »dann weiß ich zumindest, dass ich nicht die Polizei rufen muss. Aber im Ernst, er kommt nie aus seinem Zimmer raus. Und Tansy verbarrikadiert sich auch fast jede Nacht und skypt mit ihrer Familie oder so. Muss wohl die Addams Family sein, wenn man bedenkt, dass sie das meist gegen zwei Uhr morgens macht. Es ist, als würde ich in einer Leichenhalle leben. Ich vermisse euch echt.«

»Wir vermissen dich auch«, beruhigte mich Maddy und drückte mich ein wenig, während Henry eine neue Runde Drinks holte.

Ich wusste, dass sie das ernst meinte – mehr oder weniger. Aber ich wusste auch, dass sich die Dinge für sie geändert hatten. Sie hatte sich weiterentwickelt, sie plante eine Hochzeit, ließ sich eine Maßküche anfertigen und, wer weiß, vielleicht verkündete sie mir als Nächstes, dass sie schwanger war. Und selbst wenn das alles aus irgendeinem Grund nicht passieren (etwa weil Henry sie vor dem Altar stehen ließ) und sie wieder in ihr altes Zimmer ziehen würde - nicht, dass ich meiner besten Freundin so etwas Schreckliches wünschte -, wäre es nie wieder so wie früher.

Ich schwelgte einen kurzen Moment in Erinnerungen und dachte daran, wie Maddy und ich an Samstagnachmittagen zusammen in der Küche gesessen, Tee getrunken, uns die Nägel lackiert und getratscht hatten, während Henry im Pub war, um Fußball zu gucken. Wie wir den Dienstagabend zum Weißwein- und Essensbestellabend auserkoren, zusammengesessen, uns mit Chicken Tikka Masala und Naan von *Queen of Kashmir* vollgestopft und über Gott und die Welt gequatscht hatten. Wie wir immer gewusst hatten, wann die andere plaudern oder in Ruhe gelassen werden wollte.

Dann zwang ich meine Gedanken zurück in die Gegenwart und erkundigte mich, wie es mit den Hochzeitsvorbereitungen voranging.

»Das wird alles superentspannt«, sagte Henry. »Ein Festzelt im Garten meiner Eltern, die Zeremonie in der Kirche um die Ecke, nur etwa hundertfünfzig Gäste. Sie findet in der Woche vor Weihnachten statt, da hat sowieso niemand Lust auf eine lange Partynacht.«

»Wir wollen uns einfach keinen Stress machen«, ergänzte Maddy. »Trotzdem müssen die Einladungen diese Woche raus, und ...« Sie senkte die Stimme und begann, mir ins Ohr zu flüstern. Henry stand diskret auf und ging zur Toilette. »Es gibt da diese Designerin für Brautmode in Brighton. Ich habe eines ihrer Kleider in einem Hochzeitsmagazin gesehen – nicht, dass ich mir haufenweise solcher Magazine gekauft habe, schau mich bloß nicht so an! –, und ihre Kleider sind sooo schön. So richtig märchenhaft, voller Spitze und Tüll und Perlen, und einfach *aaaaah*.«

»Das klingt großartig«, sagte ich. »Dann kaufst du dir also eins von ihr?«

Maddy lachte. »Wenn es doch nur so einfach wäre! Sie hat eine monatelange Warteliste. Aber ich stalke sie auf *Instagram*, und anscheinend hat eine ihrer Bräute abgesagt, sodass sie morgen einen Termin freihat. Und als ich angerufen habe, meinte sie, sie könnte wohl gerade noch rechtzeitig ein Kleid für mich anfertigen lassen. Ich habe es Henry noch nicht erzählt, aber ich habe mir morgen freigenommen und werde zu ihr runterfahren. Du kommst doch mit, oder?«

Ich sah in ihr strahlendes Gesicht und dachte an den USB-Stick, den Piers am frühen Nachmittag auf meinen Schreibtisch gepfeffert und dann beiläufig bemerkt hatte: »Das ist die Präsentation, die ich bei *SkyBridge* in New York halten werde. Wirf mal einen Blick drauf, Darling. Vielleicht kannst du sie ein wenig aufpeppen? Es reicht, wenn ich sie bis morgen Mittag habe.«

Es war ein riesiger Vertrauensbeweis, dass Piers mir zutraute, seine Arbeit aufzupeppen. Normalerweise wäre ich im Büro geblieben und hätte am Abend noch ein paar Stunden gearbeitet, aber ich wollte Maddy und Henry nicht absagen. Stattdessen hatte ich mir vorgenommen, am nächsten Morgen um sieben Uhr an meinem Schreibtisch zu sitzen.

»Maddy, ich würde ja gern, das weißt du doch, aber ...«

»Komm schon! Mach doch einmal blau, nur dieses eine Mal. Das wird lustig.«

Ich schüttelte den Kopf. »Ich kann nicht. Piers will, dass ich mir etwas ansehe, es ist dringend, und ...«

Sie verdrehte die Augen. »Alles ist dringend bei diesem schnöseligen Sack. Der nutzt dich doch total aus.«

»Ja, vielleicht tut er das, aber es ist mein Job, von ihm ausgenutzt zu werden. Es tut mir leid, Süße, ich kann nicht mitkommen. Kannst du den Termin mit dieser Frau nicht verschieben?«

»Mit Conchita Villamoura? Wie ich schon gesagt habe: Sie ist Monate im Voraus ausgebucht. Ist nicht schlimm. Ich frage Bianca mal, ob sie mitkommen will.«

Aber ich kannte Maddy gut genug, um zu wissen, dass es

sehr wohl schlimm war – egal was sie sagte und ob sie beim Shopping mit Henrys Schwester Spaß haben würde oder nicht. Sie war gekränkt und sauer, und ich hasste mich selbst dafür, dass ich sie im Stich ließ, obwohl ich wusste, dass ich absolut nichts daran ändern konnte.

Danach tranken wir noch eine Runde und teilten uns einen Teller Poutine (laut Maddy war das gerade das angesagteste Fast Food der Welt, aber ich fand, es schmeckte einfach nur wie Pommes mit Bratensoße, die nicht mal so gut waren wie die von meiner früheren Lieblingspommesbude). Ich brauchte über eine Stunde nach Hause und musste am nächsten Tag um halb sechs aufstehen. Darum schaute ich ständig auf die Uhr und gähnte.

Irgendwann verabschiedete ich mich und fuhr nach Hause. Als ich auf dem Weg ins Bett aus dem Bad kam, stieß ich buchstäblich auf Adam.

Zumindest nahm ich an, dass es sich bei dem dunkelhaarigen, bärtigen Fremden in unserem Flur um Adam handelte. Oder Tansy hatte einen Kerl mit nach Hause gebracht - vielleicht den mysteriösen Travis, obwohl es keine Spur mehr von ihm gegeben hatte, seit der Rosenstrauß verwelkt und verblüht und schließlich von Odeta in die Mülltonne geworfen worden war. Oder er war ein Einbrecher, der einen Laptop bei sich trug und die Toilette benutzte.

»Hallo«, sagte ich. »Ich bin Charlotte.«

Henry und er waren Cousins, keine Brüder, weshalb die mangelnde Ähnlichkeit nicht verwunderlich war. Trotzdem waren sie beide schlaksig und bewegten sich auf eine ähnliche Weise gebückt, als hätten sie Angst, sich den Kopf irgendwo anzustoßen. Aber das war es auch schon mit der Ähnlichkeit: Adam fehlte Henrys lässiges Selbstvertrauen. Er blinzelte, errötete und wich vor mir zurück.

»Du bist Adam, stimmt's? Schön, dich endlich kennenzulernen. Ich komme gerade von einem Treffen mit Maddy und

Henry. Ich soll dir von ihnen Hallo sagen«, sagte ich, obwohl das gar nicht stimmte.

»Oh. Ähm, ja, dann Hallo zurück.«

Ich war mir nicht sicher, ob der Gruß an mich gerichtet war, oder ob er irgendwie telepathisch an meine Freundin und ihren Verlobten weitergegeben werden sollte. Außerdem war ich zu erschöpft, um herumzustehen und mich mit diesem wortkargen Fremden zu unterhalten.

»Ich gehe jetzt ins Bett«, sagte ich. »Muss morgen früh raus.«

Und ich beobachtete, wie Adam sich umdrehte, zurück in sein Zimmer ging und die Tür hinter sich schloss.

5

Ich schlief in dieser und in der folgenden Nacht furchtbar schlecht. Zu meinen Arbeitssorgen und den Schuldgefühlen Maddy gegenüber kamen die ungewohnten Geräusche, die Tansy und Adam im Haus machten. Sie waren nicht laut, nur gewöhnungsbedürftig. Tansy hörte manchmal spätabends Musik, nicht annähernd so laut, dass ich sie hätte bitten können, sie leiser zu stellen, aber laut genug, dass ich sie gedämpft durch die Wand hören konnte. Manchmal konnte ich sie auch zu Zeiten reden hören, zu denen ich niemals eine meiner Freundinnen zum Plaudern angerufen hätte. Das fand ich irgendwie seltsam. Die Wände des Hauses waren zu dick, als dass ich ihre Worte hätte verstehen können, aber das Auf und Ab ihrer Stimme riss mich aus dem Beinahe-Schlaf und aus meinen Träumen. Ich war mir sicher, dass Adam sie auch hörte. Außerdem nahm ich ein polterndes Gerumpel wahr – vermutlich seinen Bürostuhl, der über den Holzboden rollte –, und manchmal hörte ich das Knarzen der Dielen unter Adams Füßen, wenn er sich im Raum bewegte. Für einen so schlaksigen Typ konnte er ganz schön trampeln, dachte ich, zog mir ein Kissen über den Kopf und zwang mich zu schlafen.

Es musste wohl funktioniert haben, denn am Samstag wachte ich von einem ekligen Traum auf. Ich war auf dem Weg zu Maddy und Henrys Hochzeit, aber aus irgendeinem Grund versuchte ich, den Zug und den anderen Zug und den Bus in den Südosten von London zu nehmen, und dann bemerkte ich, dass ich im Zug nach Brighton saß, und ich musste Conchita Villamouras Geschäft finden und Maddys Hochzeitskleid abholen, und es wurde später und später und Maddy würde nichts zum Anziehen haben und mir niemals verzeihen. Und natürlich konnte ich nicht mehr einschlafen, als ich wach genug war, um zu kapieren, dass ich nur geträumt hatte.

Betrübt und mit geschwollenen Augen ging ich nach unten und setzte Wasser auf. Es war noch saufrüh für einen Samstag, nicht mal sieben Uhr, und niemand außer mir war auf den Beinen. Das wunderte mich nicht, dachte ich bitter, die beiden waren schließlich die halbe Nacht lang wach gewesen.

Das Wochenende lag auf nicht sehr motivierende Weise vor mir. Ich könnte ins Fitnessstudio oder zum Pilates gehen, aber ich fühlte mich zu beschissen, um mich aufzuraffen, obwohl ich wusste, dass es mir danach besser gehen würde. Und die Scheiß-*Hackney Huffers* würde ich mir bestimmt kein zweites Mal geben. Ich könnte ins Büro fahren und mir die andere Präsentation anschauen, die ich für Piers checken sollte, aber allein bei dem Gedanken daran, stundenlang auf einen Bildschirm zu starren, musste ich fast weinen. Oder ich könnte mit dem Bus zum *Westfield* fahren und durch die Geschäfte spazieren, aber ich hatte mir tags zuvor zwar massiv reduzierte, aber trotzdem noch sündhaft teure Schuhe online bestellt. Meine Kreditkarte konnte keine weiteren Kahlschläge verkraften.

Also versank ich mit einem Tee im Sofa, zappte durch die Fernsehkanäle, fummelte an meinem Handy herum und verdrückte gedankenverloren vier Toasts mit Erdnussbutter.

Und – was für eine Überraschung! – danach ging es mir noch schlechter.

Das Krachen des Türklopfers riss mich aus meinem Trübsal. Einen Moment lang war ich versucht, nicht zu öffnen - ich wusste, dass niemand einfach so vorbeikommen würde und könnte es nicht ertragen, einen armen Zeugen Jehovas oder einen Reinigungsmittelverkäufer wegzuschicken, der angeblich gerade erst aus dem Gefängnis entlassen worden war (eigentlich war ich mir ziemlich sicher, dass diese »Verkäufer« bloß die Bude auskundschafteten, bevor sie einbrachen und alles klauten).

Dann fielen mir meine schönen Schuhe ein und ich stellte fest, dass es fast zehn Uhr war. Die Post war fällig. Ich rannte zur Tür und öffnete sie, als der Bote gerade schon die »Ihre Sendung ist da!«-Karte ausfüllte.

Beim Aufschneiden der Pappverpackung mithilfe eines Brotmessers fühlte ich mich schon viel besser.

In dem braunen Karton befand sich eine glänzende, weiße Schachtel. Da ich den Moment voll auskosten wollte, nahm ich den Deckel ganz langsam ab. Ich erwartete den Duft von neuem Leder – aber unter einer Wolke aus Seidenpapier befand sich statt meiner reduzierten *Rag & Bone*-Stiefel ein Dessousset von *La Perla*, das wahrscheinlich doppelt so viel gekostet hatte.

Es war aus schwarzer Spitze: ein zarter BH, der nicht die geringste Chance hatte, meine beiden 32Fs zu bändigen, und ein winziges Höschen, das ich mir mit Sicherheit noch nicht einmal bis über die Knie ziehen konnte. Ziemlich schade eigentlich: *Amazon* hätte mir wohl kaum schönere falsche Sachen schicken können als diese hier. Auch wenn ich natürlich keinerlei Anlass hatte, solche Unterwäsche zu tragen.

Ich wollte es verdrängen, aber leider konnte ich mich noch allzu gut daran erinnern, wie mich das letzte Mal jemand in Unterwäsche gesehen hatte. Es war der letzte Typ gewesen, den ich bei *Tinder* nach rechts gewischt hatte - er hieß Nick, wir hatten gematcht und er hatte mir geschrieben, ohne mir ein Dickpic zu schicken, was ihn quasi direkt zu einem Volltreffer gemacht hatte. Wir chatteten ein paar Wochen lang hin und her und verabredeten uns schließlich auf einen Drink. Man weiß ja, wie das läuft: Die Nachrichten wurden immer häufiger und das Date rückte immer näher, und ich steigerte mich so sehr rein, dass ich am Tag unseres Treffens quasi schon Namen für unsere Babys ausgesucht hatte.

Als ich nach fünf Sekunden feststellte, dass es zwischen uns überhaupt nicht knisterte, ließ ich mich davon nicht beirren. Vielleicht brauchte das Ganze einfach nur etwas Zeit, dachte ich mir, während ich meinen Gin Tonic viel zu schnell herunterstürzte und noch einen bestellte. *Er ist doch ein netter Kerl,* redete ich mir ein. Er hatte einen guten Job, er war witzig, er suchte nach etwas Ernstem.

Er war der *Clarks*-Schuh unter den Männern. Und obwohl ich gegen Ende des Abends immer noch nicht die erhofften Gefühlsregungen empfand, ging ich mit ihm nach Hause. O Gott, es war so schrecklich. Er war ein feuchter, schlampiger Küsser. Er zwickte mit seinen Fingern an meinen Nippeln herum, als würde er nach seinem Lieblingssender im Autoradio suchen. Es war eines dieser Male, die kein Ende zu nehmen scheinen.

Das hatte mir die Lust auf Sex zwar nicht für immer verdorben, trotzdem war ich seither nicht mehr sonderlich scharf darauf gewesen, es noch einmal mit jemand anderem zu versuchen. Ich brauchte momentan also wohl kaum Dessous, die offensichtlich dazu gedacht waren, um damit jemanden geil zu machen. Widerwillig verdrängte ich den Traum, mich in eine Sexgöttin mit Modelmaßen zu verwandeln und legte den BH und den Slip gefaltet zurück in das Seidenpapier. Die musste ich nun also zurücksenden, damit sie die richtige Adressatin beglücken konnten. Dann bemerkte ich den Lieferzettel, der zwischen den Schichten von Papier steckte. Das war eindeutig unsere Adresse, aber mein Name stand nicht darauf; es stand überhaupt kein Name auf dem Etikett.

»Scheiße«, murmelte ich. »Warum habe ich da nicht vorher drauf geachtet?«

Ich erwog, alles zurück in die Schachtel zu stopfen, sie zurückzuschicken und zu leugnen, dass ich das Paket jemals gesehen hatte. Aber dann fiel mir ein, dass ich dafür unterschrieben hatte, und dass ich schließlich reif und erwachsen war und bloß einen harmlosen Fehler gemacht hatte. Als ich hörte, wie sich Tansys Zimmertür öffnete und wieder schloss und sie die Treppe hinuntertrippelte, überkam mich eine Welle von Scham.

»Morgen, Charlotte«, flötete sie fröhlich und schlenderte in einem Trägertop und einem rosa Hipsterslip in die Küche. »War das eben der Paketbote?«

Es war ganz gut, dass ich zur Tür gegangen war, dachte ich. Wenn sie gegangen wäre, hätte der arme Paketbote wahrscheinlich auf der Stelle einen Herzinfarkt bekommen.

»Ja, genau«, sagte ich. »Tut mir echt leid, ich erwarte was von *Amazon* und habe das hier aus Versehen geöffnet. Gehört es dir?«

Ich gab ihr die Schachtel und sie durchstöberte aufgeregt das Seidenpapier.

»Oh«, sagte sie. »Das ist also gekommen? Hübsch.«

Sie schien überrascht und irgendwie gleichgültig, was mir komisch vorkam. Wenn ich Hunderte Pfund für Unterwäsche verprasst hätte, wäre ich wohl überwältigt vor Aufregung, Schuldgefühlen und einer Art Kaufreue. Aber womöglich war das bei Tansy nicht so – wie ich anhand ihrer trocknenden Klamotten auf dem Wäscheständer beobachtet hatte, besaß sie Unmengen von Designerklamotten. Ich hielt sie für Musterteile und Gratisexemplare von ihrer Arbeit als Modeeinkäuferin. Und sie war schließlich nur Junior-Einkäuferin, was sicherlich hieß, dass das hier ein seltener Kauf war. Aber es ging mich ja auch nichts an. Wenn meine Mitbewohnerin sich Unterhosen im Wert einer halben Monatsmiete kaufen wollte – sollte sie doch! Aber wenn sie sich sexy Kram kaufte, war sie doch bestimmt nicht single. Wo war dann ihr Freund? Sie hatte Travis nie erwähnt. War sie nun single oder nicht? Ich verdrängte diese Gedanken. Hieß es in den Frauenzeitschriften nicht immer, dass wir uns für uns selbst anziehen sollten und nicht für Männer? Hatte nicht sogar irgendjemand mal ein Buch darüber geschrieben, dass wir uns Dinge kaufen sollten, die Freude bereiteten? Oder ging es nur darum, Dinge loszuwerden, die das nicht taten?

»Sehr hübsch«, sagte ich. »Tut mir leid wegen – du weißt schon.«

»Macht gar nichts«, antwortete Tansy. »Ähm ... Charlotte, ich will nicht unhöflich sein, aber geht's dir gut? Du siehst etwas müde aus.«

Sie legte die Schachtel auf die Küchentheke zurück und drehte sich diskret um und füllte den Wasserkocher.

»Alles gut. Ich habe nur in letzter Zeit nicht so toll geschlafen.«

Zu meinem Erstaunen wurde Tansy so knallrot, wie ich es erwartet hatte, als sie erfuhr, dass ich ihre Fick-Mich-Unterwäsche ausgepackt hatte.

»Ich habe dich doch nicht wachgehalten?«, fragte sie. »Ich meine, ich habe spätabends noch geskypt. Meine Mutter und meine Schwester sind beide im Schichtdienst, deshalb ist das häufig die einzige Zeit, zu der wir alle online sein können, aber ich wusste nicht ...«

»Ich habe kaum etwas davon mitbekommen«, beruhigte ich sie. »Ich habe einfach ein bisschen Stress bei der Arbeit und Maddy wollte, dass ich mit ihr Hochzeitskleider anprobieren gehe und ich konnte nicht, und jetzt fühle ich mich mies deswegen. Ist nicht so wichtig.«

»Wenn deine Freundin heiratet, kommen noch eine Menge solcher Gelegenheiten auf dich zu. Ich glaube, das macht alle ein bisschen verrückt. Bei der Hochzeit meiner Schwester war das auch so. Irgendwann dachten wir, jetzt müssen wir die Männer in den weißen Kitteln rufen. Perdita hat mich oft um fünf Uhr morgens angerufen, weil ihr irgendwas Wahnsinniges eingefallen ist, zum Beispiel, dass wir die Vorhänge in der Location umdrehen sollten, weil ihr die Farbe nicht gefiel. Zu der Zeit war sie auch noch schwanger, was sie wahrscheinlich noch bekloppter gemacht hat. Superstressig.«

»Das glaube ich gern«, lachte ich. »Aber Maddy ist eigentlich ziemlich bodenständig. Ich fürchte, dass ich ihre Gefühle verletzt habe.«

»Das legt sich wieder«, versicherte Tansy mir. »Glaub mir. Warte ein paar Tage ab, und ruf sie dann an. Falls sie nicht selbst vorher anruft, was sie bestimmt tun wird. Woher kennt ihr euch eigentlich?«

Ich erzählte ihr, dass wir beide aus Cramlington im Nordosten Englands stammten, wo ihre Familie direkt neben meiner gewohnt hatte, als wir klein waren. Wir waren schon in der Schule beste Freundinnen gewesen und über die gesamte Unizeit hinweg in Kontakt geblieben – obwohl ich nach Manchester gezogen war und Maddy in Glasgow studiert hatte. »Als ich dann einen Job in London bekam«, erzählte ich Tansy, »habe ich Maddy sofort bei *WhatsApp* geschrieben und sie gefragt, ob sie eine Mitbewohnerin brauchen kann. Und wir waren sofort wieder ein Herz und eine Seele, als wäre es nie anders gewesen.«

»Oh, ist das süß!«, hauchte Tansy. »Wart's ab, sobald die Hochzeit vorbei ist, wird alles wieder wie früher.«

Ich war zwar nicht ganz überzeugt, aber immerhin hatte sie mich aufgemuntert. Als ich Tansy fragte, was sie heute vorhatte, schaute sie hinaus in die grelle Sonne und meinte, dass sie sich mit ihrem Bikini irgendwo im Park in die Sonne legen würde und ob ich nicht mitkommen wollte.

Der Anblick ihrer schlanken, goldbraunen Stelzen erinnerte mich an meine eigenen käseweißen Beine und ich wollte fast schon Nein sagen, ehe ich mich eines Besseren besann.

»Ich zieh mich nur schnell um«, rief ich.

Mitten auf der Treppe traf ich Adam, der gerade aus seinem Zimmer gekommen war. Als er unten auf Tansy in ihrer Schlafunterwäsche stieß, errötete er bis über beide Ohren, machte auf dem Absatz kehrt, huschte schnell zurück in sein Zimmer und schlug die Tür hinter sich zu. Armer Tropf, dachte ich. Mit Tansy zusammenzuleben musste Albtraum und Traum zugleich für ihn sein.

Tansy und ich verbrachten den Großteil des sommerlichen Samstags im Park, wo wir uns mit vielen anderen Sonnenanbetern bräunten. Wir lasen die Zeitschriften, die wir am Kiosk gekauft hatten, und besprachen dabei wichtige Dinge – etwa die Frage, ob David Tennant oder Matt Smith der bessere *Doctor Who*-Darsteller war, und ob *Maltesers Buttons* die leckerste oder die abstoßendste Süßigkeit überhaupt war.

Schließlich wurde es zu kalt, um draußen zu liegen. Auf dem Weg nach Hause machten wir noch einen Zwischenstopp im Supermarkt, wo wir uns teure Fertiggerichte und eine Flasche Wein holten.

Tansy durchstöberte sämtliche Regalreihen und füllte ihren Korb wahllos mit Bohnen, Keksen und Damenbinden. Ich fragte mich, warum sie ihren Wocheneinkauf ausgerechnet jetzt machen musste. Auf dem Weg nach draußen legte sie dann alles in die Spendenbox der Tafel, und ich hatte ein richtig schlechtes Gewissen, weil ich so oft daran vorbeigelaufen war und nie etwas hineingelegt hatte.

Als wir wieder zu Hause waren, aßen wir gemeinsam zu Abend, und als ich gerade vorschlagen wollte, noch in den Pub zu gehen, gähnte Tansy und kündigte an, dass sie nach oben gehen, mit ihrer Schwester skypen und dann schlafen würde.

Ich fand mich mit der Aussicht auf einen einsamen Abend ab, fuhr meinen Laptop hoch und widmete mich der Monstertabelle, die ich für Margot anlässlich unseres Büroumzugs im nächsten Jahr erstellt hatte. Wir zogen ja nur zwei Stockwerke weiter nach oben, doch im Hinblick auf den Arbeits- und Planungsumfang dieser Aufgabe hätte man meinen können, wir planten einen Krieg. Schon seit fast einem Jahr plante ein Architekturbüro die neuen Räumlichkeiten mit drei Küchen (für entsprechend umfangreiche *Ocado*-Lieferungen), einem luxuriösen Fitnessraum (mit stets verfügbarem Personal Trainer) sowie fünf Konferenzräumen.

Die ganze Sache wurde noch komplizierter, weil der Umzug selbst zu einem Zeitpunkt stattfinden musste, an dem die Aktienmärkte geschlossen waren, damit die Händler keine Sekunde kostbarer Onlinezeit (und damit Geld) verlieren würden. Margot, die beauftragt worden war alles zu organisieren, hatte diese Aufgabe an mich delegiert. Ich starrte eine Weile gedankenverloren auf die Spalten und Zeilen, die mich angesichts der Größe dieser Aufgabe immer wieder entmutigten. Dann seufzte ich, schenkte mir ein weiteres Glas Wein ein, verfasste eine Nachricht an Maddy, löschte sie und seufzte erneut.

Als ich gerade aufgeben und selbst ins Bett gehen wollte, klopfte es plötzlich an der Haustür. Es war fast neun Uhr, also konnte es definitiv nicht der Briefträger oder ein Zeuge Jehovas sein, möglicherweise aber ein geläuterter Straftäter, der Staubwedel verkaufte, oder ein nachtaktiver Spendensammler, der mir einen Dauerauftrag zur Unterstützung von *Save the Children* unterjubeln wollte.

Ich klappte meinen Laptop zu und eilte zur Tür.

»Es tut uns sehr leid, dass wir so spät noch klopfen.« Es waren Hannah und Luke von nebenan, die Eltern (oder eben

Dosenöffner, je nachdem, wie man das sieht) von Freezer, dem Kater.

»Wir wollen nicht stören«, begann Luke.

Ich gab ihnen murmelnd zu verstehen, dass sie überhaupt nicht störten, was ja auch stimmte, und bat sie herein.

»Nein, danke«, lehnte Hannah ab. »Wir klappern nur gerade die gesamte Nachbarschaft ab, um überall zu fragen, ob jemand unseren Kater gesehen hat.«

»Freezer«, ergänzte Luke. »Er ist weiß und hat ein grünes und ein blaues Auge.«

»Ich habe ihn schon mal gesehen, er ist wirklich hübsch. Er kommt manchmal in unseren Garten und klettert dann zurück über den Zaun, wenn ihr ihn zum Abendessen ruft. Aber er war schon eine Weile nicht mehr hier«, sagte ich.

»Wir haben ihn seit Freitagmorgen nicht mehr gesehen«, meinte Hannah. »Er ist erst seit Kurzem Freigänger, deshalb haben wir Angst, dass er sich verirrt hat.«

»Er ist noch nicht einmal ein Jahr alt«, fuhr Luke fort. »Also eigentlich noch ein Baby.«

»Wir rufen ihn die ganze Zeit«, erzählte Hannah. »Er ist nicht taub – die Leute meinen immer, dass alle weißen Katzen taub sind, dabei stimmt das gar nicht.«

»Normalerweise kommt er immer angerannt, wenn er das Rascheln der *Dreamies*-Packung hört«, erklärte Luke.

Ich schüttelte den Kopf. »Das tut mir so leid. Mein Gott, ihr macht euch bestimmt schlimme Sorgen. Habt ihr es schon bei *Facebook* probiert?«

»Wir haben was auf Social Media gepostet«, erklärte Hannah, »und in der Straße und in Lukes Café Poster aufgehängt.«

»Im *Daily Grind*«, ergänzte Luke. »Ich glaube nicht, dass ich dich dort schon mal gesehen habe?«

Ich ging auf dem Weg zur Arbeit an dem Café vorbei, und jetzt erinnerte ich mich, dass ich Luke dort fast jeden Morgen durchs Fenster hindurch sah. Aber da das Café geschlossen war, als ich letztens mit Tansy dort brunchen gehen wollte, und ich mich morgens immer höllisch beeilen musste (außerdem konnte ich ja bei der Arbeit richtig guten Kaffee trinken), hatte ich dort tatsächlich noch nie reingeschaut. Maddy und Henry hingegen waren Stammkunden gewesen.

Das erklärte ich ihnen und nahm einen ihrer Flyer (was eigentlich überflüssig war, denn ich wusste ja, wie Freezer aussah, aber ich wollte nicht gleichgültig erscheinen).

»Ich frage mal die anderen«, versprach ich. »Und werde selbst Ausschau nach ihm halten. Er kommt bestimmt wieder zurück. Wahrscheinlich hat er sich nur in irgendeinem Gartenschuppen versteckt.«

Wir wünschten uns eine gute Nacht, und ich sah ihnen zu, wie sie in der Dämmerung Händchen haltend die Straße hinunterliefen und dabei den Stapel mit den ausgedruckten Flyern fest umklammerten. Die Armen, dachte ich, und der arme Freezer, wo immer er auch war. Sie sahen so traurig aus, aber gleichzeitig so vereint: ein Duo, das sich der Mission verschrieben hatte, seinen kleinen verlorenen Kater wiederzufinden. Ich blinzelte die Tränen weg, die mir in die Augen schossen, und wandte mich wieder meiner Tabelle zu, bis die Zahlen und Buchstaben vor meinen Augen verschwammen.

Dann nahm ich ein Bad und wischte unmotiviert *Tinder*-Profile zur Seite, während ich meinen Haaren eine Proteinkur und meinem Gesicht eine Glykolsäuremaske gönnte, die hoffentlich sämtliche tote Hautzellen beseitigte.

6

Hallo ihr! Willkommen zurück bei Leider Geil, der Anleitung zu Liebe und Sex von einem Bad Girl. Im heutigen Podcast geht es darum, zu den Grundlagen zurückzukehren. Ich weiß, ich weiß, wir alle daten online ... aber das hat seine Grenzen! Einige der glücklichsten Paare, die ich kenne, haben sich offline kennengelernt, oft über gemeinsame Freunde. Schließlich kennen euch eure Kumpelinen besser als alle anderen, und wenn eure Freundin euch sagt, sie möchte, dass ihr jemanden kennenlernt, dann hört auf sie! Auch wenn er nicht der Mann eurer Träume sein mag, könnte er trotzdem der Mann für ein paar Nächte sein. Wisst ihr, was ich meine? Ich hatte jedenfalls schon unglaublich gute Nächte mit Typen, mit denen ich keine wirkliche Zukunft hatte. Typen, die gute Kumpel geworden sind. Typen für verlässliche Booty Calls. Typen, mit denen ich mich getroffen habe und heißen Sex hatte, obwohl ich wusste, dass sie niemals Vater meiner Kinder sein würden. Das ist meine Herausforderung für heute. Ich *werde drei meiner besten Freundinnen anrufen und sie bitten, mich einem Freund vorzustellen, der single ist. So! Das ist doch gar nicht so schwer, oder?*

»Es ist alles megachaotisch, um ehrlich zu sein«, jammerte Maddy. »Wer hätte gedacht, dass es stressig sein könnte, ein Haus zu renovieren, und gleichzeitig eine Hochzeit zu planen? Wir anscheinend nicht!«

»Gestresst siehst du gar nicht aus«, sagte ich. »Du siehst toll aus, und das Haus auch.«

Und das stimmte auch. Maddy hatte abgenommen – aber tut das nicht jede Braut, wenn sie in ein Hochzeitskleid passen muss? Wobei ihre Kleiderjagd in Brighton nicht zu *dem Richtigen* (Kleid, natürlich) geführt hatte. Als ich anrief, um zu fragen, wie es gelaufen war und mich noch mal dafür entschuldigte, dass ich nicht kommen konnte, würgte sie mich ab und meinte, das sei nicht so schlimm. Sie klang dabei so niedergeschlagen, dass ich die Herausforderung, sie und Henry darum zu bitten, mich mit einem ihrer Singlefreunde zu verkuppeln, fast aufgegeben hätte. Aber ich zog es dann doch durch, und als sie antwortete, klang sie plötzlich wieder fast wie die alte Maddy. Sie wollte ein Abendessen in ihrer neuen Küche arrangieren. Obwohl der Gedanke an Henrys Kricketkumpanen mich nicht gerade vom Hocker riss, sagte ich begeistert zu und fragte, was ich mitbringen solle. Das allein fühlte sich schon komisch an, denn als Maddy früher in unserer gemeinsamen Küche Dinnerpartys schmiss, musste ich nie etwas beisteuern. Ich lungerte nur herum, während sie mich herumkommandierte, mir befahl, was ich zu schnippeln und abzuwaschen hatte, und mich zu Last-Minute-Einkäufen in den Laden an der Ecke schickte, wenn sie etwas vergessen hatte.

Das letzte Mal war das neue Haus noch ein Meer aus Kartons gewesen, in dem die Bauteile der Küchenschränke überall rumstanden – jetzt sah es wie ein Zuhause aus. Ein richtiges Zuhause. Die Glastüren waren zum Garten hin geöffnet, sodass die warme Abendluft hereinströmte. Auf den frisch verlegten Natursteinplatten standen Töpfe mit Rosen und Kräutern. Über dem Kaminsims waren Lichterketten drapiert, alles war voller Kerzen, und auf dem Tisch, um den wir saßen, lag doch tatsächlich ein waschechtes Tischtuch.

Oder besser gesagt, um den Henry, Henrys Schwester Bianca und ihr Mann (dem ich zwar vorgestellt wurde, dessen Namen ich aber direkt wieder vergessen hatte) und ich saßen. Maddy stand am Herd und rührte in den Töpfen und hinter ihr geisterte Magnus, mein »Date« für den Abend, herum.

Ich will nicht undankbar klingen, denn Freunde miteinander zu verkuppeln ist schließlich nicht so einfach, aber es war nicht gerade Liebe auf den ersten Blick. Nicht zuletzt, weil sein »Hallo« von einem Küsschen begleitet wurde, das meine Wange verfehlte und mich mit einem feuchten Ohr zurückließ, und als wäre das nicht schon schlimm genug gewesen, wiederholte er die Prozedur auf der anderen Seite. Ich passte einen Moment ab, in dem er wegsah, und wischte meine Ohren an meinem Pullover ab. Er hatte helles Haar, ein rosa Gesicht und sah irgendwie zerknautscht aus. Und das trotz eines buschigen Bartes, der offensichtlich cool wirken sollte, ihn aber eher wie einen von den sieben Zwergen aussehen ließ – seiner Nasenfarbe nach zu urteilen wohl am ehesten Hatschi. Seine Stimme klang nach schnöseliger Privatschule. Er sprach ein klein wenig zu laut und ein klein wenig zu viel und war gerade dabei Maddys Reis niederzumachen. Ja, den Reis.

»Arborio ist als Risottoreis natürlich eine absolut vertretbare Wahl«, dozierte er gerade. »Ich finde aber, dass Carnaroli ein besseres, ja cremigeres Resultat erzielt. Diese Sorte verwenden sie auch in der *Locanda Locatelli*. Als ich dort letztes Mal zum Mittagessen war, haben sie mir ein Hummerrisotto an Sommertrüffeln serviert, das schlicht göttlich war.«

»Meins muss mit Hühnchen und Erbsen vorlieb nehmen, und an ›göttlich‹ muss ich vielleicht noch etwas arbeiten«, konterte Maddy, während sie resolut rührte.

»Bio, will ich doch hoffen?«, fragte Magnus. »Aus einem Industriehuhn kann man einfach keine brauchbare Brühe erzeugen. Und die Qualität eines Risottos hängt nun mal von der Brühe ab – die ist fast wichtiger als der Reis, finde ich. In ihrem Buch schreibt Anna Del Conte ...«

Ich schenkte ihm keine Beachtung und wandte mich Henry zu, um ihn zu fragen, wie es bei der Arbeit lief. Es war merkwürdig – das war keine Frage, die ich ihm jemals gestellt hatte, während wir im selben Haus wohnten, weil ich es einfach wusste – je nachdem ob er mies gelaunt oder zu spät nach Hause kam oder bis in die Nacht hinein telefonieren musste. Aber jetzt musste ich nachfragen, genau wie ich Maddy hatte fragen müssen, wie die Hochzeitsplanung lief. Ich war ja nicht mehr dabei, wenn sie die Haustür zuknallte, sich aufs Sofa fallen ließ und zu jammern begann, dass es in ganz London keinen Floristen gab, den man sich leisten konnte, oder dass ihre Schwiegermutter fest entschlossen war, jede Menschenseele in Surrey einzuladen.

Als Henry mich gerade in die neuesten Entwicklungen in der Welt des Grafikdesigns eingeweiht und eine weitere Flasche Weißwein geöffnet hatte (»Ich finde ja, *Gavi* wird ziemlich überbewertet«, kommentierte Magnus), knallte Maddy den Risottotopf und eine Schüssel Salat auf den Tisch und reichte geriebenen Parmesan herum. Sie selbst aß kaum etwas, kippte den überbewerteten Wein aber ziemlich schnell hinunter. Ich nahm einen großen Schluck aus meinem eigenen Glas – mich an meinem Weinglas festzuhalten, schien die einzige Möglichkeit zu sein, einen Abend in Magnus' Gesellschaft zu überleben.

»Das schmeckt köstlich, Maddy«, lobte Bianca das Risotto, von dem sie eine winzige Gabel kostete. »Du bist so eine gute Köchin.«

»Henry, du kannst dich glücklich schätzen«, stellte Magnus fest und fixierte dabei unangenehm lange Maddys Ausschnitt. »Was steht für den großen Tag auf der Speisekarte? Auf welche Köstlichkeiten dürfen wir uns freuen? Ich war letztes Wochenende auf einer Hochzeit in der Pembroke Lodge, und ich muss sagen, das Essen war enttäuschend für einen Veranstaltungsort von diesem Kaliber. Das Rindfleisch war zerkocht und der Lachsschaum war nicht ausreichend gewürzt.«

»Skandalös«, spottete ich und sah über den Tisch zu Maddy, in der Hoffnung, sie würde lachen, aber das tat sie nicht. Sie runzelte nur angespannt die Stirn.

»Wir haben uns gedacht, wir machen eher so ein Street-Food-Ding«, erklärte sie. »Du weißt schon, Wagen oder Stände mit verschiedenen Gerichten aus aller Welt. Minihamburger und Enchiladas und frische Austern und asiatische Nudeln und so Zeug.«

»Das klingt super!«, rief ich.

»Eine mutige Wahl«, gab Magnus zu bedenken. »Mit authentischer Küche wird da natürlich nicht zu rechnen sein. Als ich zuletzt in Chongqing war, habe ich Mala Chicken gegessen, bei mehreren – na ja, Laien würden sie vermutlich als ›Street-Food-Stände‹ bezeichnen, aber für die Einheimischen gelten sie als Restaurants. Wirklich bemerkenswert. Da gibt es einen himmelweiten Unterschied zwischen dem ursprünglichen Gericht und den Kopien, an denen man sich hierzulande versucht. Eines war aus Enteninnereien zubereitet – das war eine Geschmacksintensität, die wirklich ihresgleichen sucht.«

»Das kann ich mir vorstellen«, sagte ich und verdrehte

leicht die Augen in Richtung Maddy, die nur erneut die Stirn runzelte.

Es schien keinen anderen Ausweg zu geben, als mehr Wein zu trinken, also tat ich das, und als mein Glas leer war, füllte ich es auf und trank es wieder leer.

Nach dem Risotto gab es Tiramisu, was Magnus Gelegenheit verschuf, die Runde über den Unterschied zwischen echtem italienischem Mascarpone und dem minderwertigen Zeug, das Maddy im Supermarkt gekauft und in ihrer Variante verwendet hatte, zu belehren. Dann hielt er einen Vortrag über die Vorzüge frisch gemahlener Espressobohnen im Vergleich zu profanen *Nespresso*-Kapseln.

Ich hatte mich schon darauf gefreut, dass es für die Gäste langsam Zeit wurde so gehen, sodass ich mit Maddy und Henry über alles Mögliche plaudern konnte, als Magnus plötzlich verkündete, dass er als Geschenk für Maddy etwas ganz Besonderes mitgebracht habe. Es liege im fern, die Menüfolge durcheinanderzubringen, aber er sei der Meinung, kein Menü komme ohne einen Käsegang aus. Und daraufhin zauberte er ein großes Stück Pecorino und ein Glas Honig hervor, der wohl mit schwarzem Trüffel aromatisiert war. Er schmeckte wie der Geruch, der aus Adams Zimmer kam. Wir aßen alle etwas davon und ich unterdrückte ein Gähnen und wünschte mir erneut, sie alle würden aufhören zu essen und zu trinken und über die Küchen verschiedener exotischer Orte zu reden, an denen ich noch nie gewesen war (und wahrscheinlich auch niemals sein würde, wenn das so weiterging), und nach Hause ins Bett gehen.

Endlich verkündete Bianca, dass sie und Michael (natürlich!) nun wirklich losmüssten, weil ihre Tochter früh morgens an einem Zirkusworkshop teilnahm.

»Charlotte, du musst doch nach Hackney, nicht wahr?«, fragte Magnus. »Ich wohne in der Old Street, also gar nicht weit von dir. Sollen wir uns zusammen ein *Uber* nehmen?«

Ich hätte Henry schlagen können: Warm hatte er ihm erzählt, wo ich wohnte? Von mir hatte er die Info garantiert nicht. Auf keinen Fall wollte ich mir ein *Uber* mit ihm teilen.

»Ach so, ich wollte eigentlich den Nachtbus nehmen. Ich liebe Nachtbusfahren! Besonders freitagabends, die komplette Strecke von Bromley nach Dalston. Es ist super, da tummeln sich alle möglichen Menschen! Das ist wirklich der beste Ort, um Leute zu beobachten! Ich helfe Maddy noch beim Abwasch, danach mache ich mich auf den Weg. Es sei denn, du möchtest dich mir anschließen?«

Ich hatte ihn richtig eingeschätzt. Er sah verstört aus, zückte sein Handy und machte sich mit einem *Uber* aus dem Staub. Bevor sich dann auch Bianca und Michael kurze Zeit später mit einem Schwall an Luftküssen verabschiedeten, belauschte ich Bianca und Maddy im Flur, während ich den Geschirrspüler einräumte.

»Also morgen Nachmittag um drei, richtig?«, fragte Bianca. »Es tut mir leid, dass es mit Conchita nicht geklappt hat, aber Studio Monty wird dir auch gefallen, da bin ich mir sicher.«

»Ja«, erwiderte Maddy. »Aber warum treffen wir uns nicht schon vorher? So um zwei? Dann können wir uns einen kleinen Cocktail gönnen, bevor wir zum Studio fahren? Ich kann doch nicht stocknüchtern Hochzeitskleider anprobieren.«

Ich hörte, wie die beiden unüberhörbar »Yaaay!« kreischten. Dann musste Henry bemerkt haben, wie ich mit meinem Geschirrtuch dastand und zweifellos ein wenig bedröppelt aus der Wäsche blickte, denn er sagte: »Komm schon, Charlotte. Du kannst dich doch hier nicht so abrackern. Setz dich, ich koch uns einen Tee und du erzählst mir, was deine neue Model-mitbewohnerin so treibt.«

Auch ohne sein Angebot hätte ich mich nicht länger auf den Beinen halten können. Mein ganzer Körper fühlte sich plötzlich sonderbar an und mir wurde ein wenig schwindelig. Wie eine Versagerin hockte ich da, das »Yaaay!« schrillte mir noch in den Ohren. Ich war schockiert und verletzt, und fühlte mich, als hätte man mir einen Schlag in die Magengrube versetzt.

Immerhin war ich Maddys erste Brautjungfer. Oder vielleicht auch nicht? Mir wurde klar, dass sie mich nie wirklich gefragt hatte, ich hatte es einfach angenommen. Mit dieser Aufgabe würden sicherlich noch viele andere Aufgaben einhergehen – ihren Junggesellinnenabschied zu organisieren, ihr bei der Auswahl geschmackvoller Rosen zu helfen, mit ihr Einladungskärtchen mit verschnörkelter Schrift auszusuchen und – ohne Frage – mit ihr bei der Planung des Kleidkaufs »Yaaay!« zu quietschen. Nichts davon hatte Maddy mir aufgetragen. Bianca hingegen war offensichtlich mit mindestens einer dieser Aufgaben betraut, denn ich hatte Maddy im Stich gelassen. Und dann wurde mir auch noch klar, dass es nur noch vier Monate bis zur Hochzeit waren. Ich war es gewohnt, unwahrscheinlich kurzfristig Events für die Arbeit zu organisieren, aber für Hochzeitsplanungen nahm man sich eigentlich ziemlich viel Zeit, oder?

Als Maddy zurückkam und Henry mir die Tasse Tee reichte, hatte ich mir bereits den Kopf darüber zermartert, was zur Hölle hier eigentlich los war.

»Warum warst du ...«, begann ich.

Genau gleichzeitig setzte auch Maddy an: »Warum warst du ...«

Daraufhin murmelte Henry, er müsse den Müll rausbringen, und machte sich vom Acker.

Wir hielten beide inne, aber Maddy sprach zuerst weiter.

»Warum warst du so doof zu Magnus?«

»Im Ernst? Weil er ein Wichtigtuer ist, Maddy. Ein aufgeblasener Trottel, der aussieht wie Fred Ferkel. Wie kamt ihr überhaupt darauf, dass ich auf den stehen könnte?«

»Er ist kein Wichtigtuer! Er ist ein lieber Kerl. Er ist nett und großzügig. Er hat sogar angeboten, mit Henry und mir nach

Frankreich zu fliegen, um unseren Hochzeitswein auszusuchen. Das würde uns ein Vermögen sparen. Er hat sich so darauf gefreut, dich kennenzulernen, aber du saßt nur da, hast nicht mit ihm geredet und Grimassen geschnitten, wenn er etwas gesagt hat. Was hast du dir dabei gedacht?«

»Also bitte, Maddy!« Ich senkte die Stimme. »Ich weiß, er ist ein Freund von Henry, aber ernsthaft? Wirklich?«

»Na gut, dann bleib eben wählerisch. Diese Strategie hat dich ja bislang weit gebracht. Zu genau einem einzigen Mal Sex, seit du nach London gezogen bist. Aber wenn dir das genügt, dann mach nur so weiter. Viel Spaß dabei.«

Ich wollte ihr alles erklären: Dass ich ja genau wegen dieses einen Mals Sex mit Nick, das so katastrophal gewesen war, keine weitere schreckliche Nacht mit einem Mann riskieren wollte, den ich nicht gut fand, und dass es eine Verschwendung sowohl seiner also auch meiner Zeit wäre, mit ihm auszugehen, nur um sie und Henry glücklich zu machen. Aber ich hatte Wichtigeres zu besprechen mit der Frau, die ich für meine beste Freundin gehalten hatte.

Meine Stimme zitterte ein wenig, als ich fragte: »Maddy, gehst du morgen mit Bianca dein Hochzeitskleid kaufen?«

Ich sah, wie ihr Hals leicht errötete, doch ihr Gesicht änderte seine Farbe nicht.

»Jepp«, sagte sie. »Bianca ist verheiratet. Sie hat das alles schon mal gemacht. Sie kennt sich mit dem Scheiß aus. Ich vertraue auf ihren Geschmack und ich weiß, dass sie genug Zeit hat, um mich zu unterstützen. Du hast zu viel zu tun, Charlotte. Und ganz ehrlich, es scheint dich ja auch nicht sonderlich zu interessieren. Ich musste eine Entscheidung fällen, und das habe ich getan. Du bist meine ...«, sie machte eine kleine Pause, in die ein sehr wichtiges Wort gepasst hätte, und fuhr fort: »... Freundin, und das wirst du auch immer sein, aber ich habe Bianca gefragt, ob sie meine erste Brautjungfer sein will. Tut mir leid.«

Danach gab es nicht mehr viel zu sagen. Ich bedankte mich bei den beiden für den netten Abend und bestellte mir ein einsames *Uber* zum Wucherpreis (ich musste wohl dafür zahlen, dass sonst niemand mitfuhr). Erst versuchte ich angestrengt, nicht zu weinen, dann war ich damit beschäftigt, meine Tränenflut vor dem Fahrer zu verbergen.

7

»Sei so lieb und tipp das hier ab, Darling, wenn du eine Sekunde Zeit hast, ja?«, sagte Piers und schmiss mir einen USB-Stick auf den Schreibtisch. »Es ist nicht dringend, es reicht, wenn ich es bis morgen Vormittag habe.«

Ich sah von meinem Bildschirm auf, wo ich mein Gehirn gerade mit der Büroumzugstabelle malträtierte. Zwischendurch hatte ich ein paar Blicke auf Maddys *Pinterest*-Hochzeitsseite geworfen, die mit Bildern von Audrey Hepburn in *My Fair Lady* übersät war. Anscheinend hatte sie sich für einen Stil entschieden – nur hatte sie mir nichts davon gesagt.

»Was ist das?«, fragte ich.

»Ich war vorhin mit einem netten Kerl aus Nicaragua im *Chiltern* frühstücken«, sagte Piers. »Furchtbar interessant. Er hatte jede Menge über Immobilien, die Agrarindustrie und sogar FinTech zu erzählen. Ich habe mir gedacht, da könnte man einen prima Artikel für die Website draus basteln. Er muss das Ganze natürlich freigeben, und wir sind mit dem Zeitplan für den Content in Verzug, also wenn es dir nichts ausmacht, Darling ...«

Er schnipste mit den Fingerspitzen in die Luft, dann drehte er sich um und spazierte davon.

Ich verdrehte die Augen. »Eine Sekunde« hieß wohl eher, dass ich vier Stunden damit zubringen würde, Piers und den Typ aus Nicaragua im Gewirr der Unterhaltungen und dem Klirren des Bestecks um sie herum zu verstehen, um ihr Meeting zu transkribieren – und dann musste ich das Ganze auch noch irgendwie sinnvoll klingen lassen und es in einen Blogbeitrag von tausend Worten packen. Piers und seiner Frühstücksbegleitung würden natürlich alle möglichen Verbesserungsvorschläge einfallen, um schlauer zu wirken und sämtliche auch nur halbwegs kontroverse Bemerkungen zu entfernen, obwohl sie zum Zeitpunkt ihres Treffens wohl keinerlei Hemmungen hatten, sie laut zu sagen.

Dabei wollte ich ausgerechnet heute zur Ausnahme mal pünktlich Feierabend machen, weil ich mich mit Tansy auf einen Drink verabredet hatte.

»Lass uns ins *Ritz* gehen«, hatte sie vorgeschlagen. »Komm schon, Charlotte, ich wollte schon immer mal auf einen Cocktail ins *Ritz*, und ich wette, da sitzen ein paar heiße Typen rum.«

Dann bist du also doch single, folgerte ich. Der arme Travis war wohl in die Wüste geschickt worden, Rosen hin oder her.

Ich schickte ihr eine Nachricht: *Tut mir wirklich leid, ich stecke noch eine Weile bei der Arbeit fest. Weiß noch nicht, wann ich fertig bin. Hab nach wie vor Lust, Cocktails zu trinken und dir einen Scheich zu angeln, denke aber, dass es später wird. Sag Bescheid, ob wir das Ganze lieber auf einen anderen Abend verschieben sollen.* Ich fügte das augenverdrehende Emoji und ein Martiniglas hinzu, steckte den USB-Stick in den Computer, stöpselte meine Kopfhörer ein und begann zu tippen.

Wie ich befürchtet hatte, war es ein hartes Stück Arbeit. Der Hintergrundlärm war ein mindestens genauso großes Problem wie Ernesto Gonzalez' starker Akzent und Piers' regelmäßige Unterbrechungen, wenn er dem Gast mehr Kaffee oder »vielleicht eine Bloody Mary, mein Lieber – irgendwo auf der Welt ist jetzt schon Feierabend« aufdrängte. Diese kleine Perle ließ ich lieber unter den Tisch fallen.

Ich war bei fünftausend Wörtern und spürte, wie sich mein Nacken und meine Schultern langsam verspannten. Dann bemerkte ich den Lärm in der Küche.

»Wo zur Hölle ist Briony überhaupt?«, hörte ich Renzo fragen. »Hat sich schon nach Hause verdrückt, was?«

»Es ist erst sechs Uhr«, sagte Pavel. »Bezahlt Colin sie, um Teilzeit zu arbeiten, oder was?«

»Irgendjemand wird das in Ordnung bringen müssen.« Man erkannte an Renzos Ton, dass er es nicht sein würde.

»Frag doch Charlotte«, meinte Pavel.

Ich speicherte mein Dokument und schob meinen Stuhl nach hinten. Es war wohl am besten, proaktiv zu sein, hinzugehen und nachzufragen, wo denn das Problem lag, bevor Pavel herüberkommen und anfangen konnte, mich anzubrüllen. Noch besser wäre es, eine Lösung zu finden und zu implementieren, bevor das Ganze überhaupt auf meinem Schreibtisch landete. Wenn er dann anfing, mich anzuschreien, konnte ich ihm kühl antworten, dass ich es bereits erledigt hatte.

Ich sah Xander mit einem Glas Wasser und rief ihn zu mir.

»Was ist da drüben los?«, fragte ich.

»Anscheinend ist der Kaffee alle«, sagte er.

»Um Gottes willen, sonst nichts? Man könnte meinen, einer dieser erwachsenen Männer sei dazu in der Lage, zwanzig Meter die Straße runter zum Supermarkt zu laufen und welchen zu kaufen. Aber nein, dem ist wohl nicht so.«

»Na ja, es geht immerhin um Kaffee«, warf Xander ein. »Ich weiß, ich bin noch nicht so lange dabei, aber der scheint hier doch eine Art zentraler Rolle zu spielen.«

»Da hast du wohl recht. Ich geh dann mal den dritten Weltkrieg und den Zusammenbruch der Finanzmärkte verhindern.«

Ich stand auf und schwang meine Tasche über die Schulter.

»Wenn du willst, kann ich gehen?«, bot Xander an. »Du sahst gerade ziemlich beschäftigt aus.«

Nachdem ich ihm von Piers' kurzfristigem Auftrag erzählt hatte, meinte ich: »Um ehrlich zu sein, kann ich eine Pause gut gebrauchen.«

»Nicaragua?«, fragte Xander. »Ich weiß ein bisschen was über die Märkte in Nicaragua. Ich habe vor ein paar Jahren mal eine wissenschaftliche Arbeit darüber geschrieben. Wenn du mir die Audiodatei schickst und was du schon hast, kann ich den Artikel für Piers schreiben. Es ist doch sinnlos, dass du haufenweise irrelevantes Geplapper transkribierst.«

»O mein Gott, würdest du das wirklich tun? Das wäre großartig. Ich bin eigentlich später mit einer Freundin verabredet und dachte schon, dass ich ihr absagen muss. So könnte ich zu einer vernünftigen Zeit aufbrechen – jedenfalls, danke.«

»Nicht der Rede wert. Aber dann schuldest du mir was. Wenn ich mich das nächste Mal aussperre, gibt es kein Geschimpfe.«

»Abgemacht«, sagte ich, schickte ihm die E-Mail und sprintete zum Supermarkt. Xander mochte der tollpatschigste Mensch sein, der jemals einen Fuß in diese Firma gesetzt hatte, aber er war hilfsbereit, was man von vielen meiner Kollegen nicht unbedingt behaupten konnte. Er hatte keinen Grund, mir seine Hilfe bei etwas anzubieten, das selbst gemäß der niedrigen Maßstäbe meiner Stellenbeschreibung eine banale und undankbare Aufgabe war, aber er hatte es getan. Ich fragte mich, warum. Es musste mehr dahinterstecken als vorsorgliche Dankbarkeit für eine neue Zugangskarte. Vielleicht hatte er vor, eine brillante Wirtschaftsanalyse zu schreiben und dafür Piers' Anerkennung einzuheimsen. Wenn dem so sein sollte, wünschte ich ihm viel Erfolg dabei.

Als ich zehn Minuten später aus dem Aufzug kam und

meine Mission erfüllt hatte, war im Büro schon die nächste Krise ausgebrochen.

Tansy stand an der Rezeption. Sie trug ein einfaches weißes luftiges Kleidchen, das kurz genug war, ihre wunderschönen gebräunten und straffen Beine voll zur Geltung zu bringen. Ihre Haare fielen ihr locker über den Rücken und sie trug hohe, silberne Peep-Toe-Stiefeletten, die zu ihrem silbernen Nagellack passten. Durch ihre Absätze war sie fast so groß wie Renzo, aber nicht ganz. Das konnte ich erkennen, weil sie direkt nebeneinander standen, beide mit ihren Handys in der Hand.

Pavel verkroch sich mit eingezogenem Schwanz hinter seinen Schreibtisch, wie ein Kater, der von einem anderen angefaucht den strategischen Rückzug antreten musste, noch bevor er überhaupt Gelegenheit hatte, von dem Thunfisch zu naschen.

Die Luft roch förmlich nach Testosteron.

»Charlotte!«, rief Tansy. »Ich habe deine Nachricht bekommen, und ich habe mir gedacht, ich komme einfach her und warte hier auf dich, dann können wir los, sobald du fertig bist. Ich hoffe, das ist okay.«

Ich übergab Renzo den Kaffee. Er lächelte sein atemberaubendes Lächeln und bedankte sich zu meinem Erstaunen bei mir. Dann sagte er zu Tansy: »Ich ruf dich an«, drehte sich um und stolzierte zurück zu seinem Schreibtisch.

Tansy zwinkerte mir zu und gab mir einen total unauffälligen Faustcheck, den sie lautmalerisch mit »Boom« unterstrich.

Ich ließ sie an der Rezeption warten und beantwortete ein paar dringende E-Mails, dann schaltete ich den Computer aus und machte mich ein paar Minuten auf der Toilette frisch. Ich wünschte mir, ich hätte etwas weniger Langweiliges und Businessmäßiges an als mein graues Etuikleid von *Reiss*. Neben Tansy würde ich noch weniger auffallen als ohnehin schon.

Aber neben Tansy, dachte ich resigniert, während ich Bronzer auf meinem Gesicht verteilte, um die Illusion von

Wangenknochen zu erzeugen, konnte ich auch das umwerfendste Outfit der Welt tragen und würde trotzdem nicht auffallen. Pavel und Renzo waren das beste Beispiel – beide arbeiteten schon seit Monaten mit mir zusammen und hatten mich seither kaum eines Blickes gewürdigt. Aber fünf Sekunden, nachdem sie Tansy erblickt hatten, forderten sie sich praktisch gegenseitig zum Duell darüber heraus, wer von ihnen sie zuerst auf ein Date einladen durfte.

Trotzig trug ich eine Schicht roten Lippenstift auf und kämmte mir die Haare. Das musste reichen.

»Du siehst super aus, Charlotte«, sagte Tansy. »Deine Schuhe sind ja mega! Wollen wir los?«

Wir gingen die Straße runter und hinein in die wohlduftende Finsternis des *Ritz'* und setzten uns an einen Tisch nahe der Bar.

»O mein Gott«, hauchte Tansy. »Ist das cool hier. Es gibt einen Pianisten. Und eine Kaviar-Speisekarte. Ich nehme an, du bist ständig hier?«

»Schön wär's! Zwanzig Pfund pro Cocktail sind mir auf Dauer tatsächlich zu viel.«

Ich bemerkte, wie sie die Preise auf der Speisekarte scannte und kurz zusammenzuckte. Aber sie sagte: »Gut, das geht auf mich. Schließlich hast du mir unabsichtlich einen Riesengefallen getan! Ich nehme einen *Perfect Gentleman*, bitte.«

»Für mich eine *Iron Lady* bitte«, sagte ich zur wartenden Kellnerin.

Tansy begann von unserem Büro zu schwärmen und erkundigte sich, was genau eigentlich ein Hedgefonds sei. Ich tat mein Bestes, um es ihr zu erklären, ohne dabei allzu genau auf langweilige und unnütze Details wie alternative Investments, institutionelle Portfolios oder aktive und passive Anlagestrategien einzugehen. Aber sie schien kein bisschen gelangweilt – sie hörte aufmerksam zu und stellte schlaue Fragen. Allerdings war mir klar, dass ihr Interesse nicht mir galt, sondern sie sich nur gut auf ein gewisses Date in naher Zukunft vorbereiten wollte.

Ihre Selbstbeherrschung war beeindruckend. Erst nachdem wir unseren zweiten Cocktail bestellt und unsere zweite Schale Oliven serviert bekommen hatten, forderte sie: »So, jetzt erzähl mir mal mehr über ihn.«

»Renzo?« *Natürlich Renzo, Charlotte. War ja klar.*

»Ich höre?«, sagte Tansy.

»Also, er ist 32. Ursprünglich aus Rom. Hat in Cambridge und am MIT studiert. Dann ein paar Jahre für die Deutsche Bank gearbeitet, und dann ...«

Aber sie wollte natürlich nichts über seinen Lebenslauf wissen. Sie wollte ja kein Bewerbungsgespräch mit ihm führen – wenn überhaupt, dann wollte sie sich bei ihm bewerben. In meinem Gedächtnis kramte ich nach Details über Renzo, die nicht auf seinem *LinkedIn*-Profil zu finden waren (denn ich war sicher, Tansy würde ihn ohnehin googeln, sobald ich aufstand, um pinkeln zu gehen).

Ich nippte an meinem Cocktail. »Er ist Steinbock. Sein Geburtstag ist der 15. Januar. Er liebt Formel 1 und Lazio - nicht AS Rom, ganz wichtig. Er hat eine große Familie, soweit ich weiß - er bittet die Assistentinnen ständig darum, Geburtstags- oder Taufgeschenke für seine Nichten und Neffen zu besorgen.«

»Oooh, das ist ja süß«, seufzte Tansy, und ich widerstand der Versuchung, darauf hinzuweisen, dass es noch süßer wäre, wenn er sich die Mühe machen würde, sie selbst zu kaufen.

»Seine Lieblingsrestaurants sind *The Square* und *Sketch*. Er wohnt in einer Wohnung in Marylebone in der Nähe der Harley Street. Ich habe die Adresse irgendwo, falls du ihn so richtig stalken willst.«

Tansy kicherte. »Nein, passt schon. Na ja, vielleicht ein anderes Mal. Er hat keine Freundin, oder?«

»Nö, Fehlanzeige. Soweit ich weiß, ist er single, seit er Anfang des Jahres bei uns angefangen hat.«

»War er mal verheiratet?«, wollte Tansy wissen.

»Nein. Aber um ehrlich zu sein, habe ich ihn auch ein bisschen gestalkt, als ich ihn kennengelernt habe. Du weißt ja, wie das ist. Er hat Tabitha Whitely - dieses Model –, eine aus *Made in Chelsea*, an deren Namen ich mich nicht erinnere, und Minty Hastings-Herbert gedatet, die laut der *Hello!* mal mit Hugh Grosvenor zusammen war. Er ist also sehr wählerisch – du bist in bester Gesellschaft. Aber es sieht auch so aus, als wäre er mit den meisten Frauen ziemlich schnell durch.«

»Ich stehe auf Herausforderungen. Komm, lass uns noch einen Cocktail trinken.«

Wir bestellten und redeten eine Weile über andere Dinge, aber ich merkte, dass Tansy unbedingt wieder auf Renzo zu sprechen kommen wollte.

Schließlich hielt sie es nicht mehr aus und bemerkte: »Er wird sowieso nicht anrufen, ich weiß gar nicht, warum ich mir das überhaupt antue.«

»Ich wäre sehr überrascht, wenn er das nicht täte.«

»Warum?«, fragte sie und sah mich plötzlich ganz enthusiastisch und hoffnungsfroh an.

»Nun, zum einen: schau dich mal an. Du steckst die Tussi von *Made in Chelsea* und Minty Dingenskirchen doch locker in die Tasche. Ich weiß das, ich habe sie gegoogelt. Und zum anderen macht Renzo keine halben Sachen. Die Typen bei der Arbeit sind alle gleich: Sie treffen schnelle Entscheidungen und handeln danach. Er wird dich anrufen.«

»Wenn das so ist, buche ich wohl besser einen Termin für eine Ansatzblondierung und eine Bräunungsdusche in ein paar Wochen.«

»Warum erst in ein paar Wochen?«

»Ich will ja nicht notgeil erscheinen. Ich gehe aufs Ganze und spiele auf Zeit.«

Beeindruckt überlegte ich, ob Renzo in Tansy eine Ebenbürtige gefunden haben könnte. Aber ich sagte: »Was auch immer du tust: Verlieb dich bloß nicht in ihn. Ich will nicht, dass er dir wehtut.«

Und als ich in ihr hübsches, eifriges Gesicht blickte und mich daran erinnerte, wie nett sie gewesen war, als ich den Kummer mit Maddy hatte, dass sie den Tag mit mir verbracht hatte, weil sie wusste, wie einsam ich mich fühlte, und dann noch ganz nebenbei Sachen im Wert von dreißig Pfund in die Box der Lebensmitteltafel geworfen hatte, als wäre das ganz normal, wurde mir klar, dass ich das wirklich nicht wollte.

* * *

Die folgende Woche war bestimmt die Hölle für Tansy. Wahrscheinlich musste sie sich ziemlich zusammenreißen, um mich nicht jeden Tag zu fragen, ob Renzo im Büro gewesen, am Abend zuvor ausgegangen oder zum Mittagessen verabredet war, und wenn ja, mit wem, und ob er mich über sie ausgefragt hatte. Aber sie schaffte es irgendwie.

Ich weiß, wie das alles klingt. *Sie hat nur fünf Minuten mit ihm verbracht! Ist die Frau durchgedreht?* Aber wenn es in Beziehungen einen Punkt gibt, an dem selbst die vernünftigste, normalste Person durchdreht, dann ist das meiner Erfahrung nach nicht kurz vor Schluss oder bei vermuteter Untreue, sondern gleich am Anfang, wenn Hoffnung, Ungewissheit und Unsicherheit am größten sind.

Wie gern wäre ich eine dieser Frauen, die nach dem Motto »Wenn er anruft, ruft er an« ganz entspannt sind, wenn sie einem Typ ihre Nummer gegeben haben, und sich problemlos damit abfinden, wenn er sich nicht meldet, ihren Freundinnen eine Nachricht mit Maniküre-Emoji schicken und einfach weitermachen, als wäre nichts passiert. Aber so war ich nicht, und Tansy tickte da wohl ähnlich.

Obwohl Tansy es also irgendwie hinkriegte, mich nicht täglich über Renzo auszuquetschen, gab es andere Anzeichen dafür, dass sie sich auf den Moment vorbereitete, an dem er endlich anrufen würde. Statt Chips und Tee fand ich plötzlich Lachsfilets und Grünkohl in der Küche. Ständig trafen riesige Pakete voller Klamotten von *Topshop* und *Asos* ein, die kurze Zeit später – um Teile ihres Inhalts erleichtert – im Hausflur darauf warteten, von Tansy zur Post gebracht und zurückgeschickt zu werden, genauso wie ihre mysteriösen Pakete mit der Postleitzahl von Truro in Cornwall.

Im Bad lagerten solche Unmengen an Gesichtswassern und Hagebuttenölen, dass sie damit einen eigenen Laden hätte eröffnen können.

Aber sie sagte nichts. Ich kam abends meist spät nach Hause, weil ich bei der Arbeit inzwischen richtig viel zu tun hatte, was ihr sicherlich ein gewisser Trost war. Denn wenn ich elf Stunden am Tag ackerte, konnte sie ja davon ausgehen, dass Renzo das erst recht tat. Und so war es auch.

Über eine Woche nach unserer Verabredung im *Ritz* verließ ich um kurz nach neun das Büro, während ich bemerkte, dass es draußen bereits dunkel geworden war. Allem Anschein nach war der Sommer vorbei, bevor er richtig angefangen hatte. Ich rief den Aufzug nach unten, und als sich die Türen öffneten, eilte Renzo herbei und stieg nach mir ein.

Er sah zwar nach wie vor gut aus, allerdings auch ziemlich erledigt. Seine Bartstoppeln waren zu lang, um noch als schicker Dreitagebart durchzugehen, und er könnte mal wieder einen Friseurbesuch vertragen. Sein Anzug war ein bisschen zerknittert, und unter seinen von langen Bambi-Wimpern umrahmten, haselnussbraunen Augen hatten sich dunkle Schatten gebildet.

»Hast du heute noch was vor?«, fragte er mich.

»Nein, um Gottes willen. Ich bin auf dem Weg nach Hause in mein Bett. Du?«

»Ich treffe mich mit ein paar Freunden auf einen Drink im 5 Hertford Street.«

Einerseits war ich von seinem Durchhaltevermögen beeindruckt – er war seit sieben Uhr morgens an seinem Schreibtisch und davor schon eine Stunde im Fitnessstudio gewesen. Kein Wunder, dass er müde aussah. Andererseits, dachte ich, wenn er genug Energie hatte, um mit seinen Kumpeln was trinken zu gehen, warum hat diese Ratte dann noch nicht bei Tansy angerufen?

»Na dann, viel Spaß ...«, begann ich, aber er unterbrach mich.

»Charlotte, deine Freundin, die letztens da war ...«

»Ja, Tansy.«

»Kennst du sie schon lange?«

»Ein paar Monate. Sie ist im Juli in unser Haus gezogen.«

»Sie ist doch nicht etwa Vegetarierin, oder?«

»Nö, überzeugte Fleischfresserin«, sagte ich. »Bis morgen.«

Und dann sprintete ich nach Hause, um Tansy zu erzählen, dass er sich nach ihr erkundigt hatte und dass das doch definitiv bedeuten musste, dass er sich melden würde.

Ich fand sie im Wohnzimmer vor, sie hing mit einem Glas Rosé in der Hand vor dem Fernseher rum und tippte gelangweilt auf ihrem Handy. Sie hatte noch Sportklamotten an – ziemlich coole Leggings mit Leopardenmuster und ein weites graues Top mit tiefem Armausschnitt, durch das ich die neongelben gekreuzten Träger ihres Sport-BHs sehen konnte. Sie sah gut darin aus und hatte es eigentlich nicht nötig, sich mit CrossFit (oder was auch immer sie gerade gemacht hatte) zu quälen. Aber auch sie sah müde aus.

»Renzo hat sich nach dir erkundigt«, sagte ich bemüht beiläufig.

»So, hat er das?«, fragte sie, warf mir einen scharfen Blick zu und wandte sich wieder ihrem Handy zu.

»Er hat gefragt, ob du Vegetarierin bist. Das heißt, er will nicht einfach irgendein Date mit dir, nein. Er will ein Dinnerdate. Oder vielleicht auch ein Lunchdate. Aber auf jeden Fall ein richtiges Date.«

»Nun«, sagte Tansy. »Dann stelle ich das hier wohl besser lautlos.«

Sie drückte ein paar Tasten auf ihrem Handy, stand auf, streckte sich, sagte gute Nacht und schlenderte die Treppe hinauf. Aber mich konnte sie nicht täuschen – das Quietschen ihrer Turnschuhe vor ihrem Zimmer verriet, dass sie einen kleinen Freudentanz aufführte.

Ich ging in die Küche und scannte lustlos den Inhalt des Kühlschranks. Da waren ein Stück Cheddar, das nicht richtig eingepackt und an den Rändern ganz trocken und rissig war, eine Packung Milch, deren Mindesthaltbarkeitsdatum überschritten war, eine zerknitterte Packung Butter, von der nur noch ein Fitzelchen übrig war, eine halbe Flasche Wein und ein Glas mit Tomatensoße für die Pasta, die ich mir am Vortag nicht gekocht hatte, weil ich zu müde gewesen war.

Dann also Spaghetti für eine Person, beschloss ich, und schenkte mir etwas von Tansys Rosé in ein Weinglas – ich durfte nicht vergessen, eine Flasche für sie nachzukaufen.

Adam hinterließ im Kühlschrank so wenig Spuren seiner Anwesenheit wie im Rest des Hauses. Im Schrank standen neben meiner Pasta ein paar Beutel Instantnudeln, eine große Schachtel mit Teebeuteln und mehrere Thunfischdosen, die ordentlich übereinander gestapelt waren. Adam war erwachsen - wenn er sich Skorbut holen wollte, war das nicht mein Problem.

Während ich mein einsames Abendessen aß, merkte ich, dass mein Leben wirklich noch eintöniger geworden war. Ich ging zur Arbeit, ich kam nach Hause, ich schlief. Es gab keine realistische Aussicht darauf, jemanden kennenzulernen, es sei denn, ich würde meinen Wischfinger wieder in Form bringen und mir auf *Tinder* ernsthaft Mühe geben. Ich würde sogar so

weit gehen, ein weiteres Abendessen mit Magnus durchzuste-
hen, vor allem, wenn ich dadurch Maddy wiedersehen könnte.
Aber seit unserem letzten Treffen hatten wir uns nur ein paar
oberflächliche Nachrichten geschrieben.

Ich stellte mir vor, wie Tansy schließlich nachgab und den
Anruf annahm, den Renzo auf jeden Fall tätigen würde, wie sie
sich anzog, um sich mit ihm im *5 Hertford Street* oder irgendeinem anderen exklusiven Club zu treffen, gegen den die Bar
im *Ritz* so spektakulär wirkte wie die nächste Eckkneipe.
Bestimmt schwirrten ihr die Schmetterlinge durch den Bauch,
als wären sie auf Speed, sodass sie vor nervöser Aufregung
förmlich schwebte. Ich erinnerte mich an den herrlichen, betö-
renden Kitzel des Gefühls, das einen überkommt, wenn man
jemandem in die Augen sieht und es einfach weiß: *Er steht auf
mich. Ich stehe auf ihn. Da geht was.*

Dass mir so etwas niemals wieder passieren würde, war rein
mathematisch   betrachtet   unwahrscheinlich.   Gleichzeitig
konnte ich es mir beim besten Willen nicht vorstellen.

8

Hey ihr Lieben! Wie geht es euch? Willkommen zurück bei Leider Geil. Ich hoffe, euer Tag läuft gut, und wenn nicht … kommt schon, schenkt mir ein Lächeln und bereitet euch vor auf die heutige Herausforderung! Ich werde nichts schönreden, das wird eine schwierige Aufgabe. Wenn ich mich mit meinen Singlefreundinnen unterhalte, sagen wir alle dasselbe: »Ich lerne einfach nie Typen kennen!« Aber sobald wir das ein wenig hinterfragen, stellt es sich immer als falsch heraus. Wir lernen sehr wohl Männer kennen! Der heiße Typ auf dem Fitnessbike neben uns beim Spinning. Der Kerl, der unser Auto repariert. Der Fremde, der uns gestern im Meeting am Konferenztisch gegenübersaß. Seht ihr? Ich kann es nicht leugnen – sie sind überall! Die heutige Herausforderung besteht darin, einen dieser Typen nach seiner Nummer zu fragen. Und dann – ihr wisst schon, was als Nächstes kommt – werden wir uns das Handy schnappen und ihn anrufen.

»Charlotte?«

Ich sah von meinem Hühnchen-Avocado-Salat auf. Es war Montag, noch dazu ein überaus hektischer Montag. Zur Mittagspause meinen Schreibtisch zu verlassen war nicht infrage gekommen, deshalb hatte ich mich an einer der unzähligen Low-Carb-Optionen in der Küche bedient, anstatt mir draußen ein Käse-Chutney-Sandwich zu kaufen, nach dem ich eigentlich gegiert hatte. Ich beschloss, mir eine zehnminütige Auszeit zu gönnen, um mir eine weitere Podcastfolge anzuhören, bevor ich mich wieder einem Berg an Kundenmails widmen musste. Piers meinte, ich müsse jede davon einzeln schreiben, weil sie alle mit »Ich hoffe, es geht Ihnen gut, Herr/Frau XY« beginnen sollten und ich es nicht schaffte, das in *Outlook* zu automatisieren.

Dann bemerkte ich, wie sich jemand mit ungeduldigem Blick über meinen Schreibtisch beugte. Ich war so sehr mit meinem Mittagessen, dem Podcast und der hirnlosen Aufgabe, Namen in E-Mail-Platzhalter zu kopieren beschäftigt gewesen, dass ich ihn nicht bemerkt hatte. Es war Colin.

Colin sprach nie mit mir. Nie. Gott sei dank. Denn nicht von ihm angesprochen zu werden bedeutete auch, nicht angebrüllt zu werden. Ich war noch nicht lange genug dabei, um seine Aufmerksamkeit auf mich zu ziehen, und ich hatte gehofft, dass das, wenn es dann irgendwann so weit sein würde, aus den richtigen Gründen geschehen würde. Stattdessen hatte er mich nun dabei erwischt, wie ich mir mit dem Mund voll halb gekautem Salat einen Podcast anhörte.

»Sorry!« Ich schluckte und riss mir die Kopfhörer aus den Ohren. »Was kann ich für dich tun?«

»Meeting, heute Nachmittag«, sagte er. »Mit dem Innenarchitekt, der das neue Büro entwirft. Ich kann nicht, Margot kann nicht. Er kommt um drei. Sieh dir einfach die Zeichnungen an, ja? Stell ein paar Fragen, schnapp dir die Visuals und schick sie dann mit deinen Anmerkungen an uns weiter, okay?«

»Ja, natürlich. Kein Problem, Colin«, sagte ich. Zu meiner Erleichterung drehte er sich um und stampfte zurück in sein Büro.

Als er weg war, verspürte ich einen Anflug von Panik. Was wusste ich schon über Architektur oder das Design des neuen Büros? Ich war bisher nur mit der Logistik des Umzugs beauftragt gewesen. Was, wenn die Entwürfe falsch waren und die Toiletten neben dem Meetingraum und die Küche gegenüber von Colins Büro lagen oder etwas ähnlich Peinliches? Was, wenn der Architekt sich kreativ austoben wollte und vorschlug, alles sonnengelb oder babyrosa zu streichen?

Hätte ich den Mut, ihm zu sagen, dass das eine schlechte Idee war? Und falls ja, konnte ich das überhaupt beurteilen?

Ich hielt Ausschau nach Margot, doch ihr Schreibtisch war leer – vermutlich konnte sie nicht an dem Meeting teilnehmen, weil es eine wichtigere Besprechung gab.

Zumindest nahm ich an, dass ihre und Colins Bereitschaft, diesen Architekten so kurzfristig zu versetzen, bedeutete, dass dieses Meeting nicht so wichtig war – vielleicht war es nur eine Art Routinegespräch über den Fortschritt seiner Arbeit, dachte ich hoffnungsvoll.

Ich warf einen Blick auf meine Uhr: noch eine Stunde und 15 Minuten bis zum Meeting - genug, um die E-Mails von Piers zu bearbeiten, bevor dieser Typ auftauchte. Ich kehrte zu meiner Tabelle und meinem Salat zurück, aber diesmal ließ ich die Kopfhörer liegen.

Nach ein paar Minuten wurde ich von einer E-Mail unterbrochen, die mit einem »Ping« in meinen Posteingang flatterte. Sie war von Margot und enthielt die Einladung zu dem Meeting.

Danke für deine Hilfe, Charlotte, begann die Nachricht. *Entschuldige, dass ich dich ins kalte Wasser schmeiße, aber mein Kindermädchen ist krank und ich habe einfach niemanden gefunden, der die Zwillinge von der Schule abholt. Wir haben*

Myles letztes Mal gründlich gebrieft, es dürfte also alles so weit klar sein – lass dir einfach die neuesten Versionen seiner Zeichnungen zeigen und leite die digitalen Dateien dann an Colin und mich weiter. Hier ist die Website für Hintergrundinformationen. PS: Er sieht gut aus. Du kannst dich später bei mir bedanken.

Sie hatte einen Link zu *Taylor + Associates* eingefügt. Das Pluszeichen sah irgendwie dämlich aus, dachte ich, aber vielleicht standen Architekten ja auf so was. Der Link führte mich auf eine glänzende Homepage mit Bildern von futuristischen Bürogebäuden und riesigen Wohnungen, aber die sah ich mir gar nicht an – ich klickte direkt auf die »Über uns«-Seite.

Als Myles Taylor im Jahr 2010 Taylor + Associates *gründete, galt er bereits als eines der aufstrebenden Talente der britischen Architekturszene. Sein Arbeitsschwerpunkt konzentriert sich seither auf* ... Es folgte eine Aufzählung von (so nahm ich an) höchst prestigeträchtigen Projekten und einigen Auszeichnungen, die ich nur kurz überflog, um zu »Das Team« zu gelangen. Als ich das Foto von Myles Taylor sah, musste ich tief durchatmen. Vielleicht war dieses Meeting ja doch gar keine so schlechte Idee.

Zu meiner Schande verbrachte ich die nächste Stunde damit, Interviews mit dem Mann zu googeln, den ich gleich treffen würde. Ich stalkte ihn auf *LinkedIn* und sah mir Bilder an, auf denen er einen Schutzhelm trug und fachmännisch auf Gebäude schaute, über CAD-Zeichnungen in einem gläsernen Büro mit Blick auf Chelsea Harbour brütete und – besonders ansprechend - bei Preisverleihungen in Smokings herumstand und absolut zum Anbeißen aussah.

Als Briony mich an meinem Platz anrief, um mir mitzuteilen, dass er höchstpersönlich an der Rezeption auf mich warte, war ich komplett durcheinander und völlig unvorbereitet. Ich verschwand auf die Damentoilette, brachte meine Haare in Ordnung, frischte meinen Lippenstift auf und besprühte mich mit literweise Parfüm. Was war, wenn er Parfüm an Frauen hasste oder Asthmatiker war oder so, dachte ich plötzlich und versuchte vergeblich, es abzuwaschen. Dann ermahnte ich mich selbst, nicht so unprofessionell und lächerlich zu sein. Ich würde wie eine Erwachsene in mein Meeting gehen.

In natura sah Myles Taylor noch besser aus als auf den Fotos. Ich hätte nicht gedacht, dass so etwas möglich war, aber, o mein Gott, das war es. Er war groß und schlank und seine langen Gliedmaßen und breiten Schultern kamen in einem anthrazitfarbenen Anzug zur Geltung, den er mit einem leicht aufgeknöpften schwarzen Hemd und ohne Krawatte trug.

Erstaunlicherweise war auch sein Haar grau, obwohl es das auf den Fotos nicht gewesen war. Der Stress, ein renommiertes Architekturbüro zu führen musste erheblich sein, aber reichte er aus, um jemanden praktisch über Nacht ergrauen zu lassen, so wie die Frauen in Melodramen? Dann sah ich noch mal hin und erkannte, dass es gefärbt war - niemand hatte solch perfektes, silbergrau glänzendes Haar.

Er musste schwul sein, dachte ich. Er ist ganz offensichtlich schwul. Das ist der Grund, warum er in keinem der Interviews, die ich gelesen hatte, eine Ehefrau erwähnte und die Bilder der Preisverleihungen keine glamourösen Begleiterinnen in Abendroben zeigten, die sich an seinen Arm schmiegten.

Dann lächelte er mir zu, schenkte mir einen kühlen, abwägenden Blick, schüttelte mir die Hand und sagte: »Charlotte.«

O mein Gott. Okay, nicht schwul. Definitiv nicht. Fragt mich nicht, woher ich das wusste – mein Gespür für solche Dinge war nicht besonders gut –, aber ich war mir sicher. Es fühlte sich an (und ich weiß genau, wie kitschig das klingt), als würde ein kleiner Stromschlag meinen ganzen Körper durchfahren, als er meine Hand nahm. Der Schlag hielt an, während er meine Hand ein ganz klein bisschen zu lang festhielt. Seine Hand war warm und trocken, seine Finger stark, seine Nägel manikürt – und ich musste mir vorstellen, wie seine Hände aussehen würden, wenn sie meine Brüste umfassten. Es war absurd – als wären meine Instinkte nach einem langen Mittagsschläfchen aufgewacht, um die Kontrolle über mein Hirn zu übernehmen: »Hallo! Lass uns ein wenig Spaß haben!« Ich verdrängte meine völlig unprofessionellen Gedanken und sagte: »Meeting Raum Eins, richtig, Briony? Könntest du dich bitte um Kaffee und Getränke kümmern?«

Zu meinem Erstaunen klang meine Stimme ganz normal, obwohl sich meine Beine wie zerkochte Spaghetti anfühlten, während ich ihn den Gang hinunterführte.

»Da wären wir«, verkündete ich. Myles Taylor zog tatsächlich einen Stuhl hervor und wartete darauf, dass ich mich setzte. Im Ernst, das tat er wirklich. Das hatte noch nie ein Mann für mich gemacht. Genau genommen wusste ich nur, was ich zu tun hatte, weil ich es oft genug in Filmen gesehen hatte und mir die Knie sowieso so stark zitterten, dass ich mich kaum aufrecht halten konnte.

Er setzte sich ebenfalls, nicht mir gegenüber, sondern rechts neben mich ans obere Ende des Tisches. Er holte ein nagelneues silbernes *MacBook* aus seiner Tasche. Die Tasche musste auch neu sein, dachte ich – ich konnte den derb aromatischen Duft von Wildleder riechen. Vielleicht war es aber auch das Parfüm, das er trug.

»Colin lässt sich entschuldigen«, murmelte ich. »Er wurde in ein wichtiges Meeting mit der Finanzaufsicht gerufen.« Das war vielleicht nicht ganz die Wahrheit – ich hatte keinen Zugang zu den Geheimnissen von Colins Kalender –, aber es klang glaubwürdig. Und es ließ mich gefasst wirken, obwohl der Gedanke, der mir im Kopf herumschwirrte, das verhindern wollte: »Dieser Konferenztisch ist so groß, da könnten wir doch problemlos drauf vögeln, meinst du nicht?«

Was ist nur in dich gefahren, Charlotte?, fragte ich mich, schockiert von meiner zügellosen Fantasie. *Er!*, antwortete ich mir selbst. *Ich will, dass er in mich fährt!*

»Das ist kein Problem«, sagte Myles und lächelte mir wieder zu. »Überhaupt kein Problem. Es geht nur um ein kleines Update, um die Gemüter zu beruhigen und zu bestätigen, dass alles nach Plan läuft.«

Er fuhr seinen Laptop hoch und rückte ihn ein wenig in meine Richtung. Ich lehnte mich näher zu ihm hin, sodass sich unsere Schultern fast berührten. *Bitte mich nicht, den Beamer einzuschalten,* betete ich, und er tat es nicht.

»Wie Sie wissen, beginnen wir jetzt mit Phase Zwei des Projekts«, erklärte Myles. »Die Bauarbeiten sind abgeschlossen, und das Designteam arbeitet daran, den Innenausbau der Räume zu finalisieren. Die Anweisungen waren so weit verständlich, aber es sind noch ein paar Fragen aufgetaucht.«

»Ich werde mein Bestes tun, Ihnen weiterzuhelfen«, erklärte ich. »Aber da das hier nicht wirklich mein Fachgebiet ist, muss ich Ihre Fragen gegebenenfalls nach oben weitergeben und mich bei Ihnen melden, sobald ich sie mit Colin und Margot besprochen habe.«

Wir verbrachten die nächste halbe Stunde damit, verschachtelte sechseckige Module, versetzte Bodenplatten und die Verschmelzung kristalliner Formen zu besprechen. Oder besser gesagt: Myles besprach sie und ich dachte darüber nach, wie sehr ich mit ihm verschmelzen wollte. Ich wollte die Oberseite seiner Hand streicheln, die sich anmutig über das Touchpad bewegte, sein Knie unter dem Tisch mit meinem streifen, meine Hand entlang seines Oberschenkels den nüchternen grauen Stoff seines Anzugs hinaufwandern lassen, unter dem sich eine verführerisch definierte Muskulatur erahnen ließ.

Irgendwann war es vorbei. Ich schaffte es, meinen Kaffee nicht zu verschütten und blieb nicht mit den High Heels in den Rollen meines Stuhls hängen, als ich aufstand. Und ich schaffte es – und das ist das entscheidende –, den Satz »Sie sind der schärfste Mann, den ich jemals gesehen habe«, nicht auszusprechen, bevor ich ihn zur Tür brachte.

Stattdessen sagte ich: »Hier ist meine Karte, falls Sie noch Fragen haben.«

»Und hier haben Sie meine«, antwortete er und lächelte wieder, während er mir gefühlte Stunden lang ins Gesicht sah.

Ich verabschiedete mich am Aufzug von ihm und ging schnurstracks in den Schredderraum, wo ich mir seine Visitenkarte ansah und überlegte, sie in das Gerät zu stecken, mit dem wir vertrauliche Dokumente zerstörten, und zuzuschauen, wie sie auf der anderen Seite in ganz feinen Streifen herauskam, feiner noch als die Spaghetti, in die er meine Beine verwandelt hatte. Und dann erinnerte ich mich an die letzte Challenge des Bad Girls: *Das Handy schnappen und ihn anrufen.* Ich würde es tun, beschloss ich, auch wenn ich den Teil mit dem Nach-der-Nummer-fragen nicht mal richtig ausführen musste, da er sie mir ja von sich aus gab. Ich würde es definitiv tun, die Herausforderung annehmen, mir mein Handy schnappen und ihn anrufen. Vielleicht.

»Er wird mich nicht anrufen, stimmt's?«

Drei Abende später waren Tansy und ich ungewöhnlicherweise beide vor sieben Uhr zu Hause. Ich fläzte auf dem Sofa mit den Beinen über der Armlehne und sah mir eine alte Folge *Love Island* an. Tansy stand am Bügelbrett und arbeitete sich durch einen Stapel Klamotten – ihre wie auch meine, denn als ich nach Hause kam und sie bügelnd vorfand, fragte sie mich: »Hast du was, das gebügelt werden muss? Ich bügle gerade meine Sachen, leg deine ruhig dazu. Irgendwie mache ich das gern. Seltsam, oder?«

Da musste sie mich nicht zweimal bitten. Aber in Wahrheit konzentrierten wir uns beide nicht sonderlich auf unsere Tätigkeiten, weil wir sie dauernd unterbrachen, um unsere Handys zu checken, die hartnäckig stumm blieben. Tansy wartete schon seit über zwei Wochen auf Renzos Anruf; ich gab mich erst seit wenigen Tagen der sehnsuchtsvollen Fantasie hin, dass Myles mich vielleicht anrufen und mir die Verlegenheit ersparen würde, es selbst tun zu müssen. Aber genau im selben Moment beschlossen wir einhellig: Genug ist genug. »Scheiß drauf, warum gehen wir nicht in den Pub?«, fragte ich.

»Oder ins *Daily Grind*«, stimmte Tansy enthusiastisch zu. Sie klappte das Bügelbrett zusammen und stellte es beiseite, obwohl sie nur meine Sachen gebügelt hatte. »Die haben jetzt donnerstags und freitags länger auf und einen Imbisswagen mit Holzofenpizza. Heute war ein Flyer in der Post: Sonderangebot – drei Pizzen zum Preis von zwei für Leute aus der Nachbarschaft.«

Ich spürte einen kurzen, schuldbewussten Stich in der Brust, als ich mich an den letzten Flyer erinnerte, den Luke und Hannah verteilt hatten – wegen ihres vermissten Katers. Seitdem hatte ich Freezer nicht mehr gesehen. Hoffentlich ging es ihm gut! Ich wünschte, ich hätte irgendwie geholfen, obwohl ich nicht genau wusste, was genau ich hätte tun sollen.

»Abgemacht«, grinste ich. »Lass uns Pizza essen und was trinken gehen, und die Handys lassen wir hier.«

»Und lass uns Adam fragen, ob er mitkommen will«, schlug Tansy vor. »Der arme Junge verbringt seine ganze Zeit allein in seinem Zimmer. Das kann ihm nicht guttun.«

»Gute Idee. Wenn er den ganzen Tag lang nur auf seinen Bildschirm starrt, bekommt er noch Rachitis oder so. Ich packe schnell das Zeug hier weg und hole ihn.«

Ich brachte meine noch warmen Blusen nach oben, hing sie in den Schrank und klopfte an Adams Tür. Er öffnete sie nur ein bisschen und spähte mich durch den Spalt hindurch an. Sein graues T-Shirt zierten undefinierbare Flecken, er war barfuß und sein Haar ungekämmt. Das Zimmer roch merkwürdig, so wie die Zimmer von Singletypen oft riechen, bis sie irgendwann eine Freundin haben und der Geruch verschwindet. Ich konnte nicht entschlüsseln, woraus er sich zusammensetzte. Aus schmutzigen Socken und Sperma vermutlich, möglicherweise auch aus schmutzigen Socken voller Sperma.

Jedenfalls roch Adams Zimmer so, mit einer Basisnote, die ich nicht zweifelsfrei identifizieren konnte. Ich rümpfte die Nase und trat einen Schritt zurück – ich musste mich unbedingt mal bei unserer Putzfrau Odeta erkundigen, ob sie jemals in diesen Raum vorgedrungen war, um ihn ein wenig aufzufrischen. Wenn nicht, würde ich ein Wörtchen mit Adam reden müssen, damit er ein bisschen Ordnung in sein Leben brachte, bevor wir Mäuse oder einen Anschiss von der Hausverwaltung bekamen.

»Tansy und ich wollen raus, was essen und trinken gehen. Hast du Lust mitzukommen?«, fragte ich.

Adam starrte auf seine Füße, dann sehnsüchtig zurück in sein Zimmer.

»Äh ...«

Na gut, dachte ich. *Wenn ich eine Sache bei* Colton Capital *gelernt hatte, dann die Fähigkeit, mit Social Awkwardness umzugehen.* Manche der Quants hatten seit Jahren keinen geraden Satz mehr hervorgebracht. Sie kommunizierten ausschließlich über Tabellen, Emojis und Grunzlaute.

»Wir gehen in fünf Minuten los«, sagte ich mit einem (hoffentlich) strahlenden, authentischen Lächeln. »Komm mit, wenn du willst. Falls du nicht zu viel zu tun hast.«

Als ich unten ankam, begegnete mir Tansy mit fragend hochgezogenen Augenbrauen.

»Keine Ahnung«, deutete ich lautlos mit den Lippen an. »Er ist so seltsam.«

Tansy nickte bestimmt.

Wir hingen ein paar Minuten rum, dann sagte ich: »So, lass uns losgehen. Aber zuerst ...«

Ich warf einen letzten wehmütigen Blick auf mein Handy, wie eine Mutter, die sich am ersten Schultag von ihrem erstgeborenen Kind verabschiedet. Einem Problemkind wohlgemerkt, das seit Tagen bockig war und einen in Versuchung brachte, es in die Badewanne zu werfen, um ihm ein für alle Mal den Garaus zu machen. Okay, vielleicht war ich nicht gerade die liebevollste Mutter der Welt.

Ich legte das elende, stumme Ding auf die Küchentheke. Tansy stieß einen kleinen Seufzer aus, dann legte sie ihres daneben.

»Scheiß auf sie alle«, rief sie.

»Ganz genau.«

Lachend gingen wir hinaus in die Nacht. Es war noch warm, und blasse, goldene Wolken trieben über den verwaschen blauen Himmel. Plötzlich fühlte es sich befreiend an, etwas Schönes und ganz Gewöhnliches mit einer neuen Freundin zu unternehmen. Ich fand es beinahe aufregend, an einem Donnerstagabend Pizza essen zu gehen, als wäre das Ganze ein riesiges Abenteuer. *Wie konnte es so weit kommen?*, dachte ich. *Maddy und ich haben so was früher andauernd gemacht.* Aber ich war angesichts dieses braven Mädelsabends zu aufgekratzt, um ihn mir verderben zu lassen, weil meine beste Freundin nicht dabei war.

Wir waren fast am Ende unserer Straße und sahen das Retro-Neonschild vom *Daily Grind* schon einladend leuchten, als ich hinter uns das Geräusch schwerer Schritte vernahm. Ich wirbelte herum und umklammerte meine Handtasche. Auch wenn unser Teil East Londons laut Maddy kein so raues Pflaster mehr war wie früher und zunehmend gentrifiziert wurde (wie unsere stetig steigende Monatsmiete eindrucksvoll belegte), trieben sich doch gelegentlich zwielichtige Gestalten hier rum.

Doch es war nicht etwa ein Taschendieb, der uns auf den Fersen war: Es war Adam. Er hatte geduscht – zumindest hatte er lange genug unter fließendem Wasser gestanden, um nass zu werden. Sein feuchtes Haar war zurückgekämmt und er duftete nach einem zitronigen Duschgel. Sein schmutziges T-Shirt hatte er gegen ein weißes Leinenhemd getauscht, außerdem hatte er sich saubere Jeans angezogen. Er sah ... nicht direkt attraktiv aus, aber zumindest nicht mehr wie ein verstörter Nerd.

»Sorry«, schnaufte er. »Ich hatte noch was zu erledigen. Danke, dass ihr mich gefragt habt.«

»Kein Problem«, antwortete ich, und Tansy bekräftigte, wie toll sie es fand, dass er noch gekommen war. Dann stemmte ich mich gegen die schwere Glastür des *Daily Grind*.

Der Laden war brechend voll. Ich hatte keine Ahnung, ob Luke guten Kaffee zubereiten konnte, aber offensichtlich wusste der Mann, was einen guten Laden ausmachte. Die runtergerockten Holztische waren alle besetzt und quollen über vor Bierflaschen, Weingläsern und Pizzaschachteln. Aus der Jukebox dröhnten die *Lumineers*, die im lauten Gelächter und Gläsergeklirr allerdings kaum zu hören waren. Lampen im Industrial-Style erleuchteten eine Horde Londoner Hipster, die augenscheinlich alle ziemlich viel Spaß hatten.

Dieser Laden war Welten entfernt von den Lokalen, die ich für Mittagessen, Drinks und Abendessen für Piers, Renzo und die anderen bei der Arbeit buchte. Gestärkte Tischdecken und Sommeliers suchte man hier genauso vergeblich wie osteuropäische Go-go-Tänzerinnen in Dessous. Ich fragte mich, ob Tansy sich des Unterschieds zwischen dieser Bar und dem Ort, den Renzo für eine Verabredung mit ihr wählen würde, bewusst war, und ob sie genauso froh war wie ich, hier zu sein. Allerdings blieb mir keine Gelegenheit, sie zu fragen, sie war bereits in den Orgamodus übergegangen.

»Gut«, sagte sie. »Wir brauchen eine Strategie. Der Tisch da hinten wird gleich frei. Adam, stell dich mal schnell da hin. Sobald sie aufstehen, schnappst du ihn dir. Ich bestelle uns was zu essen – es gibt nur drei Sorten Pizza, also hol ich uns jeweils eine. Charlotte, du übernimmst die Getränke. Für mich bitte ein großes Glas Chardonnay.«

Von ihrem Managerinnentalent mobilisiert galoppierte Adam in den hinteren Teil des Raums. Ich konnte ihn noch gerade so am Ärmel packen, um ihn zu fragen, was er trinken wollte.

»Oh. Irgendein Bier. Egal«, sagte er und schenkte mir etwas, das wie der Versuch eines richtigen Lächelns aussah, bevor er in der Menge verschwand.

Ich machte mich auf zur Bar. Zu meiner Überraschung nahm Luke selbst die Bestellungen auf, anstatt diese Arbeit an Angestellte zu delegieren.

Als er mich bemerkte, grinste er und machte eine Geste, die bedeutete: »Bin gleich bei dir.« Weniger als eine Minute später fragte er mich lächelnd, was er mir bringen dürfe.

»Zwei große Gläser Chardonnay und ein Bier – ein Craftbeer, denke ich mal. Was kannst du empfehlen?«

»Das *Hungry Locust* ist gut, falls du auf klassisches IPA stehst«, schlug er vor. »Wenn du gern Stout trinkst, kann ich dir das *Woofer* ans Herz legen.«

»Uff, schwer zu sagen, es ist nicht für mich. Vielleicht so was wie ein … Lager?«

»Dann würde ich dir zum *Kissing Cousin* raten. Das mag jeder. Etwas hopfiger, aber trotzdem erfrischend.« Er drehte sich um und kümmerte sich um die Getränke. »Schön, dich hier zu sehen, Charlotte.«

Ich lächelte erfreut und überrascht, dass er sich an mich erinnerte. »Ist euer Kater eigentlich wieder da?«

»Weißt du«, sagte er und lehnte sich über den Tresen, »es ist voll seltsam. Niemand hat auf die Flyer reagiert, auf unseren *Facebook*-Post geantwortet oder den #FindFreezer-Hashtag benutzt. Unsere Freundin Gemma hat einen *YouTube*-Kanal mit echt vielen Abonnenten. Sie hat es sogar über ihre Social Media verbreitet – aber nichts. Außer ein paar Stalkertypen, die ihr Fotos von anderen weißen Katzen geschickt haben, aber daran ist sie gewöhnt. Nicht an Katzenbilder natürlich – sie kann Katzen nicht ausstehen –, aber an anderen Kram eben. Und ein paar Tage nachdem wir bei euch vorbeigeschaut haben, ist Freezer wieder aufgetaucht.«

»Wow, da wart ihr sicher megaerleichtert.«

»Ja, waren wir. Und er wirkte weder abgemagert noch traumatisiert oder so. Wir haben ihn zum Tierarzt gebracht – Hannah hat darauf bestanden, obwohl er gesund schien. Er hatte sogar zugenommen, während er weg war. Aber nach ein paar Tagen ist er wieder verschwunden. Seitdem haben wir ihn nicht mehr gesehen.«

Seine fröhliche Miene verfinsterte sich ein wenig. Da mir bewusst wurde, dass sich hinter mir eine durstige Schlange bildete, versicherte ich ihm, dass Freezer wieder auftauchen würde, obwohl das ein schwacher Trost gewesen sein muss. Dann bedankte ich mich bei ihm und nahm die Gläser. Während ich mir meinen Weg durch die Menge bahnte, versuchte ich unsere Getränke nicht zu verschütten.

Tansy und Adam schienen sich bemerkenswert gut zu verstehen. Sie hörte aufmerksam zu, während er sprach und vermutlich irgendeine Anekdote über seine Reisen im Nahen Osten erzählte. Nicht zum ersten Mal bereute ich, so wenig gereist zu sein. Ich hatte in Newcastle gewohnt, in Manchester studiert, war dann nach Hause zurückgekehrt und schließlich nach London gezogen. Und dazwischen war ich nur ab und an mit einem billigen *Ryanair*-Flug ins Ausland geflogen.

Am Nebentisch saß eine hübsche Frau mit lila Haaren, die enthusiastisch in ihr Handy sprach, das sie weit über ihrem Kopf hielt. Sie drehte ihr Handy um und filmte die Pizzen auf dem Tisch und die Drinks, die sie und ihr Freund tranken. Ich fragte mich, ob das wohl die *YouTube*-Freundin war, die Luke erwähnt hatte, und ob sie wohl gerade etwas Gratiswerbung für das *Daily Grind* machte.

Als ich mich unserem Tisch näherte, brach Tansy gerade in Gelächter aus – der Höhepunkt der Geschichte war erreicht, nahm ich an – und eine Stimme schrie: »Tansy? Eine Quattro Stagioni, eine Napoletana und eine Speciale!« Sie sprang auf, um unsere Bestellung abzuholen, während ich die Getränke abstellte.

Adam und ich tauschten einen Blick aus, dann setzte er wieder seine mürrisch-verschlossene Standardmiene auf. Ich versuchte, ihn nach seinem Tag und seiner Arbeit im Irak zu fragen. (Nur hatte ich da was verwechselt: Er hatte im Iran, nicht im Irak, für ein Start-up gearbeitet, das eine Fahrdienst-App entwickelte – im Irak wäre so was unmöglich, erklärte er mir mit einem beinahe spöttischen Grinsen.) Bis Tansy dann mit dem Essen zurückkam, war er ziemlich einsilbig, fast schon unhöflich. Nachdem sie sich wieder zu uns gesetzt hatte, sprach er ausschließlich mit ihr, bis sie die Frage in den Raum warf, ob Sneaker mit dicken Sohlen im Winter immer noch angesagt sein würden oder nicht, um Adam aus dem Gespräch auszuschließen.

Als wir zurück nach Hause kamen, hatte Tansy einen verpassten Anruf von Renzo auf dem Handy. Von Myles war leider nichts gekommen – obwohl ich damit auch nicht wirklich gerechnet hatte. Ich glaubte nicht an so etwas wie Schicksal oder Bestimmung oder so einen Quatsch, aber ich hatte dennoch instinktiv dieses starke Gefühl, dass der *Leider Geil*-Podcast irgendwie mein Leben beeinflusste. Myles würde mich nicht anrufen, weil ich ihn anrufen musste.

Ich griff zu meinem Handy.

9

Sooo… willkommen bei Leider Geil *und zu unserer nächsten Herausforderung! Habt ihr euch nach unserer letzten Challenge getraut, anzurufen? Ich habe es getan, und eins kann ich euch sagen: Ich war meganervös! Aber ich habe es durchgezogen. Ich habe den heißen Typ aus meinem Spinning-Kurs nach seiner Nummer gefragt und ihn angerufen. Wirklich! Danach habe ich mich so großartig gefühlt, total emanzipiert und so. Als würde mir die ganze Welt gehören! Wir haben uns diese Woche hin- und hergeschrieben, und sobald wir einen freien Tag in unseren Kalendern finden, wollen wir uns treffen. Was mich zu meiner nächsten Herausforderung bringt. Ich denke, es ist an der Zeit, den Einsatz in diesem Spiel ein klein wenig zu erhöhen. Wisst ihr, was ich meine? Nein, ich spreche hier nicht gleich von Sexting. Jemandem, den ihr nicht gut kennt und dem ihr nicht komplett vertraut, intime Bilder zu schicken, ist keine gute Idee, das brauche ich euch sicher nicht zu sagen. Aber so ein bisschen flirten auf WhatsApp, das ist was anderes. Nur zu - ihr schafft das!*

Nachdem er Tansy mehr als zwei Wochen lang auf die Folter gespannt hatte, verlor Renzo beim Arrangieren des Dates keine Zeit. An dem Samstagabend sah ich ihr – nicht ohne Neid – zu, wie sie in einem umwerfenden Outfit nach dem anderen in mein Zimmer und wieder hinaus stolzierte.

»Das hier ist vielleicht ein bisschen too much«, sagte sie und drehte in einem gerüschten schwarzen Cocktailkleid eine Pirouette. »*Dolce & Gabbana*; es war ein Musterexemplar. Ich finde es toll, aber ich glaube, es ist ein bisschen drüber, sogar fürs *Nobu*, oder was meinst du?«

Mit Bedauern stimmte ich ihr zu.

»Was zum Henker tragen die Leute dort überhaupt?«, fragte sie. »Du warst doch schon mal da, oder?«

»Einmal erst. Wir hatten dort letztes Jahr unsere Weihnachtsfeier, da haben sich natürlich alle schick angezogen, was uns jetzt wohl nicht weiterhilft. Aber ich laufe jeden Abend auf meinem Heimweg dran vorbei. Offen gesagt tragen die Leute alle möglichen Sachen. Die Spielerfrauen machen einen auf Kardashian mit Titten und Solariumbräune. Aber viele tragen auch einfach Jeans und Sneaker.«

»Hmmm ...« Tansy schlüpfte aus ihrem Kleid und wuselte in BH und Unterhose zurück in ihr Zimmer. Hoffentlich kam Adam jetzt nicht aus seiner Höhle.

Nach ein paar Minuten kehrte sie zurück. »Wie findest du das? Mehr so Grunge-Style.«

Sie trug zerrissene Jeans, ein weißes Crop-Top und eine schwarze Netzstrumpfhose, die man durch die Risse der Jeans und oberhalb beziehungsweise auf der Hüfte (die Jeans saßen sehr tief) erspähen konnte.

»Das ist richtig sexy«, sagte ich. »Aber nein. Zu trendy, das wird er nicht verstehen. Er wird sich den ganzen Abend fragen, ob du weißt, dass man deine Strumpfhose sehen kann.«

»Verdammt. Du hast recht. Neue Runde, neues Glück.«

Sie ließ die Jeans in meinem Zimmer und die Strumpfhose vor Adams Tür liegen. Wenn er die entdeckte, würde er auf der Stelle einen Herzinfarkt bekommen, dachte ich. Ich beschloss aber, mit dem Aufräumen zu warten, bis Tansy ihre endgültige Outfitwahl getroffen hatte und gegangen war.

»Okay, und das?«

»Das« war ein blassgrauer, ärmelloser und hochgeschlossener Jumpsuit mit weiten Hosenbeinen, der Tansys perfekte, wohlgeformte Beine eigentlich verdecken sollte, sie stattdessen aber voll zur Geltung brachte.

»Sieht gut aus«, sagte ich. »Gefällt mir. Seriös.«

»Oh, gar nicht so seriös«, sagte sie und drehte sich um. Der ganze Rücken war frei und stellte ihren straffen, goldbraunen Rücken bis fast hinunter zu ihrem Slip zur Schau. Falls sie überhaupt einen trug, was ich stark bezweifelte.

»Mein Gott«, staunte ich. »Das ist ja der Hammer. Das ist perfekt. Aber wenn du so in die U-Bahn steigst, wirst du verhaftet.«

»Ich zieh ja eine Jacke drüber«, sagte sie. »Und werde mir ein *Uber* bestellen. Scheiße, es ist schon sieben, ich muss mir noch Locken machen und geschminkt bin ich auch noch nicht.«

Ich hockte jetzt auf ihrem Bett und versuchte sie zu beruhigen, während sie Primer, Foundation, drei Contouring-Puder, Rouge, mindestens sechs verschiedene Farben Lidschatten und zwei Farben Lippenstift auftrug und am Ende aussah, als trüge sie fast gar kein Make-up und hätte den ganzen Tag lang am Strand in der Sonne gelegen.

»Krass«, japste ich. »Du hast es echt drauf. Du musst mir vor meinem Date mit Myles unbedingt einen Crashkurs geben.«

»Was nie stattfinden wird ...«, spottete Tansy »... wenn du dem armen Kerl jedes Mal absagst, wenn er dich ausführen will.«

»Ich weiß! Aber das ist nicht meine Schuld. Der Podcast hat mich gezwungen, mir mein Handy zu schnappen und ihn anzurufen. Ich habe mich total eingeschissen, aber ich habe es ja gemacht. Es war sooo unangenehm. Ich meinte so: ›War echt nett, dich kennenzulernen. Ich habe mich gefragt, ob du vielleicht Lust hast, mal einen Kaffee mit mir trinken zu gehen.‹ Und er hat gesagt: ›Charlotte, ich fühle mich geschmeichelt.‹ Was total danach klang, als würde er niemals zusagen.«

»Stimmt aber nicht.«

»Nein, stimmt nicht. Er hat gesagt: ›Ich habe mich auch gefreut, dich kennenzulernen, sehr sogar.‹ Aber dann musste er auflegen. Ich dachte, das war's. Doch dann hat er mich am nächsten Tag zurückgerufen und wir haben länger miteinander telefoniert. Seitdem schreiben wir uns regelmäßig.«

»Und wann triffst du dich endlich mit ihm?«

»Das ist ja das Problem! In der nächsten Folge des verdammten Podcasts ging es darum, sich rar zu machen. Ich habe keine Ahnung, warum ich mir das Kackding überhaupt noch anhöre – sie nervt irgendwie und widerspricht sich andauernd –, aber ich kann nicht aufhören damit. Deswegen behaupte ich immer, dass ich beschäftigt bin, wenn er mich nach einem Treffen fragt.«

»Behandle sie wie Scheiß, dann bleiben sie heiß«, kicherte Tansy.

»Genau. Sie sagt, man soll es drauf ankommen lassen, zumindest am Anfang. Du hast also alle Regeln gebrochen, indem du Renzo sofort zugesagt hast.«

Tansy verdrehte die Augen. »Ich weiß, ich weiß. Aber was hätte ich denn machen sollen? Ich habe ewig darauf gewartet, dass er anruft, und dann sagt er: ›Ich habe uns bei *Nobu* einen Tisch reserviert.‹ Und ich nur so: ›Wow, echt?‹ Da war es schon zu spät, um einen auf unbeeindruckt zu machen. Wer würde ein Abendessen mit Renzo im *Nobu* ausschlagen? Das würde Superkräfte erfordern, die ich nicht habe.«

»Wenn er dich nach einem Date abserviert ...«

»... habe ich zumindest den Black Cod mit Miso probiert. Dann habe ich im Leben alles erreicht. Er wird mich doch nicht nach einem Date abservieren, oder?«

Bei Renzo war nichts undenkbar. Dann begutachtete ich sie noch einmal in ihrem Jumpsuit und sagte: »Nein, das wird er nicht.«

»Falls ich den Abend überlebe, schminke ich dich – aber nur, wenn du aufhörst, Myles ›wie Scheiß‹ zu behandeln«, köderte sie mich. »Okay, Schuhe. Hohe natürlich. Rot oder Silber?«

Ich überlegte einen Moment lang. »Silber. Lieber neutral bleiben.«

Sie schlüpfte in ein Paar silbergrauer Mules, die so hohe Absätze hatten, dass ihre Frisur fast im Türrahmen hängenblieb, als sie hinausrauschte. Dann drehte sie sich noch mal um und erstickte mich bei ihrer Umarmung fast in einer Wolke aus *Elnett* und *Jo Malone*.

»Danke, Charlotte.«

Mit meinen Modetipps konnte ihre Dankbarkeit nichts zu tun haben, da sie ihr Outfit auch ohne meine Hilfe gefunden hätte.

»Viel Spaß«, sagte ich. »Du siehst umwerfend aus.«

Tansy eilte die Treppe runter und sprang in das wartende Taxi, um zu ihrem – wie sie hoffte – letzten ersten Date zu fahren. Ich freute mich für sie. Wirklich! Aber gleichzeitig war ich auch seltsam besorgt um sie. Sie hatte so viel in diese Sache mit Renzo investiert: unzählige Stunden im Fitnessstudio, all den Grünkohl zum Abendessen, die ganzen Gesichtswasser, die Arganölmasken für die Haare – und vor allem ihre Hoffnung, ihren Kummer und viele schlaflose Nächte. Hoffentlich enttäuschte das Date sie nicht. Und hoffentlich nahm Renzo die Sache genauso ernst wie sie. Er war so erfolgreich, sah so gut aus, er konnte buchstäblich jede haben, dachte ich und lehnte mich zurück in Tansys Kissen. Aber für sie galt das ja genauso.

Und das galt wohl auch für Myles, das war mir sofort klar gewesen. Während Tansy Renzo also einigermaßen das Wasser reichen konnte, spielte Myles in einer ganz anderen Liga als ich. Ich stand auf und las Tansys quer durchs Haus verstreute Kleidungsstücke auf und legte sie auf ihr Bett. Wenn sie heute Nacht mit ihm schlafen würde - er war ein Aufreißertyp, aber ich hoffte um ihretwillen, dass sie es nicht tun würde -, dann doch wohl in seiner Wohnung in Marylebone und nicht hier. Oder? Die Vorstellung, morgens ins Bad zu gehen und Renzo in seinen Boxershorts beim Zähneputzen vorzufinden, war zu peinlich, um auch nur darüber nachzudenken.

Stattdessen zog ich mein Handy hervor und las Myles' letzte Nachricht.

Ich bin im Büro und sehe mir gerade die Entwürfe für deinen Chef an. Aber ständig frage ich mich: Was würde Charlotte wohl gefallen? Hör gefälligst auf mich von meiner Arbeit abzulenken!

Als ich die Nachricht bekam, war ich zu beschäftigt, um mehr als ein paar Emojis zurückzuschicken. Aber die Gewissheit, dass er an mich dachte, beflügelte mich den ganzen Tag lang. Wenn ich die neue Herausforderung annehmen wollte, musste ich den Einsatz erhöhen, wie es der Podcast befohlen hatte.

Meine Daumen schwebten über der Tastatur. Ich spürte einen engen Knoten der Verlegenheit im Magen. Was sollte ich ihm schreiben? Ich war so aus der Übung, ich hatte es verlernt, mich selbst als jemanden zu betrachten, der begehrenswert war oder selbst sexuelle Bedürfnisse hatte. Mein Gott, das letzte Mal, dass ich geflirtet hatte, war mit diesem verdammten Baumchirurgen gewesen – und das war wohl kaum ein richtiger Flirt! Diese Herausforderung war *hart*.

Ich liege in meinem Bett, tippte ich. Es war Tansys Bett und ich lag darauf, nicht darin, aber ein bisschen kreative Freiheit musste drin sein. *Und ich frage mich: Was würde Myles wohl gefallen?*

Dann ließ ich mein Handy fallen, als hätte es mich gebissen, vergrub resigniert mein Gesicht in den Händen und wartete.

Ich wartete nicht lange. Zwei Minuten später antwortete er. *Myles würde gern wissen, was du anhast.*

So ein Mist. Ich hatte zerrissene Jeans an, die eigentlich etwas weiter geschnitten waren, in den letzten Monaten aber eher zur Skinny Jeans geworden waren, und einen Pullover mit einem Loch am Ellbogen und einem hartnäckigen Ketchupfleck auf der Vorderseite.

Ich trage einen cremefarbenen Pulli und weiße Unterwäsche. Der Pulli ist ganz weich. Und die Unterwäsche aus Spitze.

Und das stimmte sogar, sagte ich mir, auch wenn das Bild, das ich erzeugte, nicht ganz der Realität entsprach.

Ich wünschte, ich könnte dich sehen. Aber mir das vorzustellen, funktioniert auch ganz gut …

Ein Schauer lief über den Rücken, als ich die Antwort tippte. *Ich stelle mir vor, wie du mich anguckst. Vielleicht würdest du mehr tun als nur gucken?*

Ich würde nicht nur gucken. Ich würde …

Und schon ging es los. Wir tauschten die nächste halbe

Stunde Nachrichten aus, bis mein Handy förmlich heiß gelaufen war. Ich war so erregt, wie ich es lange nicht gewesen war. Oder noch nie.

Nach unserer Verabschiedung – die ein klassisches Pingpong aus *Also gute Nacht dann. Bist du noch da? Ja. Gute Nacht.* Pause. *Ich bin noch da. Ich auch. Gute Nacht. Ich denke an dich. Küsse. Mehr Küsse.* nach sich zog – zwang ich mich zurück in die Realität und stellte fest, dass ich mich noch immer in Tansys Zimmer befand, was sich ganz und gar falsch anfühlte. Ich stand auf und stieß mir schmerzhaft den Zeh an einer sperrigen Reisetasche, die unter ihrem Bett hervorlugte. Sie hatte beim Einzug doch noch nicht so viel Zeug gehabt? Was bewahrte sie darin überhaupt auf? Leichen?

Ich ging ins Bad und verbrachte die nächste Stunde mit Conditioner, Peeling und Rasierer, bis ich mich fast zu Tode gepflegt hatte. Nachdem ich eine dicke Schicht Creme auf mein Gesicht aufgetragen hatte, die mich so strahlend aussehen lassen sollte, als hätte ich acht Stunden geschlafen, ging ich ins Bett und hoffte, die Wirkung mit elf Stunden tatsächlichem Schlaf noch zu verbessern.

Als ich mich ins Bett legte, war ich noch ganz aufgewühlt von meinem Chat mit Myles vorhin. Das nächste Mal, wenn er mir eine Nachricht schickte - womit ich fest rechnete -, würde ich ein Treffen mit ihm vereinbaren. Kein doofes, peinliches Kaffeedate, sondern ein richtiges Dinnerdate. Und ich würde mich dafür genauso in Schale werfen, wie er es sich vorgestellt hatte, während wir Nachrichten austauschten. Das Bad Girl wäre stolz auf mich!

Doch zunächst einmal galt es, den Sonntagsbrunch am nächsten Tag zu überstehen. Ich hatte die Befürchtung, dass das diesmal eine deutlich weniger fröhliche Angelegenheit sein würde als üblich ...

· · ·

»Ich hätte bitte gern das Mandel-Granola mit Blaubeeren als Topping«, bestellte Bianca. »Und haben Sie auch Kokosjoghurt? Ich bin laktoseintolerant. Und einen Skinny Chai Latte. Und meine Tochter hätte gern ... Komm, sag der Frau, was du haben magst, Charis.«

»Pochierte Eier mit Avocado«, begann Charis. »Aber nur, wenn es Freilandeier sind. Und einen Blaubeer-Bananen-Smoothie, aber mit Hafermilch, ich bin jetzt nämlich Veganerin.«

Du bist sechs Jahre alt, dachte ich, *ist das nicht etwas früh für Ernährungsticks?* Und dann fühlte ich mich ein wenig schäbig, weil ich über ein Kind geurteilt hatte.

»Natürlich sind es Freilandeier, Engelchen«, säuselte Bianca. Dann starrte sie die Kellnerin mit einem eiskalten Blick an und fragte: »Oder etwa nicht?«

Die Kellnerin lächelte etwas gezwungen. »Hier bei *Gilbert and Gwen* beziehen wir alle Lebensmittel aus verantwortungsvollen, nachhaltigen und lokalen Quellen«, betete sie herunter, womit sie natürlich nicht bestätigte, dass die Eier aus Freilandhaltung stammten - »verantwortungsvoll, nachhaltig und lokal« konnte auch bedeuten, dass sie die Praktikantin dafür zum Laden um die Ecke geschickt hatten. Charis schien sich mit dieser Auskunft aber zufriedenzugeben.

»Ich hätte gern ein Eiweiß-Omelett mit grünem Salat als Beilage«, sagte Maddy. »Kein Dressing für den Salat, bitte. Und noch einen Keto-Kaffee, und könnten Sie bitte noch ein paar Karaffen Wasser mit frischen Zitronenscheiben bringen?«

»Was, keine Margaritas?«, fragte ich, nur halb im Scherz.

»Margaritas?« Bianca verzog das Gesicht, als hätte ich vorgeschlagen, eine Kanne mit kalter Kotze zu bestellen. »Sind die nicht total 2000er? Oder haben die gerade wieder Hochkonjunktur? Ich weiß es nicht, ich rühre nichts Hochprozentiges an. So schlecht für den Teint.«

Fest in meine Schranken verwiesen, warf ich einen Blick

auf die Speisekarte, ohne mich für irgendetwas begeistern zu können. Ich hatte noch mehr Lust auf ein Wurstsandwich als auf einen Margarita, aber in dem Laden, den vermutlich Bianca ausgesucht hatte, stand weder das eine noch das andere zur Wahl. Stattdessen gab es Muffins mit Chiasamen, Biohaferflocken und Tofu-Rührei, und das interessanteste Getränk auf der Speisekarte war fermentierter Kombucha-Tee. Den hatte ich einmal bei der Arbeit probiert, weil Briony ihn auf die *Ocado*-Bestellung gesetzt hatte. Ehrlich gesagt würde ich lieber meinen eigenen Schweiß trinken.

»Ich nehme ein Avocado-Toast, bitte«, sagte ich kleinlaut.

»Du kannst auch kleine Salatblätter statt des Toasts nehmen, falls dir das lieber ist, Charlotte«, informierte mich Bianca. »Gleich im Anschluss findet doch die Kleidanprobe für die Brautjungfern statt, und Brot bläht so auf.«

»Ach, echt?«, fragte ich und wünschte, ich hätte vor dem Brunch ausgiebig gefrühstückt. »Das klingt richtig, äh, knackig. Das probiere ich. Und einen Americano ohne Milch.«

Chloë bestellte einen Kürbis-Walnuss-Muffin und Molly nahm Rührei ohne Toast und einen Karottensaft.

Unser Essen kam und wir aßen – zumindest die meisten von uns. Maddy stocherte lustlos in ihrem Omelett herum und nahm immer mal wieder einen Schluck Wasser, während sie mit Bianca Hochzeitskleider besprach.

»Am Mittwoch waren wir bei der dritten Anprobe für mein Kleid, aber es sitzt immer noch nicht richtig«, seufzte sie. »Sie müssen es noch mal umarbeiten, dafür müssen sie viele von den Perlenstickereien neu machen, und jetzt passt die Spitze am Rücken nicht mehr richtig.«

»Studio Monty ist wirklich toll«, schwärmte Bianca, »aber sogar die besten Modeschöpfer brauchen ein paar Anläufe, bis alles perfekt ist. Außerdem beginnt die Hochzeitsdiät zu wirken. Du wirst sicher noch ein paar Pfunde verlieren, bis dein großen Tag ansteht.«

»Du siehst super aus, Maddy, ehrlich«, warf ich ein. »Du musst echt nicht noch mehr abnehmen. Du könntest mal wieder eine Portion Pommes vertragen, Mädchen!«

Insgeheim dachte ich mir, dass Maddy schon mehr als genug abgenommen hatte, Hochzeit hin oder her. Sie war immer schlank gewesen, aber jetzt sah sie fast hager aus - ihre Wangen waren ganz eingefallen und ihre Unterarme sahen so dünn aus, als würden sie jeden Moment zerbrechen.

»Ich habe letzte Nacht tatsächlich von Pommes geträumt«, schmachtete Maddy. »Gott, habe ich mich schuldig gefühlt, als ich aufgewacht bin! Das waren so richtig schön vor Fett triefende Pommes, wie wir sie früher immer im *Almighty Cod* gegessen haben, weiß du noch, Charlotte?«

»Mit Erbsenpüree und einer Portion Scraps«, ergänzte ich. »Früher haben wir uns immer donnerstags am Mittag aus der Schule geschlichen, wenn es diesen abstoßenden, wässrigen Rindereintopf gab, und uns mit Pommes vollgestopft. Danach sind wir mit Essigfahnen wieder zurückgeschlichen.«

Wir lachten, und für eine Sekunde war die unbeschwerte Vertrautheit zwischen uns wiederhergestellt.

Dann höhnte Bianca: »Wie hast du es nur geschafft, nicht so breit zu werden wie ein Elefant?«, und strafte mich mit einem Blick, der eindeutig sagte, dass ich ihrem Standard nach (der zweifellos Größe 34 entsprach), sehr wohl so breit geworden war wie ein Elefant.

»Ehrlich, Charlotte«, beschwichtigte mich Maddy, »das ist nur wegen der Hochzeit. Auf Fotos wirkt man immer dicker, als man ist, und ich möchte schließlich auf den Bildern besonders gut aussehen. Sobald ich den Ring an meinem Finger habe, stopfe ich mir wieder alles Mögliche rein, versprochen. Dir wird's genauso gehen, wenn du heiratest.«

Molly sah ein wenig gequält aus — so wie immer, wenn sie daran erinnert wurde, dass eine Freundin nach der anderen heiratete, während William sie noch immer nicht gefragt hatte.

»Sofern Charlotte jemals heiratet, versteht sich«, ätzte Bianca. »Wenn sie jemals aufhört, so wählerisch zu sein, und endlich mal irgendjemanden datet.«

Sie verdrehte die Augen, sah sich am Tisch um und hoffte auf zustimmendes Gekicher. Aber niemand lachte, vor allem ich nicht. Ihr Kommentar traf mich, nicht nur, weil er so beiläufig gehässig war, sondern weil er implizierte, dass sie und Maddy mein Liebesleben besprochen hatten. Vermutlich waren sie der Ansicht, ich hätte Magnus anbetteln müssen, mit mir auszugehen, weil ich sowieso niemand Besseren finden würde.

»Ich habe übrigens jemanden kennengelernt.« Ich konnte mich nicht zurückhalten. »Wir haben in den nächsten Wochen ein Date. Wir hätten das schon längst gemacht, aber ich hatte zu viel zu tun. Er ist Architekt, und er sieht unglaublich gut aus.«

Chloë quietschte vor Aufregung.

Molly sagte: »O mein Gott, das ist die beste Nachricht des Tages! Wir wollen alles über ihn wissen. Wie hast du ihn kennengelernt?«

Ich wollte gerade loslegen, Myles ausführlich zu beschreiben, sein perfektes silbergraues Haar und sein markantes Kinn, seine breiten Schultern, seinen knackigen Hintern und seine italienischen Schuhe, als ich von Bianca unterbrochen wurde. Sie meinte, wir sollten jetzt besser zahlen, sonst kämen wir zu spät zu unserer Anprobe, was mir den Wind so ziemlich aus den Segeln nahm.

Wir bezahlten für unser Essen - dank der mageren Portionen und des gravierenden Mangels an Alkohol zugegebenermaßen deutlich weniger als sonst – und folgten Maddy und Bianca zum Brautmodengeschäft, das sie im Gegensatz zu mir bereits gut kannten.

Ich beeilte mich, sie einzuholen, und hatte plötzlich ein schlechtes Gewissen, als ich bemerkte, wie wenig Aufmerksamkeit ich den Hochzeitsvorbereitungen meiner besten Freundin geschenkt hatte. Sie sollte nicht glauben, ich hätte genauso leichtfertig wie sie einen neuen Lebensabschnitt begonnen, seit Tansy auf der Bildfläche erschienen war. Aber bevor ich mit Maddy sprechen konnte, musste ich warten, bis Bianca und Charis ihr Gequatsche beendet hatten, und es sah nicht so aus, als würde das in absehbarer Zeit passieren.

»Elephant's Breath«, sagte Charis bestimmt, während wir eine Straße entlanggingen, in der sich ehemalige Lagerhallen in Luxusapartments verwandelt hatten. »Mizzle. Stiffkey Blue. Dimpse.«

»Und die da drüben, Süße?«, fragte Bianca.

Charis hielt inne und legte den Kopf schief. »Railings. Nein, Black Blue.«

Bianca lachte. »Black Blue stimmt, glaube ich. Schlaues Mädchen.«

Ich stupste Maddy an und warf ihr einen Blick zu, der sagte: *WTF?*

»Charis kennt alle Wandfarben von *Farrow & Ball*«, erklärte sie. »Sie machen sich ein Spiel daraus, sie an den Haustüren anderer Leute zu bestimmen, nicht wahr, Bianca?«

Bianca nickte. »Charis hat ein gutes Auge für Design. Nicht nur, was Inneneinrichtung angeht – das hat sie natürlich von mir geerbt -, auch ihr Sinn für Mode ist erstaunlich. Wie wir jetzt merken werden. Da wären wir: Studio Monty.«

Wir blieben alle vor einem Geschäft stehen, das wie ein Secondhandladen aussah. Nicht wie einer dieser Vintage-Stores, in denen professionelle Schaufensterdekorateure einen teuren Mantel aus der Vorsaison an einer Schaufensterpuppe mit irgendwelchen Stiefeln und einem *Primark*-Schal kombinieren, damit der Laden wie eine edle Boutique aussieht. Nein, dieser sah so aus, wie Secondhandläden früher zu meiner Jugendzeit ausgesehen hatten. Im Schaufenster stapelten sich alte Nähmaschinen und ausgestopfte Tiere, in der Mitte stand eine lebensgroße Holzpuppe, die mit alten Gardinen umwickelt war.

»Ist das nicht supercool hier?«, hauchte Maddy. »Jedes Mal, wenn ich herkomme, bleibe ich stehen und denke einfach nur: *Aaaaah.*«

Als Bianca die Tür öffnete, eilte sofort ein Mann Mitte fünfzig mit einem Bart und großer, schwarzgerahmter Brille herbei, gefolgt von einem keuchenden schwarzen Mops.

»Ihr Süßen!«, rief er. »Madeleine und Bianca, meine Lieblingsmädchen. Und ihr müsst die anderen Brautjungfern sein.«

Er gab uns allen Küsschen und führte uns dann in den hinteren Teil des Ladens, der sich zu einem riesigen lichtdurchfluteten Raum mit Glasdach erweiterte. Ringsum hingen Unmengen von Kleidern, die in schützende weiße Säcke gehüllt waren.

»Nun, mit wem fangen wir an?«, überlegte der Mann, der vermutlich Monty war.

»Mit mir«, quietschte Charis. »Letztes Mal sah mein Kleid aus wie ein Sack. Hoffentlich sieht es mit diesen Abnähern besser aus.«

Monty sah verdutzt aus, setzte dann aber ein schmeichlerisches Lächeln auf. »Das hoffe ich auch. Na dann komm mal her, mein kleines Blumenkind.«

»Ich heiße Charis«, sagte sie beleidigt, folgte ihm aber in den Umkleideraum. Bianca drängte sich dicht dahinter.

Chloë, Molly und ich hockten auf einer aufbereiteten Kirchenbank aus Holz und warteten. Wenige Minuten später trat Charis in einem schwarz-weiß gestreiften Volantkleid hervor. Eine seltsame Wahl, aber ich musste zugeben, dass sie niedlich darin aussah.

»Wer Audrey Hepburn ist, weiß sie zwar nicht«, gurrte Monty. »Aber sie rockt diesen Look einfach.«

»Das weiß ich wohl«, korrigierte ihn Charis und schmollte.

»Ich habe *My Fair Lady* fünfmal gesehen und ich kann jedes einzelne Lied mitsingen.«

Sie fing an, *Wouldn't it Be Loverly* zu singen und durch den Raum zu wirbeln, bis sie mit einem Tisch zusammenprallte, auf dem eine Vintage-Schreibmaschine und Wachsblumen unter einer Glasglocke standen, und ihn dabei fast umschmiss.

Aber ich sah gar nicht wirklich hin. Ich dachte nur: *O mein Gott, werden wir jetzt alle im Stil von* My Fair Lady *verkleidet?* Ich hätte es ahnen können – aber irgendwie hatte ich da nicht drüber nachgedacht. Hatte ich also wirklich nichts mitbekommen? Ich fühlte mich schon wieder schuldig. Ein paar Minuten später standen wir alle vor dem Spiegel in aufeinander abgestimmten Etuikleidern mit Schwalbenschwanz, die mit weiteren schwarzen und weißen Streifen geschmückt waren. Mit Mollys Kurven oder Chloës schlanker Silhouette konnte man so etwas vielleicht gerade noch so tragen. Ich hingegen sah darin aus wie ein Schwergewichtsboxer im Abendkleid.

Mein Herz rutschte durch meine nicht vorhandene Hose auf den Fußboden. Ich beschloss, es mit Humor zu nehmen: »Wir sehen aus wie die Spieler von Newcastle United mit seitwärts getragenen Trikots.«

Bianca musterte uns von oben bis unten. »Vielleicht solltest du deine Kohlenhydratzufuhr künftig ein bisschen reduzieren, Charlotte.«

»Vielleicht kannst du Charlotte ja was von dem Detox-Tee abgeben, den du immer trinkst, Mami«, fügte Charis hinzu.

10

Hallo und willkommen zurück bei Leider Geil! *Heute werde ich über ein Thema sprechen, das uns allen sehr am Herzen liegt: das erste Date! Wisst ihr, ich hatte schon viele Dates in meinem Leben. Sehr viele. Und einige von ihnen waren gaaaanz schlimm. Kennt ihr die Szene in* Game of Thrones, *in der Sansa und Ramsay Bolton sich das erste Mal treffen? Okay, vielleicht nicht ganz so schlimm. Aber ich habe schon ein paar Frösche geküsst, das kann ich euch sagen. Oder eher nicht geküsst, um genau zu sein ... iiiiiigitt!*
Jedenfalls bereite ich mich gerade auf ein Date mit einem neuen Kerl vor (der aus dem Spinning-Kurs – er hat den knackigsten Hintern, den ich je gesehen habe). Und weil ich mich dabei sexy fühlen will, trage ich absolut unglaubliche neue Unterwäsche. Keine Rüschen oder Spitze, meine Damen: nur durchsichtiges schwarzes Netz und viele Riemen, fast schon bondage-mäßig. Selbst wenn er die nicht zu sehen bekommt - und das ist gut möglich, denn man weiß ja nie, wie sich ein erstes Date entwickelt –, weiß ich, dass sich sie

*trage, und deshalb werde ich mich verdammt sexy
fühlen.*

*Hier ist also eure Herausforderung für heute: Stöbert in
euren Unterwäscheschubladen nach den aufreizendsten
Sachen, die ihr besitzt, und zieht sie an – nur für euch.*

Ich fragte mich neidisch, wie sich das Bad Girl sonst noch auf das erste Date mit dem Knackarsch-Typ vorbereitet hatte. Bestimmt hatte sie sich die Nägel machen lassen, sich ein Ganz-körperwaxing und vielleicht sogar eine professionelle Föhn-frisur gegönnt.

Vielleicht hatte sie den Tag damit verbracht, die Nachricht, in der sie sich getraut hatte, ihn um ein Date zu bitten, und seine Antwort immer wieder zu lesen. Das jedenfalls tat ich. Ich verbrachte fast so viel Zeit damit, die Nachricht im Nach-hinein zu lesen, wie ich für das Schreiben selbst benötigt hatte. Ich wollte lässig, aber nicht desinteressiert klingen; erwartungs-voll, aber nicht verzweifelt. Sexy, aber nicht so, als wollte ich mich nur zum Sex mit ihm treffen.

Letztendlich entschied ich mich für: *Nach all diesen Nach-richten habe ich Lust darauf bekommen, dich wiederzusehen. Wollen wir uns vielleicht Mittwoch nach der Arbeit auf einen Drink treffen?*

Dann schloss ich mein Handy in einer Schublade ein, als ob es davonlaufen könnte, und nahm ein Bad. Als ich zurückkam, hatte ich eine Antwort von Myles. *Ein Drink klingt lecker – fast so lecker wie du.*

Er findet mich lecker! Ich las die neun Worte wieder und wieder. Ich war erregt, begeistert und außer mir vor Nervosität.

Selbst wenn das Bad Girl seine Nachrichten auf dem Weg zwischen Nagelstudio und Friseursalon immer wieder aufs Neue gelesen hatte, konnte ich mir kaum vorstellen, dass es die letzten dreißig Minuten vor dem Date mit Möbelschleppen verbrachte.

Das Ganze war natürlich auf Piers' Mist gewachsen. Ich saß an meinem Schreibtisch und überlegte gerade, wie lange ich mich wohl auf der Damentoilette schminken könnte, ohne dass meine Abwesenheit auffiel, als er vorbeigeschlendert kam und ganz beiläufig fragte: »Hast du einen Moment, Darling?«

»Natürlich«, antwortete ich. Da mir klar war, dass ich mir damit selbst ein Ei gelegt hatte, schrieb ich vor meinem geistigen Auge bereits eine Nachricht an Myles, um ihn über meine zu erwartende Verspätung zu informieren. Dass es *so* schlimm werden würde, hatte ich nicht geahnt.

»Also, wegen des Briefings morgen früh ...«, begann Piers. »Ein paar von den Medienleuten haben abgesagt. Ich weiß, der Raum ist für fünfundsiebzig Leute bestuhlt, aber wir haben nur vierzig Zusagen. Wir brauchen also eine Blockbestuhlung statt der Theaterbestuhlung. Könntest du das anpassen und den Caterern Bescheid sagen, Darling?«

»Kein Problem«, sagte ich und dachte: *Fick dich, Piers, du privilegierter Eliteschnösel. Das ist sogar ein Riesenproblem, und das weißt du ganz genau.*

Am Morgen hatte ich mithilfe von Colins zweitem Assistenten Greg und mit Maurice, unserem »Mädchen« für alles, der sich um die Post kümmerte und die Reinigung abholte, erstaunlicherweise ohne mein Lächeln abzulegen, 75 Stühle in Reihen aufgestellt, den Tisch in den hinteren Teil des Raums gerückt, den Beamer aufgebaut und geprüft, ob alles funktionierte.

Da leere Stühle nicht mit Piers' Ego vereinbar waren, musste ich nun 35 Stühle wieder hinausschieben, den massiven Konferenztisch irgendwie zurück in die Mitte des Raums rücken und alle Stühle wieder im Kreis drumherum aufstellen. Und zwar allein, innerhalb von einer halben Stunde, in High Heels und bestenfalls ohne am Ende schweißnass zu sein.

Mir war zum Heulen zumute. Einzig die Tatsache, dass das mein Make-up vollends zerstört hätte, hielt mich davon ab.

Ich rief den Caterer an, um unsere Bestellung anzupassen, und entschuldigte mich ausgiebig dafür, weil ich wusste, dass sie mich ebenso ausgiebig (und stillschweigend) verfluchen würden, wie ich Piers verflucht hatte. Ich fühlte mich wie dieser eine arme Typ aus der griechischen Mythologie, der einen Stall ausmisten musste, der seit Jahrzehnten nicht mehr gesäubert worden war. Warum er das musste, wusste ich nicht mehr, möglicherweise auch weil Piers sich zu fein dafür gewesen war. Also machte ich mich an die Arbeit.

Es war noch schlimmer, als ich gedacht hatte. Die Stühle waren zu schwer, um sie zu stapeln, sodass ich sie einzeln aus dem Raum schleppen musste, doch schließlich hatte ich sie alle weggebracht. Der Tisch hingegen war eine andere Nummer. Das verdammte Teil war riesig. Beim Versuch, ein Ende anzuheben, fielen mir fast die Arme ab. Ich versuchte, ihn zu schieben, aber er ließ sich nicht bewegen. Es war unmöglich.

Ich schaute verzweifelt auf das Chaos im Raum und spielte mit dem Gedanken, zur Tür rauszugehen und nie mehr wiederzukommen. Aber das würde bedeuten: kein Job, kein Empfehlungsschreiben, das mir helfen würde, einen neuen zu finden, und keine Möglichkeit, die Miete zu bezahlen. Ich blickte auf die Uhr. Es war halb sieben und um sieben war ich mit Myles verabredet. Die Panik verlieh mir neue Kräfte. Ich hob den Tisch kräftig an und schaffte es, ihn ein paar Zentimeter zu bewegen, bevor meine Hände abrutschten und einer meiner Nägel an der glatten Kante des Nussholztischs brach.

»Scheiße!«, schrie ich. »Du dreckiger Scheißtisch.« Ich steckte mir meinen pulsierenden Finger in den Mund und sank auf den Teppich nieder. Tränen brannten mir in den Augen.

»Was zum Teufel machst du da, Charlotte?«, fragte eine Stimme. »Alles okay?«

Ich sah hoch. Xander stand mit der Jacke über der Schulter im Türrahmen. Er war offensichtlich auf dem Heimweg.

»Sieht es so aus, als ob alles okay wäre, oder sieht es eher so aus, als hätte Piers mich mit einem Möbelpacker verwechselt und mir aufgetragen, tonnenweise Möbel für seine dämliche Pressekonferenz zu schleppen?«

»Er hat dir ...?« Xanders Augen weiteten sich hinter seiner Brille. »Grundgütiger. Hat der Mann noch nie etwas von Arbeitsschutz gehört? Du hättest dir den Rücken verrenken und das Unternehmen auf ein Vermögen verklagen können.«

»Kann ich wegen eines gebrochenen Nagels klagen?«, fragte ich, stand auf und gab mir alle Mühe, nicht zu weinen. »Komm, pack doch kurz mit an, wenn du schon mal hier bist. Ich bin spät dran.«

»Mach dich nicht lächerlich.« Xander drehte sich um und verließ den Raum.

Mir war nicht mehr nach Weinen zumute - ich war richtig sauer. Wie war der denn drauf, einfach so abzuhauen, ohne sich die Mühe zu machen, mir zu helfen? Verdammter Paragrafenhengst. Er war sich wohl auch zu fein dafür, ein paar Möbel zu schleppen – nur weil er einen Abschluss in Wirtschaftslehre hatte!

»Verdammter Schlappschwanz«, murmelte ich, packte erneut den Tisch an und versuchte, ihn noch mal hochzuhieven.

Dann hörte ich Xanders Stimme wieder hinter mir: »Charlotte, lass das.«

Er stand im Eingang und hinter ihm waren Pavel, teilnahmslos wie immer, und Piers, eindeutig beschämt.

»Wie ich den beiden hier bereits erklärt habe«, sagte Xander, »bin ich absolut für Gleichberechtigung am Arbeitsplatz, aber zu erwarten, dass eine Frau allein so eine Arbeit macht, geht ein bisschen zu weit, nicht wahr?«

»Äh, so habe ich das noch gar nicht gesehen«, nuschelte Piers.

Pavel sagte gar nichts. Er zog einfach sein Jackett aus und hing es an die Garderobe. Die Muskeln, die an seinem Nacken und seinen Schultern hervortraten, empfand ich normalerweise als leicht bedrohlich, jetzt aber schienen sie sich trefflich für die anstehende Aufgabe zu eignen. Xander zog seine Jacke ebenfalls aus und ließ sie auf den Boden fallen.

»Gut«, sagte er. »Bringen wir das in Ordnung. Charlotte, du brauchst nicht warten. Du meintest doch, du seist spät dran.«

»Ah, ja, ab mit dir, Darling«, rief Piers. »Und mach dir keine Sorgen über die Vorbereitungen am Morgen, ich bin mir sicher, das wir alles im Griff haben.«

Eine Sekunde lang dachte ich darüber nach, mich für meinen schwachen Doppel-X-Chromosom-Körper zu entschuldigen und anzubieten, zu bleiben und zu helfen. Xander musste meine Unentschlossenheit bemerkt haben, denn er schüttelte kaum merklich den Kopf und zwinkerte. Ich war beeindruckt von seinem Taktgefühl: Er wollte Piers tatsächlich die weitere Demütigung ersparen, die meine Anwesenheit für ihn bedeutet hätte.

»Okay«, sagte ich und bedankte mich innerlich tausendmal bei ihm für seine Rettung. »Ich bin dann weg. Bis morgen früh.«

Ich griff nach meiner Tasche und hastete zum Lift. Keine Zeit mehr, mich um mein Make-up zu kümmern. Keine Zeit mehr für irgendwas. Mir blieb keine andere Wahl, als zu der Bar zu rennen, in der wir verabredet waren. Myles musste mich wohl oder übel so akzeptieren, wie ich war.

Dann kamen mir die Worte des Bad Girls in den Sinn: *Womöglich seid ihr scharf auf ihn. Vielleicht seid ihr sogar so scharf auf ihn, dass ihr über eure eigenen Füße stolpert! Atmet einfach tief durch. Vergesst nicht, das dies nicht euer erstes und wahrscheinlich auch nicht euer letztes Date sein wird. Habt*

Spaß, bleibt euch selbst treu und schaut, wohin die Nacht euch führt. Das werde ich jedenfalls tun – oder es zumindest versuchen. Wünscht mir viel Glück!

Anstatt also zu Myles zu spurten, schrieb ich ihm eine Nachricht, um ihm mitzuteilen, dass ich mich um ein paar Minuten verspätete. Dann ging ich zu *Fenwick* und ließ mir von der freundlichen Dame am *Chantecaille*-Counter ein komplettes Make-up verpassen. Im Gegenzug verkaufte sie mir eine sündhaft teure Foundation, die ich gar nicht brauchte.

Dann kaufte ich mir eine rosarot gemusterte Seidenbluse, um die graue zu ersetzen, die ich bei der Arbeit getragen und vollgeschwitzt hatte, und zog sie in der Umkleidekabine an. Auf dem Weg nach draußen besprühte ich mich mit einem *Roja*-Duft und verließ das Kaufhaus in der souveränen Gewissheit, dass ich zwar fast eine halbe Stunde zu spät kommen würde, dafür aber zumindest fabelhaft aussah und nach einem Fünf-hundert-Pfund-Parfüm duftete. Und dem Podcast sei Dank trug ich die sexyeste Unterwäsche, die ich besaß: einen dunkel-roten BH aus Satin und einen mit schwarzen Rosen bestickten Tanga.

* * *

Da Piers meine Pläne durchkreuzt hatte, konnte ich das Restaurant nicht im Vorhinein auf *Google Maps* auskundschaf-ten, die Speisekarte studieren, um eine schnelle und lässige Entscheidung zu treffen, oder ewig darüber spekulieren, was die Wahl des Orts über Myles aussagte und – fast noch wich-tiger – darüber, wie er mich einschätzte. Ein gehobenes Lokal (wie das *Nobu*, das Renzo für sein erstes Date mit Tansy gewählt hatte) käme einer klaren Absichtserklärung gleich. Es könnte aber auch einfach nur bedeuten, dass er ausschließlich gehobene Lokale kannte (auch wieder wie bei Renzo ...). Ein durchschnittlicher Laden, im schlimmsten Fall eine Restaurantkette, wäre ein Indiz dafür, dass er nicht viel Zeit in die Auswahl investiert hatte. Eine Hotelbar könnte bedeuten, dass er auf eine Nummer im Himmelbett eines Hotelzimmers hoffte - gar nicht so abwegig, denn davon träumte ich schließlich schon, seit er mir das erste Mal die Hand geschüttelt hatte und ich diese elektrische Spannung zwischen uns gespürt hatte.

Seine tatsächliche Wahl hingegen traf mich völlig unvorbereitet: das *Latimer*, dessen Namen er mir in einer Nachricht mit einem *Google Maps*-Link geschickt hatte. Es hätte alles Mögliche sein können, aber dass es sich dabei um einen Pub handeln würde, damit hatte ich nicht gerechnet. Einen stinknormalen Pub in einer ruhigen Straße am Grosvenor Square. Zugegebenermaßen war es ein hübscher, schicker Pub mit Geranienkästen vor dem Eingang, der eher Leute aus der Modewelt als aus der Immobilienbranche anzuziehen schien. Trotzdem: Es war ein Pub. Mir wurde schwer ums Herz. Er war also nicht einmal ansatzweise interessiert an mir. Na ja, jetzt war sowieso alles egal, denn ich war so spät dran, dass er wahrscheinlich schlechte Laune bekommen hatte und nach einem Drink gegangen war. Schlauerweise hatte ich das Etikett aus meinem neuen Oberteil gerissen, sodass ich mich nicht einmal damit trösten konnte, mir wenigstens mein Geld zurückholen zu können.

Doch er war gar nicht gegangen. Er war noch da und saß an einem Tisch für zwei in der Ecke, hatte ein fast leeres Glas vor sich stehen und starrte auf sein Handy.

»Hallo«, sagte ich.

Die Sorgen, die ich mir über sein mangelndes Interesse gemacht hatte, verflogen in dem Moment, in dem sein Mund ein breites Grinsen formte, er aufstand und mich auf beide Wangen küsste. Er hatte auf dem Weg hierher wohl auch in der Parfümabteilung von *Fenwick* vorbeigeschaut, dachte ich — oder, was wahrscheinlicher war, er hatte einen ganzen Schrank voller teurer, wohlduftender Parfüms, aus denen er nach Belieben wählen konnte.

»Ich wollte schon aufgegeben«, meinte er. »Ich dachte, du hättest es dir anders überlegt.«

»Es tut mir so leid«, erwiderte ich. »Im Moment ist einfach so viel los bei der Arbeit. Da ist man wirklich vor nichts gefeit. Ich wurde ein paar Minuten lang aufgehalten, aber es waren nur ... O Gott, ist es wirklich schon so spät? Du Ärmster.«

Er lachte. »Du bist es wert, dass man auf dich wartet. Was darf ich dir zu trinken bestellen?«

Tja, die Cocktailliste hatte ich nicht mehr studieren können, um mir etwas Leckeres und zugleich Stilvolles auszusuchen, bestenfalls ohne Schirmchen, mit dem ich mir garantiert ins Auge pieksen würde, oder Selleriestange, mit der ich mir meine neuerworbene Bluse versauen könnte. Gut, dass es hier wohl sowieso keine Cocktails gab.

»Nur ein Glas Wein, bitte«, sagte ich. »Weiß. Äh ... *Viognier*, falls sie den dahaben.«

Du mit deinen niveauvollen Gepflogenheiten, Charlotte, sagte ich zu mir selbst. *Such dir nächstes Mal vielleicht einen Wein mit einem Namen aus, den du auch aussprechen kannst.* Aber Myles schien es nicht aufgefallen zu sein. Er lächelte nur und machte sich auf den Weg zur Bar, während ich auf der anderen Seite des kleinen Holztischs Platz nahm. Dem Raum zugewandt hätte ich mir zumindest die Leute anschauen können, während ich wartete, anstatt mit leerem Blick die Wand anzustarren. Mir war danach, mein Handy aus der Tasche zu nehmen und auf *Instagram* zu gehen, oder meinen Taschenspiegel rauszuholen und zu prüfen, ob mein Make-up immer noch so perfekt saß wie vor fünf Minuten, aber Ersteres wäre unhöflich und Letzteres irgendwie erbärmlich.

»Na«, sagte Myles einen Moment später und stellte die Getränke auf dem Tisch ab. »Wie steht's um die Finanzwelt?«

»Die Preise für Goldtermingeschäfte steigen. Der Yen

kostet weniger, aber da haben wir eine Short-Position und beim Mexikanischen Peso gehen wir long, also ist das in Ordnung. Kryptowährungen werden noch beliebter, aber die Volatilität ist momentan ziemlich hoch. Viele Analysten prognostizieren eine weitere Hard Fork in der Bitcoin-Blockchain und erwarten einen Anstieg bei Ripple.«

Er blinzelte, und ich wusste genau, was er dachte, weil ich die ersten sechs Monate bei *Colton Capital* genau dasselbe gedacht hatte: *Diese Person hat gerade einfach nur irgendwelche Wörter gesagt. Ja, es waren definitiv Wörter, und es waren sogar teilweise Wörter in meiner Sprache. Ich habe nur keinen Schimmer, was sie bedeuten.*

»Das klingt faszinierend«, sagte er.

Ich lachte. »Netter Versuch. Ich tue so, als würde ich irgendwas von dem Zeug verstehen, aber meistens ist dem nicht so. Die Highlights meines heutigen Tages waren eine Bestellung über Egg-Benedict-Happen für vierzig Personen und Möbelrücken XXL.«

»Was für eine Erleichterung«, grinste Myles. »Als ich deinen Chef kennengelernt habe, habe ich mich nach den Märkten erkundigt, um das Eis zu brechen. Er hat zehn Minuten ohne Punkt und Komma geredet, aber verstanden habe ich kein einziges Wort. Seitdem vermeide ich es, nachzufragen.«

»Aber bei deinem Job ist es doch ähnlich, oder nicht? Die Leute fragen dich nach irgendetwas und du fängst an, darauf näher einzugehen, sagen wir zum Beispiel auf Strebewerk oder so. Dann fällt dir auf, dass sie dir schon seit dem ersten Wort nicht mehr folgen können.«

»Strebewerk gibt es nur in Kirchen«, erklärte er, »aber ich weiß, was du meinst. Eigentlich sollte man nur mit Leuten über die Arbeit sprechen, die im selben Laden arbeiten.«

»Ich habe mal in einem Laden gearbeitet«, sagte ich. »*Tesco.*

Während meiner gesamten Unizeit saß ich dort am Wochenende an der Kasse.«

Dann wurde ich rot. Ich wollte eigentlich nicht, dass er das über mich wusste: Er sollte mich als Person kennenlernen, die Jahrgangschampagner trank, als wäre es Sprudel, und das auch nicht nur im Geringsten als abgehoben empfand. Was absolut nicht der Fall war. Als Piers mich zum ersten Mal gebeten hatte, ihn zu einem Lunchtermin mit einem neuen Kunden zu begleiten (»Der steht auf blonde Mäuse, Darling«, waren damals seine Worte gewesen), hatte ich mehrere Stunden damit verbracht, mithilfe von *YouTube*-Videos zu lernen, wie man Messer und Gabel richtig hält.

»Ging mir genauso«, sagte Myles. »Ich bin in einer Sozialwohnung in Bermondsey aufgewachsen, und jetzt entwerfe ich Häuser für Leute, die schon sechs haben, oder Büros, in denen jeden Tag mit so viel Geld gehandelt wird, dass man damit die Schulden eines kleinen Landes tilgen könnte. Aber das ist in Ordnung. Ich habe keine Minderwertigkeitskomplexe.«

Wir sahen uns in die Augen und mussten beide lachen. Ein seltsames Gefühl kam in mir auf - als schwebte ich ... oder stürzte ich gerade ab? Ich fühlte mich, als stünde ich in einem Aufzug, der so schnell in die oberste Etage fuhr, dass mein Körper nicht ganz mit der Beschleunigung mithalten konnte. Verdammt! Ich war nicht nur total verknallt in diesen Mann. Ich *mochte* ihn sogar.

»Ich auch nicht«, sagte ich. »Nicht im geringsten. Wegen gar nichts.«

»Ich wollte dich zum Essen ausführen, aber ich möchte dir vorher etwas zeigen. Darf ich dir noch einen Drink bestellen oder wollen wir gleich los?«

Ich dachte an den vernünftigen Rat des Bad Girls: *Trefft euch an öffentlichen Orten, bis ihr euch sicher seid, dass er ungefährlich ist. Erzählt einer Freundin, wohin ihr geht. Kennt eure Grenzen.*

Halt die Klappe, Fräulein, sagte ich ihr in meinem Kopf. *Das ist mir egal. Wir haben keine Zeit. Und wenn dieser Mann gefährlich ist, dann ist er auf eine Art und Weise gefährlich, auf die ich stehe.*

»Also gut«, sagte ich. »Dann zeig es mir.«

Myles stand auf, und ich nahm mir einen Moment Zeit, um seine langen Beine in der Anzughose zu bewundern und mir vorzustellen, wie er ohne sie aussah. Wieder einmal war ich verblüfft von der Wirkung, die er auf mich hatte. Um es ganz unverblümt zu sagen: Er brachte meine Vagina zum Pulsieren. Dann stand ich auch auf, solange es meine Beine noch zuließen.

»Es ist gleich um die Ecke«, meinte Myles, während er mir die Tür aufhielt und wartete, dass ich vor ihm hindurchging. Im Pub war es eher düster gewesen, das helle Sonnenlicht draußen überraschte mich. Ich folgte ihm die Straße hinunter. Wir überquerten einen begrünten Platz voller Touristen und Büroangestellter, die auf dem Rasen saßen, und bogen in eine ruhige Straße voller Häuser mit Stuckfassaden ein. Eines von ihnen war von einem Bauzaun umgeben, der das *Considerate Constructors*-Programm bewarb und auf dem das Logo von *Taylor + Associates* prangte.

»Es ist offiziell noch eine Baustelle«, sagte Myles. »Aber keine Sorge, du brauchst keine Warnweste oder Sicherheitsschuhe. Komm mit.«

Er holte einen Schlüsselbund hervor und schloss eine Tür im Zaun auf. Ein Schild warnte davor, dass Unbefugten der Zutritt verboten sei. Myles schob die Tür auf und deaktivierte die Alarmanlage mit einer Fernbedienung.

»Warte«, unterbrach ich ihn. »Wo sind wir hier? Ist das ein Einbruch?«

»Sieht es so aus, als würden wir einbrechen? Mit meinem Schlüssel und meiner Fernbedienung? Das Sicherheitssystem kennt sogar mein Gesicht, schau mal.«

Hinter dem Bauzaun befand sich eine normal aussehende Haustür in einem marineblauen Farbton. Biancas Tochter könnte ihn sicherlich akkurater bestimmen als ich. Myles hielt davor inne und schaute in eine winzige, kaum sichtbare Kameralinse. Ein Piepton ertönte, darauf folgte ein Klicken. Dann zog er die Tür auf.

»Diese Stahlwand ist 13 Zentimeter dick«, erklärte er. »Der Kunde legt großen Wert auf Sicherheit – und das aus gutem Grund.«

»Es gibt gar keinen Briefkasten«, fiel mir auf. »Aber abgesehen davon sieht alles völlig normal aus.«

»Exakt.«

»Aber wie kommt er an seine Post?«

»Ich glaube nicht, dass Oleg Shchepotin sich für Rabattangebote vom Pizzalieferservice interessiert«, lachte Myles. »Oder für Gemeindesteuerrechnungen. Aber er bezahlt sie natürlich, durch seinen Verwalter. Er legt Wert darauf, seriös zu wirken.«

Er bedeutete mir, einzutreten. Eine leise Stimme in mir sagte: *Stopp, Charlotte. Das ist zu abgefahren.* Aber eine weitaus lautere Stimme war fasziniert und begierig darauf, mehr zu sehen und mit Myles allein zu sein.

Die Luft im Haus war durch die Klimaanlage im Gegensatz zur lauen Sommerluft draußen ganz kühl. Der Boden war aus Marmor – zumindest das, was ich davon sehen konnte, denn der größte Teil war von einem riesigen Orientteppich bedeckt.

»Oleg Wer?«, fragte ich.

»Shchepotin. Mein Kunde. Er ist ein ukrainischer Milliardär. Hat sein Geld mit Immobiliengeschäften verdient, durch Bestechung und - angeblich - indem er sich in die Systeme westlicher Banken gehackt und Geld erpresst hat. Aber das ist jetzt alles vorbei, Oleg hat ein neues Kapitel aufgeschlagen. Er zieht nach London, um hier mit seiner Frau und seinen Kindern ein ruhiges, anständiges Leben zu führen.«

»Wirklich?«

»Wahrscheinlich nicht«, gab Myles zu. »Aber was geht mich das an, solange er mich pünktlich bezahlt? Und das tut er. Dieses Projekt hat dem Unternehmen bis jetzt mehr als acht Millionen Pfund eingebracht.«

»Wow«, sagte ich. »Hätte ich das gewusst, hätte ich Cyberkriminalität studiert. Falls es das überhaupt als Studiengang gibt. Ich kann es mir kaum vorstellen.«

Myles schmunzelte. »Willst du die große Tour? Es ist fast fertig, die Innenarchitekten müssten nächste Woche durch sein. Aber wir sind die Projektmanager, also haben wir bis zur Schlüsselübergabe vollen Zugang zur Baustelle.«

»Es fühlt sich irgendwie falsch an«, gab ich zu bedenken. »Wie Hausfriedensbruch.«

Ungeachtet meiner eigenen Einwände schlenderte ich durch den Flur in Richtung einer eindrucksvollen Flügeltreppe, die ebenfalls aus Marmor war. Überall war Gold: auf den Geländern, an den Beinen des großen Tisches, der den Raum dominierte und auf dem eine Vase mit Hunderten von rosa Pfingstrosen stand, sowie auf zwei riesigen Gemälden der Jungfrau Maria, die sich von gegenüberliegenden Wänden aus anzustarren schienen.

»Oleg - oder besser gesagt Frau Schchepotin - hält sich bei der Inneneinrichtung streng an das Motto ›Mehr ist mehr‹«, sagte Myles. »Als erstes zeige ich dir den Keller. Es hat drei Monate gedauert, ihn auszugraben, und dreimal so lange, die Nachbarn zu überreden, es uns zu erlauben. Die Erdbaumaschinen sind immer noch da unten vergraben - bei einem Projekt dieser Größenordnung gibt es keine Möglichkeit, einen JCB-Bagger wieder rauszuholen, also wird er einfach abgeschrieben. Komm.«

Er streckte die Hand aus, ich ergriff sie. Ich war dankbar um ihre Wärme. Er führte mich durch eine Tür und eine weitere Marmortreppe hinunter.

»Der Bedienstetentrakt ist dort drüben«, erzählte Myles.

»Sie haben zwei Kindermädchen, einen Vollzeitbutler und eine Haushälterin, und Frau Shchepotins persönliche Assistentin wird auch hier wohnen - zumindest, wenn sie nicht gerade auf Reisen sind. Dann fliegt die ganze Entourage nämlich mit.«

»Was ist da unten?«, fragte ich, während er mich auf einer weiteren Treppe hinabgeleitete.

»Olegs ganzer Stolz.«

Ein vertrauter Geruch und eine Welle von viel wärmerer, feuchterer Luft stiegen mir in die Nase, als er unten eine Glastür öffnete. Ein Schwimmbecken mit unnatürlich blauem Wasser nahm fast den gesamten Keller ein. Auf der einen Seite befand sich eine Bar (Marmor, natürlich), vor der weiß-goldene, lederbezogene Hocker standen. An die Wand dahinter reihten sich Hunderte von Flaschen.

»Das alles ist dein Werk?«, fragte ich erstaunt.

»Alles«, sagte Myles. »Bis zum kleinsten Eiswürfel und letzten Handtuch. Lass uns was trinken. Keine Sorge, ich werde die Flasche ersetzen. Meine Kniescheiben sind mir zu wertvoll, um es mir mit Oleg zu verscherzen.«

Er öffnete einen Kühlschrank, der sich hinter einer weißen Marmorverkleidung verbarg, und nahm eine Flasche *Pol Roger*-Champagner heraus.

»Wenn man schon mal bei Oligarchens zu Gast ist ...«, witzelte ich und begann zu kichern, obwohl ich immer noch fand, dass das hier alles sehr seltsam war.

»So sieht's aus.« Myles zog den Korken heraus und füllte vorsichtig zwei Champagnergläser. »Chin-chin.«

Wir klirrten die Gläser aneinander – in meinem Fall extrem sanft, um die teuren Kristallgläser zu schonen – und nippten an unserem Schampus.

»Weißt du, was ich jetzt gern tun würde?«, fragte Myles.

»Den Pool ausprobieren?«, scherzte ich.

»Definitiv. Aber zuerst würde ich dich gern küssen.«

Noch bevor ich widersprechen konnte, streckte er die Hand

aus und strich mein Haar mit seinen Fingerspitzen zurück. Ich fühlte die Kälte der Champagnerflasche und gleichzeitig die Wärme seiner Haut an seinen Händen. Seine Lippen liebkosten meine, dann wurde der Kuss inniger, intensiver. Meine Augen schlossen sich und ich rang nach Luft. Irgendwie manövrierte ich mein Glas auf die Bartheke, denn ich wusste, dass ich es nicht länger würde festhalten können.

Ich hatte lange niemanden mehr geküsst – so lange, dass ich fast vergessen hatte, wie es sich anfühlte. Aber ich wusste, dass dieser Kuss ganz weit oben auf meiner Kussliste rangierte, dass es einer der besten meines Lebens war. Seine Wange fühlte sich mit den Bartstoppeln etwas rau an, doch seine Lippen waren weich und sanft. Sie erkundeten meinen Mund zuerst langsam, dann mit mehr Dringlichkeit. Nach endlosen Monaten des Wartens wurde ich von einem Mann geküsst und ich küsste ihn zurück, und ich hoffte, dass es niemals aufhörte.

11

»Also habt ihr gevögelt?«, fragte Tansy.

Am Abend nach meinem Date mit Myles hatten wir uns im *Daily Grind* eingefunden. Es war die erste Gelegenheit, uns gegenseitig auf den neuesten Stand zu bringen, auch was Tansys Date mit Renzo betraf. Sie war den Großteil des darauffolgenden Wochenendes nicht da gewesen und am Sonntagabend erst nach Hause gekommen, als ich schon im Bett lag. Aufgrund ihrer Fitnessroutine und meiner Arbeitszeiten hatte sich unser Austausch auf knappe »Hallos« auf dem Weg ins Badezimmer am Morgen und ein paar Nachrichten beschränkt, in denen wir uns für heute Abend verabredeten, um uns endlich ausführlich erzählen zu können, was passiert war.

»Warte«, sagte ich. »Wir brauchen Wein. Bin gleich wieder da.«

Ich ging zur Bar und hoffte, Luke dort anzutreffen, damit ich ihn fragen konnte, ob es Neuigkeiten zu Freezer gab, aber er war am anderen Ende der Bar in ein Gespräch mit einem anderen Gast vertieft. Also bestellte ich bei der Kellnerin eine Flasche Rotwein und eine Schüssel Oliven und kehrte zu Tansy zurück.

»Ich darf stolz verkünden, dass ich Myles nicht gevögelt habe«, sagte ich. »Aber mein Gott, die Versuchung war groß.«

Ich nippte an meinem Wein und erlaubte es mir zum millionsten Mal, mich an das berauschende Gefühl von Myles' Lippen auf meinen zu erinnern, daran, wie seine Hände sich sanft und fordernd über meinen Hals und meine Schultern bewegt hatten, bevor sein Mund meinen Hals hinunterwanderte, sein Atem heiß auf meiner Haut. Ich dachte daran, wie sich sein Rücken durch den Stoff seines Hemdes angefühlt hatte – hart und warm –, und wie ich mich nicht hatte beherrschen können, ihm das Hemd aus der Hose zu ziehen und meine Handflächen über seine muskulösen Schultern und dann nach vorn gleiten zu lassen, um die feste Wärme seiner Brust zu spüren.

Wir hatten nicht gevögelt, aber wir waren verdammt nah dran gewesen. So nah, dass er den Reißverschluss meines Rocks aufmachte und ihn über meine Hüften zu Boden gleiten ließ. Dann knöpfte er meine Bluse auf und zog auch sie aus. Ich stand vor ihm in meinem sexy BH und Tanga (danke, Bad Girl!) und meinen High Heels, und ich hörte, wie er vor Verlangen keuchte.

»Mein Gott, Charlotte«, sagte er.

Der Blick in seinen Augen war hypnotisierend. Zu sehen, wie dieser hinreißende Mann, den ich so sehr begehrte, dass ich kaum klar denken konnte, mich mit einem Verlangen anblickte, das sich in meinem Gesicht widergespiegelt haben muss, gab mir ein erregendes Gefühl der Macht. Ich war keine Sexgöttin, aber in dem Moment fühlte ich mich wie die Wonder Woman des Rummachens. Ich dachte nicht an die drei Kilo, die ich loswerden wollte, und es war mir egal, dass mein Lippenstift verschmiert war: Durch seine Augen gesehen fühlte ich mich schön und begehrt. Das war noch prickelnder als der Champagner.

Also warf ich mich zurück in seine Arme und küsste ihn

erneut, knöpfte sein Hemd auf und schleuderte es auf den Boden zum Rest unserer chaotisch verstreuten Kleidung. Sein Körper war so perfekt, wie ich es mir erhofft hatte: glatt, muskulös, braun gebrannt. Ich spürte die Hitze seines Schwanzes, der gegen meine Hüfte drückte, und fuhr mit der Hand über seinen Unterleib, um ihn zu berühren. Ich fühlte, wie sein Körper zuckte, als er sich gegen meine Hand presste.

»Wir waren ganz kurz davor, um ehrlich zu sein«, gestand ich Tansy. »Wir waren fast komplett nackt, der Pool war gleich daneben und da war die Champagnerflasche und so. Allerdings hatte ich noch nie Sex in einem Pool. Du?«

»Jepp. Wird massiv überbewertet. Das Wasser beseitigt die ganze Feuchtigkeit untenrum, außerdem habe ich mir durch das Chlor einen Ausschlag geholt. Du bist also gerade noch mal so davongekommen.«

Ich lachte. »Das bin ich wohl. Obwohl es auch unzählige Liegemöglichkeiten gab, die wir stattdessen hätten nutzen können – richtige Luxusdinger mit Kissen und so, nicht diese Billigplastikliegen. Und natürlich den ganzen Rest des Hauses, den ich nicht zu Gesicht bekommen habe. Stell dir vor, ich hätte im Schlafzimmer eines ukrainischen Oligarchen gevögelt – ich schwöre, ich hätte so große Angst davor, dass er es rausfindet, dass ich nie wieder ruhig schlafen könnte.«

»Hast du aber nicht«, erwiderte Tansy. »Wieso eigentlich nicht?«

»Ich dachte mir – weißt du, die von *Leider Geil* meint ja, es ist Quatsch, dass ein Mann dich nicht respektiert, wenn du beim ersten Date mit ihm schläfst. Sie sagt, wenn du es tust und er dich dann ghostet, dann war er es von Anfang an nicht wert ... Aber ich ... ich glaube, ich will, dass die Spannung noch weiter steigt.«

»Obwohl du schon in deiner Unterhose dastandest und quasi darum gebettelt hast?«

»Ganz genau.« Ich nahm einen großen Schluck Wein und

erinnerte mich, wie ich den Kuss von Myles genau dafür unterbrochen hatte – genau genommen war es ein Schluck aus einem Kristallglas gewesen, nicht aus einem ausgewaschenen Marmeladenglas, und ich hatte einen Finger in die kalte, sprudelnde Flüssigkeit gesteckt und sie über Myles' Brust laufen lassen, sodass er vor Lust bebte.

»Wir müssen aufhören«, hatte ich gesagt.

»Wieso?«, fragte er. »Zwing mich nicht dazu, aufzuhören.«

Aber ich sagte: »Ich fürchte, ich werde dich zwingen müssen.«

Wenn ich Myles damit unbewusst einem Test unterzogen hatte, dann hatte er ihn mit Bravour bestanden. Er zog sein Hemd wieder an, ließ es zu meiner großen Freude aber aufgeknöpft. Ich griff nach meiner Bluse, doch er sagte: »Lass mich dich wenigstens anschauen«, und ich spürte erneut einen Machtschub, als wäre ich eine der Frauen aus dem Roman, den ich kürzlich gelesen hatte, die diese verrückte Superkraft besaßen, Männer mit einer Berührung zu elektrisieren.

»Na gut, anschauen darfst du mich«, gab ich mich geschlagen.

Und er schaute mich an, und er berührte mich auch. Wir setzten uns auf einen der gepolsterten Liegestühle und tranken den Champagner aus, küssten und streichelten uns. Er erzählte mir, was er alles mit mir anstellen wollte, bis ich so erregt war, dass ich mich fast zurücklehnte und ihn gewähren ließ. Es war Lichtjahre entfernt von Nicks unbeholfener Fummelei und schlabberigen Küssen. Aber ich ließ ihn nicht ran - ich hielt mich an die Grenzen, die ich mir gesetzt hatte, und er respektierte sie.

Als die Flasche leer war, verließen wir das Haus, beseitigten alle Spuren unseres Besuchs und stellten die festungsartige Sicherheit wieder her. Er nahm mich mit in ein Restaurant um die Ecke, das er kannte. Wir aßen Lobster Rolls und Pommes, tranken Negronis und quatschten. Ich erzählte ihm von meinem ersten Job am Schalter einer großen Bank in Newcastle, wie ich quasi buchstäblich über Nacht festgestellt hatte, dass Liam und ich nicht für immer zusammen sein würden, und wie es sich angefühlt hatte, ihn und diese vertraute Welt zu verlassen, um allein nach London zu ziehen, wo ich hoffentlich in ein paar Jahren eine Wohnung würde kaufen können, wenn ich weiter sparte. Er wiederum erzählte mir, was für ein großer Sprung ins Ungewisse die Gründung seines eigenen Unternehmens damals für ihn gewesen war. Wieder einmal spürte ich das Gefühl einer echten Verbindung zwischen uns. Mein Herz schlug schneller, als mir klar wurde, dass ich ein Date mit einem Mann hatte, den ich wirklich mochte und von dem ich hoffte, dass er mich genauso mochte.

»Wann siehst du ihn wieder?«, fragte Tansy.

»Ich bin mir nicht sicher. Wir schreiben uns, aber er ist ab morgen geschäftlich für eine Woche in Portugal, deshalb können wir uns erst sehen, wenn er wieder zurück ist. Du wirst also noch warten müssen auf den Bericht über Date Nummer Zwei. Jetzt aber zu dir und Renzo. Erzähl mir alles!«

»O mein Gott.« Tansy lächelte mit einem verträumten Blick in den Augen, so wie ich es vermutlich auch getan hatte. »Er ist so heiß. Und so nett. Er hat mich wirklich zum Lachen gebracht.«

»Ernsthaft?«, fragte ich erstaunt. In den Monaten, in denen ich mit Renzo gearbeitet hatte, war mir sein Humor nicht gerade als seine hervorstechendste Eigenschaft aufgefallen.

»Klar«, sagte sie. »Er hat mir alles über seine Familie in Italien erzählt. Er hat fünf Schwestern – er ist das Baby der Familie und früher haben sie sich alle über ihn lustig gemacht, ihn aber auch unglaublich verhätschelt – und unzählige kleine Nichten und Neffen. Es gibt so viele von ihnen, und er ist so süß, wenn er von ihnen spricht. Man merkt, dass er Kinder wirklich liebt. Und er hat mir von dem Rennradclub erzählt, dem er beigetreten ist, und dass alle anderen Typen dort viel fitter sind als er. Weil er aber so ehrgeizig ist, zwingt er sich, am Wochenende diese Monsteretappen zu radeln. Danach ist er dann wohl so platt, dass er kaum mehr die Treppe hochkommt.«

Renzo hatte im Büro mal von seinem Fahrradhobby gesprochen, doch die Version, die er uns erzählt hatte, wich deutlich von dieser ab und war mit Sicherheit weniger wahr.

»Und das Essen war fantastisch«, schwärmte Tansy. »Er hat Unmengen bestellt, weil er wollte, dass ich alles probiere, und natürlich konnten wir nicht alles aufessen, deshalb hat er alles zum Mitnehmen einpacken lassen. Aber wir haben es nicht gegessen, denn ich habe es einem Obdachlosen gegeben, dem wir auf dem Weg zur U-Bahn begegnet sind.«

»Ihr seid *U-Bahn* gefahren?« Renzo fuhr niemals mit der U-Bahn. Er fuhr sein schickes Auto oder nahm Taxis. Und wenn er Meetings in Laufnähe hatte, ging er dort mit schwindelerregender Geschwindigkeit zu Fuß hin.

»Klar«, sagte Tansy erneut. »Zu seiner Wohnung, die der totale Oberhammer ist. Da haben wir Kaffee gekocht. Seine Kaffeemaschine ist der Wahnsinn, die hat ungefähr zwanzig verschiedene Einstellungen, und er hatte kein Problem damit, dass ich ewig lang damit herumspielt habe. Dann haben wir uns eine Folge *Billions* angeguckt. Er hat sich total aufgeregt, wenn sie falsch erklärt haben, wie ein Hedgefonds funktioniert, aber als ich ihn deshalb verarscht habe, musste er lachen. Und dann meinte ich zu ihm, dass ich jetzt wahrscheinlich besser nach Hause fahre, und er hat mir ein *Uber* bestellt.«

»Ihr habt nicht gevögelt?«, fragte ich ungläubig.

»Nö. Du bist nicht die Einzige, die dieses Spiel spielen kann, weißt du.«

»Krass«, staunte ich. »Ich kann es kaum glauben. Wann trefft ihr euch wieder?«

»Oh, haben wir schon. Am nächsten Morgen, am Sonntag, als du nicht zu Hause warst. Ich war gerade aufgestanden und habe mich gefragt, ob ich ihm eine Nachricht schicken oder es langsam angehen lassen soll, als er angerufen hat.«

»Und?«

»Und ich war noch im Halbschlaf. Als er mich gefragt hat, ob ich schon was vor habe, hatte ich keine Gelegenheit, mir etwas auszudenken, und habe deshalb zugegeben, dass ich keine Pläne habe. Er meinte: ›Ich hole dich in einer halben Stunde ab.‹ Gesagt, getan. Wir sind raus aufs Land gefahren, nach West Sussex. Es war so schön, all die kleinen Dörfer und die Bäume, die gerade ihre Farben wechseln. Wir haben in einem Pub zu Mittag gegessen und dann sind wir spazieren gegangen. Er hat mir die Namen von allen möglichen Pflanzen und Vögeln verraten und dann hat er mich nach Hause gefahren. In seinem Lamborghini. O mein Gott, wie cool ist dieses Auto bitte? Hast du es mal gesehen?«

Ich erzählte ihr, dass ich es nicht nur gesehen hatte, sondern auch schon mal für seinen Parkservice gesorgt, Renzos Strafzettel beglichen und einen Fahrer gebucht hatte, der es von Heathrow abholte, als Renzo sich für einen Flug nach New York verspätete und keine Lust hatte, den Langzeitparkplatz zu benutzen.

»Ich vergesse immer wieder, wie gut du ihn kennst«, seufzte Tansy neidisch. Wenn sie sich danach sehnte, die Schmutzwäsche seines Alltags für ihn zu waschen, musste sie schon sehr tief drinstecken.

»Ich schätze, ich kenne ihn nicht so gut, wie ich dachte«, gab ich zu. »Bist du sicher, dass du dich mit Renzo getroffen hast und nicht mit seinem lieben eineiigen Zwillingsbruder?«

»Er hat keinen Bruder«, erklärte sie geduldig. »Nur die vielen Schwestern, habe ich doch erzählt.«

»Das war ein Scherz. Und was jetzt? Wann siehst du ihn wieder? Habt ihr euch wenigstens richtig geküsst?«

»Ja, und zwar am Dienstag«, bestätigte Tansy, und ich meinte, dass es schon etwas bedeuten musste, wenn Renzo Zeit für drei Dates innerhalb weniger Tage fand. Er musste also wirklich scharf auf sie sein.

»Ich war mit ihm bowlen«, fuhr sie fort. »Es war superlustig. Ich habe das seit Jahren nicht mehr gemacht, aber früher war ich oft mit meiner kleinen Schwester bowlen. Anscheinend habe ich es immer noch drauf, denn ich habe ihn fertiggemacht. Er ist gar kein schlechter Verlierer. Danach waren wir noch Burger essen, und zum Abschied hat er mir an der U-Bahn-Station einen fantastischen Gutenachtkuss gegeben.«

»Wow.« Ich war sprachlos. Renzo beim Bowling. Vor allem aber: Renzo, der beim Bowling besiegt wurde und das einfach so hinnahm, ohne sich darüber aufzuregen. Man höre und staune.

»Und dieses Wochenende will er mit mir nach Paris fahren«, erzählte sie. »Er will den *Eurostar* buchen und das Hotel und alles. Und er hat gefragt, ob ich getrennte Zimmer wolle, aber ich habe natürlich gesagt: ›Ähm nein.‹«

»Wow«, sagte ich erneut. »Tansy, das hört sich richtig gut an. Ich freue mich so für dich.« Und das tat ich auch, obwohl ich das Gefühl hatte, in einer anderen Welt gelandet zu sein.

Aber das unbeschwerte Lächeln war plötzlich aus Tansys Gesicht verschwunden. Sie kippte den letzten Schluck Wein in unsere Gläser und fragte: »Charlotte, wenn ich dir jetzt etwas erzähle, wirst du mich dann hassen?«

»Natürlich nicht. Na ja, falls du nicht gerade jemanden umgebracht hast jedenfalls. Aber selbst dann glaube ich nicht, dass ich dich wirklich hassen würde.«

»Die Sache ist die: Ich muss einen reichen Mann heiraten. Ich weiß, wie das klingt, aber hör mir zu. Als ich klein war, waren wir richtig arm. Na ja, ganz früher nicht. Meine Eltern hatten ein Haus in Reading, das sie verkauften haben, bevor sie runter nach Cornwall gezogen sind. Meine Mutter war Bühnenbildnerin im West End, bevor ich geboren wurde, aber dorthin konnte sie dann nicht mehr zurück, weil die Arbeitszeiten so unmenschlich sind. Und eigentlich wollte sie sowieso schon immer Malerin sein. Und Papa wollte Möbelschreiner sein, also richtige, maßgeschneiderte Möbel bauen, anstatt als Schreiner auf Baustellen zu arbeiten, was er hasste. Also haben sie sich dieses kleine Häuschen gekauft, und wir alle wollten dort an der Küste unseren Traum leben – wie die *Fünf Freunde*, meinte meine Mutter.«

»Das klingt echt schön«, sagte ich und musste daran denken, dass ich nicht in einem niedlichen kleinen Häuschen am Meer, sondern in einer tristen Zweizimmerwohnung aufgewachsen war.

»Ja, das war es auch. Es war wirklich schön. Aber dann wurde mir klar, dass sie nicht bloß umgezogen waren, um am Meer zu leben. Papa war immer eine Spielernatur gewesen, aber er hat immer häufiger gespielt, bevor wir umgezogen sind. Ich vermute mal, dass meine Mutter beziehungsweise beide dachten, dass ein Tapetenwechsel ihn davon abhalten würde. Aber das tat es nicht. Es wurde in den nächsten Jahren immer schlimmer. Pferde- und Hundewetten, Spielautomaten und so weiter. Es wurde richtig übel.«

Plötzlich fing sie an, fast brutal an ihren Fingernägeln zu kauen.

»Sprich weiter.«

»Mein Vater hatte sich Geld geliehen, mit dem Haus als Hypothek. Er hat es meiner Mutter nicht gesagt. Sie erfuhr es erst, als ihr gesamtes Eigenkapital, das sie in das Haus eingebracht hatten, weg war. Dazu kamen noch andere Schuldenberge, die sie nicht bezahlen konnten, und die Hypothek. Und mein Vater arbeitete nicht, weil er so damit beschäftigt war, dem einen großen Scheißgewinn hinterherzujagen, der nie kam. Mama kam mit dem Verkauf ihrer Bilder nicht über die Runden – anscheinend war sie nicht die Einzige, die sich am Meer als Künstlerin verwirklichen wollte, denn der Markt war wohl völlig übersättigt, wie man so schön sagt. Das war in etwa die Zeit, als unser Haus gepfändet wurde. Ich war 13 und Perdita war elf.«

»Oh, Süße. Das muss ja so ...«

»War es. Es war scheiße. Meine Mutter hatte dann einen Job in einem Supermarkt, arbeitete sich den Arsch ab und schob Doppelschichten, aber Papa erzählte ihr wieder irgendeine rührselige Geschichte, steckte sich ihren Lohn ein und verprasste ihn. Manchmal aß sie nichts, damit meine Schwester und ich genug zu essen hatten. So schlimm war es. Ich bin nicht schlau oder so, ich habe es gerade so auf die Uni geschafft, habe ein gutes Auge für Mode und arbeite verdammt hart, aber mein Job wird nicht so gut bezahlt und das Zeug zur Managerin habe ich einfach nicht. Also werde ich selbst nie viel Kohle verdienen. Aber ich möchte einfach abgesichert sein. Meine Kinder sollen niemals das gleiche durchmachen müssen wie ich.«

»Natürlich nicht.« Ich konnte mir nicht vorstellen, wie das für Tansy gewesen sein musste: In einem vermeintlich sicheren Zuhause zu leben und dann alles zu verlieren. Okay, irgendwie konnte ich das schon, mein Leben hatte sich ja auf ähnlich stürmische Weise verändert, nur auf eine andere Art, als meine Mutter damals Jim kennengelernt hatte.

»Ich möchte meine Mutter unterstützen können«, sagte Tansy. »So wie mein Vater es hätte tun sollen, aber nie getan hat. Ich schicke ihr Geld, wenn es geht, aber du weißt ja, wie es ist. Ich bin jeden Monat schon am Zahltag pleite wegen der Miete und den Rechnungen und so, und egal, wie viel Geld ich ihr schicke, es fühlt sich nie so an, als wäre es genug, weil alles so schnell zerrinnt. Ich schicke ihr Pakete voller Klamotten von der Arbeit für sie und Perdita, aber wir wissen beide, dass sie die verkaufen muss, um überhaupt irgendwie über die Runden zu kommen. Ich habe deshalb beschlossen, einen reichen Mann zu heiraten. Dann muss ich mir nie wieder Sorgen um Geld machen, und meine Mutter auch nicht.«

Mir gingen Tausende mögliche Antworten durch den Kopf.

Ich konnte ihr sagen, dass Geld nicht alles war. Ich konnte ihr erzählen, dass meine Mutter alleinerziehend war, als ich aufwuchs, und auch ziemlich pleite, ich mich aber dazu entschieden hatte, meinen eigenen Weg in der Welt zu gehen. Ich konnte ihr sagen, dass, egal wie viel Geld man hatte, es nie wirklich genug war. Es gab immer jemanden, der mehr Geld hatte, und außerdem konnte man sich mit Geld kein Glück kaufen. Ich konnte ihr sagen, dass sie in Renzo ebenfalls eine Art Spielernatur gefunden hatte, selbst wenn er bei seinen Wetten in der Regel gewann. Dann erinnerte ich mich daran, dass sie bei jedem Einkauf Lebensmittel an die Tafel spendete, als wäre das eine Art Versicherung für den Fall, dass es ihrer Familie einmal ähnlich schlecht gehen sollte. Es musste furchtbar gewesen sein, als Teenager aus seinem Zuhause vertrieben zu werden, während einer Lebensphase, in der sich sowieso alles so schnell und erschreckend verändert. Aber ich war nicht in der Position, sie zu verurteilen oder zu belehren. Also sagte ich: »Nun, es sieht so aus, als wärst du auf dem richtigen Weg.«

Tansy hörte auf, ängstlich zu schauen, und ihr glückliches, verträumtes Lächeln kehrte zurück. »Ja, aber weißt du was? Ich hätte nie gedacht, dass ich jemanden treffen würde, der nicht nur reich, sondern auch noch nett ist.«

Wie sich herausstellte, hätte ich mir keine Sorgen machen müssen, dass mich Myles während seiner einwöchigen Abwesenheit vergaß. Am nächsten Tag kam ein riesiger Strauß Rosen im Büro an mit einem Kärtchen, auf dem stand:

> *Ich kann nicht aufhören, an dich zu denken, Charlotte.*
> *Wenn du diese Blumen siehst, denkst du vielleicht auch*
> *an mich. M*

Das tat ich natürlich. Ich spürte, wie mein Gesicht so rot wurde wie die Blumen. Xander, der auf dem Weg zu einer Besprechung an meinem Schreibtisch vorbeikam, blieb stehen und fragte: »Heimlicher Verehrer? Dein Geburtstag ist doch erst nächstes Jahr wieder, oder?«

Ich war überrascht, dass er das wusste, aber natürlich waren die Geburtstage im Intranet für alle einsehbar in einer Tabelle aufgelistet, die ich selbst aktualisierte. »Ein Verehrer, vermute ich mal. So was in der Art.«

»Einer, dessen persönlicher Assistent einen etwas unoriginellen Blumengeschmack hat.«

»Autsch«, sagte ich und fragte mich sofort, ob Myles tatsächlich seinen Assistenten damit beauftragt hatte, die Blumen zu schicken und sich einen Text für das Kärtchen zu überlegen, so wie Colin es tat, wenn er Svetlana Blumen schickte. Greg, Alice und Briony waren im Grunde stets im Bilde darüber, wann und wen Colin gevögelt hatte, was peinlich gewesen wäre, wenn sie nicht auch in jedes andere Detail seines Lebens eingeweiht wären.

»Und wer ist der Glückspilz?«, fragte Xander. In seiner Stimme lag eine leichte Schärfe, die sonst nicht da war, aber ich war zu aufgeregt, um groß darüber nachzudenken.

Einen Moment lang war ich hin- und hergerissen zwischen dem Drang, von Myles zu erzählen, und der Vermutung, dass es wohl besser war, diskret zu sein. Wir hatten uns schließlich über die Arbeit kennengelernt und unser Auftrag brachte seiner Firma einen beachtlichen Batzen Geld ein. Vielleicht gab es eine Klausel irgendwo im Personalhandbuch, die besagte, dass man keine Geschäftspartner vögeln durfte? Die Diskretion siegte.

»Nur jemand, den ich online kennengelernt habe.«

Xander hielt inne und sah aus, als wollte er etwas sagen, doch dann schaute er auf seine Uhr.

»Glückwunsch«, meinte er nur und schlenderte davon.

Ich wartete bis zur Mittagspause, bis ich Myles eine Nachricht schickte, um mich zu bedanken, und erhielt innerhalb von Sekunden eine Antwort: *Ich komme gerade aus einer Besprechung mit einer Kundin. Ihr Name ist Carmen. Ich habe sie andauernd Charlotte genannt. Wenn sie den Auftrag zurückzieht, gebe ich dir die Schuld daran.*

Das würde dir eine wichtige Lektion darüber erteilen, wie man sich auf seinen Job konzentriert, schrieb ich zurück.

Unmöglich, antwortete er. *Ich kann mich nur auf dich konzentrieren. Leider nur in Gedanken. Ich kann nicht aufhören, an deinen Körper zu denken. Ich möchte ...*

Und er fuhr fort, mir detailgenau von Dingen zu erzählen, die selbst dem Bad Girl die Schamesröte ins Gesicht getrieben hätte, bis auch meine eigene Konzentration hin war und ich »orgasmische« statt »organische Wachstumsrate« in den Bericht tippte, den ich für Piers zusammenstellte, und es erst kurz vor dem Absenden bemerkte. Die Vorstellung von Trumps Dödel war abstoßend genug, um alle Gedanken an Sex aus meinem Kopf zu vertreiben. Ich schloss mein Handy für den Nachmittag in einer Schublade ein und antwortete Myles erst, als ich abends im Bett lag und seinen schmutzigen Nachrichten meine volle Aufmerksamkeit zukommen lassen konnte. Die Antworten, die ich ihm schickte, stammten nun nicht mehr von der eingebildeten Stimme des Bad Girls in meinem Kopf, sondern von einer Frau, die ungehemmt und authentisch und verdammt sexy war. Ja, das war tatsächlich *meine* Stimme, und sie musste die ganze Zeit da gewesen sein. Irgendwann schlief ich ein und träumte, dass ich wieder mit ihm in der Oligarchenvilla war. Dieses Mal aber ließ ich ihn gewähren. Als er sich gerade anschickte, seinen herrlich harten Schwanz in mich zu schieben, tauchte Oleg Shchepotin mit zwei Sicherheitsleuten auf, und dann ... Man kann es sich ausmalen.

Natürlich musste ich Myles den Traum am nächsten Tag in allen Einzelheiten schildern. Er bereicherte meine Träumerei mit weiteren Ausschmückungen seiner eigenen Fantasie, sodass ich bei der Arbeit den wohl unproduktivsten Tag aller Zeiten durchlebte.

Am nächsten Tag kam ein Paket auf meinem Schreibtisch an. Ich ließ Onlinebestellungen nie ins Büro liefern - ich weiß nicht, warum, denn fast alle anderen machten das; aber ich fand das irgendwie daneben. Neugierig riss ich also den braunen Karton mit der Gabel auf, mit der ich mein Mittagessen verspeist hatte.

Darin befand sich ein schlichter Leinenbeutel, und darin ein wunderbar weicher, goldener Gürtel, der zu einer kleinen Schlange aufgerollt war. Er war einfach und schnörkellos, bis auf das kleine stählerne Herz an der Schnalle. Ich streichelte das Leder, das sich zwischen meinen Fingern fast wie Samt anfühlte, und verstaute den Gürtel in meiner Tasche, um ihn später ausführlich zu bewundern. Es war aufregend, nicht sicher zu wissen, wer ihn mir geschickt hatte, obwohl es nur eine Person gewesen sein konnte.

Gerade als ich mich wieder meiner Arbeit widmen wollte, leuchtete mein Handy mit einer Nachricht auf.

Gefällt er dir?

Mann, diese Technik, dachte ich. Es war keine Option, nicht zu reagieren, wenn Myles schon per Nachricht – und wahrscheinlich auch per E-Mail – darüber informiert worden war, dass ich sein Geschenk angenommen und dafür unterschrieben hatte.

Er ist wunderschön. Er gefällt mir sehr. Danke.

Ich stelle mir vor, wie du ihn trägst und sonst nichts. Ich kann es kaum erwarten, dich zu sehen. Ich denke dauernd an dich.

Ich auch an dich.

Dachte er dabei an meinen Körper? Daran, wie wir endlich all die Dinge tun würden, die wir bislang nur in unserer Fantasie getan hatten? Oder dachte er an etwas anderes, etwas Emotionaleres? Sobald sein Name auf meinem Handydisplay erschien, fühlte ich mehr als nur die köstlichen Stiche der Erregung, die seine Worte in mir auslösten. Ich verspürte wahre Gefühlswallungen: Aufregung, Glück und Sehnsucht. Und wenn ich von einem Meeting zurückkam und keine Antwort auf eine Nachricht bekommen hatte, fühlte ich tiefste Ernüchterung.

Es war nicht nur mein inneres Bad Girl, das Myles heraufbeschwor, es war auch ein Gefühl ganz tief in mir, das ich fast vergessen hatte. Und das war beängstigend. Das ging zu schnell. Also behauptete ich am nächsten Tag, dass ich Stress bei der Arbeit hätte, und ließ seine Nachrichten so lange unbeantwortet, wie ich es aushalten konnte. Das war nicht so schwer, wie es sich anhört, denn ich wurde andauernd durch Nachrichten von Tansy abgelenkt, die sich den Kopf darüber zerbrach, was sie für ihr Wochenende in Paris einpacken sollte. Es war geradezu unheimlich, Renzo im Büro herumstolzieren zu sehen, noch aalglatter und selbstsicherer als sonst, im Wissen, dass er heute Nacht mit meiner Mitbewohnerin im Bett landen würde. Nur gut, dachte ich, dass ich Myles hatte, sonst wäre ich höchstwahrscheinlich ziemlich neidisch geworden. So aber freute ich mich für die beiden, insbesondere, als Renzo mich bat, einen Tisch für zwei im *La Truffière* zu reservieren.

Für einen klitzekleinen Moment schien sein unerschütterliches Selbstvertrauen ins Wanken zu geraten. »Meinst du, es wird ihr gefallen, Charlotte?«, fragte er.

Ich googelte das Restaurant, bewunderte ein paar Augenblicke lang die Fotos der intimen Räume mit gedämpftem Licht und Kerzenschein, geiferte kurz beim Anblick der Speisekarte und urteilte dann: »Es wird ihr gefallen.« Dann fügte ich verschmitzt hinzu: »Sie ist ein echter Foodie, weißt du. Womöglich war sie sogar schon mal dort«, obwohl ich wusste, dass Tansy in ihrer prekären Finanzlage wohl mit ähnlicher Wahrscheinlichkeit schon mal mit *Virgin Galactic* ins Weltall geflogen war.

»Scheiße«, fluchte Renzo. »Ernsthaft? Soll ich woanders reservieren?«

Ich lachte. »Quatsch. Alles gut.«

Er sah kurz wütend aus, dann musste auch er lächeln und ging weg. Noch seltsamer als die Vorstellung, dass er Tansy vögelte, war die Erkenntnis, dass Renzo tatsächlich ein echter Mensch war. Vielleicht war er ja wirklich mehr, als sein protziges Auto, seine Designeranzüge und sein umwerfendes Aussehen vermuten ließen - dahinter verbargen sich womöglich Unsicherheiten, Träume und ein Sinn für Humor, die er nur sehr gut verstecken konnte.

Ich musste an Tansys Plan denken, einen reichen Mann zu treffen, der gleichzeitig ein netter Mensch war, und dachte mir zum ersten Mal, dass sie tatsächlich auf eine Goldader gestoßen sein könnte. Darum schrieb ich ihr eine Nachricht, um ihr zu sagen, dass ich ein Restaurant für ihr Abendessen gebucht hatte. Doch obwohl sie mich anbettelte, verriet ich ihr den Namen nicht. Das sollte Renzos Überraschung bleiben.

12

Hallihallo und willkommen zurück!
Ihr fragt euch vielleicht, wie es mit Knackarsch-Boy
gelaufen ist. Es lief ganz gut. Er ist heiß und er ist
irgendwie lustig. Aber ich bin mir einfach nicht sicher,
ob er der Richtige für mich ist. Und es ist schwer, weil
ein Teil von mir sich denkt: »Aber er mag dich! Er hat
nach einem zweiten Date gefragt! Nur weil er nicht
perfekt ist, heißt das nicht, dass du ihm keine Chance
geben kannst! Das ist doch immer noch besser, als single
zu sein, oder?«
Das hat mich zum Nachdenken gebracht. Sollte man
lieber mit jemandem auszugehen, bei dem man sich
nicht sicher ist, als single zu bleiben? Ist es besser, mit
jemandem zusammen zu sein, der einen unglücklich
macht, als allein zu sein?
Und wisst ihr was? Das ist es nicht. Also ist das nicht
nur eine Herausforderung für heute: Es ist eine für mein
ganzes zukünftiges Datingleben. Wenn etwas für mich
nicht funktioniert, werde ich ehrlich damit umgehen.
Ich werde mir nicht mehr vormachen, dass es schlimmer

*ist, single zu sein, als jemanden zu daten, der nicht zu
mir passt. Vor allem aber werde ich mir nicht mehr
vormachen, dass er sich ändern wird.*

»So!«, verkündete Bianca und trommelte mit einem Teelöffel
gegen ihre Kaffeetasse. »Ich bitte um Aufmerksamkeit! Charis,
könntest du Kopfhörer verwenden, Engelchen? Sonst muss
Mama dir das *iPad* wegnehmen. Molly, könntest du den Obstteller beiseiteschieben, während ich meinen Laptop hole?
Dankeee.«

Es gab eine kurze Pause, in der Charis einen Wutanfall
bekam, weil sie das neueste Meisterwerk der Schöpfer von
Horrible Histories nicht mit den versammelten Brautjungfern
teilen durfte. Ich füllte allen Kaffee nach, Chloë ging auf die
Toilette und Molly nahm einen Anruf von William entgegen.
Schließlich kamen wir alle zur Ruhe und saßen mehr oder
weniger friedlich rings um Biancas Küchentisch. Ihre Küche
war wie ein provenzalisches Bauernhaus eingerichtet: Von
rauen Holzbalken hingen Kräuterbündel, es gab antike französi-
sche Möbel und auf dem Terrakottaboden lagen Juteteppiche.
Maddy hatte mal erwähnt, dass Bianca Innenarchitektin war;
vermutlich verstand sie ihr eigenes Haus als Aushängeschild
ihrer beruflichen Fähigkeiten.

Unser Treffen war höchst ernst. Bis zu Maddy und Henrys
Hochzeit waren es schließlich nur noch drei Monate, und es
wartete – wie Bianca betonte – eine Menge Arbeit auf die fünf
Brautjungfern. Vier, wenn man Charis nicht mitzählte, von der
realistischerweise nicht mehr erwartet werden konnte, als auf
Fotos süß auszusehen.

Das Problem war, dass es sich zu ernst anfühlte. Es hätte
lustig sein sollen: Wir hätten zusammen kichern und vor Aufregung quietschen sollen, in geteilter Vorfreude auf Maddys
besonderen Tag. Aber ich hatte seit der Kleideranprobe kaum
mit der künftigen Braut gesprochen; meine Nachrichten hatte

sie zwar gelesen, allerdings nur meine Frage »Wie läuft's bei euch?« beantwortet, und auch die nur mit einem knappen »Okay«. Sie wollte weder wissen, wie es mit Myles lief, noch wie es bei der Arbeit war oder sonst was.

Es tat höllisch weh, und ich wusste nicht, wie ich das wiedergutmachen sollte. Vielleicht indem ich die beste Brautjungfer war, die ich nur sein konnte?

»So, Mädels, ich hoffe, ihr habt alle das Tagesprogramm bekommen, das ich in der *Slack*-Gruppe geteilt habe?«

Typisch Bianca: Sie hatte uns alle gezwungen, einen Kommunikationsdienst zu verwenden, der ganz klar für die Arbeit gedacht war und einem andauernd fröhliche Motivationsnachrichten schickte.

»Ausgezeichnet. Ich habe außerdem einen Kalender mit den wichtigsten anstehenden Terminen herumgeschickt, nur um sicherzugehen, dass es zu keinen vermeidbaren Terminkonflikten kommt. Wenn ihr mit einer Blinddarmentzündung ins Krankenhaus eingeliefert werdet, kann ich vielleicht noch mal ein Auge zudrücken, ansonsten freue ich mich auf eine Anwesenheitsquote von hundert Prozent. Selbst Charis nimmt sich für jeden einzelnen dieser Termine Zeit, und ich kann euch versichern, dass sie mehr Freizeitstress hat als wir Erwachsenen!«

»Dienstags habe ich Gesangsunterricht, am Mittwoch Mandarin, am Donnerstag gehe ich reiten und am Freitag habe ich Ballett«, informierte uns Charis. »Und nächsten Samstag ist Calliopes Geburtstagsparty, aber da will ich nicht hin. Partys sind langweilig und man muss alles teilen.«

Bianca gab einen spitzen, hysterischen Lacher von sich. »Du bist aber doch gut im Teilen, nicht wahr, mein Liebling? Das kannst du fast so gut wie Mandarin sprechen. So, wie auch immer, meine Damen, bitte vergewissert euch, dass ihr Zeit habt für die finale Kleiderprobe, die Haar- und Make-up-Probe, die Brautparty, den Junggesellenabschied für diejenigen von uns, deren Partner beteiligt sind« — das sagte sie, weil sie genau wusste, dass ihre eigene bessere Hälfte die einzige war, auf die das zutraf —, »die Hochzeitsprobe und das Probeessen, die Hochzeit selbst – und natürlich den Junggesellinnenabschied! Aber dazu später mehr«, zählte sie auf.

»Denkt dran: Wir organisieren hier eine anständige Hochzeit und müssen uns alle darauf konzentrieren!«

»Genau!«, warf ich ein. » Keine von diesen unanständigen Hochzeiten, von denen man manchmal hört.«

Ich dachte, mein kleiner Witz würde die Stimmung lockern, aber niemand lachte. Bianca warf mir einen eisigen Blick zu und fuhr fort.

»Zuerst möchte ich kurz über die Accessoires sprechen. Wie ihr wisst, bezahlen die Braut und der Bräutigam netterweise die Rechnung für all unsere hinreißenden Brautjungfernkleider. Ich hoffe also, ihr seid alle bei der finalen Anprobe dabei. Wenn ihr nicht erscheint und euer Reißverschluss am Ende nicht zugeht, gebt mir bitte nicht die Schuld dafür!«

»Wenn man zu viele Kohlehydrate futtert, wird man fett und dann sitzen die Kleider nicht mehr richtig«, wusste Charis. Obwohl sie nicht von ihrem Tablet aufsah, fühlte es sich an, als sei ihr Kommentar an mich gerichtet. Anstatt ihre Tochter zu belehren, dass es nicht auf die äußeren Werte ankam, sondern auf die inneren, lachte Bianca einfach wieder. Irgendjemand musste ihr mal gesagt haben, dass sie ein charmantes Lachen hatte – sanft und feminin –, denn sie lachte einfach bei jeder sich bietenden Gelegenheit. In meinen Ohren klang es mittlerweile wie ein Fingernagel, der an einer Schultafel entlangkratzte.

»Wie gesagt, Accessoires. Der Federkopfschmuck wurde von Monty entworfen und wird von der gleichen Hutmacherin gefertigt, die auch den Kopfschmuck für die Mütter der Braut und des Bräutigams macht, ihr braucht euch also keine Gedanken darüber zu machen, was ihr im Haar tragen werdet.

Außerdem habe ich ein kleines *Pinterest*-Board mit Gos und No-Gos zusammengestellt. Ich habe es mit euch geteilt, damit ihr jederzeit nachsehen könnt, aber ich werde einfach die wichtigsten Punkte durchgehen.«

Sie drehte ihren Laptop um, damit wir alle einen Blick auf ihre *Pinterest*-Seite werfen konnten. Ich war überrascht, dass sie nicht extra einen Beamer aufgestellt hatte für diesen hochkarätigen Brautjungfern-Gipfel. Die offizielle Einladung hatten wir alle bereits eine Woche im Voraus erhalten, als sie uns zum ersten Mal via *Slack* kontaktiert hatte. Es hatte heftige Proteste von Molly gegeben, die eigentlich William beim Fußballspielen zusehen sollte; von Chloë, die Badezimmerregale aufbauen wollte; und von meiner Wenigkeit, die einen Anruf von Myles erhalten hatte, der wieder in London war und mich sehen wollte. Aber Bianca hatte betont, wie wichtig es für Maddy sei, dass an ihrem großen Tag alles absolut perfekt war, und dass sie, Bianca, die mit Abstand größte Last der ganzen Planung schultere. Sie hatte uns so alle dazu gebracht, einen Samstagmorgen für die Hochzeitsplanung zu opfern.

Ich schaute immer wieder heimlich auf mein Handy. Da war eine Nachricht von Myles: *Wie läuft's, meine Schöne? Besteht die Möglichkeit, dass du heute Nachmittag Zeit hast? Ich habe später noch was vor, aber wir könnten uns um drei treffen. Ich habe dich vermisst.* Und eine lange Reihe von Küssen.

Ich zögerte mit einer Antwort, weil ich mich genauso sehr nach ihm sehnte wie er sich nach mir, gleichzeitig aber nicht den Eindruck erwecken wollte, dass ich in dem kleinen Zeitfenster, das er vorgeschlagen hatte, auf Abruf bereitstand. Deshalb schrieb ich nur, dass ich mal schauen müsse, wie es hier lief.

Ich bin bei Oleg, schrieb er. *Es gibt dort einiges zu tun. Komm einfach vorbei - du weißt ja, wo du mich findest.*

Ich gab mich ein paar Momente lang der süßen Vorfreude hin, dann widmete ich meine Aufmerksamkeit wieder Bianca.

»Kein Schmuck außer Hochzeits- und Verlobungsringen«, sagte sie gerade. »Hautfarbene Strumpfhose, schwarze Pumps mit genau zehn Zentimeter hohen Absätzen - abgesehen von Charis natürlich, die eine weiße Strumpfhose und entzückende kleine Ballerinas tragen wird. Alle Tattoos müssen bitte verdeckt sein – wenn ihr dabei Hilfe braucht, steht euch Daniel zur Verfügung, der unser Make-up macht, aber er muss dafür extra Zeit einplanen, also gebt mir bitte vorher Bescheid, damit ich es in den Zeitplan für den Tag mit aufnehmen kann.«

»Der macht doch auch mein Make-up, nicht wahr, Mami?«, fragte Charis.

»Liebling, darüber haben wir doch schon gesprochen, weißt du noch?«

»Du hast gesagt, ich darf bei der Hochzeit kein Make-up tragen, weil ich zu jung bin, aber ich habe gesagt, ich will auf den Fotos nicht käseweiß aussehen, und dann hast du gesagt, du überlegst es dir.« Charis' Unterlippe bebte.

»Liebling, du weißt, Papa sieht das nicht so gern ...« Als Charis anfing zu wimmern, gab Bianca nach und sagte: »Na gut, aber nur ein ganz klein wenig Lipgloss und farblose Wimperntusche. Kommen wir nun zur Brautparty. Ich möchte alle bitten, ein Kennenlernspiel für die Gruppe vorzubereiten. Denkt daran, es werden dreißig Damen aus allen Altersgruppen teilnehmen, von Charis' Cousine Poppy, die erst zwei Jahre alt ist, bis hin zu Maddys Oma, die letztes Jahr achtzig geworden ist. Es darf also gern lustig werden, aber nicht schmutzig«, belehrte sie uns.

»Und apropos lustig! Mädels, wir haben einen Junggesellinnenabschied zu organisieren! Ich weiß, wie kurzfristig das ist, wenn man bedenkt, dass er bereits in fünf Wochen steigen wird. Aber um ganz ehrlich zu sein, war kaum etwas geplant, als Maddy mich gebeten hat, ihre Hauptbrautjungfer zu werden.«

Sie warf mir einen Blick zu, den ich nur als stechend

bezeichnen konnte. Gekränkt zwang ich mich süßlich zu lächeln, statt ihren Blick zu erwidern.

»Als ich vor langer Zeit mit Maddy darüber gesprochen habe, als sie und Henry frisch verlobt waren, meinte sie, dass sie kein Fan von Junggesellinnenabschieden ist«, verteidigte ich mich dann aber doch. »Die hält sie für geschmacklos und unnötig, und als Hochzeitsgast brauche man sowieso so viel Zeit und Geld, da sei es unfair, von den Leuten zu verlangen, dass ...«

»Ach, Charlotte«, sagte Bianca mitleidig. »Wenn man schon so oft Brautjungfer war wie ich – und natürlich auch Braut –, dann weiß man, dass das am Anfang alle sagen. Aber dann kommen sie in Schwung und merken, dass sie alles wollen! Und das zu Recht! Und jetzt: Veranstaltungsorte. Wir haben uns verschiedene Optionen angeschaut, aber ich dachte, ich frage mal in die Gruppe, ob jemand von euch eine besondere Idee hat.«

»Wie wär's mit *Butlin's*?«, schlug Chloë vor. »Ich weiß, es ist kitschig, aber das wäre doch echt lustig, und da gibt es jetzt auch ein Wellnessprogramm und so, und falls Maddy sich um die Kosten sorgt ...«

Biancas Blick brachte sie zum Verstummen.

»*Butlin's*?«, wiederholte Bianca angewidert und rümpfte die Nase, als hätte Chloë gerade vorgeschlagen, dass wir uns doch mit Hundekacke beschmieren und nackt über die Oxford Street marschieren sollten. »Wohl eher nicht. Wir sind doch keine Horde Tussis aus Newcastle. Sorry, Charlotte, ich weiß, dass du dort herkommst. Ich meine ... Maddy schwebt sicher etwas Anspruchsvolleres vor.«

Maddy kommt auch aus Newcastle, dachte ich und biss mir auf die Zunge.

»Ich dachte an ein Schlosshotel«, fuhr Bianca fort. »Aber alle guten Hotels scheinen schon ausgebucht zu sein, was wenig überraschend ist. Wir sind auf der Warteliste des *Calcot Manor*, aber ich mache mir da keine allzu großen Hoffnungen. Es ist

Hochsaison – Ferienzeit, wisst ihr -, also wäre es ein bisschen teuer für diejenigen von uns, die ein begrenztes Budget haben.«

»Wir könnten in London bleiben«, schlug Molly vor, und ich wusste, dass sie das sagte, um die Nacht nicht ohne ihren William verbringen zu müssen. Ich fragte mich manchmal, ob sie immer in seinem Blickfeld bleiben wollte, um ja nicht den Moment zu verpassen, in dem er aus heiterem Himmel beschloss, ihr einen Antrag zu machen. »Ein Event am Morgen, eine Massage im Spa am Nachmittag, Cocktails, dann irgendwo zu Abend essen und dann ab in den Club.«

»Ja, das wäre ziemlich bequem, ich weiß«, sagte Bianca. »Ist aber ein bisschen … einfallslos, findet ihr nicht? Wir wohnen schließlich alle hier, wir gehen hier andauernd aus. Ich will etwas Neues für Maddy, etwas Besonderes.«

Das Display meines Handys leuchtete wieder auf. Myles. Er hatte mir ein Foto von einem Doppelbett geschickt - eines der Betten in Oleg Shchepotins Haus, wie ich annahm, denn es war von einem riesigen Pelzimitat (oder eher einem echten Pelz, so wie ich Oleg einschätzte) bedeckt und dahinter hing ein riesiges Ölgemälde einer nackten Frau, die einen Pfirsich aß. Verdammt. Je eher ich Bianca dazu bringen konnte, eine Entscheidung zu treffen, desto schneller konnte ich von hier verschwinden und ihn sehen.

»Wie wäre es mit Portugal?«, fragte ich. »Ein Bekannter von mir war gerade geschäftlich eine Woche in Lissabon und fand es ganz toll dort. Günstig, wunderschön, fantastisches Essen, und der Flug dauert nicht allzu lang.«

»Das ist doch mal ein Vorschlag«, lobte Bianca. »Charlotte, würde es dir was ausmachen, eine kleine Recherche zu starten? Die Kosten für vier verschiedene Hotels und *Airbnb*-Apartments, Flugpreise von ein paar Fluglinien, so was in der Art? Und schick eine Tabelle herum mit den Optionen. In den nächsten Tagen, bitte, wir müssen nämlich wirklich bald buchen …«

Das war nur fair, dachte ich. Damals, als ... damals, als ich noch ein anderes Verhältnis zu Maddy hatte, war ich davon ausgegangen, dass ich eine Menge solcher Dinge für ihre Hochzeit organisieren würde. Und es hätte mich kein bisschen gestört. Eigentlich hatte ich mich sogar darauf gefreut. Allerdings machte es mir etwas aus, von Bianca dazu aufgefordert zu werden.

Aber ich zwang mich zu einem Lächeln. Schließlich hatte sie selbst auch eine Menge harter Arbeit geleistet mit ihrem *Slack*-Kanal und ihrem frischen Obstteller.

»Klar«, stimmte ich mit zusammengebissenen Zähnen zu.

»Du könntest ja deinen ... Bekannten ... um Tipps bitten«, sagte Bianca.

Ohne lange zu überlegen, sagte ich: »Ja, das könnte ich machen. Er arbeitet dort an einem großen Projekt und fliegt alle paar Wochen hin. Er kann mir bestimmt jede Menge Tipps geben. Myles heißt er übrigens, er ist mein neuer Freund. Ich wollte Maddy sowieso noch sagen, dass ich doch eine Begleitung zur Hochzeit mitbringe.«

Ein Date machte ihn zwar kaum zu meinem Freund, geschweige denn zu einer passenden Hochzeitsbegleitung, das wusste ich, aber ich fühlte mich in die Ecke gedrängt. Wenn ich etwas dagegen tun wollte, konnte es kaum schaden, etwas dicker aufzutragen. Den gewünschten Effekt hatte ich jedenfalls erzielt: Biancas Mund stand sperrangelweit offen.

»Echt jetzt?«

»Echt«, sagte ich. »Bianca, vielleicht bist du seinem Namen beruflich schon mal begegnet. Myles Taylor, von *Taylor + Associates*. Mit einem Plus. Ich treffe mich jetzt mit ihm in Mayfair und bin ein bisschen spät dran, also Küsschen und Tschüsschen, ihr Lieben! Danke für den Kaffee!«

Ich schnappte mir meine Tasche und rauschte hinaus. Als die Haustür hinter mir ins Schloss gefallen war, sprang ich buchstäblich vor Freude in die Luft.

. . .

Dieses Mal sagte ich nicht Nein. Das hätte ich nicht über mich gebracht, selbst wenn ich es gewollt hätte. Ich eilte von Biancas Haus zum Bahnhof und schminkte mich eilig in der U-Bahn. Ich erwog, zu *Selfridges* zu rennen, um eine ansehnlichere Unterhose zu kaufen oder zumindest ein neues Oberteil, aber Myles zu sehen war mir jetzt noch wichtiger als mein Aussehen. Ich trug einen schwarzen Jeansrock und den geschmeidigen Ledergürtel, den er mir geschenkt hatte. Und als er die Shchepotin-Festung öffnete, die sich immer noch hinter einem blauen Bauzaun versteckte, und mich in die Arme schloss, wusste ich, dass alles gut war.

Und das war es auch. Es war sogar viel besser als nur gut, was auch an den vielen Nachrichten lag, in denen wir uns genau über unsere jeweiligen Vorlieben aufgeklärt hatten (danke dafür, Bad Girl!). Seit mehr als einer Woche köchelte ich vor Verlangen nach ihm, und es bedurfte nur weniger geschickter Berührungen, damit ich den Siedepunkt erreichte.

Tatsächlich - und ich schäme mich ein wenig, das zuzugeben - kamen wir nicht einmal dazu, das Haus zu betreten. Myles schloss die Tür im Zaun und schaltete den Alarm aus. Dann nahm er mich in die Arme, als wäre ich das Wertvollste auf der Welt, gleichzeitig war er drängend, fast grob. Sein Geruch, der Stoff seines Jeanshemdes unter meinen Fingern, selbst seine Bartstoppeln, die mein Gesicht streiften: All das erregte mich so intensiv, dass es kaum zu ertragen war. Ich küsste ihn innig und leitete seine Hand unter meinen Rock, damit er durch mein Höschen hindurch spüren konnte, wie sehr ich ihn wollte.

Er wartete nicht. Er schob den Stoff beiseite und berührte mich, und ich japste nur: »Hör nicht auf!« Er brachte mich dazu, auf der Stelle zu kommen, während er mich gegen Olegs Haustür drückte. Ich war auf einmal diese schamlos sexuelle Frau, von der ich nie zu träumen gewagt hatte.

»Das fängt gut an«, sagte er mit einem Lächeln, als mein

bebender Unterleib sich langsam beruhigte.

»Nicht schlecht«, stöhnte ich und dachte nur: *Wie? Wie bin ich so geworden?*

»Ich finde, wir sollten reingehen«, sagte er, und ich folgte ihm.

Selbst Myles war wohl nicht dreist genug, um in Herr und Frau Shchepotins Schlafzimmer zu vögeln. Stattdessen gingen wir in ein Zimmer im Erdgeschoss, das wohl für ein Kindermädchen gedacht war, und legten ein Handtuch auf die Matratze. Wir trieben es dort, und dann noch einmal auf einem der Liegestühle am Swimmingpool. Dann zogen wir uns ganz aus und versuchten es im Pool selbst. Tansy hatte recht - es funktionierte nicht besonders gut, aber das war mir egal und ihm auch.

»Du steckst voller Überraschungen, Charlotte«, grinste Myles, als wir uns abgetrocknet hatten, auf den weißen Lederhockern an der Bar saßen – immer noch halbnackt – und eine weitere Flasche geliehenen *Pol Roger*-Schampus tranken.

»Wieso? Bist du da drin etwa auf einen Haufen bunter Tücher oder ein weißes Kaninchen gestoßen?«

Er lachte. »Nächstes Mal vielleicht. Und vielleicht eine andere Art von Kaninchen. Benutzen Frauen diese Rabbit-Vibratoren überhaupt noch oder sind die seit 2005 out?«

»Dazu werde ich mich nicht äußern.« Ich konnte es auch tatsächlich nicht, aber ich wollte nicht, dass er das herausfand, und ich wollte ihm auch nicht von der Herausforderung des Bad Girls und von der Bestellung erzählen, die ich am Vortag online aufgegeben hatte. »Vielleicht mag ich mein Sexspielzeug ja lieber altmodisch, so wie meine Männer.«

»Hey, ich bin erst 35«, protestierte er, und ich lachte und sagte, dass er dann ja in der Tat uralt sei.

»Silberfuchs«, neckte ich ihn und fuhr mit den Fingern durch seine seidige Silbermähne. »Was meinst du denn jetzt damit, dass ich voller Überraschungen stecke?«

»Du hast so anständig auf mich gewirkt, als ich dich zum ersten Mal getroffen habe«, sagte er. »So gesittet in deinem Businesskostüm. Verdammt sexy, aber irgendwie auch einschüchternd. Dabei bist du dadrunter ziemlich versaut.«

»Du weißt ja, wie man sagt?«, fragte ich und zitierte den Podcast: »Gute Mädchen kommen in den Himmel, böse Mädchen kommen überall hin - unter anderem in den Himmel.«

»Sieht ganz danach aus«, lachte er, schob mich zurück, kniete sich zwischen meine Beine und umspielte mit seiner Zunge langsam und zärtlich meine Klitoris, während er vorsichtig seine Finger in mich hineingleiten ließ, bis mich ein Orgasmus von einer solchen Intensität überkam, die ich so kurz nach den anderen Malen nicht für möglich gehalten hätte.

Einige Minuten lang konnte ich mich weder bewegen noch meine Augen öffnen. Ich ließ mich in meinem Rausch der Glückseligkeit zurück auf den Tresen fallen. Der Teil von mir, der so lange geschlummert hatte und jetzt hellwach war, wurde wieder etwas schläfrig. Es fühlte sich unglaublich an. Warum hatte ich so lange gewartet?

Als ich die Augen öffnete, steckte Myles, der wieder vollständig angezogen war, gerade die leere Flasche in seine Tasche und trocknete sorgfältig die Kristallgläser ab.

»Beweise vernichten«, nickte ich. »Olegs kriminelles Talent scheint auf dich abzufärben.«

»Ich lerrrnen von die Eksperrrte«, sagte er in einem schlechten pseudo-russischen Akzent. Dann fügte er gedankenverloren hinzu: »Der Bauzaun kommt nächste Woche weg, dann ziehen Olegs Bedienstete ein. Unsere Arbeit hier ist getan, glaube ich.«

»Du kannst auch mal mit zu mir kommen, auch wenn es da wohl nicht annähernd so luxuriös ist wie hier. Ich kann dir keine Swimmingpools oder Betten voller Felle gefährdeter Tierarten bieten.«

»Schwach, Charlotte, ganz schwach«, witzelte er und warf mir meinen Rock zu. »Komm, zieh dich an, ich muss jetzt gehen.«

Ich spürte einen Biss der Enttäuschung. Er musste es mir angesehen haben, denn er kam zu mir, plötzlich ganz ernst, und schlang seine Arme um mich.

»Hey«, sagte er. »Nur weil Olegs Projekt fertig ist, heißt das nicht, dass du und ich es auch sind. Wir haben gerade erst angefangen.«

»Haben wir das?«

»Das hoffe ich zumindest. Du etwa nicht?«

Ich nickte und merkte, wie mich Gefühle übermannten, die ich für mich behalten musste.

»Was hast du denn heute Abend eigentlich vor?«, fragte ich betont beiläufig. »Irgendwas Nettes?«

Während ich mir eines dieser schicken Dinner mit Preisverleihung oder vielleicht einen Kneipenabend mit Freunden ausmalte, merkte ich, wie wenig ich über sein Leben wusste.

»Nicht direkt«, seufzte er. »Abendessen mit meiner Ex.«

Der Schleier der postkoitalen Glückseligkeit, der mich umhüllt hatte, verschwand, als ob er von einer Windböe weggepeitscht worden wäre. Ich bekam Gänsehaut und zog meine Bluse an.

»Ex-Freundin?«

Er seufzte. »Ex-Frau.«

»Oh«, sagte ich mit dünner Stimme. »Ich wusste nicht, dass du geschieden bist.«

Sei nicht dämlich, sagte ich mir. *Er ist Mitte dreißig, was hast du erwartet? Dass er all die Jahre alleinstehend war und nur darauf gewartet hat, dass du vorbeischneist?*

»Getrennt, um genau zu sein«, erklärte er. »Hör zu, Charlotte, ich weiß, das ist nicht ideal. Meine momentane Situation ist kompliziert. Wenn ich es besser hätte timen können, hätte ich es getan.

Aber es ist, wie es ist. Meine Ehe ist vorbei - wir müssen nur noch ein paar Details klären. Ich habe nicht erwartet, nicht einmal gewollt, dass ich so schnell jemanden kennenlerne. Aber jetzt ist es passiert, und ich will das, was zwischen uns ist, nicht wegen eines dummen Fehlers wegwerfen, den ich vor drei Jahren gemacht habe.«

Drei Jahre. Weniger als zehn Prozent seines Lebens. Aber trotzdem hatte er sie genug geliebt, um den Rest seines Lebens mit ihr verbringen zu wollen. Sie hatten eine gemeinsame Vergangenheit, ein gemeinsames Zuhause, Kosenamen und Insider, die niemand außer ihnen verstand. Selbst eine Ex-Freundin, mit der er ein paar Monate lang zusammen und nun befreundet war, hätte mich und meine Unsicherheiten in Alarmbereitschaft versetzt. Eine Ehefrau, auch wenn sie bald eine Ex-Frau sein würde, war eine ganz andere Geschichte.

»Ich wusste nicht ...«, wiederholte ich.

Er setzte sich neben mich und nahm meine Hand. »Ich wollte es dir sagen, Charlotte, glaub mir. Ich hätte es schon längst tun sollen. Es tut mir leid. Ich hatte Angst davor, wie du reagieren würdest, dass du vielleicht nichts mehr mit mir zu tun haben wollen würdest. Und für solche Sachen gibt es einfach nie den richtigen Zeitpunkt, oder?«

Was das Timing anging, war der Zeitpunkt, nachdem wir zum ersten Mal gevögelt hatten (na ja, zum dritten Mal, um genau zu sein), denkbar schlecht gewählt.

»Nein, wahrscheinlich nicht«, gab ich zu. Für meine Nachgiebigkeit hätte ich mich ohrfeigen können.

»Hör zu. Ich war nicht auf der Suche nach einer neuen Beziehung. Weit gefehlt. Die letzten Monate waren so hart, dass ich fast daran kaputtgegangen bin. Ich dachte, ich bin eine Weile allein, konzentriere mich auf die Arbeit, nehme mir etwas Zeit, um darüber hinwegzukommen. Aber dann habe ich dich getroffen.«

Ich wandte den Blick von unseren Händen ab und blickte in seinen Augen. Sein Gesichtsausdruck war ernst und gefasst.

»Ich weiß nicht, ob ich das kann«, stieß ich hervor. »Ich meine, du bist doch noch verheiratet.«

»Nur auf dem Papier«, sagte er schnell. »In allen Bereichen, auf die es ankommt, ist schon seit Monaten Funkstille. Eigentlich sogar schon seit Jahren.«

Ein schrecklicher Gedanke kam mir in den Sinn. »Wohnt ihr noch zusammen?«

Er seufzte. »Ja. Ja, das tun wir. Getrennte Schlafzimmer, getrennte Leben, aber wir wohnen im selben Haus, zumindest bis auf Weiteres. Es ist verdammt schwer, ehrlich gesagt. Aber es wird nicht mehr lange so sein. Sobald wir einen Gerichtstermin haben und alle Formalitäten geklärt sind, werden wir das Haus verkaufen, und dann kann ich das endlich alles richtig hinter mir lassen. Geografisch gesehen, meine ich. Gefühlsmäßig bin ich wohl vor ein paar Wochen im Meetingraum von *Colton Capital* darüber hinweggekommen.«

Er streckte eine Hand aus und streichelte sanft meine Wange. Ich fühlte einen Schwall von Gefühlen - Sehnsucht, Bedauern, Wut -, der fast unerträglich war. Ich zwang mich, ruhig zu bleiben. Alles, was er sagte, gab mir das Gefühl, sicher und begehrt zu sein, und ich wusste, dass er genau das beabsichtigte. Aber es waren keine Gefühle, die ich brauchte, sondern Fakten.

Tonlos fragte ich ihn: »Habt ihr Kinder?«

»Nein«, sagte er. »Keine Kinder, Gott sei Dank. Ich meine, das würde das ganze nur noch komplizierter machen. Für die Kinder, für sie, für mich ... und für dich. Das war Teil des Problems. Ich wollte Kinder, ich will wirklich gern Vater sein. Und ich dachte, sie wollte das auch. Aber sie hat es immer wieder aufgeschoben, weil sie noch nicht bereit dafür war, die Arbeit immer Vorrang hatte und so weiter. Immer irgendwie nachvollziehbar. Aber dann wurde mir klar, dass ›später‹ gleichbedeutend mit ›nie‹ war.«

»Und darum trennt ihr euch?«

»Darum *haben* wir uns getrennt«, korrigierte er. »Das Haus – ernsthaft, Charlotte, das ist nur ein Detail. Wir schlafen seit Weihnachten nicht mehr im selben Zimmer. Ich hätte mir ja auch eine Wohnung gemietet, aber ich hätte nicht gedacht, dass sich der Prozess so lange hinziehen würde. Und ich hätte nicht gedacht, dass es einen großen Unterschied machen würde. Ich bin geschäftlich oft unterwegs, darum sehen wir uns kaum. Es machte keinen Unterschied, bis ich dich getroffen habe.«

»Ja, jetzt hast du mich getroffen.«

»Das habe ich«, lächelte er. »Und ich bin verdammt froh darüber. Du bist wirklich anders, weißt du. Du bist etwas Besonderes, Charlotte. Nicht nur weil du wunderschön bist, und es der Hammer ist, dich zu vögeln, sondern weil du alles im Griff hast, so fokussiert bist. Ich liebe es, dass du mich nicht brauchst. Daran merke ich, wie sehr ich dich brauche.«

Lieben. Er hatte nicht gesagt, dass er *mich* liebte. Er hatte gesagt, dass er einen Teil von mir liebte, und zwar einen, den ich gar nicht so richtig nachvollziehen konnte. Aber das Wort war noch da und hing in der Luft wie ein Versprechen.

»Ich muss über das alles nachdenken«, sagte ich langsam.

»Natürlich. Ich will dich nicht hetzen. Ich will überhaupt keinen Druck auf dich ausüben. Aber ich glaube wirklich, dass das zwischen dir und mir etwas Besonderes ist. Ich hatte nicht erwartet, mich jemals wieder so zu fühlen – oder jedenfalls nicht so schnell wieder. Aber ich tue es, und jetzt sitzen wir hier.«

»Jetzt sitzen wir hier«, wiederholte ich. »Aber jetzt solltest du gehen und dich mit deiner Frau treffen.«

Er seufzte erneut und sah auf seine Uhr. »Ich muss wirklich gehen. Ich möchte mich nicht verspäten, das würde die Stimmung zwischen uns nur noch weiter verschlechtern. Wir erledigen heute Abend einen Haufen Papierkram von den Anwälten. ›Offenlegung des Vermögens‹ nennt man das. Ich habe nie etwas vor ihr versteckt und sie ist finanziell nicht von mir abhängig. Trotzdem muss es gemacht werden. Und wenn wir uns zu Beginn direkt streiten, macht das Ganze noch weniger Spaß.«

Ich fragte mich, warum sie den Papierkram der Anwälte nicht tagsüber bei einem Kaffee klärten, statt bei einem Abendessen am Samstagabend, aber ich sagte nichts. Es ging mich nichts an, und außerdem war er ja verreist gewesen. Die Terminabstimmung mit ihr war bestimmt nicht einfach, schließlich hatte sie ihm aufgrund ihrer steilen Karriere noch nicht einmal seinen Kinderwunsch erfüllen können.

»Okay«, sagte ich resigniert, ließ seine Hand los und stand auf. »Ich will nicht, dass du zu spät kommst.«

»Es fällt mir schwer, mich von dir zu verabschieden, Charlotte«, sagte er. »Besonders jetzt, wo du so aufgebracht bist. Aber bitte denk darüber nach. Bitte gib uns eine Chance.«

Und dann küsste er mich, und ich lief zur U-Bahn, um nach Hause zu fahren und meinen Samstagabend allein zu verbringen.

13

Zum zweiten Mal googelte ich Myles. Das erste Mal hatte ich es aus reiner Neugier getan, weil ich zumindest halbwegs vorbereitet sein wollte auf ein Meeting, in dem ich meinen Chef vertrat, und war dabei vom Spekulationshölzchen aufs Faszinationsstöckchen gekommen. Jetzt war das eine ganz andere Sache.

Ich stand in der kochend heißen Central Line, der Geruch seines Körpers haftete noch an mir, während ich seinen Namen in mein Handy eintippte. Meine Hände zitterten, als ich ein weiteres Wort hinzufügte: »Ehefrau«.

Der Zug raste in einen Tunnel und die Internetverbindung brach ab, bevor die Suchergebnisse laden konnten. Als sie dann erschienen, stieß ich auf einen Haufen unterschiedlicher Resultate. Es stellte sich heraus, dass es viele Typen mit dem Namen Myles Taylor gab, und viele von ihnen hatten Ehefrauen. Und dann gab es Typen, die Myles *Sowieso* hießen und mit Frauen verheiratet waren, deren Nachname Taylor war. Und dann war das Netz wieder weg. Als sich dann an der Tottenham Court Road eine Verspätung ergab, spezifizierte ich meine Suche, indem ich Anführungszeichen und das Wort »Architekt« ergänzte. So fand ich ihren Namen.

Mir war übel, doch ich googelte auch sie und klickte auf die Bildersuche. Es gab kein einziges Bild, das die beiden gemeinsam zeigte, zumindest nicht auf der ersten Seite. Aber da war sie. Selbst auf den winzigen Miniaturansichten konnte man erkennen, dass sie eine besondere Ausstrahlung hatte. Eine kleine Frau, extravagant kurvig, aber durchtrainiert und schlank, die ihre fehlende Größe durch Mörderabsätze und Hochsteckfrisuren wettmachte. Eine Frau, die eindeutig viel Zeit auf ihr Make-up verwendete und ein Faible für ultrafeminine Retromode hatte. Eine Frau, deren Job es anscheinend erforderte, einen Haufen Veranstaltungen mit Leuten zu besuchen, die ich zwar nicht kannte, die aber ziemlich nach Promis aussahen. Eine Frau mit einem derart herzlichen und strahlenden Lächeln, dass ich mir kaum vorstellen konnte, sie nicht zu mögen. Gleichzeitig vermittelte sie aber auch ganz klar den Eindruck, keine halben Sachen zu machen.

»Hör sofort damit auf, Charlotte. Du machst dich nur verrückt.« Ich hatte nicht bemerkt, dass ich das zwar im Flüsterton, aber doch laut vor mich hingesagt hatte, sodass der Mann mit dem Turban, der neben mir stand, ein wenig zurückwich und seine Kinder weiter in den Waggon schob. *Du bist wirklich verrückt, Charlotte. Als Nächstes wirst du eine ihrer zweitausend Followerinnen auf* Instagram *oder tauchst in ihrem Büro in Soho auf und fragst sie, ob ihre Ehe wirklich am Ende ist.*

Als der Zug in die Liverpool Street einfuhr, packte ich mechanisch meine Sachen zusammen, um in die S-Bahn umzusteigen, die mich nach Hause bringen würde, und klickte das Browserfenster auf meinem Handy resolut weg. Ich konnte die Entscheidung, ob ich weiterhin mit Myles zusammen sein wollte, unmöglich von den Ergebnissen meines Internetstalkings seiner Frau abhängig machen.

Obwohl es fast acht Uhr war und langsam dunkel wurde, war es noch warm. Die Leute strömten aus dem *Daily Grind* und dem *Prince George* auf den Bürgersteig, rauchten, tranken und redeten. Vor ein paar Monaten wären Maddy, Henry und ich vielleicht auch unter ihnen gewesen. Ich hätte Maddy erzählen können, was Myles mir vorhin gestanden hatte, und sie hätte mir gesagt, was ich tun sollte. Oder zumindest hätte sie mir gesagt, was ich denken sollte, um die richtige Entscheidung für mich selbst zu treffen. Ich wollte so gern mit ihr reden, sie fragen, was ich tun sollte, auf ihren weisen Rat hören und ihn befolgen. Egal was sie mir gesagt hätte, sie hätte mich dabei umarmt und mich zum Lachen gebracht. Aber sie war nicht da, und ich wusste nicht, ob sie mir überhaupt antworten würde, wenn ich sie anrief oder ihr eine Nachricht schrieb. Sie und Henry waren in Bromley, wo sie zweifellos eine Dinnerparty schmissen oder die Sitzordnung für ihre Hochzeit besprachen. Oder sie chillten gerade einfach nur auf dem Sofa und stritten darüber, was sie sich auf *Netflix* anschauen würden und ob sie Pizza oder Curry bei *Uber Eats* bestellen sollten, so wie wir es früher immer gemeinsam an Samstagabenden getan hatten. Stattdessen musste ich allein nach Hause gehen, wo ich mich anstelle von Henry und Maddy auf Adams gruselige Gegenwart freuen durfte. Denn Tansy war ja in Paris. Die glückliche Tansy verbrachte ein glamouröses und romantisches Wochenende mit einem Mann, der nicht nur heiß und reich, sondern anscheinend auch wahnsinnig scharf auf sie war. Und, ganz entscheidend: single. Renzo war sicherlich kein einfacher Partner, wie ich Tansy vorgewarnt hatte, dafür aber konnte ich mit Bestimmtheit sagen, dass er keine heimliche Ehefrau vor ihr verbarg. Die Background-Checks von *Colton Capital* waren nämlich äußerst rigoros.

Ich betrat das Haus und ging direkt in den Garten. Es war ein angenehmer Abend - es wurde zwar immer früher dunkel, aber der Himmel war in ein wunderschönes Türkisblau getaucht und der Mond ging gerade auf. Wenn ich diesen Abend schon allein verbringen musste, dann würde ich es mir draußen gemütlich machen, etwas trinken und vielleicht sogar ein bisschen online shoppen, wenn ich schon dabei war. Um den Garten hatte sich seit Henrys Auszug niemand mehr gekümmert. Unkraut breitete sich in den Blumenbeeten aus, die unter herabgefallenem Laub begraben lagen, und der Efeu war von Luke und Hannahs Garten nebenan zu uns herübergewuchert. Ich schaute mich entmutigt um und versuchte mich zu motivieren, etwas gegen diesen Zustand zu unternehmen. Es gelang mir nicht, also drehte ich mich um und ging zurück ins Haus.

Etwas Weißes blitzte in meinem Augenwinkel auf, doch als ich herumfuhr, konnte ich nichts entdecken. War das etwa Freezers Schwanz gewesen, der hinter dem Zaun verschwunden war? Ich hoffte es, aber ich war mir nicht sicher. Außerdem musste ich mich jetzt dringlicheren Themen widmen. Doch dafür brauchte ich erst einmal einen Drink.

Zu meiner Überraschung stieß ich in der Küche auf Adam. Ich hatte ihn erst ein paarmal im Erdgeschoss angetroffen. Seiner obskuren Programmiererei ging er in seinem Zimmer nach, ums Wäschewaschen und Kochen schien er sich zu kümmern, wenn Tansy und ich bei der Arbeit waren. Ich hatte ihn schon einige Tage, vielleicht sogar eine Woche, nicht mehr gesehen. Es war ein bisschen so, als lebte ich mit einem Geist zusammen. Einem Geist, der Unmengen *Axe*-Deo verwendete und jede Menge Thunfisch aus der Dose aß.

Jetzt saß er am Tisch, trank Tee, las etwas auf seinem Tablet und sah relativ normal aus, wenn auch so blass und desinteressiert wie immer. Er trug eine Jogginghose und ein verwaschenes T-Shirt, das er wahrscheinlich auf irgendeiner Computerspielmesse geschenkt bekommen hatte, und leider entging mir auch nicht, dass seine großen, nackten Füße etwas schmuddelig waren. Zugegebenermaßen war auch der Küchenboden schon mal sauberer gewesen. Maddy hatte Odeta immer nett darauf hingewiesen, was zu tun war, während sie sich nach ihren Familienmitgliedern in Rumänien erkundigt hatte, die sie alle namentlich zu kennen schien. Aber Maddy war nicht mehr da und Odeta wohl nachlässiger geworden. Wenn ich Myles jemals zu mir nach Hause einladen wollte, musste ich wohl oder übel mit ihr reden oder selbst den Putzlappen in die Hand nehmen. *Verdammt, Maddy, ich vermisse dich.*

»Hi«, sagte ich zu Adam. »Wie geht's? Es ist so ein schöner Abend, da habe ich mir gedacht, ich setze mich einfach mit einem Drink in den Garten.«

»Hallo«, nuschelte er zurück.

Ich öffnete den Kühlschrank und fand nur eine beinahe leere Flasche Sauvignon Blanc vor, die mir in meinem momentanen Gemütszustand völlig unzureichend erschien. Dann fiel mir ein, dass Maddy einen Tequila und eine Flasche Triple Sec in der Fernsehkommode hinterlassen hatte.

»Man weiß nie, wann man einen Notfallmargarita gebrauchen kann, Süße«, hatte sie gesagt.

Jetzt brauchte ich einen. Und da lagen sogar noch ein paar halbvertrocknete Limetten in der Obstschale, die vermutlich Tansy gehörten.

»Hast du Lust auf einen Cocktail?«, fragte ich Adam.

»Ich verzichte«, gab er zurück.

»Wie du willst.« Ich quetschte, rührte, salzte, und als mein Cocktail fertig war, nippte ich daran. Er schmeckte verdammt gut. Mit meinem Handy und dem Getränk machte ich mich auf in Richtung Garten.

Doch dann rief Adam mir hinterher: »Wie fühlt es sich an, wenn man weiß, dass man so böse Dinge tut?«

Ich erstarrte und meine Gedanken rasten. Von Myles

wusste er nichts. Von Myles konnte er nichts wissen. Myles war nicht verheiratet – zumindest nicht sehr. Nicht richtig verheiratet. Aber Adam wusste weder, wer Myles war, noch wo ich gewesen war.

»Wovon sprichst du?«, fragte ich und versuchte, cool und unbekümmert zu klingen. In Wahrheit fühlte ich mich ziemlich schuldig, sogar leicht panisch.

»Na, von deinem Job natürlich. Du arbeitest in dem Sektor, der für die Rezession und den Crash verantwortlich war. Du verdienst dein Geld mit dem Elend anderer Leute. Weißt du, wie viele Menschen in diesem Land obdachlos sind wegen Leuten wie dir? Weißt du, wie viele Kinder unter der Armutsgrenze leben?«

Für Adams Verhältnisse war das eine eindrucksvolle Rede gewesen. Ich war nicht nur schockiert davon, was er gesagt hatte, sondern auch davon, dass er überhaupt mit mir sprach. Das machte mich für eine Sekunde sprachlos.

Dann erwiderte ich: »Du weißt schon, dass ich nur Verwaltungsassistentin bin, oder? Ich tippe Briefe ab und mache Kaffee und bestelle Sandwiches. Beziehungsweise ich würde Sandwiches bestellen, falls die jemand essen würde, was niemand tut, also bestelle ich Sashimi. Ich bin kein Finanzhai oder so.«

»Verwaltungsassistentin«, sagte er spöttisch. »Na sicher. Was würdest du denn mit so einem Job im öffentlichen Dienst verdienen? Sofern die da überhaupt jemanden haben, der ihnen das Mittagessen bestellt, Kaffee kocht und ihre beschissenen Briefe abtippt. So jemanden gibt es da nicht, wegen all der Kürzungen. Du könntest nicht mal in dieser Gegend hier wohnen, das ist klar.«

Ich wäre nicht konsternierter gewesen, wenn er seine Teetasse nach mir geschmissen hätte. Der stille, mürrische Adam kam plötzlich aus sich heraus, um mich zu verhöhnen -

und das ausgerechnet für meinen Job. Es war bizarr. Noch bizarrer wäre es vielleicht nur gewesen, wenn er aus seinem Schneckenhaus herausgekommen wäre, um mit mir etwas zu trinken und darüber zu plaudern, wer *Let's Dance* gewinnen würde.

»Du wohnst doch auch hier«, merkte ich an. »Und dein Cousin Henry wohnt nur nicht mehr hier, weil seine Großmutter gestorben ist und ihm genug Geld hinterlassen hat, um ein Haus zu kaufen. Das ist wohl kaum hart erarbeitetes Geld, oder?«

»Zieh meine Familie da nicht mit rein«, zischte Adam.

»Was? Ich ziehe deine Familie in gar nichts. Du hast damit angefangen. Um Gottes willen, ich komme nach Hause und will es mir nur gemütlich machen. Ich biete dir einen Drink an und du machst mich blöd von der Seite an. Was ist los mit dir?«

»Was ist falsch daran, die Mechanismen zu hinterfragen, die dafür sorgen, dass der Reichtum in den Händen von einem Prozent der Bevölkerung bleibt?«, fragte Adam. »Was ist falsch daran, einem System zu widersprechen, das es den Reichen erlaubt, aus Krieg und Hunger Profit zu schlagen? Was ist falsch daran, Offshore-Briefkastenfirmen zu kritisieren, die es Leuten ermöglichen, Millionen von Pfund am Fiskus vorbeizuschleusen – Geld, das für die am stärksten benachteiligten Menschen auf der Welt einen Riesenunterschied machen würde? Du solltest dir diese Fragen auch mal stellen, anstatt zu fragen, was mit *mir* los ist. Mir geht es blendend.«

»Okay, da wir gerade von benachteiligten Menschen sprechen«, begann ich, »weißt du ja vielleicht auch, wie viel *Colton Capital* im letzten Jahr für wohltätige Zwecke gespendet hat? Weißt du nicht? Nun, ich weiß es. Vierhunderttausend Pfund. Vielleicht interessierst du dich für die Stiftung, die Colin gegründet hat, um unterprivilegierten Jugendlichen in benachteiligten Gegenden zu helfen? Und weißt du, wie vielen er geholfen hat? Ich werd's dir sagen: vierundsiebzig. Zwei von ihnen haben letztes Jahr in Cambridge studiert. Reichtum und Macht bleiben also nur in den Händen der Elite? Vielleicht willst du was über das Mikrokreditprogramm wissen, in das wir investiert haben, und wie viele Frauen im ländlichen Pakistan es aus der Armut befreit hat? Aber nein, davon willst du nichts wissen, weil es nicht zu deiner dämlich-naiven Tastaturkrieger-agenda passt. Ich setze mich jetzt nach draußen und genieße meinen Drink. War nett, mit dir zu plaudern.«

Adam stand auf. Würde er mir jetzt seinen Teebeutel entgegenschleudern? Ich überlegte, wie ich darauf reagieren würde. Aber er tat es nicht. Er spülte die Tasse im Waschbecken aus und stellte sie in die Spülmaschine. Ich verkniff mir einen Kommentar darüber, wie der verschwenderische Wasser-verbrauch in der westlichen Welt zur globalen Wasserknapp-heit beitrug – nicht zuletzt, weil ich mir nicht sicher war, ob das überhaupt stimmte.

»Meinetwegen«, murmelte er, stampfte nach oben und ließ mich mit offenem Mund stehen. Was zur Hölle war da gerade passiert?

Es kam mir so vor, als wäre ein leicht nerviger Teil des Hauses, an den ich mich bereits gewöhnt hatte (wie an den Teppich, den Maddy letztes Jahr für den Flur gekauft hatte, über den wir monatelang gestolpert waren, bis wir automatisch vorsichtiger daraufgetreten waren, anstatt darüberzuschlurfen), plötzlich lebendig geworden und hätte uns seine unfassbaren Gedanken offenbart.

Adam mochte mich nicht. Das hatte er ziemlich deutlich gemacht, indem er mir immer aus dem Weg ging und mir gegenüber unverhohlen unhöflich war, als wir mit Tansy Pizza essen waren. Natürlich war es scheiße, dass schlechte Luft zwischen uns herrschte. Da sich unsere Wege aber ohnehin nur selten kreuzten, konnte ich damit umgehen. Ich hatte mich geistig darauf vorbereitet, dass das Zusammenleben mit

Fremden eine Herausforderung sein würde, als Maddy und Henry ausgezogen waren. Dass ich mich mit Tansy so gut verstand, war ein unverhoffter Segen. Aber wer weiß, wie oft ich sie noch zu Gesicht bekommen würde, wenn Renzo und sie richtig zusammen waren? Dann würden Adam und ich uns einander schweigend und allein umkreisen wie feindliche Planeten.

Dann kam mir ein furchtbarer Gedanke. Adam war Henrys Cousin. In ihrer Vorrede zur heutigen Brautjungfernkonferenz – war die wirklich erst heute Morgen gewesen? – hatte Bianca etwas über die Sitzordnung gesagt: Alle Brautjungfern sollten einem der Trauzeugen des Bräutigams gegenübersitzen.

»Das heißt vielleicht, dass ihr nicht am selben Tisch sitzen könnt wie eure Partner«, hatte sie gezwitschert, und Molly war zusammengezuckt. »Gut, dass manche von uns ja gar keine Partner haben.«

Ja, vielen Dank dafür. Danke, dass du mir meinen Single-status unter die Nase reibst. Schon wieder. Und so wie ich Bianca kannte, würde sie die Sitzordnung planen und dafür sorgen, dass ich neben Adam sitzen musste, spätestens wenn sie auch nur ansatzweise Wind davon bekam, dass wir uns nicht gut verstanden.

Aber eigentlich war ich gar nicht single - oder doch? Ich hatte Myles kennengelernt. Ich hatte Bianca erzählt, dass ich ihn kennengelernt hatte. Er hatte mir gesagt, dass er Gefühle für mich hatte, obwohl er mich nicht wirklich gefragt hatte, ob ich seine Freundin sein wollte. Aber er war ja auch fast zehn Jahre älter als ich. Das hielt er wahrscheinlich für kindisch und überflüssig, wir schliefen ja schließlich miteinander. Und das machte es doch irgendwie exklusiv, oder? Abgesehen von dem kleinen Detail, dass er eine Ehefrau hatte. Keine Ehefrau, sagte ich mir. Eine Fast-Ex-Ehefrau. Sobald alle Details geklärt waren.

Ich war kein schlechter Mensch. Ich war keine Ehebrecherin, die verheiratete Männer vögelte, nur weil ich es konnte. Ich hatte es ja nicht einmal gewusst.

Und wenn du es gewusst hättest, Charlotte? Wenn er es dir gleich am Anfang gesagt hätte? Was hättest du dann getan?

Ich fand nicht direkt eine Antwort. Dann grübelte ich weiter darüber nach, wie es sich angefühlt hatte, als Myles mich geküsst, berührt und gevögelt hatte. In meinem Kopf hörte ich seine Worte, fühlte die Traurigkeit, die er beim Gedanken an seine lieblose, leere Ehe empfand, und dachte an die Zukunft, die er sich für uns beide ausmalte. *Du bist etwas Besonderes, Charlotte*, hatte er gesagt. Die Erinnerung an ihn ließ mich vor Glück erschaudern. Ich konnte ihn genauso glücklich machen wie er mich.

Und wir lebten ja auch nicht im finsteren Mittelalter, in den Fünfzigern oder in einer anderen Epoche der Vergangenheit, in der Beziehungen zwischen geschiedenen Menschen als schändlich oder gar sündhaft galten. Neulich erst hatte ich gelesen, dass selbst die katholische Kirche ihre Haltung zu diesem Thema gelockert hatte - und wenn die katholische Kirche ihre Haltung zu etwas lockerte, dann konnte man sicher sein, dass sich die öffentliche Meinung dazu schon vor Ewigkeiten geändert hatte. Chloës Freund, der glorreiche Gareth, war bereits einmal verheiratet gewesen und hatte einen kleinen Sohn, der jedes zweite Wochenende bei ihm übernachtete. Margot von der Arbeit war mit ihrem zweiten Ehemann verheiratet. Colin war sogar in dritter Ehe – und keiner dachte sich etwas dabei.

Nur dass Myles nicht geschieden ist, nicht wahr, Charlotte?, quälte mich die lästige Stimme in meinem Kopf, die ich so langsam als mein Gewissen ausmachte. *Er ist nicht einmal richtig getrennt. Der Mann* wohnt (!) *noch mit seiner Frau zusammen.*

Ich musste an die reflexartigen Schuldgefühle denken, die ich empfunden hatte, als Adam gefragt hatte: »Wie fühlt es sich an, wenn man weiß, dass man so böse Dinge tut?« Darauf hatte ich keine Antwort gewusst, und darum hatte sich Adams Anschuldigung so ungerecht angefühlt, obwohl er ja eigentlich etwas ganz anderes meinte. Ich musste mich unbedingt bei Xander, unserem Experten für ethische Investments, erkundigen, wie böse *Colton Capital* im Großen und Ganzen so war. Er würde es wissen. Und wenn die Firma so böse war, wie Adam behauptete, würde der ethisch so einwandfrei wirkende Xander doch gar nicht erst dort arbeiten.

Aber hier ging es nicht um die Arbeit. Tief in mir war ich mir ziemlich sicher, dass Adam im Unrecht war, und außerdem war es mir relativ egal, was er von mir dachte. Aber es war mir nicht egal, was ich selbst dachte, was meine Freunde und sogar das Bad Girl denken würden. Hatte sie das gemeint, als sie gesagt hatte: »Kennt eure Grenzen«? Vermutlich ja. Auch wenn es vielleicht nicht böse war, war es trotzdem noch lange nicht richtig.

Myles hatte gesagt, er würde seine Frau verlassen, dass er mental bereits geschieden war, abgesehen von der Tatsache, dass das Haus verkauft und das Vermögen aufgeteilt werden musste. Aber der Punkt war, dass diese Dinge noch nicht passiert waren. Und mir wurde klar, dass ich so lange nicht einfach so weitermachen konnte.

Etwas benommen ging ich zurück in die Küche, kippte den restlichen Margarita aus dem Cocktailshaker in mein Glas und mopste mir eine Rolle von Tansys *Pringles* aus dem Schrank. Es würde wohl noch eine ganze Weile dauern, bis mich wieder jemand nackt sah, also konnte ich mir gleich die ganze Packung reinziehen – scheiß auf das Brautjungfernkleid.

Dann setzte ich mich wieder nach draußen und begann, eine lange Nachricht an Myles zu schreiben. Ich erzählte ihm, wie Adam mir unbeabsichtigterweise klar gemacht hatte, dass es gegen all meine Prinzipien verstieß, mit ihm zu schlafen. Dass das Glück, das ich mit ihm empfand, durch das Wissen getrübt wurde, dass er nicht wirklich mir gehörte, und dass ich etwas tat, wofür ich mich schämte. Und ich schrieb, dass dieses Glück auch in sechs Monaten (oder wann auch immer er sich aus seiner Ehe gelöst haben würde) noch da sei, wenn es überhaupt einen Wert hatte.

Und dann las ich mir alles noch einmal durch und dachte, was für ein überzogener, narzisstischer Blödsinn das alles war, und löschte die Nachricht. Stattdessen schrieb ich ihm nur zwei einfache Sätze:

Ich date keine verheirateten Männer, tut mir leid. Hat Spaß gemacht.

Dann leerte ich meinen Drink und futterte gedankenlos die Chips weg, ohne irgendetwas zu schmecken. Mir war nach Heulen zumute, aber irgendwie gelang es mir nicht, obwohl ich wusste, dass es mir nach einer richtig guten Heulattacke wahrscheinlich deutlich besser gehen würde. Ich erwog, Tansy oder Chloë eine Nachricht zu schreiben, um mir die Bestätigung dafür abzuholen, das Richtige getan zu haben. Aber insgeheim wusste ich, dass ich bloß hoffte, sie würden mir schreiben: »Du bist verrückt! Schreib ihm jetzt sofort, dass du deine Meinung geändert hast!« Aber wahrscheinlich würden sie eher schreiben: »Was für ein Mistkerl! Dass er dir das erst erzählt hat, nachdem du mit ihm gevögelt hast! Sei froh, dass du ihn los bist!«

Es war schon nach Mitternacht, als ich endlich merkte, dass es zu kalt geworden war, um draußen zu sitzen. Ich ging nach oben, duschte heiß und wusch mir die Erinnerung an Myles' Körper für immer aus dem Kopf. Es war mir egal, dass das Geräusch des fließenden Wassers Adam aufwecken könnte. Aber als ich ins Bett ging, sah ich einen Lichtspalt unter seiner Tür; er war also sowieso noch wach.

Ich schlief furchtbar, gestört nicht nur durch imaginäre Nachrichten von Myles, der mich anflehte, meine Meinung zu ändern, sondern auch von einem leisen Kratzen und Tippeln, das vom Treppenabsatz her zu kommen schien. Na toll. Ich war wieder single und wohl dazu verdammt, für immer allein zu bleiben – und zu allem Überfluss hatte mein eigenbrötlerischer, seltsamer Mitbewohner, der mich hasste, außerdem auf seinem Zimmer gegessen und uns eine Mäuseplage beschert.

14

Hallöchen und willkommen zurück bei Leider Geil! Ich habe heute eine Herausforderung für euch, die euch bestimmt gefallen werden, weil sie euer inneres Bad Girl zum Vorschein bringen wird. Ich sage euch, worum es geht, aber ihr dürft nicht ausrasten. Ihr rastet nicht aus? Gut. Denn Zeiten ändern sich, und heutzutage muss man nicht mehr in einen zwielichtigen Laden am Times Square gehen, um sich solche Dinge zu besorgen. Man kann sie diskret online bestellen, und sie fühlen sich nicht nur toll an, sie sehen auch toll aus. Wisst ihr schon, was ich meine? Seid ihr bereit für die Herausforderung? Wusste ich's doch.

»O mein Gott, es war so unglaublich«, erzählte Tansy. »Er hat eine Suite gebucht, im Ernst, mit einer Tafel und allem Drum und Dran, und es gab ein riesiges Marmorbad voller *Diptyque*-Produkte - und zwar keine Pröbchen. Und da sie jeden Tag ausgetauscht wurden, habe ich Unmengen davon mit nach Hause genommen – nimm dir also, was du willst. Es gab flauschige Bademäntel und frische Blumen und einen Obstteller und Champagner auf Eis und so weiter. Es war einfach hammer, aber ich hatte nur noch Augen für das Bett und konnte an nichts anderes mehr denken. Ich war ziemlich nervös auf einmal.«

»Das kann ich mir vorstellen«, sagte ich. »Und weiter? Bist du sofort auf ihn draufgesprungen?«

»Nein! Das wäre ich zwar gern, aber wie gesagt, ich war so nervös. Wir haben unser Zeug ausgepackt und es war so unangenehm, wir waren plötzlich ganz förmlich miteinander und sind irgendwie durch den Raum gelaufen und haben versucht, uns nicht in die Quere zu kommen – und das obwohl wir im *Eurostar* auf dem Weg dorthin so viel Spaß hatten. Und es war mir so peinlich, als ich meine Sachen ins Badezimmer gestellt habe. All seine Sachen waren von *Aesop*, und meine eher so von der *Superdrug*-Eigenmarke.«

Ich lachte. »Vom Inhalt des Kulturbeutels bloßgestellt. Ich wette, er hat es nicht mal bemerkt. Und dann?«

Tansy schmiss eine Handvoll Spinatblätter in die Gemüsepfanne, die sie für uns beide zubereitete. Am Wochenende hatte sie wohl so viel gegessen, dass sie sich schon den ganzen Tag nach grünem Gemüse sehnte. Sie berichtete mir so ausführlich von dem Entenconfit, den Austern an Mignonette-Sauce (sie musste mir erklären, was das ist) und den Nutella-Crêpes, dass mein Magen beim Zuhören tatsächlich anfing zu knurren. Und weil ich den vorherigen Tag im Bett verbracht hatte, um ihren Vorrat an *Pringles* und *Penguin*-Keksen weiter zu plündern, war auch ich nur allzu froh über ein gesundes Abendessen.

»Dann hat er mich gefragt, ob ich rausgehen will, um die Stadt zu erkunden, was trinken zu gehen oder so, oder ob ich müde bin und mich vielleicht ein wenig hinlegen will. Dann ist er tatsächlich rot geworden, und da habe ich gemerkt, dass er genauso nervös war wie ich.«

»Renzo und nervös? Ich wusste ja, dass er dich mag, aber das hört sich richtig ernst an.«

»Ich weiß!« Sie wandte sich vom Herd ab und stieß ein erfreutes Glucksen aus. »Aber er war wirklich nervös. Mein Gott, das war so süß. Also meinte ich, das ich gern duschen gehen würde, denn obwohl wir in der ersten Klasse gesessen und ein Taxi vom Bahnhof genommen hatten, fühlt man sich nach einer Reise doch trotzdem immer irgendwie schmutzig, oder?«

Ich behauptete, das nachvollziehen zu können, obwohl Reisen für mich eher hieß, in einer *Ryanair*-Kabine mit Gruppen angetrunkener Junggesellen zu sitzen, und es mir schwerfiel, mir den Erste-Klasse-Luxus im *Eurostar* vorzustellen.

»Er fragte: ›Soll ich unten an der Bar auf dich warten?‹, weil er offensichtlich dachte, es wäre mir peinlich, mich vor ihm auszuziehen. Aber ganz ehrlich, Charlotte: Die Suite war so riesig, dass wir eine Woche lang darin hätten leben können, ohne uns je versehentlich nackt zu sehen, und außerdem gab es zwei Badezimmer. Im Ernst! Also sagte ich, das sei nicht notwendig, und er sagte, dann würde er auch duschen gehen, und das taten wir, aber selbstverständlich nicht zusammen.«

Daran war nichts selbstverständlich, aber ich hielt den Mund. Ich stellte ein paar Schüsseln auf den Tisch und fand ein paar Einwegstäbchen, die ein Überbleibsel irgendeiner Essensbestellung in der fernen Vergangenheit sein mussten. Dann räumte ich das Schneidebrett und die Messer, die Tansy benutzt hatte, in die Spülmaschine, während sie unserem Abendessen den letzten Schliff verlieh, das viel leckerer duftete, als man von einem so gesunden Essen vermuten würde.

»Und es war so witzig, Charlotte. Wir kamen aus der Dusche - den Duschen – und zwar genau zur gleichen Zeit. Er trug keinen Bademantel und ich auch nicht; wir waren beide nur in Handtücher gehüllt. Und wir sahen uns an und lächelten, und ich wusste, dass es keinen Sinn hatte, zu warten, dass es jetzt passieren würde.«

»Und, ist es dann passiert?« Ich trennte die hölzernen Essstäbchen voneinander. Mein Appetit war verflogen. Plötzlich verspürte ich eine Leere in mir, die auch das Essen nicht würde füllen können. Es war Neid, das wurde mir klar, denn wenn es kein Happy End für Tansy gegeben hatte, wüsste ich das bereits, und sie kannte das unglückliche Ende meiner Geschichte noch nicht.

»Hmmm«, seufzte sie und machte sich über ihr Essen her. »Es war wundervoll. Er ist so wundervoll. Ich erspare dir die Details, du musst schließlich mit dem Kerl arbeiten und ich will nicht, dass du an seinen Penis denkst, wenn du ihn im Kopierraum triffst oder so. Aber ich kann bestätigen, dass er ganz oben mitspielt. Und nicht nur, was die Größe angeht, sondern ...«

»Tansy!« Ich hielt mir mit den Händen die Ohren zu.

»Tut mir leid, aber ...«, begann sie und formte dann mit dem Mund die Worte: »Leider geil.«

»Also«, sagte ich entschlossen, »deine Ausführungen über Renzos horizontale Vorzüge scheinen beendet, was habt ihr denn den Rest des Wochenendes so getrieben?«

Sie verschlang einen riesigen Happen ihres Essens und strahlte. »So ziemlich alles! Wir waren am selben Abend noch in diesem tollen Restaurant essen und ich war so froh, dass wir den Sex hinter uns gebracht hatten, denn andernfalls wäre ich nicht in der Lage gewesen, irgendetwas runterzubekommen. Aber wir waren beide am Verhungern, und es gab vier Gänge und Champagner und diesen tollen Rotwein, den er ausgesucht hatte, von *Château Pétrus* oder so. Und dann am nächsten Tag sind wir quer durch die ganze Stadt gelaufen. Es hat ihm rein gar nichts ausgemacht, dass ich ihn in sämtliche Edelboutiquen gezerrt habe, um meine Finger über die Sachen gleiten zu lassen und die Trends der kommenden Saison zu studieren. Es ist so seltsam, weißt du, Charlotte, ich treffe oft Marketingleute von den Topmodehäusern bei den Shows und sie sind total nett zu mir und so, aber in den Läden habe ich gemerkt, dass sie wussten, dass Renzo im Gegensatz zu mir das nötige Kleingeld hat.«

Ihr Gesicht verfinsterte sich etwas.

»Mach dir nichts draus«, tröstete ich sie. »Die Verkäuferinnen in solchen Geschäften sind doch zu allen Leuten ekelhaft, denen nicht gerade eine *American Express*-Platinum auf der Stirn klebt. Aber erzähl weiter!«

»Er hat für alles bezahlt«, fuhr Tansy fort. »Er hat mich nicht einmal einen Kaffee bezahlen lassen, obwohl ich das dauernd angeboten habe. Deshalb konnte ich mir Geschenke für meine Mutter, Perdita, meine Nichte und meinen Neffen leisten – ich zeige dir später, was ich gekauft habe, sie werden sich mega freuen. Und er hat mir dieses tolle Seidentuch gekauft, schau mal.«

Sie holte ein in Seidenpapier eingewickeltes Päckchen hervor, öffnete es vorsichtig und hielt ein rosa-mintgrüngoldenes Seidenquadrat hoch, das wie ein *Fabergé*-Ei gemustert war, nur etwas abstrakter und verschwommener.

»Das hat fünfhundert Euro gekostet«, staunte sie. »Krass, oder? Für ein Halstuch. Aber die Frauen in Frankreich tragen alle solche Halstücher. Die sind so gut angezogen, Charlotte, das glaubst du gar nicht. Sie haben alle perfektes Wuschelhaar, tragen kräftigen Lippenstift, haben einen perfekten Teint und sehen aus, als hätten sie mehrere Stunden vor dem Spiegel gestanden, selbst wenn sie nur Jeans und Sneaker tragen. Und die sind so dünn! Vermutlich weil sie alle rauchen.«

»Lungenkrebs: Ein kleiner Preis für Größe 32«, scherzte ich.

Tansy lachte. »Keine Sorge, ich werde jetzt nicht mit dem Rauchen anfangen. Dafür habe ich eine Stunde vor dem Spiegel damit verbracht, mir Anleitungen zum Halstuchbinden auf *YouTube* anzuschauen. Und Renzo hat das nicht mal was ausgemacht. Er hat zugeschaut und Vorschläge gemacht und mir gesagt, als ich es richtig gemacht habe. Er ist so wundervoll. Und er spricht fließend Französisch, hast du das gewusst? Und natürlich Italienisch und ein bisschen Russisch.«

»Die sind alle so bei der Arbeit. Pavel spricht sieben Sprachen, auf jeder klingt er unausstehlich.«

Aber Tansy wollte nicht über die Sprachtalente der Finanzwelt reden.

»Und am Samstag waren wir abends in einem großartigen kleinen Lokal am Rive Gauche essen – es war richtig entspannt, gar nicht schick, aber o mein Gott, das Essen! Wir hatten Austern, Steak und die beste Zitronentarte der Welt. Danach sind wir weiterspaziert – im Mondschein an der Seine entlang, es war großartig. Da gibt es so eine Brücke, wo die Leute Schlösser anbringen, um sinnbildlich ihre Beziehung zu festigen. Da sind wir stehengeblieben, und er hat mich geküsst. Da dachte ich mir: Wenn wir jetzt ein Schloss dabeihätten ... Aber dafür ist es noch zu früh, oder?«

»Ja, wahrscheinlich schon«, sagte ich. »Aber es klingt, als hättest du eine großartige Zeit mit ihm verbracht! Wer hätte gedacht, dass Renzo so ...«

So *was*, fragte ich mich. So großzügig? Das überraschte mich nicht. Ich wusste, wie viel er verdiente, und dass ein Wochenende in Paris mit allem, was dazugehörte, inklusive eines Fünfhundert-Euro-Seidentuchs, für mich in etwa einem Ausflug zum *Westfield*, einem Paar Jeans von *New Look* und einem Sandwich von *Pret a Manger* entsprach. So romantisch? Warum sollte er auch nicht romantisch sein, schließlich entführte er eine wunderhübsche Frau für ein Wochenende nach Paris, um dort das erste Mal mit ihr zu schlafen. Seine Liebenswürdigkeit hatte Tansy überrascht – und mich auch. Sie beschrieb Eigenschaften meines Kollegen, die mir neu waren: Zärtlichkeit, Geduld, Feingefühl. Aber warum sollte er diese Eigenschaften auch bei der Arbeit zur Schau stellen, wo einzig Profite und die dafür notwendige Risikobereitschaft und Rücksichtslosigkeit zählten? Soweit ich wusste, war er ein absolutes Weichei, was Frauen betraf. Er war immerhin Italiener und bestätigte sämtliche Klischees über Südländer.

»Denkst du, er mag mich wirklich, Charlotte? Ich mache mir solche Sorgen, dass ich nicht cool genug für ihn bin. Vielleicht hätte ich mich rar machen sollen, aber das konnte ich einfach nicht, weißt du? Als ich ihn dort im Schlafzimmer mit dem Handtuch um die Hüfte stehen sah ... war es komplett um mich geschehen.«

Wenn ich sehen würde, wie Renzo nur in ein Handtuch gewickelt aus der Dusche eines glamourösen Pariser Hotels käme, wäre es wohl auch um mich geschehen. Aber das sagte ich Tansy nicht. Sie sollte nicht denken, ich wäre in ihren neuen Freund verknallt, den ich jeden Tag bei der Arbeit sah – das fehlte ihr gerade noch.

Stattdessen sagte ich: »Es klingt ganz danach, als ob er dich mag. Ich freue mich so für dich. Wann siehst du ihn wieder?«

»Na ja, er hat mich am Sonntagabend gefragt, ob ich mit zu ihm kommen will, aber ich habe Nein gesagt. Ich wollte zwar, aber dann dachte ich daran, dass wir beide am nächsten Tag früh rausmussten und es wäre nur Gehetze und Stress gewesen, und ich will ja, dass der Zauber noch ein wenig vorhält.«

»Gut so«, lobte ich. »Es kann nicht schaden, die Dinge langsam anzugehen. Nicht zu interessiert sein.«

»Ach, so ein Quatsch! Ich will keine Spielchen mit ihm spielen. Ich mag ihn richtig gern und es macht mir nichts aus, dass er das weiß.«

»Ich bin mir ziemlich sicher, dass er das bereits weiß«, sagte ich. »Und ich wette, ihm geht es genauso. Es ist bloß ... sei vorsichtig.«

»Ich nehme die Pille!«, protestierte sie. »Und wir haben natürlich auch Kondome benutzt.«

»Das meinte ich nicht«, sagte ich, aber ich wusste auch, dass sie das wusste.

»Aber genug von mir! Ich habe fast vergessen, dass du dieses Wochenende Myles wiedergesehen hast. Wie lief das?«

Zögernd erstattete ich ihr Bericht.

»Ach, Charlotte«, sagte sie mitfühlend. »O nein! Ich fasse es nicht. Was für ein Arschloch!«

»Du glaubst also nicht, dass er die Wahrheit sagt? Dass seine Ehe quasi am Ende ist?«

Tansy kaute an einem Fingernagel, dann hörte sie damit auf, schaute auf ihre Hand und holte eine Nagelfeile. »Vielleicht. Vielleicht war es die Wahrheit. Aber er hätte es dir früher sagen sollen. Das ist einfach nicht fair, oder? Jemandem Informationen vorzuenthalten, die von zentraler Bedeutung sind, um zu entscheiden, ob man mit jemandem eine Beziehung will.«

»Aber nehmen wir mal an, es stimmt«, mutmaßte ich, »und jetzt habe ich ihm gesagt, dass er sich verpissen soll. Was, wenn ich meine einzige Chance mit ihm vertan habe?«

Tansy schüttelte den Kopf. »Das wirst du schon herausfinden. Du hast das Richtige getan. Es tut mir so leid.«

Und damit musste ich mich zufriedengeben. Sie würde mir keine Erlaubnis erteilen, mich trotzdem in eine Beziehung mit ihm zu stürzen.

In den nächsten Wochen sah ich Tansy immer seltener. Wenn sie nicht bei der Arbeit oder im Fitnessstudio war, dann war sie bei Renzo oder schlief. Ihre langen nächtlichen Unterhaltungen mit ihrer Mutter und Schwester schienen der Vergangenheit anzugehören — vermutlich arbeiteten sie jetzt wieder tagsüber —, und sie hörte nachts auch keine Musik mehr in ihrem Zimmer.

Allerdings arbeitete auch ich wie eine Bekloppte – Renzo übrigens auch, obwohl er es fast immer schaffte, das Büro um neun Uhr abends zu verlassen, um Tansy zum Essen in ein

Restaurant auszuführen und im Anschluss ekstatischen Sex in seiner fabelhaften Wohnung mit ihr zu haben, während mich nach Feierabend nur mein kaltes, einsames Bett erwartete.

Nicht, dass ich eifersüchtig gewesen wäre oder so.

Bedrückt setzte ich mich in meinem Bett auf und betrachtete die schlichte schwarze Schachtel auf meinem Nachttisch. Ich hatte das Päckchen noch nicht angerührt, da ich es bestellt hatte, als ich mich noch ganz anders fühlte. Mutig und sexy, bereit, neue Dinge über mich und meinen Körper herauszufinden, wie es das Bad Girl verlangt hatte. Jetzt fühlte ich mich einsam und verlassen und wünschte mir Olegs Keller und das sündhafte Vergnügen zurück, das ich dort erlebt hatte.

Nun ... vielleicht war das ja sogar möglich. Allein und in meiner Fantasie, versteht sich.

Ich öffnete die Schachtel und untersuchte den Gegenstand, der sich darin verbarg. Er sah ganz unschuldig aus – hübsch sogar. Ein sanft geschwungener silberner Stab, der ein bisschen wie eine riesige Kerzenflamme aussah. Ich vermute, Adam oder Odeta hätten keine Ahnung, worum es sich bei dem Ding handelte, wenn sie es auf meinem Schminktisch oder im USB-Anschluss meines Laptops zum Laden fänden.

Ach Quatsch, *natürlich* würden die beiden er erkennen. Da musste ich mir nichts vormachen.

Ich hob es auf und drückte einen der Knöpfe. Das Ding gab ein leises Summgeräusch von sich. Ein sanftes, aber intensives Vibrieren ließ meine Hand kribbeln.

Mein Gott, ich fühlte mich lächerlich verlegen, knipste das Licht aus und schob den Vibrator unter meine Bettdecke.

Ich dachte an Myles, an das letzte Mal, als wir zusammen waren. Obwohl ich ihn nie wiedersehen würde, konnte ich doch zumindest die Lust, die er mir bereitet hatte, wieder aufleben lassen. Ich schloss die Augen, spreizte meine Beine und ließ den Zauber wirken. Und, *o mein Gott*, er wirkte wirklich. Innerhalb weniger Minuten durchlief ich die Stadien von »Oh!« über »Oooh!« bis hin zu »Oooh jaaa!«

Doch dann lief alles schief. Ernsthaft, fürchterlich schief. Gerade als sich meine Erregung dem Höhepunkt näherte, veränderte sich das Gesicht vor meinem inneren Auge. Statt Myles, der das Reich zwischen meinen Beinen mit seinen erfahrenen Fingern und seiner Zunge erkundete, machte meine Fantasie eine absurde Kehrtwendung. Als ich kurz vor dem Orgasmus stand, hörte mein Liebhaber auf, er selbst zu sein und wurde zu ... Xander. Xander aus dem Büro. Ein grinsender Xander mit einem beachtlichen Ständer, den er genau in dem Moment, als ich kam, in mich hineinstieß.

Schlapp vor Lust brannte ich vor Verlegenheit. Ich fand den Mann doch nicht mal gut? Und ich musste ihn jeden verdammten Tag im Büro sehen. Wie zum Teufel sollte ich ihm in die Augen schauen, ohne dass er meine schmutzigen Fantasien erraten würde, in denen er zufällig vorgekommen war? Noch schlimmer: Was, wenn ich ihm im Aufzug oder woanders begegnete und diese Gedanken wieder auftauchten?

15

Hallo und willkommen zurück bei Leider Geil. Ich
nehme diesen Podcast gerade mit Lockenwicklern im
Haar und einer Schönheitsmaske auf meinem Gesicht
auf. Gut also, dass ihr mich hören, aber nicht sehen
könnt, sonst würdet ihr vermutlich alle schreiend das
Weite suchen! Aber wisst ihr was, meine Lieben? Heute
Abend gehe ich aus! Eine meiner besten Freundinnen
feiert ihren Dreißigsten und wir wollen gemeinsam mit
den Mädels um die Häuser ziehen. Ich kann es echt
kaum erwarten. In Kürze werde ich euch was über
Freundinnen erzählen und wie wichtig sie sind, vor
allem, wenn man auf Dates geht und es sich anfühlt, als
würden diese Dates das ganze Leben vereinnahmen und
alles andere verdrängen.
Aber zuerst kommt hier meine Herausforderung für
euch heute Abend: Geht in die Stadt, lasst euch gehen
und habt ein bisschen Spaß! Trinkt, tanzt, lacht, bis ihr
nicht mehr könnt - findet zurück zu eurem sorglosen
Singledasein und zu euren Freundinnen. Und wenn ihr

am Ende mit einem Fremden auf der Tanzfläche rummacht - nun, von mir erfährt es niemand!

Maddys Junggesellinnenabschied fing schon unheilvoll an – und wurde dann nur noch schlimmer. Ich saß allein in einem Taxi nach Gatwick, um zusammen mit den anderen den Flug nach Lissabon zu erwischen, als mir einfiel, dass ich mich ursprünglich mehr auf diesen Kurztrip gefreut hatte als auf die Hochzeit selbst. Denn um ganz ehrlich zu sein, sind Hochzeiten als Single keine große Freude. Aber da hatte ich ja auch noch nicht unzählige Stunden meiner Arbeitszeit darauf verwendet, nach Apartments zu suchen, die Biancas hohen Standards genügten. Und die natürlich auch meinen Vorstellungen für unser Domizil für Maddys besonderes Mädelswochenende entsprechen sollten. Ich recherchierte die Bars und Restaurants vor Ort mithilfe von Websites, die überwiegend auf Portugiesisch waren, sodass ich nicht wirklich etwas verstehen konnte, und ich scheiterte daran, das regionale Äquivalent einer *Ocado*-Lieferung aufzugeben. Jetzt war es also endlich so weit und ich machte mich aufs Schlimmste gefasst. Es fühlte sich an, als wäre unsere Fünfergruppe in zwei Teams aufgeteilt, Team Bianca und Team Charlotte, und es schien zudem immer mehr so, als wäre ich die einzige Person in Team Charlotte. Zu allem Überfluss hatte Bianca uns ein trashfreies Wochenende verordnet: keine Penishaarreifen, keine Penisstrohhalme, kein Bauchladen, keine Feenflügel, keine Diademe, nicht einmal T-Shirts mit dem Glitzeraufdruck »Maddys Security« - rein gar nichts also von dem geschmacklosen, aber witzigen Zeug, das ich mir vorgestellt hatte, und entsprechend auch keine *Instagram*-Bilder, für die wir uns noch in zwanzig Jahren schämen würden.

Aber was soll's, schließlich wollte Maddy es ja so, also bekam Maddy es auch. Es war ihr Wochenende, und ich nahm mir vor, so gute Laune wie möglich zu haben und keinen Streit anzuzetteln, denn wenn wegen mir alles aus dem Ruder laufen würde, könnte ich mir das nie verzeihen.

Das Taxi kam viel früher an, als gedacht, und ich holte meine Tasche aus dem Kofferraum. Es gab keine neuen Nachrichten in der *Slack*-Gruppe, also beschloss ich, einzuchecken und die anderen zu suchen, sobald ich die Sicherheitskontrolle passiert hatte.

Gerade als ich mich zur großen Glasdrehtür des Flughafens wenden wollte, fuhr eine riesige, rosafarbene Stretchlimo mit verdunkelten Fenstern vor. Ich versuchte, nicht allzu auffällig hinzustarren, freute mich aber diebisch darauf, die Insassinnen gleich betrunken mit Diademen und Mottoshirts bekleidet aus dem Auto purzeln zu sehen.

Doch als sich die rosa Türen öffneten, kletterten Molly, Chloë, Bianca und Maddy heraus.

Immerhin war es ihnen sichtbar unangenehm, mich hier anzutreffen.

»Hallo«, murmelte Maddy.

»Ist die Limo nicht cool?«, fragte Molly. »Du hättest echt mitfahren sollen.«

»Wir dachten, du könntest dir das nicht leisten«, erklärte Chloë. Etwas dreist, wenn man bedachte, dass sie immer chronische pleite war.

»Vermutlich war es Charlotte lieber, allein herzufahren«, sagte Bianca mit einem giftigen Lächeln. »Stretchlimos sind ihr doch viel zu ... prollig, nicht wahr?«

Ich öffnete den Mund, um zu protestieren, biss mir aber auf die Zunge, um unseren Wochenendauftakt nicht zu versauen.

»Du weißt ja, wie es ist. Ich spare auf die Anzahlung einer Wohnung, da muss man eben kleinere Brötchen backen. Hauptsache, wir sind jetzt alle da. Ich hoffe, ihr habt euch auf der Fahrt amüsiert.«

Unter betretenem Schweigen marschierten wir alle in die Abflughalle, gaben unser Gepäck auf und machten uns schnurstracks auf den Weg zu unserem Gate. Mir fiel auf, dass niemand vorschlug, eine Bar anzusteuern. Gesprochen wurde ohnehin nur sehr wenig. Dann hörte ich, wie Maddy irgendetwas sagte, woraufhin Bianca laut auflachte.

»Was für eine Riesenschlange«, sagte ich. »Ich werde nie begreifen, warum die Leute sich hinstellen und warten, wenn sie Sitze gebucht haben und genau wissen, dass alle Priority-Leute und Rollstuhlfahrer und so weiter vor ihnen boarden. Warum setzen wir uns nicht und warten, bis sie unseren Bordbereich aufrufen?«

Aber die anderen vier wollten sich nicht setzen. Maddy und Bianca liefen einfach an mir vorbei auf die Spitze der Warteschlange zu.

Chloë packte mich am Arm und sagte: »Komm schon, Charlotte! Wir sitzen alle in der Businessklasse.«

Molly sah meinen Gesichtsausdruck und erklärte: »Wir wurden doch hochgestuft. Biancas Mann hatte einen Haufen Flugmeilen. Sie hat das organisiert.«

»Hast du die Nachricht dazu nicht bekommen?«, fragte Chloë.

»Nein, das habe ich nicht. Mein Ticket ist definitiv für die Economy Class, also sehen wir uns dann wohl in Lissabon.« Tränen brannten mir in den Augen, als ich mich ans Ende der Schlange stellte.

Vermutlich würde in der Businessklasse der kostenlose Champagner nur so fließen, und ich beschloss, dafür zu sorgen, dass dies auch in der Holzklasse geschah. Als die Stewardess mit dem Getränkewagen vorbeikam, sagte ich: »Ich hätte gern Prosecco, bitte. So viel, wie Sie mir geben dürfen.«

Ich beobachtete, wie die arme Frau zögerte und einen Blick auf die anderen Passagiere warf, die ungeduldig darauf warteten, bedient zu werden. Sie hielt mich wohl für seriös genug, dass ich mich auf dem dreistündigen Flug nicht allzu sehr besaufen und daneben benehmen würde. Und auf einen Streit mit mir wollte sie sich bestimmt auch nicht einlassen. Also reichte sie mir drei Piccolos mit Sekt, und ich verbrachte den Rest der Reise damit, diesen Vorrat zu vernichten.

In Lissabon wurden wir mild benebelt vom Alkohol bei der Landung von einem strahlend blauen Himmel begrüßt, der half, unsere Differenzen beiseitezulegen, was auch immer die Gründe dafür gewesen waren – zumindest vorerst.

Wir teilten uns ein Taxi zu der Wohnung, die ich nach stundenlanger Recherche auf *Airbnb* gefunden hatte, und die mir Bianca schließlich erlaubt hatte, zu buchen. Zu meiner Erleichterung war sie wunderschön: Steinböden, hohe Decken, Aussicht auf die Burg durch einen Rahmen von lila Bougainvillea hindurch, der die Fenster umgab, und drei luxuriöse Zimmer mit eigenem Bad.

»Gut gemacht, Charlotte«, sagte Bianca. »Wie ich sehe, hat sich deine ganze Erfahrung mit internationalen Reisebuchungen für Banker ausgezahlt.«

Ich beschloss, ihre offensichtlich gönnerhafte Art zu ignorieren, und bedankte mich.

»Im Kühlschrank sollte es massenhaft Cava beziehungsweise Espumante, oder wie man das hier eben so nennt, geben«, sagte ich, »und ich habe sie gebeten, Schinken und Oliven und Brot und Kaffee und so für uns zu organisieren. Damit wir nicht verhungern müssen.«

Zum ersten Mal seit einer gefühlten Ewigkeit sah mir Maddy in die Augen und schenkte mir ein echtes, aufrichtiges Lächeln, das mich mit Glück und Erleichterung erfüllte.

»Danke, Süße. Ehrlich, danke an euch alle. Es ist so großartig, hier zu sein, ich kann gar nicht glauben, dass ihr das alles für mich organisiert habt.«

»Keine Ursache«, sagte Molly. »Es ist dein Junggesellinnenabschied. Wir haben die heilige Pflicht, auszugehen und zu feiern.«

Und das taten wir. Wir duschten, zogen uns um und

schminkten uns zusammen am Küchentisch, so wie Maddy und ich es schon zu Teenagerzeiten getan hatten, wenn wir uns für den Bigg Market schick machten. Dann machten wir uns auf in die laue Nacht. Diejenigen von uns, die Stöckelschuhe trugen, bereuten ihre Entscheidung sofort. Nicht nur, dass alle Straßen in der Stadt wahnsinnig steil waren – sie waren auch durchgehend mit Kopfsteinen gepflastert. Aber nach ein paar Drinks war uns das ziemlich egal und wir schafften es, durch die Bars zu torkeln, ohne dass sich jemand auf die Schnauze legte. Dann aßen wir ein köstliches Abendessen in einem Restaurant, das ich gefunden hatte. Von dort aus ging es weiter in einen Club. Jedenfalls für vier von uns – Bianca meinte, sie habe Migräne und nahm sich deshalb ein Taxi zurück zur Wohnung.

Nachdem sie sich verabschiedet hatte, tat es ihr die Spannung, die in der Gruppe vorgeherrscht hatte, gleich. Ich bestellte eine Runde Margaritas, wir tranken und bestellten uns eine zweite. Maddy lachte wieder ihr lautstarkes Lachen, das ich so gut kannte, und rutschte in ihren Geordie-Akzent, den ich ewig nicht mehr bei ihr gehört hatte. Molly hörte auf, ihr Handy zu checken, um zu sehen, ob William ihr geschrieben hatte. Wir standen auf und tanzten um unsere Handtaschen herum, schwangen die Hüften und kreischten vor Lachen.

»Hey, Charlotte!«, schrie Chloë über die Musik hinweg. »Siehst du den scharfen Typ da drüben in dem Leohemd? Der steht voll auf dich. Tja, wenn du keinen Freund hättest ...«

Ich sah mich um und checkte den Leomann aus. Er lehnte mit einem Glas Bier in der Hand an der Bar und schien seinen Blick einfach nur durch den Raum streifen zu lassen. Aber als er sah, dass ich ihn bemerkt hatte, trafen sich unsere Blicke und er lächelte.

»Siehst du?«, meinte Chloë. »Komm schon, geh hin und sprich ihn an – ich wette, du traust dich nicht! Was in Lissabon passiert, bleibt in Lissabon!«

Ich war nicht direkt mutig genug, meine Freundinnen zu

verlassen, aber ich konnte nicht anders, als wieder zu ihm hinüberzuschauen. Er lächelte erneut und hob sein Glas, bevor er es leerte und zurück auf die Bar stellte. Ich lächelte zurück und dann machte ich eine kleine Geste, die bedeuten sollte: »Komm her!« – nur um zu sehen, was passieren würde.

Und tatsächlich kam er. Er kämpfte sich durch die Menge und gesellte sich zu uns, und plötzlich tanzten wir nicht mehr zu viert, sondern es tanzten meine drei Freundinnen und dann tanzten er und ich, in der gleichen Gruppe, aber irgendwie auch nicht. Ich spürte, wie sich der Rhythmus meines Körpers veränderte, ich hörte auf, ironisch kitschige Tanzschritte zu imitieren und wurde selbstbewusster. Ich sah ihm direkt in die Augen, während meine Muskeln genau zu wissen schienen, was sie zu tun hatten.

Der Song ging nahtlos in einen anderen über, irgendeinen trancemäßigen Technotitel, den ich nicht kannte, und ich fragte mich, ob die anderen sich setzen würden. Aber sie taten es nicht. Ich tanzte weiter, immer wieder trafen meine Augen die des großen, lächelnden Fremden. Das Gedränge um uns herum wurde dichter und wir rückten näher zusammen, sodass sich unsere Hüften berührten, während ich sie im Takt der Musik bewegte. Er streckte eine Hand aus, berührte meine Taille und zog mich noch näher zu sich heran.

Ich ließ mich ziehen, und als er sein Gesicht zu meinem senkte, war mir klar, dass er mich küssen würde. Ich ließ ihn gewähren. Die nächsten beiden Lieder lang waren unsere Körper und Münder ineinander verschlungen und wir knutschten, als hätten wir das Knutschen erfunden.

Es war unglaublich. Es war mir egal, dass ich seinen Namen nicht kannte und ihn nie wiedersehen würde. Ich war einfach ganz in diesem Moment: Ich war begeistert davon, eine Frau zu sein, die in einem Club einem Mann ins Auge fiel, mit ihm tanzte und ihn dort einfach so küsste, ohne sich darum zu kümmern, was irgendwer dachte. Es fühlte sich gewagt und fast schon gefährlich an - aber auch sicher, weil meine Mädels da waren und nicht zulassen würden, dass die Dinge zu weit gingen und eine heikle Situation entstand.

Vielleicht war es meinem Alkoholpegel geschuldet, aber mir war, als wäre das Bad Girl auch da, um auf mich aufzupassen und mich anzufeuern, während ich diese Herausforderung meisterte.

Und als ich nach einiger Zeit ein Tippen auf meiner Schulter spürte und Maddy sagte: »Mäuschen, entschuldige, dass ich dich unterbreche, aber Molly geht es nicht gut«, gab ich ihm einen letzten Kuss, lächelte und wandte mich zurück zu meinen Freundinnen.

Wir schleppten Molly zur Toilette und hielten ihr Haar, während sie sich übergab. Danach sagte sie, dass sie sich viel besser fühlte und dass sie uns alle liebte, und wir holten uns noch mehr Espumante, den Chloë versuchte, auf Portugiesisch zu bestellen, bevor sie feststellte, dass der Barmann perfekt Englisch sprach. Der Typ mit dem Leohemd war weg, aber das war mir egal.

Es war schon fast zwei Uhr nachts, als wir glücklich und betrunken zurück in die Wohnung taumelten, die zu unserer Freude mit einer Musikanlage ausgestattet war. Wir suchten uns eine Playlist mit trashigem Neunziger-Pop raus, tanzten wie die Verrückten und tranken noch mehr Sekt. Irgendwann meinte Molly dann, sie sei erledigt, und ging ins Bett. Als Chloë kurz später auf dem Sofa einschlief, waren nur noch Maddy und ich übrig.

»Fröhlichen Junggesellinnenabschied«, flötete ich und füllte unsere Gläser nach. Ich wusste, es hätte wahrscheinlich das letzte Glas des Abends sein sollen, aber ich wusste auch, dass es das nicht sein würde. »Hast du Spaß?«

»Megaviel Spaß. Hier mit euch zu sein, meinen besten Freundinnen, an diesem großartigen Ort, und ich heirate in sechs Wochen ... Es ist einfach nur wow.«

Sie breitete die Arme aus, lehnte sich auf dem Sofa zurück und sah einfach nur glücklich aus – genau wie die alte Maddy –, mit ihren müden Augen hinter ihrer stylishen Brille und ihrem dunklen Pony, der ihr ins Gesicht fiel.

»Ist denn alles okay mit dir, Maddy? Zwischen uns?«, fragte ich. Ich wusste, ich hätte nichts sagen sollen, was die Stimmung ruinieren könnte, aber der Alkohol hatte meine Zunge gelockert und ich konnte mich nicht mehr zurückhalten. »Ich weiß, du hast viel Stress und so, aber ich habe irgendwie das Gefühl, dass du böse auf mich bist. Aus irgendeinem Grund.«

»Charlotte, ich glaube nicht, dass ich jetzt darüber sprechen kann.«

Sie hatte sich wieder aufgesetzt und die Arme vor ihrem Brustkorb verschränkt.

»Das macht nichts«, lenkte ich ein. »Ich will dir deinen Junggesellinnenabschied nicht vermiesen. Ich habe nur Angst, dass ich dich irgendwie verletzt haben könnte, und ...«

Dann öffnete sich die Tür des Zimmers, das Maddy sich mit Bianca teilte, und Bianca stürmte uns schlaftrunken und wutentbrannt entgegen.

»Ich will die Stimmung nicht kaputt machen«, unterbrach sie, »aber morgen um zehn Uhr steht unsere erste Aktivität an, und unsere Braut braucht ihren Schlaf! Und die Musik ist wirklich sehr laut; wir sollten Rücksicht auf die Nachbarn nehmen! Sollen wir für heute Schluss machen?«

Ich sah Maddy an und sie sah mich an, aber der Moment war zerstört.

»Oh, ist es wirklich schon so spät?«, fragte ich ins Leere. »Dann gute Nacht.«

Maddy sagte ebenfalls gute Nacht, wir nahmen uns zwei große Gläser mit Wasser und gingen auf unsere Zimmer. Ich schlief erst ein, als die Welt irgendwann aufhörte, sich zu drehen.

. . .

Als ich am nächsten Morgen aufwachte, merkte ich sofort, dass sich die Stimmung über Nacht verändert hatte. Das lag nicht an irgendeiner Intuition, sondern an der Tatsache, dass mich Bianca und Chloë durch einen heftigen Streit in der Küche weckten.

»Warum diese Eile?«, fragte Chloë. »Wir wollten doch einfach gemütlich in den Tag starten, frühstücken und so und dann heute Nachmittag ins Spa gehen? Ich habe so einen üblen Kater, ich brauche *jetzt* Ibuprofen, einen Tee und dann gehe ich vielleicht noch mal kurz zurück ins Bett.«

»Wir wollten doch einen Pole-Dancing-Kurs machen«, zischte Bianca. »Das hatten wir doch abgemacht. Das stand in der *Slack*-Gruppe. Und es war deine Aufgabe, ihn zu buchen.«

Super, dachte ich. Ein Pole-Dancing-Kurs. Der fehlte mir mit meinem Kater gerade wirklich noch. Selbst das Bad Girl würde hier bestimmt eine Grenze ziehen.

»Habe ich aber nicht«, sagte Chloë finster. »Tut mir leid, okay? Das habe ich wohl vergessen. Oder vielleicht finde ich Pole-Dancing auch einfach nur scheiße.«

Da bist du nicht die Einzige, dachte ich und zwang mich widerwillig aus den Federn.

»Na, sieh mal, wer da angekrochen kommt«, schnaubte Bianca abfällig. »Ich hoffe, du hast gut geschlafen, nachdem du den Rest von uns die ganze Nacht wachgehalten hast.«

»Guten Morgen«, sagte ich fröhlich. Ich erinnerte mich an meinen Vorsatz, die Liebenswürdigkeit und Freundlichkeit in Person zu bleiben. »Kaffee, genau das, was ich jetzt brauche. Wo ist Maddy?«

»Die ist eine Runde laufen gegangen«, sagte Molly. »Ich wollte eigentlich auch mit, aber ich habe keine Laufschuhe dabei, außerdem musste ich vorhin noch mal kotzen. Dafür geht es mir jetzt besser.«

»Wir haben gerade über das Frühstück gesprochen«, flunkerte Chloë. »Ich wollte jetzt los zum Bäcker.«

Ich bot ihr an, mitzukommen, und so traten wir gemeinsam hinaus auf die sonnendurchflutete Straße.

Kaum war die Tür hinter uns zugefallen, platzte es aus Chloë heraus: »Echt jetzt, Scheiß-Pole-Dancing. Wie ist die denn drauf? Als ob irgendjemand Bock darauf hätte. Sie hat mir befohlen, es zu buchen, und zwar für zehn Uhr morgens, auch wenn klar war, wie krass diese Zeit für uns alle sein würde.«

Ich merkte ruhig an, dass ich persönlich auch eine andere Aktivität ausgesucht hätte.

»Ja, eben«, rief Chloë. »Und Maddy ist doch so ein Körperklaus, die würde am Ende wahrscheinlich auf ihrem Gesicht landen. Deshalb habe ich uns allen einen Gefallen getan, außer Bianca natürlich, die in ihrem lächerlichen, schnieken Fitnessstudio Pole-Dancing-Kurse belegt und uns alle mit ihren Stripteasekünsten beeindrucken wollte.«

Wir gingen in eine Bäckerei und deckten uns mit einer Ladung Croissants, Vollkornbrot für Maddy und Bianca sowie einem Dutzend Pasteis de Nata ein, da Chloë meinte, dass sie ohne Zuckerzufuhr jeden Moment in Ohnmacht fallen würde.

»Chloë, kannst du mir sagen, was hier eigentlich los ist?«, fragte ich. »Ich meine, mit Maddy und Bianca? Das mit der Limousine und den Flug-Upgrades war mir ja irgendwie egal, obwohl ich mir dachte, dass das eigentlich nicht zu euch passt. So knapp bei Kasse bin ich nämlich auch wieder nicht, und das weißt du auch. Und dass ich Stretchlimos prollig finde, habe ich nie behauptet. Es kommt mir nur wirklich komisch vor, dass ihr mich überall ausgrenzt. Was hat Bianca denn dazu gesagt?«

Chloë nahm sich ein Törtchen aus der Schachtel und biss eine Ecke ab. »Hör zu, Charlotte, ich habe wirklich ein schlechtes Gewissen, um ehrlich zu sein. Die Sache ist die, Bianca meinte, du hättest erzählt, dass deine Wohnungssuche so viel Zeit in Anspruch nimmt, dass du keine Zeit mehr für die Orga hättest. Sie meinte, du seist wohl eingeschnappt, weil du nicht Hauptbrautjungfer geworden bist, und dass du dich deshalb mit Maddy zerstritten hättest. Alle wüssten, dass Maddy dich bei ihrem Junggesellinnenabschied nicht dabeihaben wollte, dich aber schlecht ausladen könnte, da das nur noch mehr schlechte Stimmung erzeugen würde.«

Ich fühlte mich plötzlich genauso krank, wie Chloë aussah. »Ist das wahr? Das mit Maddy, meine ich?«

»Ich weiß es nicht. Zu mir hat sie nichts gesagt – wirklich! Aber es war offensichtlich, dass ihr zwei euch nicht mehr so oft trefft, und als Bianca sagte, es hätte einen großen Streit gegeben, habe ich ihr geglaubt. Aber jetzt weiß ich es einfach nicht mehr. Als Maddy und Henry umgezogen sind und sie quasi Biancas Nachbarn wurden und sich andauernd getroffen haben, dachte ich noch, Bianca wäre ganz lustig drauf. Sie hat dieses perfekte Leben, weißt du, mit ihrer Firma und ihrem perfekten Kind und ihrem Banker-Ehemann und so. Aber ich fürchte, in Wirklichkeit ist sie ein ziemliches Miststück.«

Chloë mochte eine gute Anwältin sein, die hellste Kerze auf der Torte war sie aber noch nie gewesen.

»Danke für die aufschlussreiche Erkenntnis, Sherlock«, sagte ich, und sie lachte. »Aber es ist ja nicht Biancas Junggesellinnenabschied oder Biancas Hochzeit.«

»Obwohl man das fast meinen könnte«, warf Chloë ein, »so wie sie alles an sich gerissen hat.«

Während ich hoch in den strahlenden Himmel blickte, kamen mir fast die Tränen, und ich wünschte, ich hätte meine Sonnenbrille mitgenommen. Man sagt ja immer, Frauen wären anfällig für Zickereien und Intrigen, aber bei meinen Freundinnen war das bislang nie der Fall gewesen. Jetzt aber drohte ausgerechnet das Wochenende, das für uns alle besonders schön werden sollte, in einem schrecklichen Chaos zu versinken.

»Sieh mal, hier geht es nicht um uns«, sagte ich. »Ich will nur das Beste für Maddy. Ich wünschte, ich wüsste, was mit ihr los ist, aber ich weiß es nicht. Ich habe gestern Abend versucht, mit ihr zu reden, aber dann ist Bianca reingeplatzt. Vielleicht hat sie sich mit der Hochzeitsplanung einfach etwas übernommen, bestimmt normalisieren sich die Dinge bald wieder.«

»Sie ist aber nicht das Problem«, meinte Chloë. »Sie ist ja kein Brautmonster oder so. Sie ist eigentlich total entspannt. Bianca ist diejenige, die durchdreht.«

Da musste ich ihr irgendwie recht geben.

»Die Sache ist die«, fuhr Chloë fort. »Ich glaube, Bianca hat nicht wirklich viele Freundinnen. Sie trifft sich natürlich mit einigen von den Muttis aus Charis' Schule, aber da geht es mehr um die Kinder. Und sie veranstaltet diese Dinnerpartys, ich glaube aber, die sind eher für Freunde ihres Ehemanns Michael und deren Frauen gedacht. Ich glaube, dass sie sich mit einer Menge Leute zerstritten hat, und deswegen hat sie sich Maddy gekrallt.«

Hatte ich Chloë unterschätzt? Ihre Analyse der Situation klang für mich sehr treffend. Trotzdem: Biancas Psyche zu verstehen half uns jetzt auch nicht weiter.

»Hör zu«, begann ich. »Wir können im Moment wirklich nichts tun. Es ist alles so erbärmlich und zickig und affig und dämlich, aber wir müssen das durchstehen. Wir müssen wieder reingehen, frühstücken, ein paar Paracetamol schlucken und uns mit Biancas Plänen arrangieren. Auch wenn wir uns dafür halbnackt beim Pole-Dancing um eine Stange wickeln müssen.«

»Ich habe mal mit einem Polen gevögelt«, sagte Chloë. »Ich habe es sehr genossen, mich halbnackt um den zu wickeln.«

Wir kicherten wie Idiotinnen, als wir in die Wohnung zurückkamen.

»Na, ihr habt euch ja Zeit gelassen«, ärgerte sich Bianca. »Ich hoffe, ihr habt Obst oder Müsli mitgebracht. Manche von uns achten nämlich auf ihre Figur.«

»Meine Figur ist mir im Moment scheißegal«, krächzte

Maddy. »Ich bin am Verhungern. Das Joggen hat mich fast umgebracht.«

»Ihr habt Croissants geholt!«, freute sich Molly. »Ihr Engel! Und im Schrank gibt es Marmelade, die habe ich gestern Abend entdeckt. Ich hatte kurz mit dem Gedanken gespielt, wir könnten eine Art Cocktail auf Marmeladenbasis machen, was im Nachhinein betrachtet eine wirklich schreckliche Idee gewesen wäre.«

»Gin & Jam«, sagte ich. »Der Typ aus dem *Disrepute*, der letztens ›Mixologe des Jahres‹ geworden, muss sich warm anziehen ... nicht.«

Wir lachten alle, außer Bianca, die aussah, als hätte sie gerade tatsächlich einen Schluck Gin & Jam getrunken.

»Wir haben aber auch Vollkornbrot«, bot ich an, »falls du keine Lust auf Kohlenhydrate und Fett hast.«

»Vollkornbrot ist genauso ... «, begann Bianca. »Ach, vergesst es. Ich werde einfach einen Kaffee trinken.«

»Sei doch nicht albern, Bianca«, versuchte ich zu beschwichtigen. »Chloë und ich sind auf dem Rückweg vom Bäcker an einem Bioladen vorbeigekommen. Da gab es eine Menge großartiges Obst, und ich wette, die haben auch Goji-beeren und kaltgepresste Säfte und alle anderen Hipster-Lebensmittel. Wir sind in Lissabon - praktisch einem Vorort von Shoreditch. Ich gehe noch mal los, sag mir einfach, was du willst. Ich brauche nur fünf Minuten.«

Bianca sah erschrocken aus, dann lächelte sie. »Bist du sicher, Charlotte? Das ist wirklich lieb von dir. Nur ein paar frische Beeren, wenn sie welche haben, und ein paar Nüsse, aber nicht geröstet, gesalzen oder geräuchert natürlich, und etwas Kokosjoghurt, wenn es den gibt. Und vielleicht einen Chai Latte? Aber mach dir keinen Stress!«

»Ist gar kein Problem«, sagte ich und sprintete die Stein-treppe voller selbstsicher Zufriedenheit hinunter. Ich hatte ihr einfach die andere Wange hingehalten. Wenn ich meine

Charmeoffensive aufrechterhalten kann, dachte ich, dann ist das Wochenende möglicherweise doch noch zu retten.

Der Bioladen, den ich vorhin nur flüchtig aus dem Augenwinkel gesehen hatte, weil Chloë und ich so in unser Gespräch vertieft gewesen waren, entpuppte sich als ein ziemlich trendiger Laden. Gut aussehende Menschen in Yogakleidung schlenderten durch die Gänge und tranken Wasser aus umweltfreundlichen Aluminiumflaschen. Es gab einen Pop-up-Stand, an dem Mus aus frisch gemahlenen Nüssen verkauft wurde, ein Plakat, das Achtsamkeits-Workshops bewarb (ich will nicht den Eindruck erwecken, dass ich plötzlich Portugiesisch verstand, aber der Titel »Grupo semanal de Mindfulness« erschloss sich selbst mir) und Gänge, in denen sich alle erdenklichen Biolebensmittel stapelten.

Ich stöberte ein paar Minuten lang interessiert durch die Regale und genoss meinen Flirt mit einer Welt, für die ich mich als faule, nicht spirituelle Fleisch-, Käse- und Spiegelei-Sandwich-Konsumentin nie sonderlich interessiert hatte. Für einen Moment verlor ich mich in einem kleinen Tagtraum: Ich war als schöne Yoga praktizierende, achtsame Veganerin in diese schöne Stadt gezogen, wo ich einen ebenso schönen, muskulösen, dunkelhaarigen Freund gefunden hatte, da mir mein neuer gesunder Lebensstil natürlich einen schlanken, sportlichen Körper mit einer Beckenbodenmuskulatur geschenkt hatte, die Männer in den Wahnsinn trieb.

Dann erinnerte ich mich daran, dass mein jetziger Beckenboden Myles in den Wahnsinn getrieben hatte, ohne dass dafür irgendwelche Kräftigungsübungen vonnöten gewesen wären. Gott, ich stand auf ihn. Ich vermisste ihn. Ich wollte …

Aber jetzt war keine Zeit für nutzlose Fantasien – ich hatte mich auf den Weg gemacht, um den zerbrechlichen Waffenstillstand zwischen Bianca und meinen Freundinnen zu festigen. *Konzentrier dich, Charlotte,* befahl ich mir. Der Inhalt meines Korbs bildete eine Art Best-of des Hipster-Supermarkts:

Mandeln, Gojibeeren, Hanfmilch und etwas, das sich Spirulina-Pulver nannte, und dann stellte ich mich noch in der Schlange an und kaufte einen Kokos-Chai-Latte. Ich fühlte mich so meditativ und tugendhaft, als hätte ich gerade einen sechsstündigen Yogathon zugunsten von bedrohtem Meeresplankton absolviert. Ich eilte zurück in die Wohnung.

Es war schon seltsam. Als ich gegangen war, war die Atmosphäre angenehm, wenn auch etwas angespannt gewesen. Die Bande, die wir am Abend zuvor wieder geknüpft hatten, schienen zu halten – wenn überhaupt, war Bianca außen vor gewesen, sodass sie uns nicht mehr von innen heraus spalten konnte.

Aber als ich die Tür öffnete, merkte ich sofort, dass sich etwas verändert hatte. Alle standen ungeduldig herum, angezogen, geschminkt und aufbruchbereit. Es wurde gequatscht und gelacht, aber in dem Moment, in dem ich die Küche betrat, verstummten alle.

»Hier, für dich.« Ich stellte die braune Papiertüte auf den Tisch. »Der Latte müsste noch heiß sein.«

»Wir müssen jetzt allerdings wirklich in die Gänge kommen«, drängte Maddy.

»Das Pole-Dancing-Studio hat es doch noch geschafft, uns unterzubringen.« Molly blickte zu Boden.

»Ein *Uber* ist unterwegs«, fügte Chloë hinzu, ohne mir dabei in die Augen zu sehen.

»Oh, ich habe aber noch gar nicht geduscht. Habe ich genug Zeit dafür?«, fragte ich.

»Nein, tut mir leid. Hast du nicht«, sagte Maddy.

Ich sah mich um. Niemand lächelte, außer Bianca. Sie sah mich unverhohlen an und lächelte dabei so fröhlich wie ein Kind am Weihnachtsmorgen.

16

Hallo und willkommen zum Podcast dieser Woche. Die letzten sieben Tage habe ich ein kleines Tief durchgemacht. Ich weiß, ich rede viel darüber, wie viel Spaß es macht, auf Dates zu gehen – und das macht es auch –, aber wisst ihr was? Es gibt auch richtig düstere Momente. Es gibt Tage, da wache ich auf, allein oder – noch schlimmer – mit jemandem neben mir, und denke mir: »Was zur Hölle mache ich hier eigentlich? Warum gebe ich den ganzen dummen Kram nicht einfach auf und bleibe für immer allein?«
Die Herausforderung, die ich uns für heute stelle, ist also ziemlich einfach, aber auch sehr schwer: Hört nie auf, an die Liebe zu glauben. Wenn ihr euch ein bisschen traurig und allein fühlt, während ihr mir zuhört, dann gebt euch einen Ruck, verdammt noch mal! Das befehle ich mir zumindest selbst. Ich werde die Liebe finden – oder sie wird mich finden!

Man konnte mir doch nicht einfach so auf dem Kopf herumtanzen! Ehrlich, das ließ ich nicht zu. Aber ich dachte tatsächlich einen Moment lang darüber nach, brav zum Pole-Dancing-Kurs zu gehen, ungeduscht und ohne Frühstück, um die arglose Trainerin mit Espumante-Ausdünstungen zu erfreuen und den Rest des Tages wie eine verwahrloste Schreckschraube herumlaufen, die von ihren Freundinnen nur aus Mitleid mitgenommen worden war.

Sofort verwarf ich diesen Gedanken wieder. »Es tut mir leid, aber so kann ich nirgendwo hingehen. Ich brauche 15 Minuten, um mich fertig zu machen. Wenn ihr jetzt wirklich losmüsst, ist das okay. Sagt mir Bescheid, wo ich euch später treffen soll.«

»Gut«, sagte Bianca spitz. »Wir sehen uns dann später. Denkt dran, Charlotte zu schreiben und ihr zu sagen, was wir vorhaben.«

»Tschüss, Charlotte«, rief Chloë.

»Bis später.« Molly winkte so halb, ohne zu lächeln.

Maddy sagte nichts. Ich sah zu, wie sie alle nach draußen marschierten, und als sich die Tür hinter ihnen schloss, ließ ich mich aufs Sofa fallen und war plötzlich total erschöpft.

Was zum Teufel sollte das alles? Bianca wollte also eine neue Gruppe von Freundinnen. Na schön. Unsere Gruppe war nie eine richtige Clique oder besonders exklusiv gewesen, schließlich war auch ich ohne Zögern aufgenommen worden, weil ich Maddys Freundin und neu in London war. Das hätte auch mit Bianca der Fall sein können, wenn sie Teil der Gruppe sein wollte. Und wenn sie sich nicht wie ein totales Miststück aufführen würde natürlich.

Und warum hackte sie ständig auf mir herum? Okay, ich war Maddys beste Freundin (sofern »älteste« gleichbedeutend mit »beste« war). Aber es war nicht so, als gäbe es eine starre Freundschaftshierarchie mit mir an der Spitze und Bianca ganz unten. Maddy hatte eine Menge anderer Freundinnen - Frauen von der Arbeit, mit denen sie Mittagessen ging, Frauen aus ihrem Spinning-Kurs, mit denen sie sich zum Kaffee traf. Sie hatte es sogar geschafft, beim Einschläfern eines Mopses zwei nette Typen kennenzulernen, die sie und Henry seitdem jedes Jahr zu ihrem Jahrestag einluden, weil sie so nett zu ihnen gewesen war, als sie ihren Termin um eine halbe Stunde überzogen, weil sie nicht aufhören konnten zu weinen. Die machten mir alle nichts aus - ich war nicht eifersüchtig. Schließlich war ich nicht mehr zwölf.

Ich nahm mein Handy und sah, dass ich eine Nachricht bekommen hatte – allerdings nur von Tansy, die mich fragte, wie das Wochenende so lief. Ich tippte eine kurze Antwort: *Ganz SCHLIMM. Ich erzähle dir alles, wenn ich wieder zu Hause bin.* Beim Gedanken an Zuhause wurde mir klar, dass mich eigentlich nichts davon abhielt, meine Sachen zu packen, mir ein Taxi zum Flughafen zu nehmen, ein paar hundert Pfund für ein neues Ticket hinzublättern (was zwar ärgerlich, aber ein fairer Preis dafür wäre, diesem Albtraum zu entkommen) und noch vor dem Abendessen wieder in London zu sein.

Aber diese Idee verwarf ich schnell wieder. Ob es nun Loyalität war, Sturheit oder der Glaube, dass sich die Situation noch irgendwie retten ließ – ich weiß es nicht, aber ich zwang mich, aufzustehen, zu duschen und mich anzuziehen. Ich hatte noch nicht gefrühstückt, und beim Anblick der verstreuten Reste der Croissants und Puddingtörtchen wurde mir schlecht. Ganz zu schweigen von den verdammten Gojibeeren für die königliche Hoheit, für die ich soeben 15 Euro berappt hatte.

Es war immer noch keine Nachricht angekommen. Sicherheitshalber schaute ich auch bei *Slack* nach, aber selbst dort war keine Nachricht zu finden. Also musste ich wohl oder übel selbst eine Nachricht schicken, wie eine traurige Außenseiterin ohne Freunde, zu der ich anscheinend geworden war.

Aber wem sollte ich schreiben? Definitiv nicht Bianca. Molly und Chloë auch nicht, die beiden schienen ja ziemlich willens, bei Operation »Charlotte rausekeln« mitzumachen. Blieb nur Maddy. Ich erinnerte mich daran, wie ich am Vorabend einen ganz kurzen Moment lang geglaubt hatte, wir wären wieder Freundinnen, dass sich nichts geändert hatte. Ob sich dieser Moment wiederholen würde?

Hey, tippte ich. *Ich bin jetzt bereit. Sag mir Bescheid, wo ich hinkommen soll und ich springe in ein Taxi.* Dann fügte ich ein paar wahllose Emojis hinzu: eine Flasche Schampus, ein grinsendes Gesicht und die tanzende Frau, weil es keine Pole-Tänzerin gab.

Ich erwartete nicht, dass Maddy überhaupt antworten würde, und ich war mir sicher, sie würde sich zumindest Zeit damit lassen. Damit kam ich klar, dachte ich – es war ja nicht so, als hätte der Pole-Dancing-Kurs ganz oben auf meiner Liste gestanden. Aber überraschenderweise vibrierte mein Handy sofort.

Ich warf einen Blick auf die Antwort. *Ein Angebot, das ich nicht ablehnen kann! Leider bin ich wieder beruflich in Lissabon. Mein Gott, ich vermisse dich.*

Was zur ...? Ich nahm mein Handy in die Hand und ließ das dumme, hinterlistige Stück Schrott erschrocken fast wieder fallen.

Ich hatte Myles geschrieben. Fuck, ich hatte ihm eine Nachricht geschickt, nachdem ich mich wochenlang zur Abstinenz gezwungen hatte (und seine einzige Nachricht gelöscht hatte, ohne sie zu lesen), weil sein Name im Telefonbuch gleich unter Maddys stand und sie sich in meinem abgelenkten Zustand geähnelt hatten. Und vielleicht war hier auch irgendein Freud'scher Mechanismus am Werk, wer weiß. Aber er hatte mir geantwortet. Und er war hier. Hier, in dieser Stadt. Er arbeitete vermutlich an seinem Museumsprojekt. Und er vermisste mich. War das irgendein Zeichen?

Ich wusste natürlich, was die richtige Reaktion wäre: Seine

Nachricht löschen und seine Nummer blockieren, und zwar sofort. Keine Erklärung, keine Entschuldigung, nichts. Ich war kurz davor, genau das zu tun, als noch eine Nachricht erschien. *Nur damit du Bescheid weißt: Ich verlasse sie. Ich ziehe aus, sobald ich wieder in London bin. Das habe ich dir in meiner letzten WhatsApp-Nachricht geschrieben, aber die hast du wohl nicht gelesen.*

Und das war's. Meine Entschlossenheit löste sich in Luft auf.

Fuck, tut mir leid – die Nachricht war für eine Freundin. Lustig – ich bin auch in Lissabon, und zwar auf dem ungeselligsten Junggesellinnenabschied aller Zeiten.

Kannst du diesen ungeselligen Gesellinnen entfliehen und dich mit mir auf einen Drink treffen?

Nein, sagte mein Hirn. *Ja*, tippten meine Finger in die Handytastatur.

Kommst du zu mir ins Hotel? Er nannte ein Hotel, das mir bei meiner Recherche nach Unterkünften für die ungeselligen Gesellinnen begegnet war, das ich aufgrund der Preise ausgeschlossen hatte. Aber ich wusste noch, dass es nur wenige Gehminuten von unserem Apartment entfernt war.

Gib mir eine Stunde, antwortete ich. Wenn Maddy mir schrieb, würde ich nicht hingehen. Auf keinen Fall, auf gar keinen Fall. Aber mein Herz schlug schneller vor Vorfreude und mein Bauch war ganz leer vor Sehnsucht – und wahrscheinlich vor Hunger. Aber ich konnte jetzt einfach nichts essen.

Stattdessen machte ich mich ans Werk. Ich glättete meine Haare, die ich nach dem Duschen zu einem wirren Durcheinander hatte trocknen lassen. Dann schmierte ich mir getönte Feuchtigkeitscreme über die normale Feuchtigkeitscreme, die ich eben aufgetragen hatte. Ich zog den normalen BH und die Hose aus, die ich für das Pole-Dancing angezogen hatte, und zog stattdessen das schwarze Spitzenset an, das ich für den unwahrscheinlichen Fall mitgebracht hatte, dass ich einen gut aussehenden Typ abschleppen würde. Ich tauschte meine Shorts und mein Top gegen ein luftiges Maxikleid. Dazu Ohrringe, Lippenstift und Parfüm. Ich hielt nicht inne, um mich zu fragen, was zum Teufel ich da eigentlich tat.

Ein letztes Mal warf ich einen Blick auf mein Handy: Wenn ich eine Nachricht von Maddy oder einer der anderen bekommen hatte, würde ich mich sofort wieder umziehen und sie treffen. Aber da war keine Nachricht. Also nahm ich meine Tasche und marschierte rüber zu Myles' Hotel, wofür ich fast eine halbe Stunde brauchte, weil ich so nervös war. Zuerst lief ich in die falsche Richtung, und mit meinen hohen Absätzen war das Kopfsteinpflaster ein einziger Albtraum.

Es sah genauso toll aus wie auf den Bildern im Internet. Ich betrat die riesige Vorhalle mit Natursteinboden und Glasdach, die mit Orientteppichen, Pflanzen und glamourösen Menschen dekoriert war, die Sherry tranken.

Ein Portier mit glänzendem Haar begrüßte mich und wies mir den Weg zur Bar.

Und dort war er, noch glamouröser als alle anderen Gäste: Myles. Er saß an einem kleinen Tisch am Fenster mit Blick auf die Burg und das Meer dahinter. Auf dem Tisch stand eine Flasche des gleichen *Pol Roger*, den wir in Olegs Haus getrunken hatten, in einem Eiskübel bereit. *Er erinnerte sich!* Ich war begeistert. Er trug Jeans und ein weißes Leinenhemd, sein Haar war noch feucht vom Duschen. Als er mich umarmte, roch er nach Limetten, Seife und nach einem attraktiven Mann.

»Ich bin so froh, dass du gekommen bist«, murmelte er,

während ich die Wärme seines Atems in meinem Haar spürte. »Ich bin so froh, dass du hier bist.«

Ich war mir bei beidem nicht sicher, aber ich sagte: »Es ist schön, dich zu sehen.«

Und das war es auch. Es war so schön, dass ich meine Augen buchstäblich nicht von ihm abwenden konnte. Ich sah zu, wie er Champagner in zwei Gläser goss, dann stieß er mit mir an.

»Erzähl mir von den ungeselligen Gesellinnen«, forderte er. »Was ist passiert? Verfeindete Brautjungfern, die den Stripper vögeln wollen? Hat sich jemand quer über die *Louboutins* einer anderen übergeben? Zickenkrieg?«

Ich lachte. »So was in der Art.« Und dann erzählte ich ihm die ganze erbärmliche Geschichte und versuchte, sie zu verharmlosen, was mir nicht gelang, da der Kloß in meiner Kehle immer größer wurde, bis meine Stimme ganz heiser klang und meine Nase anfing zu laufen.

»Tut mir leid.« Ich kramte in meiner Tasche nach einem Taschentuch. »Wie armselig ich doch bin! Du hast mich schließlich nicht eingeladen, damit ich über meine sogenannten Freundinnen jammern kann.«

»Das ist überhaupt nicht armselig«, versicherte er mir. »Das klingt richtig verletzend. Du hast allen Grund, dich so zu fühlen.«

Ich wandte mein Gesicht ab, fühlte mich wie eine Idiotin und tat so, als würde ich die Aussicht bewundern, während ich mir erfolglos Augen und Nase abtupfte.

»Es tut mir so leid«, sagte ich wieder. »Es ist einfach so belanglos und gemein, und ich weiß nicht einmal, was ich falsch gemacht habe.«

Er streckte seine Hand aus und nahm meine. »Gruppendynamiken sind seltsam. Und an einem so emotionalen Wochenende, an dem alle erwarten, die beste Zeit ihres Lebens zu haben, verhalten sich Menschen zuweilen ganz schön unty-

pisch. Wie bei diesen Nervenzusammenbrüchen bei Familien-
weihnachtsfeiern, oder? Tante Susan trinkt einen Baileys über
den Durst und erzählt Tante Debbie, was sie von ihrer neuen
Couch hält, und Debbie schießt zurück, dass Susan noch nie
einen anständigen Truthahn zubereiten konnte, und Susan
kontert, dass Debbies Kinder allesamt verwöhnte kleine
Scheißer sind, die ihre Manieren von ihrer Mutter gelernt
haben, und dann stürmen ihre besseren Hälften herein und es
gibt eine Schlägerei und die Nachbarn rufen die Polizei, und
dann gehen alle nach Hause und schwören sich, nie wieder
miteinander zu sprechen. Und im nächsten Jahr kommen sie
alle wieder und wiederholen das Ganze. Oder war das nur in
meiner Familie so?«

Ich lachte, dieses Mal von Herzen. »Nein, bei mir lief das so
ähnlich ab – zumindest als ich das letzte Mal über Weihnachten zu Hause war.« Ich überlegte, ob ich erklären sollte,
dass Mamas Zuhause nicht mehr mein Zuhause war, seit Jim
aufgetaucht war, und sie sich auch nicht mehr wirklich wie
meine Mutter benahm, weil sie so sehr mit ihrer »neuen«
Familie beschäftigt war. Aber das tat ich nicht. Ich sagte nur:
»Maddy, Henry und ich haben letztes Jahr mit ein paar
Freunden zu Hause gefeiert. Als Stadtfamilie sozusagen. Ich
fürchte, das werden wir dieses Jahr nicht tun.«

Wieder überkam mich eine Welle des Schmerzes angesichts der Ungerechtigkeit der ganzen Sache und ich konnte
meine Tränen nicht mehr länger zurückhalten. Ich schluchzte
und heulte und dicke Tränen rannen mir über das Gesicht,
vermischten sich mit meinem Make-up und tropften auf das zu
kleine Taschentuch.

»Charlotte«, sagte Myles sanft. »Komm, wir hauen ab.«

Er legte den Arm um mich, half mir auf die Beine und sagte
etwas zum wartenden Kellner, als wir die Bar verließen und in
den Lift stiegen.

»Ich wohne in einem der Türme«, erklärte er. »Die Aussicht

ist atemberaubend. Aber du kannst sie bewundern, wenn du fertig bist mit Weinen – die läuft nicht weg.«

Die Lifttüren öffneten sich und er führte mich durch einen Korridor mit weiteren Natursteinfliesen, orientalischen Teppichen und Topfpflanzen und dann eine steinerne Wendeltreppe hinauf.

»Eine Sekunde.« Er holte eine Chipkarte aus seiner Tasche und öffnete die Tür. »Hereinspaziert. Das Badezimmer ist gleich hier.«

»Danke«, murmelte ich, schloss mich ein und begutachtete den fleckigen, aufgedunsenen Schlamassel, der einmal mein Gesicht gewesen war. Ich spritzte mir kaltes Wasser auf die Augen, was jedoch wenig half, und schnäuzte mich so leise wie möglich, was aber immer noch viel zu laut war. Es war sinnlos, mein Make-up zu richten, beschloss ich. Ich würde ohnehin jeden Moment wieder anfangen zu weinen, insbesondere wenn er weiterhin so lieb zu mir war.

Als ich aus dem Badezimmer kam, saß er auf einer Chaiselongue am Fenster. Die Flasche Schampus stand auf einem Tisch, vermutlich hatte ein Kellner sie gebracht, und die Gläser waren nachgefüllt worden.

»Jetzt komm«, sagte er, »und bewundere diese Aussicht, sprich mit mir, trink was und wein noch ein bisschen, wenn dir danach ist.«

Ich tat wie mir geheißen, wenn auch nicht in dieser Reihenfolge. Nach etwa einer Stunde waren nicht nur meine Tränen, sondern auch der Inhalt der Champagnerflasche versiegt.

Ich überprüfte mein Handy noch einmal auf Nachrichten, aber da war nichts.

»Ich weiß nicht, was ich machen soll«, klagte ich. »Ich meine, ich weiß nicht einmal, wo sie stecken. Ich kann ja schlecht zurück in die Wohnung gehen und dort allein rumsitzen, bis sie von wo auch immer zurückkommen.«

Die Vorstellung dieser Demütigung ließ mich fast weiter-
weinen, aber ich konnte nicht. Ich hatte mich ausgeweint.

»Nein«, pflichtete er mir bei. »Ich verstehe, warum du das
nicht willst. Möchtest du nicht noch einmal versuchen, sie
anzurufen? Du könntest es von meinem Handy aus probieren
oder vom Festnetz hier, wenn du glaubst, dass sie nicht range-
hen, wenn sie deine Nummer sehen.«

Ich öffnete noch mal meine Nachrichten. Maddy hatte die
Nachricht gelesen, die ich vorhin panisch geschickt hatte,
nachdem ich bemerkt hatte, dass ich sie zuerst versehentlich an
Myles versendet hatte, und zwar bereits vor zwei Stunden.
»Nein. Wenn sie nicht mit mir sprechen will, dann wird sie es
auch nicht tun, wenn ich von einer anderen Nummer aus
anrufe.«

Myles nickte und sagte nichts.

»Ich schätze, ich könnte einfach zurück nach London fliegen«, überlegte ich. »Heute Abend geht bestimmt noch ein
Flug.«

»Oder«, schlug Myles vor, »wir gehen zurück, holen deine
Sachen und du bleibst hier bei mir. Ich kann dir zwar nicht
versprechen, dass ich mit dir zu *All the Single Ladies* um deine
Handtasche tanzen werde, aber ich lade dich zum Abendessen
ein – und schlafe auf dem Boden, wenn dir das lieber ist.«

»Wegen deiner Frau?«

»Charlotte«, sagte er leise. »Es ist aus. Zwischen ihr und
mir.«

»Okay«, gab ich mich geschlagen. »Ich meine, ja, gern.«

Und so machten wir es dann auch. Wir gingen zurück zum
Apartment. Myles hielt meine Hand. Ich hielt vor der Tür inne
und horchte, konnte aber nichts hören.

»Alles gut«, sagte er. »Du schaffst das.«

Es war niemand da. Die Überreste des Frühstücks
befanden sich immer noch auf der Küchentheke, sie waren also

auch in der Zwischenzeit nicht hier gewesen – was bedeutete, dass sie jeden Moment auftauchen konnten.

Ich packte meine Tasche in Rekordzeit und hinterließ einen Zettel neben der Kaffeekanne, auf den ich geschrieben hatte:

Ich kann den Rest des Wochenendes nicht hierbleiben. Ich hoffe, wir reden bald und bringen die Dinge in Ordnung. Viel Spaß, C.

Und dann liefen Myles und ich gemeinsam in die Nachmittagssonne hinaus, und ich fühlte mich, als ob mir eine enorme Last von den Schultern gefallen wäre - was vielleicht auch nur daran lag, dass er darauf bestand, meinen Koffer zu tragen.

Der Rest des Wochenendes fühlte sich an wie Flitterwochen. Zurück im Hotel und in Myles' Zimmer brach ich schwach vor Dankbarkeit mehr oder weniger in seinen Arme zusammen. Er hielt mich fest, und ehe ich mich's versah, küssten wir uns, zogen uns aus und fielen voller Verlangen auf seinem Bett übereinander her. Es war genauso gut wie beim letzten Mal – nein, besser, denn zu der rohen, unbändigen Lust, die ich empfand, hatte sich noch mehr Zärtlichkeit gesellt, ein Gefühl der Geborgenheit, das vorher nicht da gewesen war, und ein neues Wissen darüber, was mir guttat. Ich fühlte mich nicht nur begehrt, sondern auch wertgeschätzt. Und ich fühlte noch etwas anderes: eine Art Anschwellen in meiner Brust, das nur zurückgehen würde, wenn ich ihm sagte, was ich fühlte. Aber ich tat es nicht - es war zu früh.

Danach lagen wir Hand in Hand nebeneinander, während der Schweiß auf unserer Haut trocknete und der Sonnenuntergang den Raum in ein bernsteinfarbenes Licht tauchte. Ich musste kurz eingeschlafen sein, denn als ich die Augen wieder öffnete, war es dunkel, ich hörte die Dusche und kam vor Hunger fast um.

Myles kam einen Moment später aus dem Bad, nackt,

feucht und duftend, und wenn ich nicht so ausgehungert gewesen wäre, hätte ich ihn sofort noch einmal gewollt.

»Du bist dran«, meinte er. »Dann gehen wir los. Es sei denn, du willst lieber was aufs Zimmer kommen lassen?«

Einen Moment lang war ich hin- und hergerissen zwischen der Sehnsucht, mit ihm auszugehen - um endlich seine richtige Freundin zu sein -, und der Aussicht, irgendwo zufällig auf meine Freundinnen oder eher ehemaligen Freundinnen zu treffen.

»Keine Sorge«, beruhigte er mich. »In der Nähe des Museums, wo ich arbeite, gibt es ein Restaurant. Das ist ein ruhiger Teil der Stadt - da gehen bisher noch keine Touristen hin.«

Er hatte recht: Das Restaurant war ein kleiner Raum in einer ruhigen Straße mit Kerzen und Tischsets aus Papier. Der Kellner kannte Myles' Namen und brachte uns Brot und Oliven, die ich sofort inhalierte.

Dann aßen wir Muscheln mit Knoblauch und Schweinebraten und Tomatensalat, der vor Olivenöl triefte, tranken eine Flasche Rotwein und plauderten über Dinge, die überhaupt nichts mit meinen Freundinnen oder Myles' Ehe zu tun hatten. Wenn ich nicht gerade das Essen verschlang, lächelte ich, lachte oder wurde geküsst.

Satt spazierten wir durch die warme Dunkelheit zurück, bewunderten den Mond, der sich im Meer spiegelte, hielten an, um die Aussicht und uns gegenseitig zu bewundern und weiter zu knutschen. Als wir dann die Treppe zu seinem Zimmer - unserem Zimmer - hinaufstiegen, brannte ich wieder vor Lust – und das, obwohl ich vollgestopft und völlig kaputt vom Essen und meinen Emotionen war.

Am nächsten Morgen weckte mich der Geruch von frischem Kaffee und Myles' Finger, die mich sanft streichelten, und obwohl ich mir nicht hatte vorstellen können, dass ich ihn so bald wieder so sehr begehren würde, war der Kaffee kalt, als wir endlich dazu kamen, ihn zu trinken.

Wir verbrachten den Vormittag damit, ziellos durch die gepflasterten Gässchen zu schlendern, und Myles zeigte mir das ehemalige Krankenhaus, das seine Firma zu einem Museum ausbaute. Wie die Villa in Mayfair war es von Bauzäunen umgeben und eingerüstet, doch dieses Mal gingen wir nicht hinein.

»Wenn es fertig ist, kommen wir her«, sagte er. »Für die große Eröffnung.« Ich spürte einen Schauer der Freude bei dem Gedanken, dass er erwartete, dass wir auch dann noch zusammen sein würden, wenn das hier keine Baustelle mehr sein würde – dass er eine gemeinsame Zukunft für uns sah.

Wir standen Händchen haltend im Sonnenschein und betrachteten das, was von den alten Steinmauern des Gebäudes und dem Glaskasten, der an einer Seite hervorlugte, zu sehen war.

»Wenn wir wieder in London sind, werden wir ... Ich meine, was sind denn deine Pläne?«, fragte ich.

Er seufzte. »Ich bin noch eine Woche hier. Aber ich habe die Schlüssel zu einer Wohnung in Shoreditch. Ich bin noch nicht richtig eingezogen, aber das mache ich, wenn ich zurückkomme. Wenn ich dich also das nächste Mal sehe, wird es wahrscheinlich dort sein.«

»Ich sollte wohl besser für meinen Rückflug packen«, meinte ich dann.

Und auf einmal zerrann das Flitterwochengefühl und die Realität meiner Situation holte mich mit einem dumpfen Poltern ein. Ich fühlte ein Stechen im Magen, von dem mir schlecht wurde. *Ich werde dafür sorgen, dass ich möglichst spät am Flughafen ankomme,* beschloss ich. *Ich werde es haarscharf darauf ankommen lassen. Und wenn ich sie sehe, werde ich sagen, dass ich gestern keinen Flug mehr bekommen habe und in einem Hotel geblieben bin. Was soll schon passieren?*

Aber ich sah sie nicht. Ich boardete als letzte und bekam einen Platz ganz hinten zugewiesen. Keine Spur von Maddys übrigen Junggesellinnen – weder am Flughafen noch im Flugzeug. Ich setzte mich also hin, schnallte mich an und schlug die Ausgabe von *Architectural Digest* auf, die ich in Gedanken an Myles gekauft hatte, aber noch bevor ich die ersten zehn Seiten gelesen hatte, pennte ich weg. Auf dem gesamten Rückflug nach London schlief ich tief und fest und, soweit ich mich erinnern kann, völlig traumlos.

17

Hallo und willkommen zurück bei Leider Geil. Ganz genau – es ist wieder Zeit für eine neue Herausforderung! Und zwar eine, die euch allen Spaß machen wird. Eine Sache, die ihr noch nicht über mich wusstet (na gut, es gibt wohl ein paar Sachen, die ihr nicht wisst, ich mache diesen Podcast schließlich anonym): Ich bin der größte Pechvogel der Welt. Ich gewinne nie. Wenn ich Poker spiele, kriege ich immer die schlechtesten Karten. Das letzte Mal, dass ich auch nur eine einzige Zahl im Lotto richtig hatte, war vor ungefähr zwei Jahren, und da habe ich drei Dollar gewonnen. Ich lass das nicht an mich rankommen, weil ich weiß, dass ich auf so viele andere Arten Glück habe. Aber diese Woche habe ich bei einer Tombola bei der Arbeit einen richtigen Preis gewonnen! Ich kann es immer noch nicht glauben! Ich habe ein Abendessen für zwei Personen im Le Bernadin gewonnen, das derzeit angesagteste Restaurant in ganz Manhattan, falls ihr es noch nicht kennt. Ich freue mich so! Und ich darf jemanden mitnehmen an diesen unglaublichen Ort. Hier kommt also eure Herausforde-

*rung für heute: Überlegt euch einen Ort, an den ihr
schon immer mal wolltet, euch aber nicht getraut habt,
weil ihr single seid und es ein Pärchenort ist, und geht
trotzdem hin! Geht mit einer Freundin, mit eurer Mutter
oder ganz allein, wenn ihr supermutig seid. Gönnt es
euch – ihr habt es verdient!*

»Charlotte, am späten Vormittag hast du doch etwas Zeit, richtig?«, fragte Margot. Sie war wie immer perfekt durchgestylt. Sie trug einen scharlachroten Hosenanzug und trug ihr schwarzes Haar in einer Hochsteckfrisur. Aber anstatt geräuschlos durchs Büro zu gleiten, wie sie es normalerweise tat (als wären die Absätze ihrer Stilettos mit kleinen Rollen versehen – wie diese Schuhe für Kinder, mit denen sie plötzlich quer durch ein überfülltes Einkaufszentrum losdüsen und einem schmerzhaft gegen die Beine rauschen, wobei man von den Eltern angestarrt wird, als wäre man selbst schuld daran), hetzte sie heute gestresst herum.

»Na klar«, sagte ich. »Was gibt's?«

»Ein Problem mit den Servern«, stöhnte sie. »Pavel arbeitet dran. Und ich soll um halb zwölf ins *Sexy Fish*, um das Menü für die Weihnachtsfeier zu verkosten, aber ich kann heute auf gar keinen Fall das Büro verlassen. Könntest du gehen? Der Chefkoch hat schon alles vorbereitet: Es gibt sechs verschiedene Canapés und fünf andere Gänge, dazu die vegetarischen Optionen und vier Desserts. Und den Wein.«

Normalerweise hätte mir die Vorstellung, mich von der Arbeit zu verdrücken, um mich ein paar Stunden lang in einem Michelin-Restaurant vollzustopfen, sehr gut gefallen. Und ich musste ja noch die Herausforderung des Podcasts absolvieren: Mir was gönnen. Und wenn *Colton Capital* bezahlte, umso besser – auch wenn ich die Herausforderung des Bad Girls dann nicht ganz regelkonform meistern würde, denn das Restaurant hatte ich mir ja nicht selbst ausgesucht. Aber die selbstgefällige Kuh ging ja auch mit jemandem, den sie mochte – und nicht ganz allein wie meine traurige Wenigkeit. Doch dann kam mir ein Gedanke: *Vielleicht muss ich ja gar nicht allein gehen?* Mir war natürlich bewusst, dass der Tag, an dem ich in mein bescheuertes gestreiftes Brautjungfernkleid passen musste, immer näher rückte. Noch präsenter war mir die Tatsache, dass Myles schon in knapp einer Woche wieder zurück sein würde. Ich hatte aus Vorfreude sogar ein schwarzes Korsett von *Mimi Holliday* bestellt, das mir aber etwas zu eng war. Momentan hatte ich darin noch mehr Ähnlichkeit mit einer Presswurst als mit der sexy Sirene, die mir vorschwebte.

»Klar, gehe ich hin«, sagte ich. »Aber, wow, das ist eine Menge Essen.«

»Nimm doch jemanden mit«, erwiderte Margot, als ob sie meine Gedanken gelesen hätte, und schaute sich wie wild um, als erwartete sie, dass der Weltmeister im Wettessen plötzlich neben meinem Tisch auftauchte. Das passierte natürlich nicht, aber Xander kam zufällig vorbei.

»Hey«, hörte ich mich sagen. »Du isst kein Fleisch, stimmt's? Willst du mitkommen und das vegetarische Menü im *Sexy Fish* probieren?« Margot eilte davon und ließ ihn verwirrt und mich mit hochrotem Kopf zurück, weil ich mich wieder an die äußerst explizite Sexfantasie erinnerte, in der Xander versehentlich vorgekommen war.

»Worum geht's?«

»Die Verkostung des Weihnachtsmenüs«, erklärte ich. »Ich brauche einen Freiwilligen, der mitkommt und mir hilft, das ganze Zeug zu essen. Es ist gleich um die Ecke.«

»Ich kann mir schlimmere Montagsbeschäftigungen vorstellen«, grinste Xander.

Ich sah die vierzig ungelesenen E-Mails in meinem Posteingang – mindestens die Hälfte davon waren »dringend« und von Piers – und beschloss, dass ich das genauso sah.

»Wir werden um halb zwölf erwartet.«

»Gut, dass ich nicht gefrühstückt habe«, sagte Xander.

Die nächsten zwei Stunden versuchte ich verzweifelt, mich auf die Arbeit zu konzentrieren, was nicht ganz einfach war, denn es lag eine Art milder Unruhe in der Luft. Manche meiner E-Mails gingen ohne Probleme durch, andere kamen zurück. Vom Parkett drangen größerer Lärm und mehr Schimpfwörter herüber als üblich. Renzo schritt auf und ab wie ein wütender Tiger und sprach ungestüm in sein Handy, während er mit der anderen Hand auf ein Tablet einhämmerte. Pavel und Colin hatten sich im Aquarium eingesperrt. Colins Gesicht wurde immer röter und glänzender, während Pavel über seinem Laptop kauerte und sich auf seinem Rücken ein dunkler, diamantförmiger Schweißfleck bildete.

Und natürlich musste ich versuchen, mich davon abzuhalten, mein Handy alle fünf Minuten auf Nachrichten von Myles zu überprüfen. Ich scheiterte, aber er hatte sowieso nicht geschrieben.

Entsprechend erleichtert war ich, als Xander zu meinem Schreibtisch herübergeschlendert kam und fragte, ob wir loswollten.

Ich stand auf, zog meinen Mantel an und sah, wie er ein recht stylishes neues Tweedjackett über seinen Pulli zog, einen schäbigen grauen Zopfstrickpullover, der irgendwo zwischen elegantem Scandi Style und *Oxfam*-Ladenhüter rangierte. Ich hatte immer noch nicht ganz verstanden, wie Xander es sich leisten konnte, die Kleiderordnung im Büro so eklatant zu ignorieren. Es stand zwar nirgends geschrieben, dass dunkle Anzüge – grau, Nadelstreifen oder im Notfall dunkelblau, je teurer desto besser – obligatorisch waren für Männer, aber dennoch wurden sie von allen getragen. Außer von Xander.

»Wie war dein Wochenende?«, fragte er, während wir auf den Aufzug warteten. »Du bist nach Lissabon geflogen, stimmt's?«

Ich wollte ihn gerade fragen, woher er das wusste, als mir

wieder einfiel, dass er unheimlicherweise immer alles zu wissen schien, was im Büro vor sich ging – einfach nur indem er den Leuten zuhörte. Hoffentlich konnte er nicht auch noch Gedanken lesen, dachte ich, denn seine Ohren - und wahrscheinlich auch andere Teile seines Körpers – würden wohl in Flammen aufgehen, wenn er wüsste, was ich mir ungewollt vorgestellt hatte. Nun, ich hatte nicht vor, die traurige Geschichte mit Maddy und Bianca oder die glücklichere mit Myles vor ihm auszubreiten, denn dann würde das ganze Büro davon erfahren. Dann wurde mir zwar klar, dass Xander die Informationen nicht weitergab, die er so mühelos zu sammeln schien, aber ich hielt trotzdem den Mund. Die Dinge, die er wusste, behielt er meistens für sich – wenn ich ihn nicht gerade um eine Dosis Klatsch und Tratsch bat.

»Wir hatten tolles Wetter«, sagte ich neutral. »Anders als hier.«

Der Himmel war in ein deprimierendes Schiefergrau gehüllt, Windböen peitschen uns Nieselregen ins Gesicht. Es schien, als wäre der Winter in meiner Abwesenheit mit voller Wucht angekommen. Er beraubte London all seiner Farben, während er die letzten Blätter von den Bäumen riss, und ließ die Menschen ihre Schränke nach Kleidung in dunklen, gedeckten Farben durchforsten. Es war zwar erst November, doch die Regent Street war bereits von Weihnachtslichtern erhellt.

Auch das Innere des Restaurants war hell erleuchtet. Ein riesiges Aquarium mit tropischen Fischen erstreckte sich entlang einer Wand. Die Bar und die Hocker waren scharlachrot. Weitere Fische, oder besser gesagt Fischskulpturen, hingen von der Decke.

»Wie fantastisch ist das denn bitte?«, jauchzte ich.

»Als wäre man in eine Schachtel *Celebrations* gefallen«, lachte Xander herablassend.

Bevor ich ihn für seinen Sarkasmus schelten konnte,

begrüßte uns eine hübsche Kellnerin in einem schwarzen Kleid und führte uns zu unserem Tisch, an dem wenige Sekunden später auch der Oberkellner, der Chefkoch, der Barchef und der Sommelier erschienen, um sich vorzustellen.

»Bitte lassen Sie mich wissen, wenn Sie irgendwelche Wünsche haben«, sagte der Oberkellner.

»Frau Clark hat uns gebeten, ihnen eine Weinauswahl vorzuschlagen«, sagte der Sommelier, »aber wenn Sie etwas anderes von der Karte probieren möchten, bringen wir Ihnen gern ein Glas.«

»Hier haben wir einen unserer Hauscocktails zum Probieren«, bot der Chefmixer an und stellte zwei Gläser vor uns auf den Tisch.

»Ihre Amuse-Bouche wird in Kürze serviert«, verkündete der Chefkoch.

»Wow«, flüsterte ich Xander zu. »So muss es sich also anfühlen, ein Promi zu sein oder so.«

»Promi ja nicht unbedingt«, entgegnete Xander. »Es reicht, wenn man zwanzigtausend Pfund für ein Mittagessen für vierzig Leute übrig hat, die Kunden mit üppigen Budgets betreuen und keinen Gedanken daran verschwenden müssen, wie viel sie ausgeben, wenn sie mit Freunden ausgehen. Geld allein macht zwar nicht glücklich, aber dafür kriechen einem die Leute definitiv in den Arsch.«

Ich erinnerte mich an das, was Tansy über die Verkäuferinnen in den Pariser Boutiquen erzählt hatte – wie anders sie sich ihr gegenüber verhalten hatten, als sie mit Renzo zusammen dort war –, und sah ein, dass Xander damit nicht ganz unrecht hatte. Aber bevor ich groß darüber nachdenken konnte, standen schon zwei Teller vor uns, die mit etwas geschmückt waren, das wohl Essen sein musste, aber eher einem kleinen Kunstwerk oder einem Schmuckstück glich.

Der Koch erklärte uns, was es war, aber es war so kompliziert, dass ich es gleich wieder vergaß. Ich aß es trotzdem und nahm einen Schluck von meinem Cocktail, der aus mit Wasabi aromatisiertem Gin, Pfeffer, Roter Bete und irgendwelchem anderen Zeug bestand.

»Taugt der was?«, fragte Xander.

»Weltklasse«, urteilte ich. »Aber ich muss zugeben, ich stehe eigentlich eher auf Margaritas.«

Er zerlegte sein Canapé und bewies dabei beeindruckende Stäbchenfertigkeiten.

»Du kennst so was bestimmt schon zu Genüge?«, fragte er. »Oder nicht? Du bist ja schon eine Weile dabei.«

»Ja. Aber das ist erst meine zweite Weihnachtsfeier. Die im letzten Jahr war unglaublich, aber ich hatte so viel Bammel davor, die falsche Gabel zu benutzen, dass ich fast gar nichts gegessen habe. Stattdessen habe ich mich volllaufen lassen. Aber das fiel nicht groß auf, weil alle anderen sich genauso zugeschüttet haben. Und ich betreue keine Kunden, die ich zum Mittagessen ausführen könnte – zumindest noch nicht.«

»Hättest du da denn Lust drauf?«, fragte Xander. »Auf Piers' Job? Oder den von Margot? Oder gleich den von Colin?«

Zwei Gläser Champagner tauchten mit zwei weiteren Tellern vor uns auf.

»Seebarsch mit Yuzu an Miso, Madame«, sagte der Kellner. »Und für Sie, mein Herr, Burrata an Kimchi mit Basilikum.«

Während ich meinen Fisch verspeiste, brütete ich über Xanders Frage.

»Um Gottes willen, nein, Colins Job würde ich nicht haben wollen«, sagte ich entschlossen. »Und Renzo auch nicht. Ich kenne meine Grenzen. Aber ich bin gut im Organisieren und kann gut mit Leuten. Theoretisch könnte ich also Piers' oder Margots Job machen und so viel verdienen wie sie.«

»Du bist echt ehrgeizig«, staunte er. »Ich dachte auch mal, dass ich so bin. Deswegen habe ich diesen Job angenommen. Und versteh mich nicht falsch, ich freue mich auf die Weihnachtsfeier und das Weihnachtsgeld. Aber ich denke, es wird meine erste und letzte sein.«

Man brachte uns noch mehr Wein und noch mehr Essen. Ich aß und trank, obwohl ich langsam kaum noch Hunger hatte. Auch wenn Xander noch nicht so lange dabei war, so war es doch seltsam, sich das Büro ohne diese herumgeisternde Gestalt in Jeans vorzustellen, die gleichzeitig überall und nirgendwo war – selbst unangekündigt in meiner sexy Fantasie. Aber ich verdrängte diesen Gedanken, bevor eine verräterische Röte mein Gesicht verfärben konnte.

»Wieso?«, fragte ich. »Wo gehst du hin?«

»Ich schätze, ich wollte wissen, wie es in dieser Welt so zugeht. Die Kräfte sehen, die – das klingt jetzt sicher total blödsinnig, ich bitte um Nachsicht – die Orte beeinflussen, an denen ich früher gearbeitet habe. Sagt dir Tantal was?«

»Igitt, nein, ich hasse Spinnen.«

»Was?«

»Ist das nicht eine Art von Spinne? Diese riesige, haarige?«

Xander lachte. »Du meinst wohl Taranteln. So eine hatte ich während meiner Zeit in Bogotá mal in meiner Küche. Die sind ganz schön ekelhaft.«

»Was ist dann Tantal?«

»Ein Metall«, erklärte er. »Das verwendet man in Handys und Laptops und so. Es hat ähnliche chemische Eigenschaften wie Platin, aber es ist auch als Edelmetall sehr gefragt, weil es auch für Schmuck verwendet wird. Jetzt wollen also alle plötzlich Tantal, und die Märkte spielen verrückt.«

»Und die Fonds finden eine Möglichkeit, damit zu handeln«, ergänzte ich. Jetzt war ich wortwörtlich in meinem Element. »Und spülen Geld in die Taschen unserer Kunden.«

»Ganz genau«, bestätigte er. »Aber wenn man das von der anderen Seite aus betrachtet – vom Standpunkt der Länder, die es produzieren –, sieht die Sache ein wenig anders aus. Plötzlich gibt es einen Rohstoffboom, der bestimmte Leute unglaublich reich macht.«

»Und das ist gut so«, sagte ich. »Länder, die durch Kriege verwüstet wurden ... durch Kolonialismus und so, sitzen auf diesen massiven Rohstoffvorkommen, die ihre Wirtschaft retten können.«

»Nicht zwangsläufig«, wandte er ein. »Danke, das sieht ja fantastisch aus. Könnten wir noch ein wenig Wasser haben, bitte?«, fragte er den Kellner, bevor er sich wieder mir widmete. »Wenn so was in einem Land wie dem Kongo passiert, das ohnehin politisch schon sehr instabil ist, dann ist die Kacke am Dampfen. Tut mir leid, ich sollte die Klappe halten und dich dein Essen genießen lassen.«

»Ich genieße mein Essen«, gab ich zurück und schob mir einen Happen Thunfisch-Sashimi in den Mund. »Aber du erinnerst mich an meinen Mitbewohner. Der hat mich letztens zu genau diesem Thema mit der vorwurfsvollsten Schimpftirade aller Zeiten abgestraft. Und ich dachte mir nur: Verdammt noch mal, ich mache doch einfach nur meinen Job.«

»Ich ja auch«, sagte Xander. »Sieh mal, ich profitiere ja genauso davon. Viele Leute tun das. Aber ich frage mich dauernd, was als Nächstes passiert, in fünfzig Jahren oder - Scheiße.«

Zum ersten Mal, seit wir uns hingesetzt hatten, schaute er auf sein Handy. Meines war immer noch in meiner Handtasche; ich war so sehr damit beschäftigt gewesen, mit ihm zu plaudern, dass ich die Welt um unseren Tisch herum völlig vergessen hatte. Aber jetzt konnte ich sehen, dass er auf *WhatsApp* war. Alle paar Sekunden ploppten neue Nachrichten auf seinem Handy-Display auf.

»Was ist los?«

»Die Sache mit dem Server. Das war keine normale IT-Panne, sondern eine Cyberattacke. Pavel dreht anscheinend gerade durch. Wir sollten wohl besser zurückgehen.«

»Aber was können wir tun?«, fragte ich.

»Wahrscheinlich nichts. Aber ich will mitbekommen, was als Nächstes passiert.«

Ich spürte einen gewaltigen Adrenalinstoß und merkte, dass ich das auch wollte. Also bedankten wir uns herzlich und entschuldigten uns, dass wir all die wunderbaren Dinge, die sie für uns zubereitet hatten, nicht aufessen konnten, wir ihnen aber komplett vertrauten, was das Essen für die Party anging. Dann eilten wir zurück ins Büro, um uns den Crash aus nächster Nähe anzusehen.

Unsere angeheiterte Stimmung, bedingt durch exzellentes, kostenloses Essen und Trinken während der Arbeitszeit, wandelte sich innerhalb weniger Minuten in chaotische Verzweiflung.

Da ich nichts mit mir anzufangen wusste, gesellte ich mich zu einer kleinen Gruppe, zu der auch Colins drei Assistentinnen zählten, die buchstäblich mit den Händen rangen.

»Was ist los?«, fragte ich.

»Es handelt sich wohl um einen DDoS-Angriff«, sagte Greg. »Vielleicht auch nur eine DoS-Attacke, meint Pavel.«

»Ich verstehe nicht, was der Unterschied ist«, sagte Briony.

»Sie haben alle Computer heruntergefahren«, erklärte Alice. »Und ich war damit beschäftigt, die Gästeliste für die Geburtstagsfeier von Colins Schwiegermutter zusammenzustellen. Svetlana wird ausrasten, wenn sie die zu spät bekommt.«

»Ein DDoS-Angriff? Wurde dadurch nicht im Sommer das Gesundheitssystem lahmgelegt?«, fragte ich. »Eine Menge Leute konnten nicht in die Notaufnahme und Termine wurden abgesagt und so?«

»Ja stimmt, da war dieser Typ, der den Hackern auf die Schliche gekommen ist und sie aufgehalten hat«, erinnerte sich Greg.

»Und wurde er dann nicht in Amerika verhaftet? Ich frage mich, was aus dem geworden ist«, dachte ich laut.

Xander schwirrte wie immer im Büro umher und führte hie und da eine Unterhaltung, bis er schließlich auf demselben Stand war wie alle anderen im Büro, obwohl wir den Anfang des Dramas verpasst hatten.

Wir beobachteten, wie Pavel aus dem Aquarium stürmte und in sein Handy brüllte. »Sie haben das UDP auf unserem TCP/IP-Protokollstapel benutzt, um die Ports zu flooden«, stöhnte er.

Wir schauten uns alle mit fragenden Gesichtern an. Ich hatte Tansy gegenüber ja schon erwähnt, dass Pavel sieben Sprachen sprach, und gerade hätte er genauso gut Russisch sprechen können.

»Starte den beschissenen Server neu«, hörte ich Colin schreien. »Du bist der Scheiß-CTO, ich bezahle dich dafür, dass du die Scheißsysteme am Laufen hältst, du ...«

Er überschütte ihn mit einer Flut wüster Beschimpfungen, die den Bogen selbst für seine Verhältnisse weit überspannten.

Greg, Briony und Alice waren vor Angst wie erstarrt.

»Wenn man den Server einfach neu starten könnte, hätte Pavel das doch sicherlich längst versucht, oder?«, fragte ich.

»Er muss anscheinend den Kill Switch finden«, sagte Xander und stieß zu unserer Gruppe. »Der Server wird mit Datenverkehr bombardiert, den er nicht bewältigen kann, deswegen ist er abgestürzt. Jetzt können wir keine Transaktionen mehr verarbeiten, was bedeutet, dass niemand mehr handeln kann. Das ist natürlich schlecht, aber noch schlimmer wäre es, wenn im Hintergrund betrügerische Geschäfte über unseren Account abliefen oder Geld einfach abgezogen werden könnte.«

»Was ist ein Kill Switch?«, fragte ich. Xander war natürlich direkt im Bilde, obwohl er ja erst seit ein paar Minuten wieder im Büro war.

»Ich habe keine Ahnung«, gab er zu. »Renzo vermutet, dass irgendjemand aus der Firma eine E-Mail mit Schadsoftware erhalten und geöffnet hat ... und na ja, dann alles schiefgelaufen ist.«

Wir sahen uns an. Ich konnte an Gregs, Alices und Brionys Gesichtern ablesen, dass sie alle das Gleiche dachten wie ich: Wenn ich das war, bin ich erledigt. *Aber ich war es ganz sicher nicht,* dachte ich. Ich war ja nicht dumm. Ich wusste über Phishing-Betrug und sogar Spear Phishing Bescheid, auch wenn ich den Unterschied nicht wirklich verstand. Ich wusste, dass ich nicht auf Links in E-Mails klicken durfte, die vorgaben, von nigerianischen Prinzen zu stammen, die mir riesige Vermögens-anteile als Gegenleistung für meine Bankdaten anboten.

»Alice, Schluss mit dem Kaffeekränzchen! Komm her!«, brüllte Colin. Ein Befehl, dem Alice mit aschfahler Miene Folge leistete.

»Wird er sie feuern?«, fragte ich Xander.

»Das glaube ich nicht«, sagte er. »Falls sie nicht gerade heimlich eine Hackerin sein sollte, was ich stark bezweifle.«

»So wie er drauf ist, feuert er sicher irgendjemanden.«

»Du und ich waren nicht einmal hier zu der Zeit, ich nehme also an, unsere Jobs sind sicher.« Er grinste. »Wer hätte gedacht, dass Cocktails und Canapés uns ein perfektes Alibi verschaffen würden? Wir können uns also einfach unauffällig verhalten und beobachten, wie die Lage eskaliert.«

Wir sahen zu, wie Colin wild gestikulierte und Alice stumm nickte.

Pavel saß wieder an seinem Schreibtisch und telefonierte immer noch, nur sprach er jetzt tatsächlich Russisch, was ich zwar immer noch nicht verstand, aber zumindest erkennen konnte. Renzo stand bei den Händlern und verfolgte die Zahlen, die auf den Bildschirmen über ihm angezeigt wurden. Er wirkte äußerlich entspannt, aber seine Hände ballten sich immer wieder zu Fäusten.

Die Tür zum Aquarium öffnete sich und Alice hetzte mit weit aufgerissenen Augen hinaus.

»Und zwar jetzt gleich!«, schrie Colin ihr nach.

»Alles in Ordnung?«, fragte ich.

»Na ja«, murmelte sie. »Ich soll zu Colins Haus fahren und dort mit Svetlana die Party weiter planen. Anscheinend ist sie nicht gut drauf.«

Sie zuckte mit den Schultern, als würde sie buchstäblich erschaudern. Sie schnappte sich ihre Tasche und eilte zum Aufzug, ohne sich ihren Mantel anzuziehen.

Wieder einmal war ich erstaunt von Colin, der selbst in einem Moment, in dem sein komplettes Unternehmen und Milliarden von Pfund auf dem Spiel standen, immer noch vorrangig besorgt darüber war, wie seine Frau reagierte, wenn das Sozialleben ihrer Mutter potenziell gestört wurde.

»Und er will einen Kaffee«, rief uns Alice im Gehen zu. »Greg, könntest du ... Und er will dich sofort sprechen, Briony.«

»Wird erledigt«, sagte Greg und zischte in Richtung Küche ab, als wären ihm Höllenhunde – oder gar Svetlana – auf den Fersen.

Briony arbeitete schon länger bei *Colton Capital* und schien Colins Marotten besser zu kennen, denn es gelang ihr während des kurzen Gesprächs mit unserem Chef die Fassung zu bewahren. Ich beobachtete, wie sie beschwichtigend nickte und die dunkelrote Farbe dabei langsam aus Colins Gesicht wich. Ein paar Minuten später stieß sie wieder zu uns und wirkte nur leicht beunruhigt.

»Sie haben eine Expertin für Cybersicherheit verständigt, meint Colin«, sagte sie. »Wenn sie eintrifft, Greg, kannst du dann Pavel suchen und sicherstellen, dass sie alles hat, was sie braucht?«

Sie warf einen Blick auf ihren Stenoblock und fuchtelte mit ihrem Stift herum. Das Ganze erinnerte mich ein wenig an die Szene in *Game of Thrones*, in der Arya Stark zum ersten Mal das Schwert Nadel in der Hand hält. Sie nahm einen tiefen Atemzug und kehrte ins Aquarium zurück, wo sie den Rest des Tages an Colins Seite verbrachte.

Allen anderen von uns blieb trotz der nach wie vor angespannten Atmosphäre nichts anderes übrig, als zu warten. Man hatte uns informiert, dass wir unsere Handys nicht benutzen sollten, um die Sicherheit nicht noch weiter zu gefährden. Deshalb hingen wir alle irgendwie rum, nervös und gelangweilt zugleich.

Die Cybersicherheitsexpertin entpuppte sich als hübsche junge Frau mit langen dunklen Haaren, die Skinny Jeans und einen schmalen Laptop trug. Nachdem sie zu der Gruppe im Aquarium gestoßen war, blieb die Tür für den Rest des Nachmittags geschlossen.

In der Zwischenzeit begannen ein paar der Händler eine Partie Poker mit bunten Post-its als Chips. Hinterher erfuhr ich, dass Xander am Ende des Nachmittags um viertausendfünfhundert Pfund reicher geworden war, während Piers sich richtig verzockt hatte.

* * *

Es war schon nach neun, als ich das Büro verließ. Die Server waren wiederhergestellt, ich hatte knapp zwanzig Prozent der zweihundert E-Mails beantwortet, die in meinem Posteingang um meine Aufmerksamkeit buhlten, und ich hatte es sogar geschafft, eine leicht abgespeckte Version der *Ocado*-Bestellung für den Folgetag aufzugeben. Ein paar Leute – darunter Pavel, Colin, Margot und Renzo – sahen aus, als würden sie die Nacht durchmachen, aber ich war zu kaputt, um mich ihnen anzuschließen. Ich würde am nächsten Tag früh ins Büro kommen und versuchen, meinen Berg an liegen gebliebener Arbeit abzuarbeiten.

Der Regen, der noch in dünnen Bindfäden gefallen war, als

ich mit Xander zum Restaurant gelaufen war - kaum zu glauben, dass das erst wenige Stunden her war -, hatte jetzt richtig Fahrt aufgenommen und prasselte in unbarmherzigen, eisigen und von Windböen begleiteten Tropfen auf mich herunter. Ich schlang meinen Mantel fester um mich und machte mich auf den Weg zur U-Bahn-Station.

Auch als ich in Hackney ausstieg, hatte es nicht aufgehört zu regnen. Die üblichen Scharen hartgesottener Raucher, die sich vor dem *Daily Grind* und dem *Prince George* versammelten, kauerten unter ihren Regenschirmen und sahen aus, als seien sie unschlüssig, ob ihr Nikotinrausch die Mühe wert war.

Im *Daily Grind* erspähte ich Luke hinter dem Tresen und erkannte auch Hannah, die an einem Tisch mit demselben unglaublich attraktiven Pärchen Rotwein trank, das bei unserem unangenehmen WG-Pizzadinner am Nebentisch gesessen hatte. Hannah winkte, als sie mich vorbeigehen sah, und ich überlegte, ob ich kurz vorbeischauen und nach Freezer fragen sollte. Aber ich war zu nass und zu kaputt. Also deutete ich nur auf meine Uhr, verdrehte bedauernd die Augen und eilte die Straße hinab nach Hause.

Die Lichter in Adams Fenster im Obergeschoss und im Wohnzimmer waren an, was wohl bedeutete, dass sowohl er als auch Tansy zu Hause waren. Ich fragte mich, ob ich mich auf einen weiteren kapitalismuskritischen Vortrag von Adam freuen durfte, und wünschte mir, ich hätte Xanders Wissen, um zu kontern. Ob Renzo Tansy wohl von dem heutigen Drama bei der Arbeit erzählt hatte oder ob er dafür zu beschäftigt gewesen war? Vielleicht hatten sie sich abends treffen wollen, und er hatte sie versetzt, sodass sich bei Tansy bereits die erste Ernüchterung einstellte.

Vor allem aber sehnte ich mich nach einem schönen heißen Schaumbad. Danach würde ich Myles vom Bett aus eine Nachricht schicken, um ihm zu erklären, warum ich mich nicht gemeldet hatte, und ihn zu fragen, ob wir uns Ende der Woche in seiner neuen Wohnung treffen wollten. Die Aussicht darauf machte mich vor Vorfreude ganz kribbelig, sodass ich für einen Moment den Regen und den Wind vergaß und fast den Mann übersehen hätte, der vor unserer Haustür stand.

Er trug eine Art Regenjacke - einen Anorak oder einen Parka oder so – und Jeans, die von den Knien abwärts vom Regen durchnässt waren. Er war relativ klein, eher dünn, hatte pockennarbige Haut und ein fliehendes Kinn. In der Hand hielt er einen riesigen Strauß roter Rosen, die zunehmend die Köpfe hängen ließen.

Ich musterte ihn mit einem schnellen Blick, und der Instinkt, den jeder (jede Frau zumindest) mit der Zeit entwickelt, sprang an, ohne dass ich konkrete Überlegungen anstellen musste. Das war kein Hermes- oder DPD-Bote, der eine Bestellung verspätet ablieferte. Erstens stand weit und breit kein Lieferwagen, und zweitens sah der Mann selbst dafür völlig unpassend aus. Er hatte kein Schlüsselband um den Hals, kein Tablet oder Scangerät in der Hand. Ihm fehlte die zielstrebige Ungeduld der Boten, das Auftreten von jemandem, der an eine Tür klopfte, maximal neunzig Sekunden abwartete, ob jemand öffnete, und die Blumen dann in die Mülltonne warf und vielleicht eine Karte mit der Information hinterließ, dass sie sich an einem sicheren Ort befanden, bevor er mit hoher Geschwindigkeit zur nächsten Station seiner Tour weiterraste.

Nein, dieser Typ lungerte schon seit einiger Zeit vor unserer Tür im Regen herum oder war vielleicht die Straße auf- und abgegangen, um unser Haus ausfindig zu machen. Das wäre an sich schon seltsam, schließlich war die Nummer auf der Tür groß genug und dank ihrer roten Farbe leicht zu erkennen. In unserer Straße gab es auch kein seltsames Nummerierungssystem – alles war ganz logisch geordnet, von der Nummer 1 auf der linken Seite zur Nummer 2 auf der rechten bis zur Nummer 65, wo wir wohnten, und so weiter.

Also, wie gesagt, mein Instinkt war angesprungen, registrierte aber keine Gefahr, sondern nur, dass etwas seltsam war.

Ich hielt inne und holte mein Handy und meinen Schlüssel aus der Tasche und ließ dabei fast meinen Schirm fallen.

»Kann ich Ihnen helfen?«, fragte ich.

»Ich suche nach Saskia.«

Er kannte die Person also, die er suchte, da er ja anscheinend wusste, dass ich es nicht war. Sonst hätte seine Frage wohl gelautet: »Bist du Saskia Sowieso?« Oder er hätte an der Tür geklopft und es diejenige gefragt, die ihm aufmachte – und das wäre Tansy gewesen, denn ich habe Adam in all den Monaten, in denen wir zusammenwohnten, kein einziges Mal aus seinem Zimmer kommen sehen, um die Tür zu öffnen. »Lieferung für Saskia Sowieso«, hätte er gesagt, woraufhin Tansy geantwortet hätte: »Tut mir leid, falsches Haus. Hier wohnt keine Saskia.« Das bedeutete also, dass er nicht geklopft hatte. Und er war kein Lieferfahrer - das stand außer Frage. Er klang irgendwie nach gutem Hause, nicht wie ein Ostlondoner oder einer dieser osteuropäischen Fahrer, die unsere Pakete normalerweise auslieferten.

Nach langer innerlicher Analyse antwortete ich: »Hier wohnt keine Saskia. Da sind Sie beim falschen Haus gelandet.«

Er sah mich eine gefühlte Ewigkeit lang an. Ich wartete darauf, dass er sich entschuldigte und ging, damit ich endlich reingehen konnte, was ich nicht tun wollte, während er dastand und mich beobachtete. Ich war nicht mehr müde, sondern plötzlich auf der Hut, nicht direkt ängstlich, aber angespannt genug, um meinen Herzschlag zu spüren.

Dann schob er die Rosen in meine Richtung und sagte: »Wenn du sie siehst, gib ihr die. Sag ihr, sie sind von Travis.« Instinktiv streckte ich meine Hand aus, um sie zu nehmen, aber der Schock angesichts seines Namens ließ mich für einen Sekundenbruchteil zögern, sodass ich sie nicht richtig zu fassen bekam. Die Zellophanverpackung war glitschig vom Regen und mein Handy auch. Während ich versuchte, den Schirm oben zu halten, glitt mir alles aus der Hand.

Er machte keine Anstalten, mir zu helfen. Als ich alles vom Bürgersteig aufgesammelt hatte, war er schon fast außer Sichtweite und schnellen Fußes in Richtung U-Bahn unterwegs.

Ich hatte Mühe, das Zeug nicht ein zweites Mal fallenzulassen. Meine Hände waren nass und starr vor Kälte, schließlich schaffte ich es aber doch, meinen Schlüssel ins Türschloss zu fummeln.

Als ich sie öffnete, stand Tansy direkt vor mir im Flur neben dem Heizkörper, auf dem unsere Schlüssel und ein Stapel Post lagen (meist ein Wust aus Pizzaprospekten und Briefen »an den Hauseigentümer«, die von Immobilienmaklern stammten, weshalb wir sie nicht an unseren Vermieter weitergaben, die aber gleichzeitig zu offiziell wirkten, um sie wegzuwerfen). Auch sie hielt ihr Handy in der Hand und sah besorgt aus. Über meine Schulter hinweg lugte sie auf die leere Straße hinter mir, und entspannte sich schließlich, weil die Luft rein war.

»Gott, Charlotte, du bist ja ganz nass! Du armes Ding«, sagte sie. »So ein scheußliches Wetter. Aber sieh dir deine schönen Blumen an! Von wem sind die denn?«

»Ich könnte eine Tasse Tee vertragen. Und du?«, erwiderte ich.

»Eigentlich wollte ich gerade ...«

Ich wartete. Dann sagte sie: »Na gut!«

In der Küche angekommen, lud ich den Inhalt meiner Arme auf dem Tisch ab, zog meinen nassen Mantel aus, warf ihn über eine Stuhllehne und schaltete den Wasserkocher ein.

»Die Blumen sind für eine gewisse Saskia«, bemerkte ich.

Tansy rang kurz nach Luft, verzog aber ansonsten keine Miene. »Hat die früher mal hier gewohnt?«

»Maddy und ich haben drei Jahre lang hier gewohnt, bis sie und Henry ausgezogen sind. Ich kann mich nicht mehr an die

Namen der Mädchen erinnern, die vorher hier gewohnt haben, aber ich bin mir ziemlich sicher, dass keine von ihnen Saskia hieß.«

»Das ist ein ungewöhnlicher Name«, murmelte Tansy.

Sie drehte sich um, holte Tassen und Teebeutel aus dem Schrank. Ihre Hände zitterten. Plötzlich schepperte es laut: Sie hatte eine Tasse fallen lassen.

»Shit«, fluchte sie mit einem Lachen, das genauso zittrig war wie ihre Hände. »Zum Glück sind IKEA-Tassen unkaputtbar.«

»Der Mann mit den Blumen meinte, sie seien von Travis. Das ist ja auch ein ungewöhnlicher Name«, fuhr ich fort.

»Das stimmt«, sagte Tansy. »Mein Vater hat immer diese alten Krimis gelesen über einen Typ namens Travis McGee, der auf einem Boot in Florida lebte. Ich fand den Namen damals ziemlich cool.«

»Aber jetzt nicht mehr?«, fragte ich.

»Charlotte, es ist schon spät. Ich glaube, ich nehme meinen Tee mit rauf ins Bett.«

Ich sah sie an. Ihr Gesicht war ruhig, aber ihre Augen huschten noch immer unruhig durch den Raum, als wollte sie fliehen, wusste aber nicht wohin.

»Tansy, ich bitte dich«, drängte ich. »Als du hier eingezogen bist, hast du mir genau so einen Blumenstrauß geschenkt. Du hast damals nur vergessen, die Karte abzumachen. Sie waren nämlich von Travis. Ich weiß, dass du weißt, wer er ist. Wenn du Angst hast, sag es mir doch. Wir finden schon eine Lösung.«

»Ich habe keine Angst. Jedenfalls nicht vor ihm.«

Und dann, als hätte sie plötzlich keine Kraft mehr, um zu stehen, sackte sie auf einem der harten Stühle in sich zusammen. Tansy nahm ihre Teetasse mit beiden Händen, als wollte sie sich daran aufwärmen, und beichtete mir die ganze Wahrheit.

18

Hallo ihr Hübschen, willkommen zurück bei Leider Geil und den neuesten Herausforderungen, denen wir uns gemeinsam stellen werden. Seid ihr bereit? Heute werde ich darüber sprechen, wie ihr eure innere Sexgöttin wiederbelebt – oder sie entdeckt, falls ihr sie noch nicht kennt. Und erzählt mir nicht, dass sie nicht existiert! Das tut sie. In mir, in jeder Frau. Es ist der Teil von euch, der euch ein bisschen die Hüften schwingen lässt, wenn ihr die Straße runtergeht, der euren Partner im Bett ganz wild macht und euch dazu bringt, eurem Spiegelbild zuzulächeln.

Ich weiß, dass es fast unmöglich erscheint, diesen Teil von euch am Leben zu erhalten, wenn ihr single seid, von der Arbeit gestresst oder das Gefühl habt, gerade nicht besonders gut auszusehen – aber es ist nicht unmöglich. Es kann sogar ziemlich einfach sein – nehmt euch Zeit für euch selbst mit einem erotischen Roman, geht ohne Unterwäsche aus dem Haus oder stolziert in halsbrecherischen High Heels ins Büro. Heute also

*werde ich darüber nachdenken, was ich tun muss, um
mich sexy zu fühlen, und dann entsprechend handeln.
Seid ihr dabei?*

Ich stand vor der orangefarbenen Tür in der kahlen Lobby mit
Betonfußboden und mein Magen fühlte sich an, als wäre er
nicht mit einem Aufzug, sondern mit einem Freefall-Tower
hierhergefahren.

Belebe deine innere Sexgöttin wieder, hatte das Bad Girl mir
befohlen - und hier stand ich nun in meinem nagelneuen
Korsett und war im Begriff, genau das zu tun. Auf prickelnde
Art und Weise machte ich mir all meine Körperteile bewusst:
meine leicht geöffneten Lippen mit frischem rotem Lippenstift;
meine Brustwarzen, die vor Kälte und Erregung hart waren;
meine Schenkel, die sich unter meinem Rock berührten; und
natürlich den Teil dazwischen. Meine Hände waren feucht
und ich konnte mein eigenes Parfüm riechen, das in Wellen von
meiner warmen Haut aufstieg.

Einerseits hoffte ich, mich zusammenreißen zu können;
andererseits hoffte ich, dieses hoffnungslose, stechende
Verlangen irgendwo zwischen Freude und Schmerz auch noch
zu spüren, sollten Myles und ich in einem (oder zwei ... oder
zehn) Jahren noch zusammen sein.

Ich hob meine Hand, um an die Tür zu klopfen, aber sie
öffnete sich schon, bevor ich dazu kam, und da stand er: groß
und schlank in einem Jeanshemd, das zu seinen Augen passte.

»Hallo«, sagte ich.

Er sagte einen Moment lang gar nichts. Dann nahm er mich
fest in die Arme und gab mir einen leidenschaftlichen Kuss, zog
mich in die Wohnung und schob die schwere Haustür zu, die
mit einem dumpfen Geräusch ins Schloss fiel.

»Willkommen im Fort Knox«, lachte er, während er meine
Lippen erneut mit seinen berührte. »Schön, dass du es durch
den Sperrgürtel geschafft hast. Hast du gut hergefunden?«

»Letztendlich schon, ja. *Google Maps* hat mich zuerst in die falsche Richtung geschickt. Und der Typ im Erdgeschoss macht keine Gefangenen – oder vielleicht auch doch, immerhin sieht er aus, als hätte er in einem früheren Leben mal für die Gestapo gearbeitet.«

»Aber du bist hier.« Er küsste mich noch einmal.

»Wie sieht's aus, bekomme ich keine Führung?« Ich überreichte ihm die Flasche Champagner, die ich gekauft hatte. »Alles Gute zur Einweihung. Tut mir leid, es ist nicht der allerbeste Tropfen. Der *Pol Roger* im Getränkeladen an der Ecke war ausverkauft.«

»Danke«, sagte er. »Lieb von dir. Aber das wäre doch nicht nötig gewesen. Es ist ja nur vorübergehend.«

»Ach, wirklich?« Das Unbehagen, das verschwunden war, als seine Arme mich umschlossen hatten, war blitzartig zurückgekehrt. Von »vorübergehend« war bisher nie die Rede gewesen. Er hatte nur gesagt, dass er aus dem Haus, in dem er mit seiner Frau gewohnt hatte, in eine Wohnung in der Nähe der Old Street gezogen war. Aber wahrscheinlich konnte man so ein Haus gar nicht so schnell verkaufen. Und vermutlich mietete er sich nur hier ein, bis er eine Eigentumswohnung fand.

»Mein Kumpel Chris ist Immobilienmakler. Er betreut dieses Objekt. Die Eigentümer haben sich getrennt, sind aber nicht gerade knapp bei Kasse und haben es deshalb nicht eilig mit dem Verkauf. Ich mache hier also sozusagen einen auf Hausbesetzer, bis der Verkauf durch ist. Das kann drei Monate dauern, aber auch ein Jahr. Also, lass uns den Schampus köpfen. Vom Balkon hinten hat man einen tollen Blick auf den Kanal, und einen Whirlpool gibt es auch - den müssen wir auch irgendwann mal ausprobieren. Aber ich hatte keine Zeit, ihn aufzuheizen, und draußen herrschen arktische Temperaturen, deshalb müssen wir das Ganze wohl auf einen anderen Abend verschieben.«

Ich folgte ihm über den polierten Betonboden. Kein Wunder, dass sein Maklerfreund sich nicht sicher war, wie lange es dauern würde, die Wohnung zu verkaufen: Sie war riesig, wirkte aber unfertig. An den Wänden waren helle Flecken, wo wahrscheinlich mal Bilder gehangen hatten, und aus einem Loch in der Wand baumelten die Kabel eines Fernsehanschlusses. Abgesehen von einem riesigen roten Wildledersofa gab es überhaupt keine Möbel.

Ich wollte ihn fragen, wie er es fand, in einer so leeren, verlassen wirkenden Wohnung zu leben. Wie er seiner Frau die Nachricht überbracht hatte, dass er auszog, und was sie dazu gesagt hatte. Wie lange es dauern würde, bis die Dinge zwischen ihnen geklärt waren und ich die Schuldgefühle, die ich wegen unserer Beziehung hatte, hinter mir lassen und mich auf unsere Zukunft freuen konnte. Wann ich den Gefühlen, die ich für ihn entwickelte, endlich einen Namen geben durfte.

Aber ich fragte ihn nicht. Ich beobachtete, wie seine starken Hände den Draht von der Champagnerflasche lösten und den Korken herauszogen – so gekonnt, wie sie meine strenge Selbstbeherrschung in hemmungslose Hingebung zu verwandeln wussten –, und fragte ihn keck: »Warum zeigst du mir nicht das Schlafzimmer?«

Er lachte. »Dort sieht's noch schlimmer aus. Die Eigentümer sind zwei junge Typen, die ihre Wohnung nicht besonders sauber gehalten haben. Da drin liegen nur ein paar Matratzen, Staubmäuse und der Schlafsack, in dem ich letzte Nacht geschlafen habe. Keine Sorge, Chris wird die Wohnung von einem Innenarchitekten so auf Vordermann bringen lassen, dass das Soho House dagegen schäbig aussehen wird. Bis dahin werden wir mit dem Sofa vorliebnehmen müssen.«

Wir setzten uns und stellten unsere Pappbecher auf den Boden. Er küsste mich wieder auf die Art und Weise, die mir zwar langsam vertraut war, auf die mein Körper aber immer noch genauso intensiv reagierte wie beim ersten Kuss.

»Du bist wunderschön, Charlotte«, hauchte er. »Du bist fantastisch angezogen.«

»Was, das hier? Das ist doch nur ein Anzug.«

»Genau. Total schlicht und streng, aber darunter ...«

Mein Herz machte einen kleinen Satz, und ich fühlte wie sich die gespannte Erregung von meinem Schlüsselbein, das er zärtlich mit seinem Daumen massierte, bis zu meinen Brüsten und dann noch tiefer nach unten ausbreitete. Mein Körper sah so gut aus mit seiner Hand darauf: Meine Haut, die mir beim Blick in den Spiegel immer schlaff vorkam, verwandelte sich in straffes, weiches Gewebe, wenn ich mir vorstellte, wie sie sich für ihn anfühlen musste.

Er öffnete die drei Knöpfe meines Blazers und dann langsam und bestimmt sämtliche Knöpfe meiner Bluse. Darunter wartete das schwarze Spitzenkorsett, das ich gekauft hatte, um es für ihn zu tragen.

»Mein Gott«, stöhnte er. »Steh auf.«

Ich gehorchte und stellte mich vor ihn, nippte an meinem Champagner und beobachtete sein Gesicht, während er mir den Blazer und die Bluse von den Schultern streifte und dann den Reißverschluss meines Rocks öffnete und ihn über meine Hüften gleiten ließ.

Ich hatte kein Höschen an (um ganz ehrlich zu sein, hatte ich es erst im Fahrstuhl ausgezogen und in meine Handtasche gesteckt – so ein böses Mädchen war ich dann doch nicht), nur halterlose Strümpfe und High Heels.

Einmal mehr spürte ich das elektrische Kribbeln der Erregung, das sein Verlangen in mir auslöste. Meine innere Sexgöttin war definitiv erwacht und schickte blitzartige Schauer der Lust durch meinen Körper. Mir war vollkommen klar, was der Podcast gemeint hatte: Ich fühlte mich so mächtig, konnte aber gleichzeitig nicht kontrollieren, wie mein Körper und mein Herz auf ihn reagierten. Dann umfasste er meine Taille mit beiden Händen und zog mich zu sich heran. Seine

Lippen streiften die Innenseite meiner Oberschenkel und wanderten weiter nach oben zu der Feuchtigkeit, die ihn dort erwartete. Das Fieber meiner Lust ließ all meine Gedanken schmelzen.

Danach lagen wir zusammen auf dem Sofa, fanden aber keine bequeme Position. Das Wildleder war glatt, und obwohl es warm war, fühlte ich mich unbehaglich, nackt mit ihm in diesem riesigen, leeren Raum zu sein. Ich stand auf und fing an, mich wieder anzuziehen.

»Was hast du denn vor?«, fragte Myles träge.

»Was, wenn dein Kumpel plötzlich mit Leuten hier aufschlägt, die die Wohnung besichtigen wollen?«

»Na, die werden wissen wollen, ob du zur Einrichtung gehörst. Außerdem wird das nicht passieren. Wir haben eine Abmachung. Er sagt mir einen halben Tag im Voraus Bescheid, bevor er vorbeikommt. Wenn ich ein richtiger Mieter wäre, hätte ich 24 Stunden Zeit und könnte auch Nein sagen, wenn ich wollte. Es ist also ein fairer Deal für ihn.«

»Hausbesetzerrechte«, spöttelte ich. »Du könntest ein anarchistisches Kollektiv gründen, wie die Typen, die aus dem Haus in Mayfair geschmissen wurden. Du müsstest aber in Olegs Haus einziehen, um den gewünschten Effekt zu erzielen.«

»ANAL«, grinste Myles. »Guck nicht so. So heißen die nun mal: Autonome Nation Anarchistischer Liberalisten – ein etwas unglückliches Akronym. Wollen wir uns was zu essen bestellen?«

Ich hatte einen Bärenhunger. Während er also die *Deliveroo*-App auf seinem Handy öffnete, ging ich ins Bad. Hier sah es genauso traurig und leer aus wie in der übrigen Wohnung: eine Tube Zahnpasta, Myles' Zahnbürste und Rasierer auf einem Regal neben dem Waschbecken, eine Flasche Duschgel in der Dusche und ein einziges, leicht abgewetztes Handtuch. Ich warf einen Blick in die Schlafzimmer. Eines war leer, bis auf ein kahles Doppelbett. Im anderen lag – wie Myles beschrieben hatte – ein Schlafsack auf einer Matratze. An einem Drahtbügel an der Tür hing ein sauberes, gebügeltes Hemd und auf dem Boden stand eine kleine Reisetasche mit ein paar Kleidungsstücken.

Ich malte mir aus, wie wir uns dort zusammenkuscheln, Kerzen anzünden und morgens vom Licht, das durch das nackte Fenster fiel, geweckt würden, um erneut miteinander zu schlafen. Eigentlich eine romantische Vorstellung, wenn auch auf eine leicht studentische Art. Allerdings fühlte sie sich für mich schlicht unangenehm und sogar ein bisschen abstoßend an. In meiner Spitzenunterwäsche und meinem Businessanzug fühlte ich mich hier ziemlich fehl am Platz.

Um nicht den Eindruck zu erwecken herumzuschnüffeln, ging ich schnell zurück zu Myles, der konzentriert auf sein Handy starrte.

»Ramen ist unterwegs«, sagte er und kippte den Rest des Champagners in unsere Pappbecher.

Aber als das Essen kam, waren weder Plastikbesteck noch Stäbchen dabei, und auch in den Küchenschubladen war nichts zu finden.

Wir betrachteten die Plastikbehälter mit heißen Nudeln, Hühnchen und Gemüse, die in einer köstlich duftenden Brühe schwammen.

Es war unmöglich, das zu essen, ohne am Ende auszusehen, als hätten wir eine Essensschlacht veranstaltet.

»Fuck«, lachte Myles. »Es tut mir so leid, Charlotte. Epic-Liebesnest-Fail.«

Ich versuchte, es ebenfalls mit Humor zu nehmen, aber plötzlich war mir gar nicht mehr nach Lachen zumute, und nach Liebe erst recht nicht. Es war spät; ich musste noch duschen, schlafen und morgen um sieben Uhr im Büro sein. Ich war hungrig und spürte einen Anflug von Kopfschmerzen.

»Ich führe dich aus«, schlug er vor. »Es gibt hier in der Gegend viele Läden, die jetzt noch offen haben. Es ist erst zehn.«

Aber mir war nicht danach. »Nächstes Mal. Wenn du dich etwas mehr eingelebt hast. Ich muss jetzt nach Hause.«

Vielleicht bildete ich es mir nur ein, aber ich hätte schwören können, dass er für eine Sekunde erleichtert aussah.

»Oder du kommst mit zu mir«, bot ich an. »Ich kann kein Gourmetessen versprechen, aber zumindest kann ich Messer und Gabeln anbieten.«

»Charlotte, dir sollte mittlerweile klar sein, dass es nicht deine Kochkünste sind, an denen ich interessiert bin«, sagte er, zog mich zu sich heran und küsste mich.

Ich erwiderte seinen Kuss, aber als seine Hände wieder zu den Knöpfen meines Blazers wanderten, schob ich sie sanft weg. »Ich muss jetzt wirklich gehen.«

Ich zog meinen Mantel an, und er versprach, mich am nächsten Tag anzurufen. Auf dem Weg zur Bushaltestelle um die Ecke war ich tief in meine Gedanken versunken. Ich sah hoch zu dem Fenster drei Stockwerke über mir, das ich für das Zimmer hielt, in dem Myles schlief, aber es war kein Licht zu sehen.

Auch in unserem Haus herrschte Dunkelheit. Weder Tansy noch - man höre und staune – Adam waren da. Und auch kein Travis, der auf der Straße herumlungerte. Das wusste ich, weil ich in beide Richtungen die Straße hinauf- und hinab-spähte, bevor ich die Haustür öffnete. Ich sah hinauf zum Fenster im Obergeschoss der Nachbarn – nur für den Fall, dass ich dort mal wieder einen Blick auf Freezers kleines weißes Gesicht erhaschen würde, aber mir glotzten nur die geschlos-senen Fensterläden entgegen.

Der Appetit war mir vergangen. Ich schaltete unten alle

Lichter an und vergewisserte mich, dass niemand da war. Dann ging ich in mein Zimmer und zog mir einen Pyjama und einen Morgenmantel an. Adams und Tansys Türen waren geschlossen, aber ich klopfte leise, öffnete sie nacheinander, schaltete das Licht an, sah mich um, schaltete das Licht wieder aus und schloss die Türen. Ich wusste, dass Travis nicht da war - dass niemand da war -, aber ich musste mich vergewissern, nur zur Sicherheit.

In Adams Zimmer roch es immer noch muffig, aber abgesehen von zwei leeren Müslischalen auf dem Boden und einem Bierglas mit Wasser auf seinem Schreibtisch war es sehr aufgeräumt. Offensichtlich hatte die passiv-aggressive Nachricht, die ich an unsere *WhatsApp*-Hausgruppe geschickt hatte, endlich Wirkung gezeigt. Sein Computer war an, blaue Lichter blinkten, aber beide Bildschirme waren ausgeschaltet. Sein Laptop lag geschlossen auf dem Bett.

Tansys Zimmer sah genauso aus wie immer. Make-up lag verstreut auf der Kommode, ich roch ihr Parfüm, der Schrank war offen und quoll über vor Kleiderbügeln. Ihre Taschen hatte sie unters Bett gestopft. Ich wusste jetzt, was darin war, seit Tansy sich mir anvertraut hatte, aber ich würde nicht nachsehen.

Nachdem ich noch einmal die Schlösser unten kontrolliert hatte, ging ich ins Bett.

»Ja, Darling«, sagte Colin in sein Handy, während er auf dem Weg aus dem Konferenzraum an mir vorbeihastete. »Ich saß gerade im Meeting. Natürlich hilft Alice mit. Ich werde ihr sagen, dass sie dich anrufen soll. Oder willst du lieber vorbeischauen? Ich sag es ihr. Alice!«, schrie er quer durchs Büro.

Die übrigen Teilnehmer des Meetings folgten mit etwas Abstand. Greg umklammerte ein Diktiergerät, Renzo telefonierte schon wieder, und dann waren da noch ein Mann und eine Frau, die ich nicht erkannte, vermutlich Kunden, und Xander.

Während Greg die Kunden zum Aufzug geleitete, eilte ich in den Konferenzraum, um Kaffeetassen, Milchkännchen, die (unbenutzten) Zuckerpäckchen und einen Teller mit (unangetasteten) Schinkenbrötchen wegzuräumen.

Xander folgte mir zurück in den Raum. Er hatte seine üblichen Jeans und seinen Pullover zu diesem Anlass gegen etwas schickere Jeans, ein weißes Hemd und ein Jackett getauscht.

Er half mir, das schmutzige Geschirr auf ein Tablett zu stapeln.

»Das musst du doch nicht«, sagte ich.

»Das mache ich gern«, antwortete er und versuchte mit einer schwungvollen Handbewegung drei Tassen auf einmal zu nehmen. Dabei klirrten sie so heftig aneinander, dass vom Rand einer Tasse ein Stück weißes Porzellan abbrach, woraufhin Xander sämtliche Tassen fallen ließ und so ein dunkelbraunes Espressoflussdelta auf den Tisch zauberte.

»Och nee jetzt, oder?«, schnauzte ich. »Lass es einfach sein, bitte. Ich komme allein klar. Das ist mein Job. Kümmer du dich um deinen.«

»Ich sehe schon, ich bin wirklich keine große Hilfe. Ohne mich bist du wohl besser dran. Tut mir leid, Charlotte.«

»Schon in Ordnung«, murmelte ich und hatte sofort ein schlechtes Gewissen, ihn so angemotzt zu haben, obwohl er doch nur nett sein wollte. Als ich mich zur Tür wandte, war er bereits mit einer Küchenrolle zu Stelle.

»Charlotte«, sagte er und überreichte sie mir. »Ist alles in Ordnung?«

»Was meinst du?« Ich tupfte die Kaffeelache auf und stellte erleichtert fest, dass sich die Schweinerei in Grenzen hielt. Nicht mal Putzmittel war nötig.

»Du siehst müde aus. Und normalerweise brüllst du mich nicht so an, wenn ich dir das Leben schwer mache.«

Ich schaute zu ihm auf. Das Gewicht der Fragen, die ich niemandem stellen konnte, lastete schwer auf meinen Schultern. Ich hatte Tansy versprochen, mir ihren Fall mal näher anzuschauen, um sie zu beruhigen, allerdings hatte ich überhaupt keinen Plan, wo ich überhaupt anfangen sollte.

Adam kannte das Internet zwar wie seine Westentasche, immerhin war er App-Entwickler, aber er sprach nun mal kein Wort mit mir. Ich hatte Tansy vorgeschlagen, dass sie ihn selbst fragen könnte, woraufhin sie bleich geworden war und gesagt hatte: »Auf gar keinen Fall. Superpeinlich.«

Renzo wiederum kannte sich zwar mit Technik aus, kam aber aus naheliegenden Gründen ebenfalls nicht infrage.

Pavel war in den letzten zwei Tagen durchgängig in Meetings mit der Cybersicherheitsfirma gewesen, die wir hinzugezogen hatten. Er war also keine Option, ganz zu schweigen davon, dass ich ziemliche Angst vor ihm hatte, und ihm gegenüber kaum mehr als »Guten Morgen« und »Für dich wieder zwei Paletten *Red Bull*, wie immer?« über die Lippen brachte.

Blieb Xander. Selbst wenn er mir nicht helfen konnte, wusste ich, dass er die Informationen vertraulich behandeln würde. Und die Vorstellung, mein Herz jemandem auszuschütten, der zuhören und versuchen würde zu verstehen, auch wenn er vielleicht nicht helfen konnte, war gerade sehr verlockend. »Darf ich dir eine Frage stellen? Ich erwarte nicht, dass du eine Antwort darauf hast.«

»Natürlich«, sagte er. »Aber wahrscheinlich habe ich wirklich keine.«

»Wie kann man die Adresse einer Person herausfinden, wenn man ihren Namen nicht kennt, aber weiß, wie sie aussieht? Ich frage für jemanden, den ich kenne.«

Xander starrte mich eine Sekunde lang unverhohlen an. Dann schlug er vor: »Fast Mittagspause. Sollen wir rausgehen?«

Ich dachte an meine vollgepackte To-do-Liste und daran,

dass Piers' Zündschnur momentan noch kürzer war als sonst. Dann wiederum konnte ich hier nicht mit Xander reden, hier gab es zu viele Leute, die mithören konnten, allen voran Renzo. Und ich dachte an Tansys bleiches, verängstigtes Gesicht, während sie mich angefleht hatte: »Sag's ihm nicht, Charlotte. Bitte, bitte sag ihm nichts davon.«

»Klar. Lass uns das tun. Danke«, antwortete ich Xander.

Zehn Minuten später fanden wir uns auf einem Street-Food-Markt wieder, den Xander anscheinend oft zum Mittagessen besuchte. Wir saßen auf einer Bank unter Heizpilzen inmitten von blinkender Weihnachtsbeleuchtung, aßen Fladenbrote mit Halloumi und Grillgemüse und tranken heiße Schokolade. Bis zum ersten Bissen war mir gar nicht klar gewesen, wie hungrig ich war, aber jetzt verschlang ich mein Mittagessen, als hätte ich seit Tagen nichts mehr gegessen.

»Was soll das mit dem vorgezogenen Weihnachtskram?«, fragte ich. »Es ist doch erst November. Geht dir das nicht auch auf den Sack?«

»Auf einer Skala von Dingen, die mir auf den Sack gehen«, antwortete Xander, »ist das bestenfalls eine Zwei von Zehn. Was ist mit den Leuten, die in der Warteschlange bei *Pret a Manger* stehen und erst anfangen, zu überlegen, was sie bestellen wollen, wenn sie dran sind? Was ist mit der Art, wie Pavel seine *Red Bull*-Dosen zerdrückt, nachdem er sie ausgetrunken hat, als wäre er Chuck Norris? Was ist mit Boris Johnson?«

»Okay«, lenkte ich ein. »Du hast ja recht. Wenigstens versucht das vorgezogene Weinachten nicht, das Land im Alleingang zu ruinieren und Zehntausende Menschen arbeitslos zu machen.«

»Trotzdem«, sagte er. »Eine Zwei ist eine Zwei. Nicht besonders schlimm, aber trotzdem nervig. Aber jetzt zu deinem Problem.«

Ich aß mein Halloumi-Sandwich auf, wischte mir die

fettigen Finger an einer Papierserviette ab und nippte an meiner heißen Schokolade. Wo sollte ich anfangen und wie viel durfte ich verraten? Genug, um Tansy zu helfen - wenn er das konnte -, ohne dabei ihr Geheimnis auszuplaudern.

»Diese Person ist sehr besorgt, weil jemand vor ihrem Haus aufgetaucht ist, der eigentlich nicht wissen sollte, wer sie ist oder wo sie wohnt.«

»Verstehe«, sagte Xander. »Aber dieser Jemand weiß, wie die Person aussieht? Kennen sie sich persönlich? Oder nur via Social Media oder so?«

»Hmm ...«, brummte ich. »Nicht persönlich. Sie, also die Person, hat *Twitter-* und *Snapchat-*Accounts, aber die laufen nicht unter ihrem richtigen Namen und sind nicht mit Accounts verknüpft, bei denen sie ihren richtigen Namen benutzt, wenn du verstehst, was ich meine.«

»Könnte sie ein Bild von sich selbst von ihrem Hauptaccount auf einen der anonymen Accounts gepostet haben?«, fragte er. »Wenn ja, könnte eine umgekehrte *Google-*Bildersuche ziemlich schnell ihr echtes Profil finden.«

»Sie sagt nein. Sie meint, dass sie extra vorsichtig war. Dieser Jemand kennt ihren richtigen Namen nicht, weiß aber, wo sie wohnt.«

»Könnte irgendein Detail auf einem der Bilder ihren Wohnort verraten haben? Zum Beispiel ein Selfie an der U-Bahn-Haltestelle oder in einer Kneipe in der Nähe oder so?«, fragte er.

Ich schüttelte den Kopf. »Sie wurden alle bei ihr zu Hause aufgenommen, in ihrem Zimmer. Und es waren keine Bilder, zumindest die meisten nicht – hauptsächlich Videos.«

»Könnte dieser Jemand gesehen haben, wie sie in einem ihrer Videos ein Passwort oder etwas Ähnliches eintippt?«

»Sie meint, wie gesagt, dass sie sehr vorsichtig war. Und außerdem, wenn dieser Jemand das gesehen hätte, müsste er doch auch ihren Namen und ihre E-Mail-Adresse und so weiter kennen, oder? Nicht nur ihre Adresse.«

»Und er hat ihr nie etwas geschickt?« Xander hatte das neutrale »Jemand« aufgegeben, wie ich bemerkte. Es hatte keinen Zweck, so zu tun, als gehe es nicht um einen Mann. »Geld auf ein *PayPal*-Konto? Oder über *Verse* oder *Venmo*?«

»Doch, das hat er. Ziemlich viel Geld. Aber das ist schon eine Weile her – einige Monate. Seitdem hat sie keinen Kontakt mehr zu ihm gehabt und sie glaubt, dass alle Transaktionen sicher waren.«

»Wie sieht es mit Geschenken aus? Etwa über eine *Amazon*-Wunschliste oder so etwas?«

Ich nickte zerknirscht, während ich an das Paket mit den sündhaft teuren, wunderschönen Dessous dachte, das ich vor Monaten versehentlich geöffnet hatte, auf dem unsere Adresse, aber kein Name gestanden hatte.

»Das auch. Aber wieder alles anonym.«

»Nicht zwangsläufig«, sagte er. »Es ist möglich, dass der Artikel über einen Drittanbieter versandt wurde - also nicht von *Amazon* selbst. Der Verkäufer hat die Adresse vielleicht auf der Versandbestätigung angegeben, die er an *Amazon* schickt, und so könnte sie dann wiederum irgendwie auf dem Account des Kunden aufgetaucht sein. Das ist jedoch äußerst unwahrscheinlich. *Amazon* muss sehr sorgfältig mit Daten umgehen.«

Ich trank noch etwas von meiner heißen Schokolade und stellte sie dann neben mich. Mir war irgendwie schlecht.

»Charlotte, du sprichst hier wirklich von einer befreundeten Person, nicht wahr? Es geht nicht um dich selbst?«

Mir kam in den Sinn, wie sich die Leute Xander anvertrauten, und ich fragte mich, was er ihnen im Gegenzug so erzählte. Ich könnte behaupten, dass ich eigentlich mich selbst und nicht Tansy meinte, damit er Renzo nicht versehentlich etwas über seine Freundin, sondern nur über mich erzählte, falls er ihm irgendetwas über unser Gespräch sagen würde. Aber das konnte ich nicht tun. Ich war mir sicher, dass Xander keine Gerüchte über mich verbreiten würde, aber ich konnte meine Karriere nicht aufs Spiel setzen. Ich hatte schließlich viele Freundinnen. Es könnte um jede von ihnen gehen.

»Es geht nicht um mich. Es geht um eine Freundin. Ehrlich.«

»Sie ist Webcam-Model, oder?«

Ich versuchte, einen neutralen Gesichtsausdruck zu bewahren, aber das Blut schoss mir in den Kopf.

»Ja. Woher weißt du das?«

»Du hast es mir selbst verraten«, sagte er. »Das ist die einzig schlüssige Erklärung. Videos, *Snapchat*- und *Twitter*-Accounts, alles von ihrem Zimmer zu Hause aus, ein Mann, der ihr Geld und Geschenke schickt und dann aufdringlich wird, weil sie nicht mehr tut, was er will.«

»Ich wusste gar nicht, dass es so was überhaupt gibt«, sagte ich ratlos. »Ich meine, ich wusste es schon irgendwie, aber ich dachte nicht, dass ich jemanden kenne, der so was macht.«

»Als ich in Kolumbien gearbeitet habe, hatte ich eine Kollegin, deren Tochter das gemacht hat«, erzählte Xander. »Sie war eine der Frauen, die unser Büro für einen Hungerlohn geputzt hat und damit kaum über die Runden kam. Sie hatte sechs Töchter, und die Älteste hatte einen Job in einem Callcenter. Das erzählte sie jedenfalls ihrer Mutter, um den Jüngeren den Schulbesuch zu ermöglichen. In Wirklichkeit arbeitete sie in einem sogenannten Webcam-Studio. Das ist da ein riesiger Wirtschaftszweig. Als Maria herausfand, was sie wirklich machte, drehte sie durch und warf Valeria aus dem Haus. Daraufhin hat sie nicht mehr nur mit Webcams gearbeitet. Ein halbes Jahr später wurde sie von einem ihrer Freier ermordet. Maria ist daran zerbrochen.«

»Das ist so schrecklich. Die arme Valeria.«

Die arme Valeria – und die arme Tansy. Sie hatte die Grenze zur Pornografie nicht überschritten, und die zur Prostitution erst recht nicht - das hatte sie mir immer und immer wieder klargemacht, und ich musste ihr zwischendurch andauernd versprechen, es niemals Renzo zu erzählen. Ich dachte an die leise Musik, die ich nachts aus ihrem Zimmer gehört hatte, und dass ich geglaubt hatte, sie würde mit ihrer Mutter und ihrer Schwester in Cornwall telefonieren. Dabei wurde sie in Wirklichkeit online von fremden Männern angegafft.

»Aber warum hast du das getan, Tansy?«, hatte ich sie gefragt. »Ich meine, hat es dir Spaß gemacht?«

»Fürs Geld«, sagte sie. »Warum auch sonst? Ich habe dir doch von der Spielsucht meines Vaters erzählt. Anfang des Jahres wurde es richtig übel. Meine Mutter konnte ihre Rechnungen nicht mehr bezahlen. Ihre Kreditkarten waren überzogen, sie war zwei Monate mit der Miete im Rückstand und der Vermieter wurde immer unangenehmer. Und nach Weihnachten war auch ich pleite. Zuerst dachte ich, es wäre leicht verdientes Geld, aber nach ein paar Wochen wurde ich eines Besseren belehrt. Am Anfang war es ja irgendwie noch witzig. Du sitzt im Nachthemd da und unterhältst dich mit Typen, die dir sagen, wie heiß und süß du bist, und dafür bezahlen sie dich. Und ich habe nichts gemacht, ich saß wirklich nur in Unterwäsche in meinem Zimmer, das war alles.«

»Aber darum geht es eigentlich gar nicht, richtig?«, fragte ich. »Ich meine, nicht wirklich, oder?«

Sie lachte laut und ironisch. »Nö. Wenn Männer ein nettes Gespräch mit einer Frau im Nachthemd führen wollen, dann könnten sie das ja auch mit ihrer Ehefrau im Bett tun, oder? Am Anfang behaupten sie vielleicht, dass sie das wollen, aber dann wollen sie ganz schnell mehr, verstehst du?«

Ich verstand es zwar nicht ganz, nickte aber trotzdem. An Tansys Gesicht war abzulesen, dass sie abwog, wie viel sie mir erzählen sollte. Vermutlich lag ihr die Sache schon lange auf dem Herzen, denn als sie einmal angefangen hatte zu sprechen, war sie kaum noch zu bremsen.

»Es gibt öffentliche Chats, die kommen erst mal relativ normal und unschuldig daher. Wenn die Chatteilnehmer dann genug Geld eingezahlt haben, ziehst du dich aus. Es gibt eine Preisstaffelung, aber wenn insgesamt hundert Pfund im Topf sind, ziehst du dich nackt aus. Dann verlassen manche den Chatraum wieder, um eine andere zu begaffen. Wenn du Glück hast, bittet dich dann jemand um eine private Session.«

»Verstehe«, nickte ich.

»Ich habe sehr schnell herausgefunden, dass man erst mit Stammkunden richtig Geld verdienen kann. Typen, die deinen Raum ein paarmal die Woche besuchen und dich irgendwann kennen.«

»Typen wie Travis?«

»Ja. Ich hatte auch andere Stammkunden, aber er war mein Hauptkunde. Am Tag, an dem ich hier eingezogen bin, war ich auch im Chat, darum war ich so spät dran und besoffen. Ich musste mich letzten Endes betrinken, um es durchziehen zu können. Ich war den ganzen Nachmittag online und habe mit ihm gechattet. Das ist das Komische an Travis. Er verlangte nichts von dem üblichen Kram, wollte nur reden. Doch er hielt mich dort oft stundenlang fest, fragte mich Löcher in den Bauch. Er zwang mich dazu, zu lügen und Dinge zu erfinden, weil ich Angst hatte, dass er herausfinden würde, wer ich wirklich bin, wenn ich ihm zu viel verriet. Ich habe an dem Tag richtig viel Wein getrunken, um damit fertig zu werden. Er hat mir die Blumen und den Champagner geschickt, den ich dir geschenkt habe – über eine Wunschliste, damit er meine Adresse nicht in die Finger kriegt. Nicht, dass ich das dämliche Zeug überhaupt wollte – was sollte ich damit? Damit konnte ich meiner Mutter auch nicht weiterhelfen. Aber ich war so vorsichtig, Charlotte, wirklich. Man darf seinen richtigen Namen und seine Adresse auf keinen Fall verraten. Es ist nicht sicher. Und jetzt weiß er, wo ich wohne.«

»Hast du Angst vor ihm?«, fragte ich, obwohl die Frage

eigentlich überflüssig war. Ihr zitternder, kauernder Körper sprach eine deutliche Sprache.

»Nicht direkt vor ihm«, sagte sie. »Ich habe schließlich stundenlang mit dem Typ gechattet, ich kenne ihn also schon irgendwie. Er wollte nie irgendwelche perversen Sachen von mir. Aber an dem Tag, als ich hier eingezogen bin, habe ich es versaut. Ich habe ihm von meiner Mutter erzählt und warum ich das Ganze machte. Das hätte ich nicht tun sollen. Ich wünschte, ich hätte es nicht getan. Das gab ihm die Möglichkeit, mich zu kontrollieren, weil er wusste, dass ich auf ihn angewiesen war. Danach fing er an, mich um mehr zu bitten, er wollte mich im echten Leben treffen, mir andere Dinge kaufen als nur Dessous und Blumen und ... so. Er bot mir an, Geld direkt an meine Mutter zu schicken und versprach mir alles Mögliche. Ich wusste nicht, was ich tun sollte – er kam meinem wahren Ich auf die Schliche. Er fing an, mir Angst zu machen. Und jetzt hat er unser Haus gefunden - es fühlt sich einfach so nah an. Viel zu nah. Er könnte herausfinden, wo ich arbeite, wenn er mich hier sieht. Er könnte Renzo finden und es ihm sagen.«

Ich fragte sie nicht, was sie mit »perversen Sachen« meinte; ich wollte es gar nicht wissen.

»Er wird es Renzo nicht sagen«, versicherte ich ihr und wünschte, selbst an meine Worte glauben zu können.

»Wenn ich doch nur wüsste, wie er mich aufgespürt hat, würde es mir deutlich besser gehen. Aber ich verstehe es einfach nicht. Wie hat er mich hier gefunden?«

»Ich weiß es nicht, Maus, wirklich nicht. Ich kann Pavel fragen oder jemanden bei der Arbeit. Aber wenn du es Renzo selbst sagen würdest, dann hätte Travis keine Macht mehr über dich. Dann wärst du all deine Sorgen los.

»Das geht nicht. Ich könnte es ihm nie sagen. Weißt du, als wir in Paris waren, als wir das erste Mal miteinander geschlafen haben, konnte ich nicht aufhören, an Travis und die anderen zu denken. Obwohl der Sex mit Renzo so wunderbar war - ist -, habe ich mich so geschämt und mich so schmutzig und schuldig gefühlt. Ich wusste, dass ich nie, nie wieder in den Chat gehen würde. Und das bin ich auch nicht. Als ich nach Hause gekommen bin, habe ich meinen Account gelöscht. Ich habe es weder Travis noch einem anderen meiner Stammkunden gesagt, ich bin einfach verschwunden. Dank Renzo ist mir klar geworden, wie zwielichtig und erbärmlich das alles war. Ich konnte auf keinen Fall beides gleichzeitig sein: Renzos Freundin und die Scheiß-Saskia. Ich hatte schon angefangen, mein Alter Ego zu hassen. Und weißt du, was das wirklich Schreckliche daran war? Weil ich es für meine Mutter tat, nahm ich es ihr irgendwie übel, dass sie das Geld brauchte, als ob sie mich dazu zwang. Und das war einfach das schlimmste Gefühl überhaupt. Ich konnte nicht einmal stolz darauf sein, meiner Mutter damit zu helfen.«

Die Erinnerung an Tansys Tränen brachte auch mich zum Weinen.

»Charlotte«, sagte Xander jetzt. »Deiner Freundin wird es wieder gut gehen. Sie hat doch dich. Nicht weinen.«

Und er streckte die Hand aus, klopfte mir auf die Schulter und drückte sie ein wenig.

Der Drücker gab mir den Rest. Ich vergrub mein Gesicht in seinem Mantel – mir war egal, dass der Tweed auf meiner Haut kratzte – und schluchzte und schluchzte.

Xander tätschelte mich noch ein bisschen halbherzig und verlegen, so wie Männer es meistens tun, wenn Frauen weinen. Dann murmelte er: »Ach Gottchen«, nahm mich in die Arme und hielt mich fest, bis ich fertig war.

Er reichte mir ein paar Papierservietten, die von unserem Mittagessen übrig geblieben waren, und hielt mir den Handspiegel vor, während ich versuchte, mein Gesicht in Ordnung zu bringen. Das war gar nicht so einfach. Ich konnte ihm nämlich nicht in seine freundlichen und besorgten Augen blicken, ohne wieder weinen zu müssen.

»Ich weiß nicht, wie er deine Freundin gefunden hat«, sagte er. »Ich werde mich umhören, auch außerhalb der Arbeit. Aber vielleicht werden wir die Wahrheit nie erfahren.«

19

Für den Rest des Nachmittags durfte ich mich Piers' neuestem Stapel von Visitenkarten widmen. Er war auf einer Konferenz in China gewesen und mit einem regelrechten Berg dieser Dinger zurückgekommen - ich habe sie nicht gezählt, das hätte mich zu sehr runtergezogen, aber es müssen mindestens dreihundert gewesen sein. Jede einzelne davon musste in unsere Datenbank eingepflegt werden. Obendrein konnte ich mir die Namen auf den Karten natürlich kaum merken, weil da nicht einfach John Smith oder David Jones stand, sondern zum Beispiel Zheng Xiaoteng, sodass ich die Schreibung jedes einzelnen Namens mehrfach überprüfen musste. Ich gab die Vor- und Nachnamen andauernd in die falschen Felder ein und verlor den Überblick darüber, aus wie vielen Ziffern die Handynummern bestanden.

Dank meiner Kopfhörer konnte ich mich immerhin ablenken: von Tansy und ihren Problemen, von Myles und seinem unwiderstehlichen Körper und seiner schrecklichen Wohnung und von der Erinnerung daran, wie meine Fantasie Xander in mein Bett geholt hatte. Ich war weit von allem entfernt, was im

Büro oder in der Welt um mich herum passierte. Erst als ich in der U-Bahn nach Hause saß, sah ich auf *Twitter*, was ich verpasst hatte.

Ich übertreibe nicht: Ich kreischte tatsächlich laut und zog so die irritierten Blicke der Pendler um mich herum auf mich. Ohne auch nur eine Sekunde darüber nachzudenken, verfasste ich eine Nachricht an Maddy.

Oh nein! Was für ein schwarzer Tag für dich und mich und alle Frauen auf diesem Planeten! Prinz Harry heiratet! Ich kann es nicht fassen, du etwa?

Ich fügte eine Reihe von Emojis hinzu – ein weinendes Gesicht, einen Diamantring, eine Champagnerflasche und einen Hut – und schickte die Nachricht ab.

Und dann fiel es mir siedend heiß wieder ein: Maddy und ich sprachen nicht mehr miteinander; wir hatten seit ihrem Junggesellinnenwochenende vor fast einem Monat nicht mehr miteinander gesprochen. Ich war mir nicht einmal mehr sicher, ob ich noch Brautjungfer war, nachdem ich die Hälfte des Wochenendes mit Myles statt mit den Junggesellinnen verbracht hatte und auch auf dem Rückflug vom Business-Class-Upgrade ausgeschlossen worden war. Auch wenn mich keine von ihnen auf *Facebook* entfreundet hatte, vermutete ich, dass sie mir nur noch eingeschränkten Zugang zu ihren Profilen gaben, denn die Flut an hochzeitsbezogenen Posts in meinem Feed war völlig versiegt.

Zu meinem Pech stand der Zug gerade in einer Station, als ich auf »Senden« drückte. Anstatt in einer Zone ohne Empfang unterzugehen, wurde die Nachricht also zugestellt.

»Scheiße«, murmelte ich, was meine Sitznachbarin diesmal so entrüstete, dass sie ein Stück von mir wegrückte. Wichtigste Regel in der Londoner U-Bahn: Man spricht nicht in der Londoner U-Bahn. Jedenfalls nicht montagabends um sieben

Uhr. Es sei denn, man gehört der Gruppe deutscher Jugendlicher an, die weiter vorn im Waggon herumstanden und diese Regel offenbar nicht kannten.

Nun, es war zu spät. Die Nachricht war abgeschickt. Maddy würde entweder antworten oder mich ignorieren. Es gab Zeiten, da hätte sie sofort und genauso aufgeregt geantwortet, einen Haufen Emojis hinzugefügt und mir mitgeteilt, dass sie am Boden zerstört war – was ja angesichts ihrer Situation unwahrscheinlich war.

Ich wusste, dass Millionen von Frauen im ganzen Land in den gut aussehenden Prinzen verknallt waren, aber bei Maddy war es ernst. Schon als kleines Mädchen hatte sie angekündigt, dass sie Prinz Harry eines Tages heiraten würde. Während unseres ersten Jahrs an der weiterführenden Schule träumten die meisten Mädchen davon, *X Factor* zu gewinnen oder Supermodels zu werden. Die Hochbegabten unter uns (von denen es nicht viele gab) wollten Herzchirurginnen werden. Maddy hingegen verkündete stolz, dass sie einmal Prinzessin sein würde.

Sie hatte sich einen genauen Plan zurechtgelegt. Sie wollte Tiermedizin studieren und sich auf Pferde spezialisieren. Nach dem Studium wollte sie in den Süden ziehen und in Berkshire arbeiten, und wenn Harrys Lieblingspolopony dann ein mysteriöses Krankheitsbild zeigte, das kein anderer Tierarzt diagnostizieren konnte, würde sie zur Stelle sein und ein Wunderheilmittel finden. Der Prinz würde sie völlig übernächtigt über die Stalltür hinweg anschmachten und sie mit Dankesbezeugungen überhäufen. Aus der so entstehenden Freundschaft würde bald Liebe werden.

Ich bin mir sicher, dass es allein dieser Traum war, der Maddy dazu motivierte, das Tiermedizinstudium durchzuziehen, das ihr, soweit ich weiß, einiges abverlangt hatte – oft mit der Hand im Hintern einer Kuh.

Irgendwann kam dann das echte Leben dazwischen und

Maddy bekam einen Job als Assistenztierärztin in einer Praxis in London. Die tierischen Patienten waren vor allem fettleibige Katzen, verhaltensauffällige Hunde und ab und zu ein gestresstes Hauskaninchen, und sie merkte, dass ihr Traum in ziemlich weite Ferne gerückt war. Und dennoch, als Prinz William sich verlobte, war sie total aufgedreht und meinte: »Siehst du? Seht ihr? Das kann jeder passieren!« Und dann verbrachte sie ein paar Wochen lang ihre freien Tage damit, mit schwarzem Eyeliner und hautfarbenen High Heels von *L.K.Bennett* durch die King's Road zu stolzieren.

Obwohl Maddy jetzt kurz vor ihrer eigenen Hochzeit stand, wusste ich, dass sie eifrig die Nachrichten verfolgen und sich jede einzelne der bunten Tabloid-Sonderbeilagen sichern würde. Sie würde die offiziellen TV-Interviews aufsaugen und eine Party planen, die noch ausgefallener sein würde als jene, die sie anlässlich der Hochzeit von Prinz William und Kate Middleton veranstaltet hatte.

Scheiße, Maddy, ich vermisse dich so sehr, dachte ich, sagte es aber dieses Mal zum Glück nicht laut. Ich checkte mein Handy an jeder Haltestelle, aber es kam keine Antwort von ihr, obwohl ich sah, dass sie meine Nachricht gelesen hatte. Falls sie mir nicht antwortete, beschloss ich, würde ich offiziell nicht mehr ihre Brautjungfer. Das wäre das Ende unserer Freundschaft, und ich würde es akzeptieren und weitermachen. Dann hatte es keinen Zweck mehr, tote Pferde konnte man schließlich nicht reiten – wie auch Prinz Harry sicherlich nur zu gut wusste.

Aber just in dem Moment, als ich am *Daily Grind* vorbeiging, vibrierte mein Handy. Als ich es aus meiner Tasche gekramt hatte, sah ich, dass ich zahlreiche Nachrichten bekommen hatte.

*Hey – wie war dein Tag? Hast du schon irgendwas raus-
gefunden? Ich bin zu Hause – Lust auf Abendessen?
Danke noch mal, dass du angeboten hast, mir zu helfen,
das weiß ich sehr zu schätzen x*

Von Tansy.

*Hey Süße. Ich denke schon den ganzen Tag an dich.
Letzte Nacht war großartig. Wie wär's mit einer Revan-
che? Ich bin allein in der Wohnung, die sich ohne dich
sehr leer anfühlt xxxx*

Von Myles.

*Hi – Ich habe gerade mit Maddy gesprochen. Du auch?
Wir müssen reden.*

Von Molly.
Und von Maddy:

*Hallo Liebes. Danke für deine Nachricht. Ich schulde
dir eine riesige Entschuldigung. Hast du heute Abend
vielleicht Zeit? Wir könnten uns irgendwo in der Stadt
treffen? PS: Harry, OMG!*

und dann eine Emoji-Parade, die noch länger und wahlloser
war als meine eigene.

Ich dachte eine Zeit lang nach, aber nicht allzu lange. Dann
schickte ich vier Nachrichten zurück.

*Es gibt noch nichts Neues, tut mir leid, aber mein
Kollege Xander geht der Sache nach. Ich gehe heute
Abend aus, bin aber gegen elf wieder da. Mach*

*niemandem die Tür auf, und keine Sorge, alles wird
wieder gut. Ich denke aber trotzdem, du solltest mit R
darüber reden! X*

*Für mich war es auch großartig. Du bist großartig!
Heute Abend habe ich aber keine Zeit, sorry. Vielleicht
morgen? Xxxx*

*Ja, ich glaube das müssen wir. Ich treffe mich heute
Abend mit Maddy.*

Und:

*Wo sollen wir uns treffen? Irgendwo an der London
Bridge? In dem Tapasladen? Ich könnte in einer halben
Stunde dort sein.*

Ich wartete erst gar nicht auf eine Antwort von Maddy –ich
wusste, dass sie ohnehin an der London Bridge in die U-Bahn
steigen musste, und dass sie Tapas liebte –, drehte mich um und
stieg wieder in die U-Bahn.

Als ich im Restaurant ankam, wartete sie tatsächlich schon
an einem Tisch für zwei, auf dem eine Flasche unseres Lieb-
lingssherrys und zwei Gläser standen. Sie sprang auf, als sie
mich sah, wir umarmten uns heftig und als wir uns wieder
losließen, hatten wir beide Tränen in den Augen.

»Komm, setz dich, trinken wir was. Ich muss was trinken
und ich muss mit dir reden«, sprudelte es aus ihr hervor.

Ich setzte mich und goss Sherry in unsere Gläser. Dann
sagten wir wie aus einem Munde: »Es tut mir so leid.«

»Nein, mir tut es leid«, sagte ich. »Ich habe dich auf deinem
Junggesellinnenabschied sitzen lassen.«

»Und zwar nur, weil ich mich dir gegenüber wie ein total

durchgeknalltes, asoziales und ungerechtes Miststück verhalten habe«, sagte Maddy.

»Hast du nicht!«, protestierte ich.

»Habe ich wohl«, erwiderte Maddy.

»Okay, hast du«, gab ich zu, und wir lachten beide.

»Ich schulde dir also eine Entschuldigung und eine Erklärung. Ich war ein Arschloch. Jetzt bekomme ich dafür mein Fett ab und weiß nicht, was ich tun soll.«

»Bianca?«, fragte ich und war dankbar um die Informationen, die mir Molly gesteckt hatte.

Maddy nickte. »Am Ende des Tages ist es meine Schuld. Als wir umgezogen sind, war sie einfach so hilfsbereit, hat Pakete für uns angenommen, die Bauarbeiter zurechtgewiesen und war dabei so unglaublich kompetent. Ich weiß, du dachtest, ich käme mit dem Umzug und der Hochzeit gut zurecht, weil ich wollte, dass du das denkst. Aber das stimmte gar nicht. Du hast mir gefehlt, und Hackney auch, und ich hatte Angst, dass ich einen schrecklichen Fehler gemacht habe. Natürlich nicht mit Henry, aber mit meinem *Leben*. Ich war zu einer Version meiner selbst geworden, die sich ganz seltsam und falsch angefühlt hat. Ich war verlobt und habe mich in meinem Haus in der Vorstadt mit Feuchtigkeitsschäden rumgeärgert und ... ich weiß nicht. Ich wollte einfach nur mein altes Leben zurückhaben. Ich wollte mit dir rumhängen, Trash-TV gucken und im *Daily Grind* vorbeischauen, wann immer ich Lust drauf hatte. Aber die Zeit lässt sich nicht zurückdrehen, stimmt's?«

»Nein, leider nicht.«

»Als Bianca also angeboten hat, mir mit diesen Dingen zu helfen, war ich total dankbar. Und im Lauf der Hochzeitsvorbereitungen ist mir irgendwann klargeworden, wie viel Arbeit das war. Ich meine, da wir bei Henrys Eltern feiern, mussten wir keinen Veranstaltungsort buchen oder so, aber plötzlich waren es nur noch wenige Monate bis zur Hochzeit. Und es gab noch so viele Dinge zu erledigen, an die ich nicht einmal gedacht hatte, wie etwa nach Frankreich zu fahren, um den Hochzeitswein zu kaufen, die Tischdeko zu planen, ein Probeessen zu veranstalten, die Kleider für die Brautjungfern zu kaufen und und und. All die Dinge, die Bianca mir nahegelegt hat, damit ihre Familie nicht denken würde, ich hätte das Ganze nicht im Griff.«

»Du hättest mich fragen können«, sagte ich sanft. »Ich hätte dir geholfen.«

»Nein, hättest du nicht. Du hättest mir gesagt, dass ich mich nicht wie ein Brautmonster aufführen soll. Und gefragt, warum zur Hölle ich überhaupt ein Probeessen brauchte.«

»Kann sein«, gab ich zu. »Aber wenn du das alles gewollt hättest, hätte ich versucht, es hinzukriegen. Obwohl das mit der Arbeit und so ...«

»Ich weiß. Glaub mir, ich verstehe das. Ich habe ja selbst keine Zeit dafür. Aber Bianca schon. Und sie hat es irgendwie an sich gerissen, und dann hat sich das Ganze verselbstständigt. Natürlich musste ich sie fragen, ob sie Hauptbrautjungfer sein wollte, weil sie sich doch so ins Zeug gelegt hat. Dabei wollte ich in Wahrheit, dass du das machst.«

Maddy zog ein Taschentuch aus ihrer Tasche hervor und schnäuzte sich. Die Kellnerin kam vorbei und fragte, ob wir bestellen wollten. Ich nahm Oliven, Rauchmandeln, Manchego, Serranoschinken, Pimientos de Padrón und eine Gemüsetortilla – diese Tapas-Auswahl konnte ich bestellen, ohne Maddy zu fragen, denn wir orderten bei jedem Besuch das Gleiche. Und das war auch gut so, denn sie weinte gerade diskret in ihren Sherry.

»Bianca meinte, dass du dich gar nicht für diesen ganzen Hochzeitskram interessieren würdest«, fuhr Maddy fort und trocknete sich die Augen. »Sie meinte, du hättest ihr erzählt, dass ich mich verändert und in eine Vorstadthausfrau verwandelt hatte und dass du mich kaum wiedererkennen würdest.

Und ich habe ihr geglaubt. Das tat weh, Charlotte, denn all das stimmte ja, unabhängig davon, ob du es gesagt hattest oder nicht.«

»Ich habe es aber nicht gesagt«, bekräftigte ich überrascht. »Ich habe Bianca noch nie unter vier Augen getroffen. Warum sollte ich bei ihr über dich lästern?«

»Ich weiß es nicht. Natürlich würdest du das nicht tun. Aber so wie sie das gesagt hat – als wäre sie selbst auch richtig verletzt und verwirrt – und so wie ich mich bei dem Ganzen gefühlt habe, hat es irgendwie Sinn ergeben. Fuck, was für ein Scheiß. Ich kann nicht glauben, dass ich jemals gedacht habe, dass dieses Zeug über dich wahr sein könnte.«

»Und woher weißt du, dass es das nicht ist? Wenn du Bianca damals geglaubt hast, warum tust du es jetzt nicht mehr?«, fragte ich.

»Weil sie jetzt das Gleiche mit mir macht«, sagte Maddy traurig. »Pamela – Henrys Mutter – verhält sich in letzter Zeit ganz komisch mir gegenüber. Wir haben uns immer richtig gut verstanden, das weißt du ja. Aber als wir vor ein paar Wochen sonntags zum Essen da waren, war sie mir gegenüber superseltsam. Also schon höflich und so, aber irgendwie kalt. Und dann, als wir die Spülmaschine eingeräumt haben - diese Familie hat sich echt nicht verändert, die Männer machen keinen Finger krumm, eigentlich ein Wunder, dass Henry stubenrein ist -, meinte sie so zu mir: ›Madeleine, du hättest mir doch sagen können, dass du ein Problem mit meinem Brautmutterkleid hast. Dann hätte ich mir ein anderes ausgesucht.‹ Ich war total verwirrt. Okay, ihr Kleid ist ziemlich übel, so ein biederes Standardkostüm halt, das auch die Queen tragen könnte, aber darüber habe ich mit niemandem gesprochen.«

Ich wickelte ein Stück Schinken um eine Brotstange, biss hinein und war weiter ganz Ohr.

»Und jetzt hat eine andere Freundin von Bianca - sie scheint einen hohen Freundinnenverschleiß zu haben, welch

Wunder! - Probleme mit ihrer Ehe. Gleichzeitig hilft Bianca ihr, eine Wohnung für einen Kunden einzurichten, und hängt sich da voll rein, genau wie sie sich auch bei meiner Hochzeit voll reingehängt hat. Sie antwortet nicht mehr auf meine Nachrichten, dabei sind es nur noch drei Wochen bis zur Hochzeit, und irgendwie macht das alles überhaupt keinen Spaß mehr. Es ist einfach nur stressig ohne Ende, und wenn ich Henry nicht lieben würde, würde ich das ganze Ding abblasen, glaube ich.«

Sie sah aus, als würde sie jeden Moment wieder anfangen zu weinen. Ich schob ihr ein paar Schinken-Käse-Kroketten auf den Teller, um sie abzulenken, und füllte unsere Gläser auf.

»Hör zu«, sagte ich zu ihr. »Du hast drei andere Brautjungfern, die dich lieben – und Charis ist keine davon. Die hat's auch nicht einfach mit so einer Mutter! Aber wir kriegen das schon alles zusammen hin. Im Ernst, letzte Woche musste ich einen Empfang für sechzig Personen im *Chiltern Firehouse* herbeizaubern, das, wie du weißt, schon Monate im Voraus ausgebucht ist. Wir schaffen das. Schmeiß sie raus.«

»Das geht nicht«, seufzte Maddy, die aber schon deutlich fröhlicher aussah. »Sie ist Henrys Schwester.«

»Okay, dann schmeiß sie nicht raus. Es ist mir egal, ob ich Hauptbrautjungfer bin oder nicht. Ehrlich. Mir ist nur wichtig, dass du eine schöne Hochzeit hast und dir deshalb keinen Stress machst. Wir kriegen das schon hin, Molly, Chloë und ich. Sogar in Biancas *Slack*-Gruppe, damit sie sich nicht ausgeschlossen fühlt. Und weißt du was? In fünf Jahren wirst du einen Haufen wunderschöner Fotos haben und eine Schwägerin, mit der du dich einigermaßen verstehst, und all das wird Geschichte sein. Es wird dir alles egal sein. Das verspreche ich.«

Maddy aß eine Krokette, dann ein Stück Schinken, dann ein Stück Käse. Dann sagte sie: »O mein Gott, ich bin so hungrig«, und begann zu essen, als hätte sie seit Wochen keine anständige Mahlzeit mehr zu sich genommen. Vermutlich stimmte das sogar.

»Ich bin so eine beschissene Freundin«, schmatzte sie. »Erzähl mal, was bei dir so los ist. Wie geht's dem verrückten Adam? Und Tansy, der Barbiepuppe? Und dem süßen Freezer von nebenan? Und am allerwichtigsten: Wie geht's dem Typ, den du vögelst?«

Und ich erzählte ihr, dass Adam immer noch Adam war. Und dass Tansy wirklich nett und inzwischen eine echte Freundin geworden war, und dass sie mit Renzo zusammen war. Mehr verriet ich erst mal nicht, dazu war unsere frisch gekittete Freundschaft noch zu fragil. Maddy sollte nicht denken, dass ich sie genau wie Bianca durch jemand anderen ersetzt haben könnte, und ich wollte keine Details über Tansys Vergangenheit und den zwielichtigen Travis ausplaudern. Ich redete von der Arbeit, und davon, dass Myles ein absolutes Schnittchen und richtig gut im Bett war, wir aber erst am Anfang standen – auch hier sparte ich die Details zu seiner Vergangenheit aus.

Und dann erzählte ich ihr von Freezers Verschwinden, seinem Wiederauftauchen und seinem neuerlichen Verschwinden, und dass ich mir nicht sicher war, ob er jetzt wieder zu Hause bei Luke und Hannah war oder nicht. Maddy sagte, bei Katern könnte man das nie wissen, und erinnerte mich daran, dass er einen Mikrochip trug, den sie ihm selbst in ihrer Praxis verpasst hatte. Wenn es also zum Äußersten kam, würden Luke und Hannah es so immerhin erfahren.

Sie erzählte mir, dass sie und Henry sich nach den Flitterwochen eine Katze aus dem Tierheim holen wollten, wahrscheinlich eine schwarze, da es für die immer am schwierigsten war, ein Zuhause zu finden, weil sie auf *Instagram* nicht so gut aussahen, und ich sagte ihr, wie sehr ich mich für sie freute.

Und so verbrachten wir den Rest des Abendessens damit, wahllos über Dinge zu plaudern, die nicht so wichtig waren wie die Dinge, mit denen wir angefangen hatten. Auf dem Heimweg wurde mir klar, dass ich ihr die wirklich wichtigen Dinge verschwiegen hatte, und ich fragte mich, ob das von nun an immer so sein würde zwischen mir und meiner besten Freundin.

20

Hallo ihr Lieben und willkommen zurück bei Leider
Geil. Dabei läuft es bei mir gerade leider gar nicht mal
so geil.
Wisst ihr, ich hatte eine richtige Scheißwoche. Alles, was
schiefgehen konnte, ist schiefgegangen. Ich habe mir
beim Yoga einen Muskel gezerrt und mein Rücken
bringt mich um. Ich habe mich mit meiner Mutter
gestritten, weil sie mich zum zigtausendsten Mal gefragt
hat, ob ich noch single sei. Ja, Mutter, das bin ich. Wo
soll ich denn bitte schön jemanden auftreiben? Ach
warte, ich treibe es ja bereits mit jemandem. Außer mit
dem Typ, mit dem ich letzte Woche auf einem Date war,
der mich jetzt ghostet, obwohl ich ihn wirklich ganz gut
fand. Ich stehe also wieder am Anfang. Und bei der
Arbeit habe ich auch Mist gebaut: Ich habe eine Kundin
versehentlich in einer E-Mail an meine Chefin in CC
gesetzt, in der ich mich über die Unverschämtheit exakt
dieser Kundin ausgelassen habe.
Nicht so geil also, stimmt's? Obwohl ... Ich bereue es

eigentlich nicht, dass ich auf meinen Körper achte. Ich darf meiner Mutter sagen, dass sie sich aus meinem Liebesleben rauszuhalten hat. Ich hatte ein großartiges Date, das letztendlich zu nichts geführt hat. Und die Kundin – na ja, die ist hoffentlich ein besserer Mensch geworden, nachdem sie gelesen hat, was ich über sie geschrieben habe. Allerdings musste ich ungefähr eine Million mal schreiben, wie leid es mir tat, dabei fand ich es ehrlich gesagt ... leider geil.

Aber ihr wollt mir nicht zuhören, wie ich Frust ablasse – ihr seid wegen den Herausforderungen hier, oder? Na gut, hier also eure Aufgabe. Wenn euch Scheiße passiert, steckt sie weg und lernt daraus. Wenn ihr im Unrecht seid, steht dazu. Wenn nicht, steht für euch selbst ein. Und wenn euch das Leben Zitronen gibt – na ja, ihr wisst schon, was man mit den Dingern macht.

In den nächsten drei Wochen kam ich gefühlt nicht zum Essen oder Schlafen. Meine Klamotten fühlten sich alle zu groß an. Ich hatte dunkle Ringe unter den Augen. Meine Haut, mit der ich normalerweise zufrieden war, rebellierte plötzlich mit Pickeln und schuppigen Flecken. Meine Nägel wurden brüchig, begannen zu splittern und abzubrechen, und ich hatte keine Zeit, mir Gelnägel machen zu lassen. Mein Haar sah so strähnig und kraftlos aus, dass ich nicht einmal mein Glätteisen benutzen musste – und dafür hätte ich ohnehin keine Zeit gehabt.

In den Wochen bis zum Jahresende ackerte ich wie eine Verrückte. Xander verfasste einen Bericht zur Impact-Investing-Strategie der Firma, die anscheinend »ein glasklarer Fall von Greenwashing« war. Er hatte zu viel zu tun, um sich zwischendurch zu mir zu setzen und mit mir zu plaudern, wie er es normalerweise tat. Piers war im Schulterklopfmodus. Er war jeden Tag bei Kundenessen und Weihnachtsfeiern zugegen, und sein Dauer-Hangover machte ihn anstrengender denn je. Dann, zwei Tage vor Maddys Hochzeit, knallte er mir einen dicken Papierstapel voller gekritzelter Notizen auf den Schreibtisch und sagte: »Das ist meine Weihnachtskartenliste, Darling. Such bitte Karten von einer wohltätigen Organisation aus, ja? Und sieh bitte zu, dass sie alle handgeschrieben sind. Die Adressaufkleber kannst du ausdrucken.« Ich rannte auf die Toilette und weinte.

Meinen Plan, mich rauszuschleichen und mir die Haare und Nägel für die Hochzeit machen zu lassen, konnte ich vergessen. Eine Mütze Schlaf zu bekommen, nachdem ich in den letzten zwei Wochen genau null mal vor zehn Uhr abends aus dem Büro gekommen war, konnte ich ebenfalls vergessen. Und an diesem Abend nach Hoxton zu fahren, um mich dort mit Myles zu treffen, konnte ich erst recht vergessen.

Ich hatte ihn nur noch ein weiteres Mal in der leeren Wohnung getroffen, die allerdings jetzt alles andere als leer war: Sie war wie verwandelt. Die Wände waren in einem cleanen, blassen Grauton gestrichen worden. Das Wildledersofa war noch da, allerdings mit orangefarbenen und goldenen Kissen übersät und durch zwei graue Sessel ergänzt worden. Die baumelnden Kabel in der Wand waren inzwischen an einen neuen Riesenflachbildfernseher angeschlossen worden. Es gab flauschige weiße Handtücher im Bad und taubengraue Laken auf dem Bett und sogar Gläser und Teller in den Küchenschränken.

»Jetzt sieht es hier schon etwas zivilisierter aus, oder?«, hatte Myles gesagt, mich ausgezogen und geküsst, bis meine Knie nachgaben und ich aufs Bett fiel. Es sah auf jeden Fall zivilisierter aus, aber der Sex war so wild wie immer, und doch fühlte ich mich irgendwie bei ihm nicht wohl, Besteck hin oder her. Und als ich ihn einlud, nächsten Freitag mit Tansy und mir zum Pizzaessen ins *Daily Grind* zu kommen und im Anschluss bei mir zu übernachten, sagte er ab. Es tue ihm leid, aber er habe einen Arbeitstermin, und ob wir uns vielleicht an einem Abend unter der Woche treffen könnten? Da aber hatte ich keine Zeit, deshalb kam es nicht dazu.

Vielleicht, so dachte ich wehmütig, als ich Piers' Weihnachtskartenliste betrachtete, war es mein Schicksal, für immer single zu sein. Er hatte die meisten Namen auf seiner Liste mit unleserlichen, krakeligen Anmerkungen versehen, etwa: »Jüdisch, Karte ohne religiösen Bezug«, »Orthodox, traditionell« oder »Anrufen und abklären, ob in London oder L.A.« Wenn ich alle seine Anweisungen befolgte, würde die Arbeit mehrere Tage dauern - Zeit, die ich nicht hatte, da ich jede freie Sekunde mit Molly und Chloë am Handy hing, um in letzter Minute Pläne für die Hochzeit zu besprechen, nachdem Bianca abgesprungen war.

Die Sitzordnung für den Empfang musste noch festgelegt werden. Schwarz-weiße Luftballons und Federschmuck für die Tische mussten bestellt werden. Ein Tisch für dreißig Personen musste gefunden und für das Probeessen gebucht werden — eine Aufgabe, die mich beinahe wieder zum Weinen gebracht hätte, wenn Xander nicht meine 15. Absage eines bereits ausgebuchten Restaurants mitbekommen und gesagt hätte: »Ich habe gerade gehört, dass *Fredericks Brothers* pleite ist. Soll ich meinen Kontakt fragen, wann und wo die ihre Weihnachtsfeier geplant hatten?« Und wie durch ein Wunder war es derselbe Abend und das Restaurant so berühmt, dass selbst Bianca beeindruckt sein würde.

Irgendwie hatte ich an diesem Donnerstagnachmittag das Gefühl, dass alles klappen würde, auch wenn ich dafür meinen Verstand opfern müsste. Ich sah in meinem Kalender nach. Wenn ich es schaffte, Colins Bericht fertig abzutippen und ihn zur Freigabe an Greg zu schicken, die E-Mail des Caterers zu beantworten, ob er die Wachteleier mit gefüllten Champignons durch Crostini mit sonnengetrockneten Tomaten ersetzen durfte (offenbar gab es vor Weihnachten eine erhöhte Wachteleiernachfrage, der die Wachteln dieses Landes nicht ganz nachkommen konnten, was ich ihnen nicht übel nahm), und den Bericht zum Status der Renovierung des Büros an Margot weiterzuleiten (ohne dabei zu vergessen, das versaute Begleitschreiben von Myles zu löschen), dann könnte ich ein paar von Piers' Karten zum Friseur mitnehmen und sie schreiben, während mein Ansatz nachgefärbt wurde.

Als ich aber meine E-Mails öffnen wollte, wurde mir eine sich drehende Sanduhr angezeigt, gefolgt von einer Meldung, dass mein Computer keine Verbindung zum Proxy-Server herstellen könne.

»Was zum Teufel ist mit der Internetverbindung los?«, fragte Greg.

»Wo zum Henker steckt Pavel?«, fragte Renzo.

»Kann mal jemand diese Cyberfrau anrufen?«, befahl Piers, der gerade aus der Herrentoilette kam und noch angeschwipst von seinem Lunch war. »Selbst wenn sie das Problem nicht beheben kann, können wir so wenigstens ihre Titten begutachten.«

Ich öffnete den Mund, um ihn auf den Sexismus seiner Aussage hinzuweisen, schloss ihn aber kurz darauf wieder. Es war sinnlos, wenn er in dieser Stimmung war. Mit »jemand« war nämlich vermutlich ich gemeint. Das Problem war nur, dass ich mich beim besten Willen nicht an ihren Namen erinnern konnte. Ich sah sie deutlich vor mir: zierlich, hübsch, olivfarbene Haut. Ihr griechisch klingender Name war auch hübsch, Elleni oder Antigoni oder so ähnlich.

Und dann, wie von der Dringlichkeit meiner Gedanken gerufen, kam sie aus dem Meetingraum, dicht gefolgt von Pavel,

Colin, Margot, dem Leiter der Personalabteilung und dem Leiter der Rechtsabteilung.

»Wir scheinen ein Problem mit unserem Server zu haben, Chryssanthi«, sagte Xander. »Gut, dass du hier bist.«

Sie und Pavel eilten zu Pavels Schreibtisch und Chryssanthi zog einen Laptop aus ihrer Tasche.

»Schaltet alles aus«, wies uns Margot an. »Loggt euch aus, wenn ihr könnt, ansonsten einfach ausschalten. Sofort.«

Sie hielt vor meinem Schreibtisch inne. »Charlotte«, begann sie und hielt dann inne.

»Ja? Kann ich irgendwie helfen?«

»Du wirst im Besprechungsraum verlangt.«

Mein Mund wurde sofort so trocken wie Papier und mein Magen drehte sich so heftig, dass ich froh war, keine Zeit zum Mittagessen gehabt zu haben.

Die begehrenswerten grünen Wildlederwedges meiner Vorgesetzten vollzukotzen, hätte mich nur noch tiefer in die Scheiße geritten, in der ich ohnehin schon saß.

Aber warum? Hatte ich bei der Jahresprognose einen verhängnisvollen Fehler gemacht? Vielleicht schon, aber da sie noch nicht abgesegnet war, ließ sich die Katastrophe doch bestimmt noch abwenden. Hatte Piers Wind von meinem Plan bekommen, mich für den Nachmittag ins Studio Vincenzo zu verkrümeln? Unmöglich - und selbst wenn: Ich hatte ja schließlich vor, seinen Auftrag dort fortzusetzen.

Dann wurde mir noch schlechter. Was, wenn es etwas mit Tansy zu tun hatte? Wenn Renzo irgendwas herausgefunden hatte und ich nun Auskunft geben sollte? Wenn Travis ... Ich wollte mir nicht einmal ansatzweise vorstellen, was er getan haben könnte. Aber diese Angst löste sich auf, als ich Renzo mit einem untypisch sentimentalen Gesichtsausdruck und einer untypisch tiefen Stimme, die er für Tansy reserviert hatte, in sein Handy sprechen hörte.

»Es könnte heute ziemlich spät werden, vielleicht schaffe

ich es aber auch, früher zu gehen«, säuselt er. »Ich rufe dich an, okay? Ciao.«

Plötzlich dämmerte es mir. Sie hatten das mit Myles und mir herausgefunden! Vielleicht war es untersagt, mit Geschäftspartnern zu schlafen?

»Charlotte?«, wiederholte Margot. »Jetzt, bitte.«

Fuck. »Entschuldigung, Entschuldigung«, sagte ich hastig, schnappte mir ein Notizbuch und einen Kugelschreiber und eilte in Richtung Aquarium.

»Nicht dorthin«, rief Margot und deutete diskret auf den anderen Meetingraum, in den man nicht hineinsehen konnte. In dem die Hinrichtungen stattfanden. »Vielleicht willst du deine Handtasche mitnehmen?«

Die Übelkeit in meinem Magen wich einer eisigen Ruhe. Ich wusste, was das bedeutete.

Xander sah entsetzt zu, wie ich meine Sachen zusammenkramte und Margot folgte.

»Setz dich«, wies sie mich an, als ich meinen Marsch durch das Büro beendet hatte, der mir trotz der wenigen Meter so lang vorgekommen war wie eine von Piers' *PowerPoint*-Präsentationen. »Normalerweise wäre Colin jetzt hier, aber da er im Moment beschäftigt ist ...« – trotz meines Entsetzens musste ich mir ein hysterisches Kichern verkneifen – »... sind Robert und Melanie eingesprungen.«

Die Rechtsabteilung und die Personalabteilung nickten ernst. Wenigstens würde mich so niemand anbrüllen, dachte ich.

»Charlotte«, begann Margot. »Wir haben dich hergebeten, um dir mitzuteilen, dass du mit sofortiger Wirkung bei voller Bezahlung beurlaubt bist, bis eine Untersuchung wegen des Verdachts auf grobes Fehlverhalten und eine damit verbundene potenzielle Strafanzeige beschlossen ist.«

»Was?«, versuchte ich zu sagen, aber meine Lippen blieben starr und unbeweglich, als hätte man ihnen eine Überdosis

Hyaluron injiziert. Meine Kehle und Zunge waren völlig ausgetrocknet. Alles, was ich herausbekam, war ein heiseres Krächzen: »Ich habe nicht ... Was soll ich getan haben?«

»Gib bitte dein Diensthandy und deinen Laptop zurück«, redete Margot über mich hinweg, als ob ich nichts gesagt hätte. »Anfang nächster Woche erhältst du einen Brief mit der Einladung zu einem Untersuchungsgespräch, der dir per Kurier nach Hause zugestellt wird.«

»Mein Laptop liegt auf meinem Schreibtisch«, nuschelte ich so undeutlich, dass ich genauso gut Russisch hätte sprechen können. Ich zog meine Handtasche auf meinen Schoß und suchte darin nach dem Handy. Ein Stapel Blankoweihnachtskarten und Piers' ausgedruckte Liste glitten über den Tisch.

»Die Sachen auch«, sagte Margot knapp. »Und alles andere Firmeneigentum.«

Die Weihnachtskarten waren nicht einmal Firmeneigentum. Ich hatte sie von meinem eigenen Geld bezahlt und wollte sie eigentlich als Spesen abrechnen. Aber im Moment waren die siebzig Pfund, die ich für Karten in verschiedenen Designs, von geschmackvoll über knallig bis hin zu spirituell und agnostisch zugunsten von *Save the Children*, ausgegeben hatte, noch mein kleinstes Problem.

Ich leerte den Inhalt meiner Tasche auf dem Tisch aus und wurde von drei Augenpaaren aufmerksam dabei beobachtet, wie wie ich ihn durchwühlte.

Mein Diensthandy, ein Diktiergerät, einen halb voll gekritzelten Spiralblock, eine *Sexy Fish*-Visitenkarte, mehrere ausgelaufene *Colton Capital*-Kugelschreiber und zwei Proteinriegel schob ich auf die andere Seite des Tischs.

Auf meiner Tischseite befanden sich mein Portemonnaie, meine Hausschlüssel, mein privates Handy (ein *iPhone* 5, das schon bessere Zeiten erlebt hatte), eine *Oyster Card*, die ich seit Ewigkeiten nicht mehr benutzt hatte, da alle meine Fahrten über mein Diensthandy abgerechnet wurden, ein Plastikdöschen mit *Smints*, ein Durcheinander aus Make-up und Tampons, ein paar zerfledderte Taschentücher und, was besonders peinlich war, eine leere Kondomverpackung.

Ich nahm die Tasche zurück auf meinen Schoß und schob das Zeug mit dem Unterarm zurück hinein, so wie Maddy gehackte Zwiebeln mit der Messerklinge in die Pfanne schob.

Ich schaute sie an. Melanie und Robert sahen bemüht streng und ruhig aus. Margot schien noch etwas sagen zu wollen, schwieg aber weiterhin.

Das war's, dachte ich. *Drei Jahre, und so geht es zu Ende.* Ich wusste, was passierte, wenn Leute bei vollem Gehalt beurlaubt wurden: Sie kamen nicht zurück. Nie. Ich würde nie wieder die Tür zum Meetingraum mit der Hüfte aufstoßen, weil ich die Hände mit einem Tablett Kaffeetassen voll hatte. Ich würde nie wieder meine Sportklamotten anziehen, um dann auf dem Handy eine E-Mail von Piers zu entdecken, die mich zurück an meinen Schreibtisch zwang. Ich würde nie wieder eine neue Chipkarte für Xander besorgen müssen.

Apropos Chipkarte: Ich streifte mir das Schlüsselband über den Kopf und schob meine eigene ebenfalls über den Tisch.

Dann stand ich auf. Margot ebenfalls. Sie warf Robert und Melanie einen Blick zu, der sagte: »Bin gleich wieder da«, und begleitete mich zum Aufzug, ins Erdgeschoss und auf die Straße, dann gab sie mir einen kleinen Klaps auf den Rücken, um mich zu verabschieden. Sie sagte nichts mehr. Ich nahm an, Robert hatte sie angewiesen, kein Wort mehr mit mir zu wechseln.

Ich musste mich zusammenreißen, um auf der Heimfahrt nicht in Tränen auszubrechen. Wenn Selbstgespräche in der U-Bahn dafür sorgten, dass sich die anderen Fahrgäste unwohl fühlten, dann war Weinen die reinste Folter für sie. Es half, dass ich zu schockiert und verwirrt war, um den Tränen nachzugeben. Bis ich das ganze Ausmaß der Ungeheuerlichkeit und Ungerechtigkeit des Ganzen wirklich verstanden hatte, blieben meine Augen trocken. Dafür zitterten meine Hände heftig, während ich mir die Tasche fest gegen die Brust presste.

Was zum Teufel war passiert? Ich hatte nichts falsch gemacht. Das einzige potenziell Verbotene, das ich getan hatte, war der Sex mit Myles, der - beziehungsweise dessen Firma – für *Colton Capital* ein Projekt für eine sechsstellige Summe verwirklichte. Es war mir nicht wirklich in den Sinn gekommen, jemanden zu fragen, ob meine Affäre in Ordnung war, auch weil ich zu sehr damit beschäftigt war, mir Sorgen darüber zu machen, dass es aus völlig anderen Gründen nicht in Ordnung war. Vielleicht war sie falsch; vielleicht war sie furchtbar unmoralisch und kompromittierte mich oder die Firma in irgendeiner Weise. Aber eines wusste ich mit Sicherheit: Wenn nach einem Verhaltenskodex, von dem ich noch nie gehört hatte, Beziehungen zwischen Kunden und Geschäftspartnern verboten waren, hätte Myles das gewusst. Er hätte es gewusst, und sosehr er mich auch begehrte: Ich wäre tabu gewesen, bis der letzte Zentimeter Teppich verlegt und der letzte Bildschirm installiert war.

Vielleicht verstand ich die Tragweite des Ganzen nicht, aber ich war mir ziemlich sicher, dass er sie kannte. Und wenn es ein Risiko gab, dann lag es eher auf seiner als auf meiner Seite.

Ich schrieb ihm eine Nachricht, in der ich ihn fragte, ob er heute oder morgen Zeit für mich habe, und schickte sie ab, während der Zug in Holborn hielt. Als ich in der Liverpool Street ausstieg, hatte er noch nicht geantwortet. Ich überlegte, direkt zu seiner Wohnung zu fahren, in die »Factory«, wie er sie nannte. Aber unangekündigt dort aufzutauchen würde zu verzweifelt aussehen. Und die Vorstellung, von einem teilnahmslos mit dem Kopf schüttelnden Pförtner abgewiesen zu werden, war einfach nur demütigend.

Ich kämpfte mich durch Scharen aus frühmorgendlichen Pendlerinnen und Weihnachtsshoppern zur S-Bahn vor. Mir fiel ein, dass ich noch kein einziges Weihnachtsgeschenk gekauft hatte. Es lief mal wieder alles auf ein paar Last-Minute-Bestellungen bei *Amazon* hinaus. Die üblichen überteuerten und wenig durchdachten Geschenke für meine Oma in Newcastle und für Mama, Jim und ihre - seine - Familie in Spanien, etwas Extravagantes für Tansy, um sie zu verwöhnen, irgendwas fürs Haus für Maddy ... Wie kam ich eigentlich darauf, mir über Weihnachtsgeschenke den Kopf zu zerbrechen, wo ich doch in wenigen Tagen ohne geregeltes Einkommen dastehen würde?

Dieser Gedanke katapultierte mich schlagartig zurück auf den harten Boden der Tatsachen. *Was könnte ich getan haben?*

Nach der Weihnachtsfeier letztes Jahr war ein Händler fristlos entlassen worden, weil er einen Streit mit einem der Quants angezettelt und ihm ins Gesicht geschlagen hatte. Anfang des Jahres wurde ein Portfoliomanager dabei erwischt, wie er Informationen über unsere Anlagestrategie an einen konkurrierenden Fonds verkaufte. Eine der Vertrieblerinnen war gefeuert worden, weil sie völlig zugekokst im Büro erschienen war.

Ich hatte nichts von alledem getan und konnte mir nicht vorstellen, dass ich überhaupt irgendetwas Falsches getan hatte.

Vielleicht hatte ich Piers irgendwie verärgert. Piers zu verärgern war nicht besonders schwer: Egal wie hart ich arbeitete, er verlangte mir stetig mehr ab – mehr Listen, mehr *Power-Point*-Präsentationen, mehr Reservierungen für Abendessen. Aber ich hatte immer alles getan, worum er mich bat, wenn auch vielleicht nicht immer so schnell, wie er es sich wünschte. Vor zwei Wochen erst hatte er zu mir gesagt, dass er beeindruckt von meiner Arbeit war. Ich hatte mich auf einen anständigen Bonus eingestellt, den ich für mein Wohnungssparkonto gebrauchen konnte.

Nun, das konnte ich mir jetzt abschminken. Wenn *Colton Capital* mich feuerte, würde mich keine andere Firma mehr einstellen. Ich war weder eine geniale Analystin noch eine superheiße Cybersicherheitsexpertin: Ich war nur eine kleine, unbedeutende Verwaltungsassistentin. Ich müsste zurück in den Norden ziehen und Arbeitslosengeld beantragen, bis ich irgendeinen schrecklichen, schlecht bezahlten Job ohne Perspektive finden würde. Ich würde Myles nie wiedersehen.

In meinem Selbstmitleid versunken, lief ich nach Hause, ging direkt nach oben und legte mich ins Bett. Ich fragte mich, was das Bad Girl an meiner Stelle tun würde. Würde sie zu ihren Fehlern stehen? Das konnte ich nicht - ich wusste ja nicht einmal, dass ich welche gemacht hatte. Würde sie für sich selbst einstehen? Auch in dieser Hinsicht hatte ich völlig versagt. Das Leben hatte mir Zitronen gegeben, und selbst wenn es Limetten gewesen wären, hätte es nichts genützt, denn ich hatte keinen Tequila mehr.

Ich wurde nicht wie sonst vom penetranten Piepen meines Handyweckers aus dem Schlaf gerissen, sondern von der Sonne, die durchs Fenster hineinschien. Mein erster Gedanke war: Was für ein schöner Tag - eiskalt, aber sonnig und klar, ein Wintertag wie aus dem Bilderbuch. Mein zweiter Gedanke war: Hoffentlich würde es morgen zu Maddys Hochzeit genauso schön sein. Dann fiel mir siedend heiß ein, was gestern passiert war. Sie hatten mich rausgeschmissen. Ich musste jetzt erst mal mit einem Anwalt sprechen und dann, wenn alles vorbei war, einen Weg finden, die Miete zu bezahlen. Ich brauchte einen Plan, und zwar schnell.

Aber am Abend stand Maddys und Henrys Probedinner an, sodass mir keine Zeit blieb, einen zu schmieden. Es blieb für überhaupt gar nichts Zeit, am wenigsten aber für den Heulkrampf, nach dem mir innerlich so sehr zumute war.

Ich stand auf und schaute hinaus in den Morgen. Das Gras im Garten war von Tau bedeckt, ein Rotkehlchen hockte auf dem kahlen Ast der Esche. Ich weiß nicht, ob es am Wetter lag oder daran, dass ich zum ersten Mal seit langer Zeit wieder richtig geschlafen hatte, aber ich fühlte mich plötzlich ein bisschen optimistischer. Es gab Dinge zu erledigen, aber ich hatte einen ganzen Tag Zeit dafür. Ich konnte sehr wohl einen Plan schmieden.

Nach dem Duschen kochte ich mir einen Tee, aß eine Scheibe Toast und rief Chloë an. »Arbeitsrecht ist zwar nicht mein Fachgebiet, wie du weißt. Aber mein Kollege Rashid wird sich am Montag bei dir melden. In der Zwischenzeit: Keine Panik, heute passiert sowieso nichts mehr«, beruhigte sie mich.

»Du gönnst dir jetzt erst mal eine Auszeit und lässt dir deine Haare und Nägel machen«, befahl sie. »Wir treffen uns heute Abend um sieben für das Probedinner, also nimm dir den Rest des Tages frei. Hier ist alles unter Kontrolle, was wir im Wesentlichen dir zu verdanken haben. Ich gehe mit Bianca die Kleider abholen und bringe sie zu Henrys Eltern. Der Florist kommt morgen früh dort an, Molly holt die Torte mit Maddys Mutter ab. Kümmer du dich um dich selbst. Mach dein Handy aus. Ich schreibe Maddy, dass sie mich anrufen soll, wenn sie irgendwas braucht.«

Ich tat, wie mir geheißen. Um elf Uhr hatte ich frisch blondierte Haarwurzeln und eine ziemlich glamouröse, schwungvolle Föhnfrisur.

»O mein Gott«, sagte die Friseurin. »Sie sehen aus wie Blake Lively.«

»Wirklich? Nicht eher wie Ivanka Trump?«

»Ivanka Wer?«, fragte sie. Ich gab ihr ein fürstliches Trinkgeld und hüpfte fröhlich hinaus in den Sonnenschein. Als mir die kalte Luft entgegenströmte, brach die harte Realität meiner Situation erneut über mich herein. Mein Job. Die strengen Mienen von Margot, Melanie und Robert. Der Brief, der in ein paar Tagen eintreffen und mich über den Grund meiner Kündigung informieren würde.

Es war furchteinflößend - ein Abgrund, den ich nicht einmal hinabzusehen wagte. Aber es gab auch absolut nichts, was ich jetzt tun konnte. Ich konnte Maddy nicht noch einmal vor den Kopf stoßen und mich auf ihrer Hochzeit über meine ruinierte Karriere ausheulen. Als ich wieder einigermaßen klar denken konnte, rannte ich die Straße hinunter zum Nagelstudio, um meine spröden, ausgefransten Krallen in rosa lackierte Kunstwerke verwandeln und meine Augenbrauen färben und zupfen zu lassen. Beim Vorschlag der Kosmetikerin, auch mein Gesicht mit einem Faden zu zupfen, war bei mir aber Schluss. Ich sah lieber aus wie ein Yeti, als die unerträgliche Qual einer Gesichtshaarentfernung über mich ergehen zu lassen.

Wenn mein Leben schon im Chaos versank, dann wollte ich wenigstens in Würde und Schönheit untergehen. Es war erstaunlich, was für einen großen Unterschied diese kleinen Dinge machten.

Mein Karrierealbtraum konnte bis Montag warten. Zum einen würde ich mich dann mit Xander in Verbindung setzen und herausfinden, ob er das Geheimnis um Travis bereits lüften und Tansy so Sicherheit verschaffen konnte. Vielleicht konnte ich sie sogar dazu überreden, das Richtige zu tun und Renzo die Wahrheit über ihre Vergangenheit zu sagen. In der Zwischenzeit aber musste ich mich erst einmal auf die Hochzeit meiner besten Freundin konzentrieren.

Ich ging nach Hause und packte eine Reisetasche. Laut *Google* sollte man als Brautjungfer für alle Notfälle gewappnet sein, und zwar mit Nähzeug, Taschentüchern, Müsliriegeln, Haarspray, einem Glätteisen (für den Fall, dass Maddys Gerät den Geist aufgeben sollte), einer Nagelfeile, Ersatzstrumpfhosen und einem Make-up-Koffer. Dazu brauchte ich meine eigene Kleidung, darunter auch eine Power-Shaping-Unterhose, die ich unter meinem Brautjungfernkleid anziehen würde, sowie ein schwarzes Glitzerkleid, das ich für das Probeessen auserkoren hatte.

Eigentlich hatte ich es gekauft, um es auf der Weihnachts-feier von *Colton Capital* zu tragen, allerdings ging ich davon aus, dass meine Einladung spätestens mit der Aufforderung, meine Tasche zu packen und das Gebäude zu verlassen, hinfällig geworden war.

21

Hallo ihr Lieben! Wie geht es euch? Bei meinem letzten Podcast hatte ich einen kleinen Downer, aber darüber bin ich jetzt hinweg – ich freue mich sogar richtig darauf, euch die nächste Runde Leider Geil-Herausforderungen stellen zu dürfen. Wie geht es euch damit? Vielleicht ist euer Mister Right noch nicht aufgetaucht, aber ich hoffe, die Podcasts helfen euch dabei, mehr Spaß beim Dating zu haben, und vielleicht sogar etwas über euch selbst zu erfahren. In der heutigen Herausforderung geht es genau darum.

Ihr glaubt ja nicht, wie oft ich Frauen sagen höre: »Ach, nein, er ist einfach nicht mein Typ.« Aber wenn man sie dann näher dazu befragt, stellt sich heraus, dass sie das gar nicht so meinen. Lasst mich das erklären: Nehmen wir mal an, eure Mutter sagt euch immer, wie glücklich es sie machen würde, wenn ihr einen netten jüdischen Arzt heiraten würdet. Und dann redet ihr euch ein, dass nette jüdische Ärzte euer Typ sind, und dass es sich nicht lohnt, mit jemand anderem auszugehen – nicht einmal mit dem heißen puerto-ricanischen Musiker, der

*nebenan wohnt, mit dem ihr einen Haufen Spaß und
heißen Sex haben könntet, selbst wenn er sich nicht als
euer Traumprinz entpuppen sollte!
Das ist also eure heutige Herausforderung: Überlegt
euch, welche Männer ihr normalerweise nicht als euren
Typ betrachten würdet, und fragt euch, wieso eigentlich
nicht. Los geht's, das wird euren Horizont erweitern!*

Eines muss man Bianca lassen: Ihr Timing war unübertrefflich.

Sie zeigte sich während des gesamten Probeessens von ihrer besten Seite. Sie saß neben Adam (der sich für seine Rolle als einer von Henrys Trauzeugen erstaunlich präsentabel herausgeputzt hatte und mit seiner neuen Frisur und der sauberen, sogar gebügelten Kleidung wirklich ganz gut aussah) und unterhielt sich angeregt mit ihm. Ich blieb auf Abstand und beäugte sie misstrauisch vom anderen Ende des Tisches aus, aber es schien, als müsse ich mir keine Sorgen mehr machen.

Maddy und Henry strahlten vor Glück. Ihre Eltern waren im Kennenlernmodus. Charis tollte völlig überdreht herum, rannte den Kellnerinnen in die Beine und fummelte am Christbaumschmuck herum, während sie von ihrer Mutter komplett ignoriert wurde. Der Pfarrer lächelte uns alle wohlwollend an und sprach das Tischgebet vor dem Essen, das dank Xanders Hinweis auf den möglichen freien Tisch für dreißig Personen im *River Café* stattfand und ein ausgesprochener Erfolg war.

Wir fuhren alle per Taxi zurück zu Henrys Elternhaus, einem riesigen Anwesen mit Blick auf die Themse, und Bianca führte mich in mein Zimmer und sagte: »Morgen ist also der große Tag! Vielen Dank für all deine harte Arbeit. Ich hoffe, du schläfst dich gut aus.«

Als die Tür zu war, dachte ich erstaunt, dass sie sich fast wie ein normaler Mensch verhielt, und dass vielleicht alles in Ordnung sein würde.

Aber ich irrte mich.

Am nächsten Morgen machten wir uns alle zusammen in Biancas altem Zimmer fertig, das mich, wie der Rest des Hauses, durch seine Größe und Opulenz beeindruckte. Henrys Mutter hatte ein paar Flaschen Champagner mitgebracht – »nur um die Nerven zu beruhigen, meine Lieben« –, und wir tranken alle ein paar Gläser davon. Maddy schien nicht nervös zu sein, nur aufgedreht vor Vorfreude, und wir alle brachen immer wieder in Lachanfälle aus über alberne Dinge, selbst Bianca (dass sich ihr Lächeln nicht über ihr ganzes Gesicht ausbreiten konnte, war vermutlich die Schuld des Pfuschers, der ihr für diesen Anlass das Botox gespritzt hatte).

Sie wartete, bis wir alle angezogen waren und unsere Haare und unser Make-up fertig waren. Ich war mir fast sicher, dass Bianca Monty ein paar Pfund zugesteckt hatte, um mein Kleid ein wenig enger zu nähen, damit ich auf den Fotos aussah wie eine Presswurst und möglicherweise eine der Nähte aufplatzen würde. Doch dank meines kürzlichen Gewichtsverlusts und der wunderbaren Kraft der Shapewear gab ich darin tatsächlich eine ziemlich gute Figur ab.

Auch Molly und Chloë sahen reizend aus, und selbst Bianca sah - ärgerlicherweise – gut aus mit ihrem roten Haar und ihrer Porzellanhaut, die perfekt mit dem strengen Farbschema harmonierten (was wiederum natürlich der Grund gewesen war, warum sie es überhaupt ausgesucht hatte).

Maddy war in ihrem schneeweißen, schmal geschnittenen Kleid und ihren ellbogenlangen Handschuhen, dem Federkopfschmuck in ihrem glänzenden dunklen Haar und einer passenden Boa um die Schultern so umwerfend schön, dass mich ihr Anblick vor Freude fast zum Heulen gebracht hätte.

Die Haar- und Make-up-Frau hatte ihre Sachen zusammengepackt und war gegangen. Im frostigen Sonnenschein draußen sahen wir die Caterer mit ihren Gläserkisten und den ersten mit Häppchen bestückten Tabletts zum Festzelt stolpern. Die Mütter wuselten schon den ganzen Morgen herum. Wie von

Maddy angekündigt, sah Henrys Mutter in ihrem taubenblauen Kleid aus wie die Queen; Maddys Mutter hingegen trug ein lila Kleid, das sie etwa zwanzig Jahre jünger wirken ließ als die Mutter des Bräutigams. Sie fragten Maddy andauernd, ob sie nicht doch noch einen Bissen Toast wolle, um bei Kräften zu bleiben, und sagten uns immer wieder, wie hübsch wir alle aussahen. Jetzt waren sie rausgegangen, um zu überprüfen, ob die Heizungen im Zelt funktionierten, und um Charis beim Herumtoben im Garten zu beaufsichtigen.

Molly warf einen Blick auf ihre Armbanduhr und meinte: »Wenn wir fünf Minuten zur Kirche brauchen, dann sollten wir in zehn Minuten losfahren. So kommst du ein kleines bisschen zu spät, aber nicht so viel zu spät, dass Henry sich Sorgen machen wird, dass du es dir anders überlegt hast.«

Mitten in die aufgeregten last minute Make-up-Checks und Selfies und das fröhliche Geplauder hinein sagte Bianca plötzlich: »Das muss sich für dich ja wirklich seltsam anfühlen, Charlotte.«

»Was? Dass Maddy heiratet?«, fragte ich. »Natürlich tut es das, ein wenig. Aber sie und Henry sind wie füreinander geschaffen, das sieht sogar ein Blinder. Und wir werden auch danach beste Freundinnen bleiben.«

»Nein.« Bianca hob ihre Stimme ein wenig an, um sicherzugehen, dass niemand etwas verpasste. »Das meine ich nicht. Ich meine, den Nerv zu haben, in eine Kirche zu gehen und sich anzuhören, wie sie sich ihr Eheversprechen geben und sich schwören, für immer zusammenzubleiben, während du einen verheirateten Mann vögelst.«

Ihre Worte hingen in der Luft wie eine giftige Wolke. Ich spürte, wie mir die Gesichtszüge entglitten. »Ich weiß nicht, wovon du sprichst.«

»Oh, ich glaube das weißt du. ›Ich habe einen Freund. Er heißt Myles, er ist Architekt‹«, äffte sie mich nach. »Weißt du, unsere Branche ist eine kleine Welt. Zufälligerweise habe ich mit ihm an einigen Projekten zusammengearbeitet und ihn im Lauf der Zeit recht gut kennengelernt. Ihn und Sloane, *seine Frau*.«

»Sie sind getrennt. Er ist vor ein paar Wochen ausgezogen. Sie lassen sich scheiden ...« Meine Worte sprudelten nur so hervor, und als ich sie hörte, bemerkte ich, dass sie mir niemand glauben würde, und dass ich es selbst auch nicht tat.

»Schwachsinn«, fauchte Bianca. »Als Nächstes wirst du sagen, dass sie ihn nicht versteht und dass sie nie miteinander schlafen. Sie versuchen, ein Kind zu bekommen, wusstest du das? Sie machen gerade eine Fruchtbarkeitsbehandlung. Ich begleite Sloane durch diesen Prozess, der langwierig und schwer für sie ist. Er erfordert nämlich sehr viel Sex. Sloane hat mir alles darüber erzählt. Das heißt wohl, dass sie mir vertraut.«

Falls Sloane das wirklich tut, dann hat sie eine ganz schön schlechte Menschenkenntnis, dachte ich. Und wenn sie nicht merkte, dass ihr Mann sie betrog, dann war sie wohl komplett blind. Und ich war noch viel blinder, weil ich Myles geglaubt hatte.

Ich erinnerte mich an das Gefühl der Macht, das ich empfand, wenn er mich ansah, an die berauschende Kraft, die sein Verlangen mir verlieh, und mir wurde klar, dass das alles nur ein Hirngespinst gewesen war. Die ganze Zeit über hatte er all die Macht besessen, weil er wusste, was er von mir wollte und es sich kaltblütig und berechnend geholt hatte.

Er dachte, dass es für seine Zwecke und Absichten ausreichen würde, mir zu sagen, dass seine Ehe im Grunde genommen vorbei war. Weil es aber nicht reichte, hatte er den Einsatz erhöht und behauptet, dass sie endgültig vorbei war – und ich Idiotin hatte ihm das auch noch geglaubt. Oder zumindest hatte ich nicht allzu genau hingesehen, um mir meine Illusion nicht selbst kaputt zu machen.

Doch angesichts von Biancas Angriff wollte ich mich verteidigen - und das bedeutete, ihn zu verteidigen.

»Er hat sie verlassen«, sagte ich mit dünner Stimme. »Ich war in seiner neuen Wohnung.«

Bianca lachte. »Die Wohnung - ich nehme an, du meinst die Factory? – gehört zwei von Sloanes Kunden. Myles kümmert sich um den Verkauf, weil er einen Freund hat, der Immobilienmakler ist. Weißt du von der Wohnung, die ich als Gefallen für eine Freundin ein Wochenende lang für den Verkauf hergerichtet habe? Ich habe mich schon gefragt, warum eine leere Champagnerflasche und Kondomverpackungen im Mülleimer lagen. Du kleine Schlampe.«

Ich sah mich nach meinen Freundinnen um. Sie waren alle wie erstarrt, fassungslos und schockiert. Sie würden bestimmt jeden Moment zu sich kommen und mich genauso verurteilen wie Bianca.

»Ich wusste es nicht. Das müsst ihr mir glauben, ich wusste es nicht. Ich dachte, er sagt die Wahrheit.«

Die Tränen, die ich zurückgehalten hatte, seit Margot mir am Donnerstag die schlimme Kunde überbracht hatte, konnte ich jetzt nicht mehr unterdrücken. Ich ließ mich auf eines der Betten fallen, vergrub mein Gesicht in den Händen und begann hemmungslos zu heulen.

»Ich verstehe vollkommen, wenn du nicht mehr willst, dass ich deine Brautjungfer bin, Maddy«, wimmerte ich schluchzend.

Ich spürte warme Arme um meine Schultern. Chloë und Molly hatten sich rechts und links neben mich gesetzt und drückten mich fest.

»So ein Quatsch«, sagte Maddy. »Dieses Arschloch! Dass er dich so hinhält und dich und seine Frau belügt! Du schuldest ihr nichts. Du bist nicht mit ihr verheiratet - er ist es. Er hat sie betrogen, nicht du. Und außerdem hattest du keine Ahnung! Du bist nicht schuld. Du bist meine Freundin und wirst es immer sein, und natürlich will ich, dass du meine verdammte Brautjungfer bist. Du hingegen ...«

Ich hob den Kopf und sah den Blick, den Maddy Bianca zuwarf, der glücklicherweise aber auch Molly nicht entging.

»So, genug Drama«, unterbrach sie. »Bianca, merkst du eigentlich, was für eine total beschissene Art du an den Tag legst? Versuchst du, die Hochzeit deines Bruders zu sabotieren? Denn offen gesagt sieht es für mich ganz danach aus.«

»Ich ...«, begann Bianca.

Aber Molly hatte sich gerade erst warmgeredet. »Seit du in die Planung dieser Hochzeit involviert bist, hast du alles getan, um Charlotte rauszumobben, Maddy und uns gegen sie aufzubringen und die ganze Veranstaltung für alle zur Hölle zu machen. Was denkst du dir dabei? Wenn Charlotte einen Fehler gemacht hat - wenn sie geglaubt hat, was dieser Widerling ihr erzählt hat -, geht dich das doch einen feuchten Scheißdreck an, oder?«

»Sloane ist meine Freundin«, sagte Bianca und machte einen Schmollmund wie ein kleines Kind. Wahrscheinlich hatte der Botoxpfuscher auch ihre Lippen aufgespritzt.

»Und ich bin bald deine Schwägerin«, warf Maddy ein. »Blut ist dicker als Wasser, oder? Also hör auf, mir meinen Hochzeitstag zu versauen und meine Freundinnen zu beleidigen. Wenn ich in letzter Minute eine Brautjungfer entlassen muss - und ich muss zugeben, dass ich wirklich kurz davor stehe -, wird es nicht Charlotte sein.«

»Sag mal, ist das nicht Charis, die da oben im Baum hängt?«, wunderte sich Chloë.

Bianca wurde unter ihrem Make-up kreidebleich. »O mein Gott«, kreischte sie. »Mein Baby! Ich bringe diese alte Scheißkuh um!«

Dann fiel ihr auf, dass es sich bei der »alten Scheißkuh« um Maddys Mutter handelte. Sie verstummte, stieß die Balkontür auf und sprintete schneller über den Rasen, als ich es einer Person in Stöckelschuhen jemals zugetraut hätte.

»Hoffentlich stürzt sie nicht«, meinte Molly entsetzt.

»Bianca?«, fragte ich. »Damit könnte ich leben.«

»Nein! Die arme kleine Charis«, sagte Molly. Als ihr klar wurde, dass ich einen Witz gemacht hatte, brachen wir alle plötzlich in schallendes Gelächter aus.

Wir beobachteten, wie Maddys Mutter aus dem Festzelt eilte. Sie und Bianca erreichten den Baum zur gleichen Zeit und schauten entsetzt zu Charis hinauf, die angefangen hatte zu weinen. Daraufhin zog Maddys Mutter ihre High Heels aus und schwang sich auf einen der unteren Äste. Sie balancierte wie eine Seiltänzerin, streckte sich nach oben, packte Charis fest unter den Armen und reichte sie an ihre Mutter weiter, bevor sie selbst anmutig hinuntersprang.

»In Surrey lernt man so was nicht«, sagte Chloë voller Bewunderung.

»Gut«, verkündete Molly, nachdem also das Schlimmste verhindert worden war. »Wir hätten vor fünf Minuten los fahren sollen. Kann jemand Henry schreiben, dass wir uns verspäten? Wir müssen Charlottes Gesicht in Ordnung bringen.«

»Und meine Mutter braucht eine neue Strumpfhose«, bemerkte Maddy.

»Ich habe alles in meiner Tasche«, sagte ich und schickte ein Stoßgebet an den *Google*-Gott. »Make-up und so. Und Extrastrumpfhosen und ein Nähkästchen.«

»Ich hole es aus deinem Zimmer«, rief Molly. »Bleib du hier.«

Wie eine Brautjungfernspezialeinheit legten wir los. Chloë wischte die Mascaraflecken unter meinen Augen weg und trug neuen Concealer auf. Maddy schrieb Henry, nachdem sie sich kurz den Kopf darüber zerbrochen hatte, ob das genauso schlimm war, wie ihn am Morgen ihrer Hochzeit zu sehen. Molly brachte Maddys Mutter eine neue Feinstrumpfhose und feilte ihr den Nagel zurecht, den sie sich beim Klettern abgebrochen hatte.

Sehr zu Biancas Entrüstung war Charis' Kleid nicht mehr zu retten. Die Vorderseite war mit Moos und Erde beschmiert, der Saum von den Ästen zerfetzt und auch ihre weiße Strumpfhose und die Ballerinas hatten ihre Unschuld verloren. Charis schien das nicht zu stören - im Gegenteil: Sie war unglaublich stolz auf sich selbst, vergewisserte sich, ob wir gesehen hatten, wie hoch sie geklettert war, und behauptete, dass sie überhaupt nicht hatte gerettet werden müssen. Ich kam nicht umhin, mich zu fragen, was Bianca wohl für ein Kind gewesen war, und wie Charis sich entwickeln würde, wenn sie erwachsen war. Henrys Mutter tat mir ein bisschen leid, Bianca hingegen kein Stück.

»Was sollen wir denn jetzt machen?«, jammerte Bianca. »Was ist mit den Fotos?«

Maddy lachte. »Lass sie doch so gehen. Ich finde sie ist ein echter Hingucker. Immerhin hat sie dann eine tolle Geschichte, die sie an ihrem eigenen Hochzeitstag mal erzählen kann. Mir ist es schnuppe, ob die Leute denken, dass sie eine nachlässige Mutter hat.«

Biancas Mund schnappte einige Male auf und zu wie das Maul eines wütenden Goldfischs, aber sie blieb stumm. Was sollte sie auch sagen? Jetzt war ohnehin keine Zeit mehr, um etwas daran zu ändern.

»Sind alle so weit?«, fragte Maddy. »Sicher? Kein Drama mehr? Gut. Dann los, es ist fast Viertel nach zwei und ich würde ganz gern irgendwann heute Nachmittag heiraten.«

Der Rest des Tages verlief dann weitgehend unspektakulär - abgesehen von dem geplanten Spektakel, versteht sich. Wir folgten Maddy, die am Arm ihrer Mutter zum Altar schritt, und mich überkam ein großer Schwall von Glücksgefühlen, als ich Henry sah, der dort neben seinem Bruder wartete. Stolz und nervös standen sie da in ihren Fracks und schwarz-weiß gestreiften Krawattenschals. Henrys Gesicht begann vor staunender Freude zu strahlen, als er sah, wie schön seine Braut war.

Wir überließen Maddy ihrem zukünftigen Ehemann und dem Pfarrer und nahmen unsere Plätze ein. Obwohl die Zeremonie unglaublich bewegend und schön war, schweiften meine Gedanken irgendwann ab. Ich beobachtete, wie der Winternachmittag die bunten Glasfenster langsam dunkler werden ließ und lauschte dem Chor, der die Kirche von innen zum Leuchten zu bringen schien.

Maddy war nicht religiös und Henry war es auch nicht, aber sie hatten sich entschieden, traditionell zu heiraten, weil es Henrys Familie wichtig war, und – das gab Maddy unumwunden zu – weil die Kirche schlicht ein zauberhafter Veranstaltungsort war, besonders mit den Adventskränzen in allen Ecken und dem Pfarrer in seiner weiß-goldenen Robe. Außerdem fand Henry, der in mancherlei Hinsicht wohl doch ein bisschen altmodisch war, dass das Eheversprechen der anglikanischen Hochzeitszeremonie zu den schönsten der Welt gehörte. Er wollte Maddy dieses Versprechen geben und hören, wie sie es ihm gab (dabei stellte ich mit Genugtuung fest, dass sie ihm nicht versprach, ihm zu gehorchen – Maddy hatte noch niemals im Leben irgendjemandem gehorcht.)

So fröhlich und festlich der Anlass auch sein mochte, ich fragte mich schon, wie die beiden in ein paar Jahren über die Dinge denken würden, die sie sich einander jetzt versprachen. »In guten wie in schlechten Zeiten, in Reichtum und Armut, in Gesundheit und Krankheit« - auch Myles musste diese Worte einmal gesagt haben, egal wie lange es auch her war, zu Sloane, seiner Frau. Nun war Unfruchtbarkeit nicht direkt eine Krankheit, aber sicherlich hatten sie darunter genauso gelitten wie unter einer Krankheit.

Wie Henry hatte wohl auch Myles versprochen, allen anderen zu entsagen und seiner Braut treu zu bleiben, solange sie lebten. Er hatte sein Gelübde gebrochen - meinetwegen.

Schon lustig: Obwohl ich wusste, wie intrigant Bianca sein konnte, zweifelte ich keine Sekunde an ihrer Version der Geschichte. Myles hatte mir dafür gerade genug von der Wahrheit erzählt. Und das Gefühl des Unbehagens und der Unruhe, das ich in seiner leeren Wohnhöhle verspürt hatte, war nie verschwunden, selbst nachdem Bianca sie in einen gemütlicheren Ort verwandelt hatte. Ich hatte nie das Gefühl gehabt, dass wir dort eine gemeinsame Zukunft hatten. Die Wohnung war auf ihre Art genauso künstlich gewesen wie Olegs Villa.

Während ich zusah, wie meine beste Freundin ihren besten Freund heiratete, wurde mir plötzlich klar, dass ich nie in Myles verliebt gewesen war. Ich hatte nicht einmal das tiefe Gefühl der Verbundenheit gespürt, das er angeblich für mich empfand. Die Gefühle, die ich für ihn hatte - abgesehen von tiefem sexuellem Verlangen –, hatten eher damit zu tun, was er in mir selbst veränderte. Es ging um Bestätigung, um die neue, wunderbare Erkenntnis, dass jemand mich wollte, dass ich es wert war, begehrt zu werden.

Er hatte Schwung in die deprimierende Einöde gebracht, zu der mein Leben verkommen war. Mir gefielen die Aufregung und der Nervenkitzel, die Vorfreude auf etwas, das nur mir gehörte, nachdem ich die Hoffnung nach so langer Zeit fast aufgegeben hatte, jemals jemanden zu finden.

All das war aus meiner jetzigen Perspektive ziemlich bedeutungslos geworden.

Und jetzt musste ich mich entscheiden, wie es weiterging. Ich würde ihn nicht wiedersehen: Das wusste ich ganz sicher. Jedenfalls nicht, um ihn zu vögeln. Ich musste mich entscheiden, wie ich es ihm sagen würde, und ob ich es Sloane beichten sollte, bevor Bianca es tat. Allein bei dem Gedanken daran drehte sich mir der Magen um. Ich wusste ja, wer sie war. Ich wusste es, seit Myles sie zum ersten Mal erwähnt und ich sie stundenlang auf Social Media gestalkt hatte.

Aber als der Eröffnungsakkord des letzten Chorals auf der

Orgel ertönte und Molly mich in die Rippen stieß, um mich in die Gegenwart zurückzuholen, wusste ich, dass ich mich dieser Entscheidung an einem anderen Tag würde stellen müssen, zusammen mit dem wachsenden Berg unlösbarer Probleme, die außerdem noch auf mich warteten.

Jetzt wollte ich erst einmal meine Pflichten als Brautjungfer so gut wie möglich erfüllen; meine Freundinnen standen schließlich hinter mir. Und dann wollte ich mich besaufen.

Und das tat ich auch. Und zwar so richtig. Infolgedessen unterlief mir ein weiterer, noch viel gravierenderer Fehler. Daran musste mein inneres Bad Girl Schuld sein, das der Podcast entfesselt hatte.

22

Am nächsten Morgen wachte ich mit dem schlimmsten Kater meines Lebens auf. Ungelogen. So heftig war ich weder während der Erstiwoche der Uni noch mit Maddy im Urlaub auf Zakynthos abgestürzt. Nicht einmal nach der letzten Weihnachtsfeier von *Colton Capital* hatte ich mich so lausig gefühlt. Mein Gehirn war scheinbar durch flüssigen Käse ersetzt worden. Wenn ich meine Augen öffnete, würde es auf das Kissen sickern und ich wäre tot. Und wenn ich den Mund aufmachte, würde ich mich übergeben, deshalb ließ ich ihn sicherheitshalber geschlossen.

Ich zog mir die Bettdecke über den Kopf und hoffte, wieder einschlafen zu können, um so den schlimmsten Kater auszukurieren. Aber dann drangen die Erinnerungen an den Tag und die Nacht zuvor in meinen geschundenen Kopf, und jede einzelne davon fühlte sich an, als würde Tante Lydia aus *The Handmaid's Tale* mit ihrem Elektroschocker über mich herfallen.

Ich weiß noch, wie ich nach dem Empfang im Festzelt stand und mich mit ein paar Studienfreunden von Henry unterhielt. Die Kellnerinnen liefen zwar mit Champagnerflaschen und mit Tabletts voller Canapés herum, aber aus irgendeinem Grund bekam ich nur Champagner und nichts von dem Essen ab.

Ich erinnerte mich, dass ich mich zwar zum Essen an die Tafel gesetzt, aber das Stadium übersprungen hatte, in dem man hungrig ist. Ich trank einfach weiter. Und jedes Mal, wenn ich beschloss, vernünftig zu sein und auf Wasser umzusteigen, schien jemand mein Glas erneut aufzufüllen, sodass ich nur noch *dieses eine* austrinken und dann auf Wasser umsteigen wollte, was dann aber nie geschah.

Ich erinnerte mich an die ersten Akkorde von *Amazed* von *Lonestar* und wie ich Maddy und Henry bei ihrem ersten Tanz als Mann und Frau beobachtete hatte. Sie sahen so glücklich und verliebt aus. Ich erinnerte mich daran, dass ich Molly auf die Toilette schleifte, um mich bei ihr darüber auszuheulen, dass ich mich niemals in jemanden verlieben würde, der mich auch liebte, und dass ich für immer single bleiben würde. Sie tätschelte mir den Rücken und meinte, dass es passieren würde, wenn die Zeit reif war, dass da draußen jemand auf mich wartete, ich müsste nur geduldig sein und weiter versuchen, neue Leute kennenzulernen. Wer weiß, die Liebe meines Lebens könnte sogar die ganze Zeit schon da gewesen sein, direkt vor meiner Nase.

Ich erinnerte mich daran, dass die Wärme des Zelts plötzlich drückend heiß wurde und ich nach draußen ging, um frische Luft zu schnappen, unter dem Sternenhimmel zu stehen und in der Kälte auszuharren, bis ich mich etwas besser fühlte.

Ich erinnerte mich an eine vertraute Stimme, die sagte: »Ich bin rausgekommen, um dich zu suchen. Ich wollte dir nur sagen, wie schön du aussiehst.« Die Worte des Bad Girls kamen mir wieder in den Sinn und mein Urteilsvermögen war so getrübt, dass ich tatsächlich dachte: »Ja! Vielleicht ist er es ja!«

Ich erinnerte mich an die Welle des Glücks und der Klarheit, die mich daraufhin durchflutete. Ich ging wieder hinein und tanzte und tanzte. Dann schnitten Maddy und Henry die Hochzeitstorte an. Das riesige, süße Stück Torte voller Früchte war das Köstlichste, das ich je gegessen hatte, und da mich der Heißhunger gepackt hatte, aß ich auch noch zwei der Schinkensandwiches, die um zehn Uhr für die Abendgäste serviert wurden. Aber ich merkte selbst, dass die jetzt auch nicht mehr halfen.

Ich erinnerte mich an Maddy, die auf einem Stuhl stand, und an Henry, der unter dem Gejohle der Männer das Strumpfband von ihrem Oberschenkel entfernte. Irgendjemand fing es. Ich selbst reihte mich in die Traube aus Frauen um Maddy herum ein und dachte, dass es sehr, sehr wichtig war, dass ich ihren Strauß fing, was ich auch tat, dabei aber Molly zuvorkam und dann ein schlechtes Gewissen hatte und ihn ihr gab.

Ich erinnerte mich, dass ich auf mein Handy schaute und sah, dass es elf Uhr war und es mir plötzlich sehr wichtig erschien, den letzten Zug zurück nach London zu nehmen, anstatt im Gästezimmer zu schlafen, das ich in der Nacht zuvor benutzt hatte. Chloë versuchte noch, mich davon abzubringen, ich hätte viel zu viel getrunken, und allein wäre ich nicht sicher. Aber dann stand da auf einmal diese große Gestalt im Anzug neben mir, die sagte: »Keine Sorge, ich bringe Charlotte nach Hause.«

Ich erinnerte mich an den fast leeren Zug nach Waterloo und daran, dass wir ganz allein im Waggon saßen. Ich zitterte vor Kälte, weil ich nicht zurück ins Haus gegangen war, um meinen Mantel zu holen. Er zog sein Jackett aus und legte es mir um die Schultern, obwohl ihm selbst kalt gewesen sein musste. Und ich dachte daran, wie mir kurz später auffiel, dass er mich jetzt küssen würde und ich das in diesem Moment für eine großartige Idee hielt.

Und ich erinnerte mich an den Kuss. An jede Sekunde des Kusses. Als ich meine Augen öffnete, sah er mich mit einer solchen Intensität an, dass ich meine Augenlider wieder zufallen ließ und mich ganz im Moment verlor. Sein Mund auf meinem fühlte sich so anders als Myles' Mund. Sein Haar, in dem ich meine Hand vergrub, war ganz dicht und weich. Ich erinnerte mich daran, wie der Kuss endete und wir uns mit einem überraschten Lächeln ansahen.

Und das war's. Der Rest der Nacht war komplett verschwommen. Wir mussten uns danach ein *Uber* für den Heimweg genommen haben - oder vielleicht auch nicht? Vielleicht waren wir auch in die U-Bahn, die S-Bahn oder den Nachtbus gestiegen. Ich hatte keine Ahnung, keine Erinnerung. Klar war nur, dass wir es irgendwie nach Hause und ins Bett geschafft hatten. Ich hatte mir weder die Zähne geputzt noch mich abgeschminkt, wie der üble Geschmack in meinem Mund und meine verklebten Augen bewiesen.

Aber wenigstens war ich zu Hause und sicher in meinem Bett.

In meinem Bett ... Moment mal, irgendwas stimmte nicht. Das Zimmer roch ganz falsch – vertraut, aber falsch. Als ich meine Augen mit pulsierendem Kopf ein kleines bisschen öffnete, konnte ich sehen, dass die Bettdecke, die mein Gesicht verdeckte, einen blauen Bezug hatte, und nicht meinen weißen. Sicherheitshalber streckte ich meine Beine auf die andere Seite des Bettes aus, aber da war niemand – immerhin.

Wiederwillig öffnete ich meine Augen komplett und setzt mich auf.

»Guten Morgen, Charlotte«, sagte Adam. Er saß an seinem Schreibtisch, auf dem Computerbildschirm vor ihm flackerte Quelltext. Er war frisch geduscht - ich konnte sein Deo riechen – und trug Jeans und einen Pullover. Eine Tasse Tee und ein Teller voller Toastkrümel standen neben ihm. Und zusammengerollt auf seinem Schoß, als wäre dies der normalste Ort der Welt für ihn, lag Freezer.

Adam strich lächelnd über das weiße Fell des Katers und sah dabei aus wie dieser James-Bond-Bösewicht.

»Mir ist schlecht«, brachte ich hervor und sprintete ins Bad.

Adam. Adam und ich. Küsse! Viele Küsse. Ich hatte ihn geknutscht, so wie ich den Leomann in Lissabon geknutscht hatte. Die Erinnerung wirbelte in meinem Kopf herum, während ich auf dem Badezimmerboden zusammensackte.

Ein paar grässliche Minuten später stand ich vorsichtig auf. Ich fühlte mich, als würde ich Karussell in einem Vergnügungspark fahren, doch mein Schwindel hielt glücklicherweise nicht lange vor, sodass ich mich nicht erneut übergeben musste. Ich putzte mir die Zähne und betrachtete niedergeschlagen mein Gesicht im Spiegel.

Es war kein schöner Anblick. Das Make-up, das Molly gestern aufgetragen hatte, nachdem ich das professionell aufgetragene Zeug weggeheult hatte, war noch in vereinzelten Flecken erhalten geblieben. Unter meinen Augen war meine Haut schwarz verschmiert. Mein Haar war teilweise noch hochgesteckt, der Rest fiel mir in unordentlichen Strähnen übers Gesicht, in denen noch Haarnadeln und Unmengen von Haarspray klebten.

Aber das war alles nebensächlich. Was mich dazu veranlasste, laut »Danke, lieber Schutzpatron der Besoffenen« zu murmeln, war die Tatsache, dass ich noch meinen BH, meine Unterhose und meine Strumpfhose trug.

Klar, man konnte auch im BH vögeln, und eine frische Unterhose hätte ich mir danach auch angezogen haben können. Aber keine Strumpfhose. Die Strumpfhose war der endgültige Beweis. Ich hatte ihn geküsst, und entweder er oder ich hatten mein Brautjungfernkleid ausgezogen - es lag in einem zerknitterten Haufen auf dem Boden von Adams Zimmer –, aber unser Techtelmechtel hatte an diesem Punkt sein Ende gefunden.

»Oh, Gott sei Dank«, stöhnte ich. Obwohl ich wie ein Teenager ins Delirium gefallen war und mich reichlich übergeben hatte, fühlte ich mich dem Tod dank der Erkenntnis, dass ich nicht mit Adam geschlafen hatte, viel ferner als zuvor. Ich verbrachte zehn Minuten damit, mühsam - und unter Schmerzen - den Wald aus Haarnadeln und -klammern aus meinem Haar zu entfernen, dann tränkte ich ein paar Wattepads in Make-up-Entferner und beseitigte den Rest der Wimperntusche.

Danach duschte ich ausgiebig und kochend heiß, bis ich mich fast wieder wie ein Mensch fühlte. Ich zog mir Leggings und einen Schlabberpulli an und ging zurück in Adams Zimmer, um das Gespräch zu führen, das wir wohl oder übel führen mussten.

Er saß immer noch an seinem Computer und Freezer bildete immer noch einen kleinen weißen und pelzigen Haufen auf seinem Schoß. Ich griff das Katzenthema zuerst auf; so unangenehm es auch war, es war leichter als das andere.

»Adam«, sagte ich und bemühte mich, das Zittern in meiner Stimme zu verbergen. »Was machst du mit dem Kater von Luke und Hannah?«

»Wessen Kater?«, fragte Adam. »Er gehört mir. Er hat mich adoptiert. Er kam einfach eines Tages hereinspaziert, ich habe ihm etwas Thunfisch gegeben und er ist geblieben. Er heißt Ethereum.«

»Adam. Er gehört nicht dir. Er heißt Freezer, und er gehört dem Pärchen von nebenan. Sie sind außer sich vor Sorge um ihn. Sie haben Poster aufgehängt und so.«

Adam sah störrisch aus. »Er gehört mir. Er lebt bei mir. Wenn er nebenan wohnen wollte, könnte er ja rübergehen?«

»Ich kann nicht behaupten, dass ich mich mit Katzenpsychologie besonders gut auskenne«, meinte ich. »Aber ich könnte mir vorstellen, dass der Thunfisch etwas damit zu tun hat. Und außerdem geht er ja rüber. Luke meinte, er sei kurz nach Hause gekommen und dann wieder verschwunden.«

»Die kümmern sich nicht gut genug um ihn. Sonst wäre er ja nicht gegangen. Ihm gefällt es hier. Wir sind Freunde.«

Etwas betrübt fragte ich mich, wie viele Freunde Adam wohl sonst noch hatte.

»Du kannst doch nicht einfach die Katzen fremder Leute klauen«, sagte ich so vernünftig, wie ich konnte. »Das tut man nicht. Außerdem dürfen wir hier gar keine Haustiere halten. Das steht in unserem Vertrag.«

Adam sah schuldbewusst aus. Offensichtlich war ihm das bewusst. »Niemand weiß, dass er hier ist. Nicht einmal dir ist es aufgefallen.«

Ich dachte an die leeren Schüsseln auf Adams Zimmerboden, an die vermeintlichen Mäusegeräusche in der Nacht und an die Thunfischdosen, die sich im Küchenschrank stapelten. Es hätte mir auffallen können, wenn ich nur mal fünf Sekunden lang mein Hirn eingeschaltet hätte. Aber das hatte ich nicht.

»Wir müssen ihn zurückbringen«, sagte ich zu ihm. »Wenn die Hausverwaltung eine Inspektion macht und ihn hier findet, sind wir dran. Denen ist völlig egal, ob er dein Kater ist oder nicht.«

»Er wäre aber gern mein Kater«, beharrte Adam und kratzte Freezer hinterm Ohr, der daraufhin seine verschiedenfarbigen Augen öffnete, ostentativ gähnte und anfing zu schnurren. Er drückte seinen Kopf gegen Adams Hand und vergrub seine Krallen in dessen Knien. Ich fühlte mich schrecklich, als würde ich ein Kind seinen Eltern entreißen. Dann ermahnte ich mich selbst, dass dieses Kind bereits liebe Eltern hatte und vermutlich einfach das Katzenäquivalent eines Stockholm-Syndroms entwickelt hatte.

»Adam, um Gottes willen«, seufzte ich. »Sei kein Arschloch. Ich habe selbst einen ziemlichen Kater, ich habe gestern herausgefunden, dass der Typ, von dem ich dachte, er wäre mein Freund, noch verheiratet ist, und ich habe keinen Job mehr. Jetzt mach mir das Leben doch nicht noch schwerer, indem du mir wegen dieses Katers Kummer bereitest.«

Adam sah mich entsetzt an und sprang von seinem Stuhl auf, woraufhin Freezer von seinem Schoß hechtete und ihn vorwurfsvoll anstarrte. »Du hast deinen Job verloren? Warum?«

»Ich weiß es nicht. Aber ich bin beurlaubt worden, die Anwälte schicken mir am Montag einen Brief, sie werden mich bald feuern. Ich habe also wirklich viel am Hals gerade.«

Hals. Bei diesem Wort bemerkte ich, wie schrecklich hungrig ich war. Wenn dieses Schlamassel behoben war, würde ich erst mal zum *Daily Grind* rübergehen und mir das riesigste und fettigste Frühstück bestellen, das auf der Karte stand.

»Das tut mir so leid, Charlotte«, sagte Adam aufrichtig. »Das ist schrecklich. Ich ...«

»Nun ja«, unterbrach ich ihn. »Los jetzt. Lass mich Freezer zu seinen Besitzern zurückbringen, und dann gehen wir frühstücken.«

»Okay, na gut.«

Er nahm Freezer hoch und streichelte ihn, woraufhin der Kater erneut anfing zu schnurren. Adam vergrub sein Gesicht in Freezers weißem Fell, und ich war mir ziemlich sicher, dass er entweder weinte oder ganz kurz davorstand.

»Er kann ja trotzdem tagsüber zu dir kommen, wenn Luke und Hannah arbeiten«, sagte ich. »Er würde die Gesellschaft bestimmt genießen.« *Und du würdest es auch.*

»Echt? Glaubst du, das würde ihnen nichts ausmachen?«

»Bestimmt nicht. Solange du ihnen nicht erzählst, dass du ihn hier quasi zu Unrecht inhaftiert hast. Lass uns einfach behaupten, wir hätten ihn im Gartenhäuschen gefunden oder so.«

»Wirklich? Danke, Charlotte.«

»Gern geschehen«, erwiderte ich. »Aber das mit dem Thunfisch muss aufhören. Und du wirfst ihn jeden Abend um sechs Uhr raus. Einverstanden?«

»Klar. Wenn es sein muss.«

»Adam! Er ist nicht dein Kater. Im Ernst. Hör auf, ihm Thunfisch zu geben und ihn über Nacht in deinem Zimmer zu halten, oder ich erzähle Hannah, dass du versuchst, ihn zu entführen. Dann kriegt er wahrscheinlich Hausarrest. Oder sie ziehen irgendwohin, wo es keine Katzenkidnapper gibt.«

»Glaubst du, das würden sie machen?«

Das glaubte ich natürlich nicht, aber ich fuhr mit meiner Lüge fort, auch wenn ich dabei ein schlechtes Gewissen hatte.

»Gut möglich. Und dann siehst du ihn nie wieder.«

»Na gut«, lenkte Adam ein. »Dann nimm ihn.«

Er reichte mir Freezer. Ich wusste nicht viel über Katzen, aber dieser hier schien mir ein ungewöhnlich gehorsames Tier zu sein. Er kuschelte sich in meine Arme und fing wieder an zu schnurren, sodass mir ein verzücktes »Oooooh!« entfuhr. Er war wirklich sehr süß.

»Komm schon, Freezer«, sagte ich. »Wir bringen dich nach Hause zu Mama und Papa.«

Hannah öffnete mir die Tür im Bademantel, mit wirrem rotem Haar, flauschigen Hausschuhen und dem leicht genervten Gesichtsausdruck eines Menschen, der sonntags am Ausschlafen gehindert wurde. Dieser Ausdruck verwandelte sich allerdings schlagartig in helle Freude, als sie ihren Kater erblickte.

»O mein Gott«, quietschte sie. »Du hast ihn gefunden! Wo war er?« Ich öffnete den Mund, um die Geschichte zu erzählen, die ich mir zurechtgelegt hatte, und merkte dann, dass ich es nicht konnte - nicht nur, weil es falsch war zu lügen, sondern auch weil Freezer viel zu wohlgenährt und glücklich aussah für einen Kater, der seit Wochen auf der Straße lebte.

»Komm rein«, sagte Hannah. »Ich kann nicht glauben, dass er wieder da ist! Wir haben ihn so vermisst. Luke wollte schon, dass wir uns einen neuen Kater zulegen, aber ich konnte das nicht, solange wir nicht wussten, was mit ihm passiert ist. Und jetzt ist er hier.«

Ich überreichte Hannah den Stubentiger und folgte ihr ins Haus. Sie brachte ihn in die Küche, setzte ihn auf dem Boden ab und schüttete etwas Trockenfutter in eine Schüssel. Freezer schnupperte daran und warf ihr dann einen Blick zu, der eindeutig sagte: »Was zum Teufel ist das?«

Beschämt erklärte ich: »Ich fürchte, er hat sich daran gewöhnt, Thunfisch zu fressen.« Und dann erzählte ich ihr die ganze Geschichte.

Zu meiner großen Erleichterung lachte sie. »So ein böser Junge! Freezer, meine ich, nicht dein Mitbewohner. Und ich verstehe, was er meint. Wir haben uns oft gefragt, ob er sich tagsüber nicht ein bisschen einsam fühlt. Ich meine den Kater, nicht ...«

»Ich glaube, Adam tut das auch, weißt du. Er arbeitet von zu Hause aus und sie leisten sich gegenseitig Gesellschaft. Ich dachte, wenn es dir nichts ausmacht, könnte Freezer vielleicht trotzdem manchmal zu uns kommen und sie könnten abhängen.«

Um Hannahs Augen herum bildeten sich kleine Lachfältchen. »Um *Xbox* zu spielen?«

»Ja, während sie sich an den Eiern kratzen. So was in der Art.«

»Und dabei reden sie nicht über ihr Liebesleben, sondern sagen einfach nur: ›Frauen!‹, schütteln den Kopf und verdrehen die Augen.«

»Und dann sagen sie: ›Was glaubst du, gewinnen die Queens Park Rangers am Sonntag gegen Nottingham Forest?‹«

Hannah brach in Gelächter aus. »Klingt realistisch.«

»Aber ich habe ihm gesagt, dass er Freezer nicht mehr füttern darf und dass es eine Sperrstunde gibt.«

»Abgemacht«, freute sich Hannah. Dann wich das Grinsen

aus ihrem Gesicht. »Als du meintest, Freezer wäre bei jemandem aus deinem Haus gewesen, dachte ich zuerst, dass du deine Mitbewohnerin meinst. Die große Blonde.«

»Tansy«, sagte ich. »Nein, die ist definitiv unschuldig. Sie ist derzeit sowieso so gut wie gar nicht zu Hause. Sie ist mit einem meiner Arbeitskollegen zusammen, und sie verbringt drei oder vier Nächte die Woche bei ihm. Das ist in ein paar Monaten von null auf hundert gegangen.«

»Verstehe, okay. Da war nur etwas Seltsames ... Kann ich dir einen Kaffee anbieten?«

»Liebend gern«, meinte ich, »aber nur wenn es nicht zu viel Aufwand ist.« Und dann sah ich zu, wie sie eine sündhaft teuer aussehende Espressomaschine mit Mahlwerk anschmiss, zwei große Keramiktassen mit Espresso und geschäumter Milch füllte, ein paar Mince Pies auf einen Teller legte und alles ins Wohnzimmer trug.

»Oh, wow«, staunte ich. »Bei euch ist definitiv schon Weihnachten.«

Im Wohnzimmer stand eine riesige Tanne, die mit golden und silbern funkelnden Lichterketten und Christbaumschmuck dekoriert war und den Raum mit ihrem Duft füllte. Das Zimmer war nicht aufgeräumt – auf dem Couchtisch verteilt lagen Bücher und Magazine neben Geschenkpapierrollen und -schleifen. Das Sofa war unter einem Haufen Wolldecken und unterschiedlicher Kissen begraben, und ein ganzes Bataillon von Weihnachtskarten zierte dicht gedrängt den Kaminsims. Trotzdem sah der Raum gemütlich und elegant aus, als hätte Kirstie Allsopp ihn unter Zeitdruck gestylt.

»Es ist unser erstes gemeinsames Weihnachten«, erklärte Hannah. »Und wir hatten Lust auf ein richtiges Fest.«

Sie reichte mir eine Tasse Kaffee und bot mir einen der Mince Pies an, den ich dankbar annahm, da mein Appetit in der Zwischenzeit nicht versiegt war.

Freezer setzte sich vor den Kamin, starrte unglücklich auf die kalten Holzscheite und begann, sich zu putzen.

Dann fuhr Hannah fort. »Also, deine Mitbewohnerin. Tansy. Geht es ihr gut?«

Ich blinzelte. »Was? Ja, ihr geht es gut, soweit ich weiß. Ich habe sie jetzt einige Tage nicht gesehen, weil ich auf einer Hochzeit war und bei der Arbeit ist es gerade ... ziemlich hektisch. Ihr Freund fährt über Weihnachten nach Italien, und sie hat mich per *WhatsApp* über unser Programm informiert, das im Wesentlichen daraus bestehen wird, vor dem Fernseher mit Freunden Würstchen und Pralinen zu essen und Prosecco zu trinken.«

»Okay. Das klingt gut. Es ist nur ... vor ein paar Wochen ist etwas passiert. Luke meinte, ich solle die Polizei rufen, aber das wollte ich nicht. Ich neige dazu, bei manchen Dingen überzureagieren, und ich dachte, ich würde mich lächerlich machen. Aber ich denke immer wieder darüber nach, und jedes Mal komme ich zu dem Schluss, dass die Sache irgendwie strange bleibt.«

Travis, dachte ich. Es ging um Travis. Mein Mund fühlte sich plötzlich viel trockener an als der Mince Pie, den ich gerade verdrückte.

Ich schluckte und trank einen Schluck Kaffee. »Sprich weiter.«

»Neulich war da so ein Typ im *Daily Grind*«, erzählte Hannah. »Und hat den hier mitgebracht.«

Sie kramte hinter dem Sofa, holte eine zerknitterte *Selfridges*-Tüte hervor und zog einen marineblauen Kaschmirschal heraus. Er war nicht neu, aber auch nicht alt. So was konnte man in einem Secondhandladen finden, wenn man die Zeit hatte, sich durch all den Kram zu wühlen, den man sowieso nicht haben wollte. Oder für zwanzig Pfund bei *eBay* kaufen, wenn man sich die Mühe machte, durch all die Sofort-Kaufen-Plagiate aus China zu scrollen.

»Ich war nicht da«, führte Hannah aus. »Ich arbeite als Grundschullehrerin an der Queenswood Primary School. Du weißt schon, gegenüber von der Station? Ich helfe Luke aber manchmal abends, wenn ich gerade keine Arbeiten korrigiere oder irgendwelche Meetings habe. Ich bin im Dunkeln nicht gern allein zu Hause. Aber an diesem Abend war ich allein, deshalb bin ich früh schlafen gegangen. Und am nächsten Tag hat mir Luke den hier gezeigt.«

»Warte mal, und er dachte, dass der Tansy gehört?«

»Ganz genau. Der Typ meinte wohl, er sei bei unserem ersten Pizzaabend gewesen, als ihr drei auch da wart, und dass sie den Schal auf ihrem Stuhl liegen gelassen und er ihn aufgehoben habe. Luke fand das aber seltsam. Wenn man einen Schal findet, gibt man ihn doch an der Bar ab, oder? Man nimmt ihn doch nicht mit nach Hause, um ihn dann Wochen später zurückzugeben. Außerdem meinte Luke, er hätte schwören können, dass er den Kerl noch nie gesehen hat – und er hat ein echt gutes Personengedächtnis. Aber der Typ hat deine Mitbewohnerin beschrieben und er wusste das Datum und so. Also meinte Luke, dass sie neben uns wohnt und er ihr den Schal vorbeibringen würde. Daraufhin hat sich der Typ bedankt und einen Zettel dazugelegt, falls sie anrufen wollte, um ihm auszurichten, dass sie ihren Schal wiederhatte. Wir dachten, damit wäre die Sache erledigt.«

»Ganz schön viel Aufwand für einen Schal, selbst wenn er aus Kaschmir ist.«

»Ja, oder? Aber um ehrlich zu sein, haben wir es dann komplett vergessen. Deswegen haben wir ihn nicht vorbeigebracht. Wir haben so viel zu tun, weißt du. Und letztens hat mir Luke dann gesagt, dass er den Typ vor eurem Haus gesehen hat. Er glaubt, dass er ihm von der Arbeit nach Hause gefolgt ist.«

»O mein Gott«, schluckte ich. »Das klingt richtig creepy.«

»Finde ich auch. Und wie gesagt, ich bin leicht paranoid,

was solche Sachen angeht. Mein Ex ... Egal, jedenfalls habe ich Luke gesagt, dass das albern ist und wir sowieso nichts weiter unternehmen können, schließlich hat der Typ nur ein Kleidungsstück zurückgebracht, das jemand liegen gelassen hat.«

»Das ist nicht Tansys Schal«, fiel mir dann aber auf. »Den habe ich noch nie gesehen. Selbst wenn er ihr gehören würde, hat sie ihn an dem Abend definitiv nicht getragen. Es war noch ziemlich warm, erinnerst du dich?«

»Der Mann - irgendein Ex-Freund von ihr, stimmt's? – muss also herausgefunden haben, dass sie manchmal ins *Daily Grind* geht, und hat ihn extra gekauft, um sie aufzuspüren?«

Wir sahen uns an. Hannah zog ihre Füße aufs Sofa, schlang die Arme um ihre Knie und drückte sie an sich, als ob sie sich selbst trösten wollte. Was war ihr in der Vergangenheit widerfahren, warum war sie so ängstlich? Ich hatte jedenfalls nicht vor, ihre Annahme zu korrigieren, dass Travis Tansys Ex-Freund war.

»Aber wie kann er ...«, begann ich.

»Von dem Café und dem Pizzaabend gewusst haben, wenn er selbst nicht dort war?«, beendete Hannah meine Frage. »Ich glaube, da habe ich einen Verdacht.«

Sie zog ihr Handy aus der Tasche ihres Bademantels und reichte es mir einen Moment später hinüber. Auf dem Display war ein *YouTube*-Video der hübschen Frau mit den lila Haaren zu sehen, die an dem Abend am Tisch neben uns gesessen und in ihr Handy gesprochen hatte. Hinter ihr war ganz deutlich Tansy zu erkennen, die lachte und ein Glas Wein in der Hand hielt.

»Deine Freundin hat einen *YouTube*-Kanal?«

»Ja, genau. Sie heißt Gemma Grey, aber auf *YouTube* nennt sie sich Sparkly Gems. Sie hat mehr als fünf Millionen Abonnenten. Wenn der Typ eine Tochter im Teenageralter hat, stehen die Chancen ziemlich gut, dass sie Gemma kennt.«

Ich sagte eine Weile lang nichts und stellte mir ein junges

Mädchen vor, das in ihr Tablet vertieft war, und einen Vater, der ihr über die Schulter sah, um zu prüfen, was sie sich da anschaute. Ein kleines Mädchen, das seinen Vater vielleicht nur am Wochenende sah, sodass er viele Abende für sich allein hatte, um nach Unterhaltung im Internet zu suchen. Ich stellte mir den Schock der Erkenntnis vor, die ihn überkommen haben musste - »Das ist sie!« -, und wie er später nach dem Video gesucht und es sich noch einmal angeschaut hatte, als seine Tochter im Bett oder wieder zu Hause bei ihrer Mutter war. »Das ist sie definitiv!« Und wie Gemmas arglose Werbung für das Café ihrer Freunde ihn zu Tansy geführt haben musste.

»Ich werde Tansy erzählen, was passiert ist. Bring den Schal zu einem Secondhandladen, wenn du magst. Wenn ich den Typ noch mal sehe, rufe ich die Polizei.«

»Okay. Wenn du dir sicher bist, dass es nicht ihr Schal ist, nehme ich ihn mit zum Schulflohmarkt. Aber es war ein Zettel dabei. Den solltest du mitnehmen.«

Sie reichte mir einen kleinen Umschlag, der an den Ecken leicht geknickt war, weil er irgendwo hinter dem Sofa gesteckt hatte. Es stand nichts drauf.

Ich verabschiedete mich von Hannah und wünschte ihr frohe Weihnachten. Dann ging ich zurück nach nebenan, schloss die Tür auf und stieg die Treppe hinauf zu Adams Zimmer. Er saß immer noch über seine Tastatur gebeugt an seinem Schreibtisch - in dieser Haltung verbrachte er vermutlich den ganzen Tag und einen Großteil der Nacht. Kein Wunder, dass Freezer ihn mochte: ein warmer Mensch, der stundenlang am selben Platz saß und sich nur bewegte, um ihm Thunfisch aufzutischen und nächtliche Jagdspiele mit ihm zu spielen – so musste der Katzenhimmel aussehen.

Adam war wohl zu vertieft in das, was er tat, um meine Schritte auf der Treppe zu hören, denn er beachtete mich einige Momente lang nicht und tippte einfach weiter. Doch er programmierte nicht, wie ich bemerkte, sondern schrieb etwas auf *Slack*, dem Kommunikationsdienst, den auch Bianca für unsere Hochzeitsplanungsgruppe benutzt hatte.

Nun, wir mussten ein Gespräch darüber führen, was letzte Nacht zwischen uns passiert war - und was nicht –, und zwar am besten sofort. Was würde das Bad Girl an meiner Stelle tun? *Na klar, sie würde einfach da reinmarschieren und ihm sagen, was sie fühlte.* Also tat ich das, trockener Mund hin oder her.

»Hey«, sagte ich.

Adam zuckte zusammen, fuhr auf seinem Stuhl herum und klickte den Tab weg, den er gerade noch benutzt hatte.

»Hey Charlotte.« Er wurde tatsächlich rot und sah so erschrocken und schuldbewusst aus, als hätte ich ihn auf *Pornhub* erwischt.

»Was ist los?«

»Nichts. Ich wollte nur ...«

Dann stand er zu meiner Überraschung auf und schlang seine Arme um mich.

»Charlotte«, flüsterte er mir ins Haar. Als ich fühlte, wie sein warmer Atem meine Haut berührte, erwachte mein Fluchtinstinkt. »Letzte Nacht. Du warst ...«

»Sehr, sehr betrunken.«

Er lachte. »Ja, das warst du. Du warst richtig süß. Du bist quer auf meinem Bett liegend eingeschlafen, mit den Füßen auf dem Boden. Ich habe dir die Schuhe ausgezogen und es geschafft, dich umzudrehen und die Bettdecke über dich zu ziehen, und dann habe ich in deinem Bett geschlafen. Ich hoffe, es macht dir nichts aus. Ich werde deine Bettwäsche natürlich waschen.«

Der Schutzpatron der Besoffenen hatte letzte Nacht wohl einige Überstunden geschoben.

»Das macht mir gar nichts aus«, sagte ich, löste mich sachte aus seiner Umarmung und sah zu ihm hoch. »Ich dachte ...«

Adam errötete wieder. »Das würde ich niemals tun. Ich

meine, du warst nicht mal wach. Und selbst wenn du es gewesen wärst, wäre ich mir nicht sicher gewesen, ob du gewollt hättest, dass ich ... du weißt schon.«

»Ich weiß. Ich denke, ich schulde dir ein Dankeschön. Dafür, dass du ein anständiger Kerl bist. Und dafür, dass du mich sicher nach Hause gebracht hast.«

Ich ging auf sein Bett zu und setzte mich. Er setzte sich neben mich und ergriff meine Hand.

»Trotzdem hätte das nicht passieren dürfen. Es tut mir leid.«

»Was tut dir leid? Du hast doch nichts falsch gemacht.«

Scheiße, dachte ich.

»Sieh mal, Adam. Du magst mich nicht mal. Du stehst auf Tansy. Es war nur eine dumme, betrunkene ...«

»Was tu ich?« Er ließ meine Hand los, als wäre sie plötzlich glühend heiß. Ich widerstand dem Drang, meine Handfläche an meinen Leggings abzuwischen. »Nein, das tu ich nicht! Sie ist wirklich hübsch, klar, aber du bist anders. Du bist etwas Besonderes.«

Oh nein.

»Aber du hasst mich. Du redest nicht einmal mit mir. Als wir drei an diesem einen Abend Pizza essen waren, konntest du es kaum ertragen, mich anzuschauen. Das einzige Mal, als wir uns unterhalten haben, hast du mir gesagt, dass du mich für böse hältst.«

Adam fuhr sich mit der Hand durch die Haare und strich sich die dunklen Strähnen hinter die Ohren. Sie fielen sofort wieder zurück in sein Gesicht. Er griff erneut nach meiner Hand, überlegte es sich dann aber anders und verschränkte seine Finger in seinem Schoß.

»Ich kann nicht so gut mit Frauen. Wenn ich jemanden mag, kann ich es nicht zeigen. Dann bringe ich kein Wort heraus. Und bis letzte Nacht dachte ich ehrlich gesagt, dass du mich nicht magst.«

Oh, nein. Oh nein, nein, nein, mach, dass es aufhört.

»Adam, wie ich schon sagte, es tut mir wirklich leid wegen gestern Abend. Es war ein Fehler. Ich war besoffen und ziemlich emotional. Hochzeiten lösen so was bei Leuten aus, selbst wenn sie nicht gerade den ganzen Scheiß in ihrem Leben durchmachen, den ich gerade durchmache. Das soll jetzt keine Ausrede sein. Ich hätte dich nicht küssen sollen.«

»Okay.« Adam runzelte die Stirn, sah mich dann direkt an und lächelte ganz süß und sanft, sodass ich seine weißen, ebenmäßigen Zähne sah und Grübchen auf beiden Seiten seines Mundes sowie Lachfältchen in seinen Augenwinkeln erschienen. Seine Augen waren mir vorher nie aufgefallen: Sie waren ganz dunkelblau. Ich bemerkte wieder, was mir schon beim Probeessen (und natürlich bei der Hochzeitsfeier) aufgefallen war: Adam war, auf seine Art, eigentlich ganz süß. Das Blöde für uns beide war nur, dass er genauso gut C-3PO hätte sein können – so wenig empfand ich für ihn.

»Können wir nicht einfach so tun, als wäre das nie passiert?«

»Du meinst, wir könnten von vorn anfangen?«

»Ja«, sagte ich und fügte dann hastig hinzu: »Als Mitbewohner. Vielleicht sogar als Freunde.«

»Ich verstehe. Du empfindest nicht das Gleiche für mich wie ich für dich.«

Ich fühlte mich fast genauso schuldig wie eine Stunde zuvor, als ich ihm gesagt hatte, er könne Freezer nicht behalten, und bestätigte: »Nein, Adam. Das tu ich einfach nicht. Es tut mir leid.«

Wir standen beide auf. Einen Moment lang überlegte ich, ihn zu umarmen, aber dann dachte ich, dass das die ganze Sache wohl nur weiter verkomplizieren würde.

»Ich hole mir was zu essen, hast du Lust, mitzukommen?«, fragte ich.

»Nee, ich habe noch zu tun.«

»Okay. Wir sehen uns später.«

Ich verließ das Zimmer und schloss nach einem kurzen Zögern die Tür hinter mir. Unmittelbar danach hörte ich Adams Stuhl über den Holzboden rollen, gefolgt vom lauten Getippe seiner Finger auf der Tastatur.

23

Hallo und willkommen zurück bei Leider Geil. Heute komme ich auf einen der eher weniger erfreulichen Aspekte des Datens zu sprechen. Am Anfang, wenn man sich entscheidet, ob jemand was für einen ist oder nicht, kann man die Sache noch ziemlich einfach beenden. Manche Menschen halten das Ghosten für eine akzeptable Strategie – ich gehöre, wie ich schon einmal erwähnt habe, nicht dazu. Im Frühstadium, nach einem Date oder ein paar Nachrichten auf Tinder oder so, kann man eine Person natürlich einfach löschen, blockieren oder ignorieren. Oder man macht es so, wie ich es mache: Man schreibt eine höfliche, nette Nachricht, in der man erklärt, dass es nicht gefunkt hat und es deshalb wohl das beste ist, die Sache zu beenden. Manche Menschen – Männer hauptsächlich – nehmen das aber nicht so gut auf und versuchen, das Ganze auszudiskutieren. Sollte das passieren – na ja, dann löscht, blockiert und ignoriert man eben dann. Aber wenn man erst etwas später entscheidet, dass es nicht funktioniert, nachdem man schon ein paar Dates mit jemandem hatte und vielleicht sogar eine Nacht miteinander verbracht hat, wird es etwas schwieriger, die Notbremse zu ziehen. Jetzt geht's daher ans Einge- machte, denn heute reden wir übers Schlussmachen.

Den restlichen Sonntag sowie den Großteil des Montags verbrachte ich im Bett, das ich lediglich verließ, um mir die Straße rauf bei *M&S Simply Food* irgendwelche Snacks zu kaufen. Eigentlich hatte ich mich ins *Daily Grind* setzen und meinen Kater bei fettigem Essen und einer Bloody Mary auskurieren wollen, während ich ganz erwachsen und zivilisiert die Zeitung las. Aber irgendwie ertrug ich es nicht, unter Menschen zu sein. Ich versuchte, einen Podcast zu hören, aber der fröhliche Ton nervte mich nur.

Ich antwortete Chloë und Molly, dass es mir gut ging, dass ich nicht mit Adam, sondern allein in seinem Bett gelandet war und dass ich meine Tasche diese Woche bei Chloë abholen würde. Ja, die Hochzeit war toll gewesen, und nein, ein noch größeres Miststück als Bianca war mir noch nie begegnet.

Ich antwortete auf eine Nachricht von Tansy, in der stand, dass sie und Renzo nun die Heimreise aus Zürich antraten, wo sie gemeinsam die verschneiten Weihnachtsmärkte der Stadt erkundet hatten, was unglaublich und romantisch gewesen war, und ob ich heute Abend zu Hause war? Ich schrieb ihr, dass ich zwar da, aber völlig am Ende war und um neun Uhr ins Bett gehen wollte, und dass sie mir ganz bald unbedingt alles erzählen musste. Ich erwähnte weder meinen (Ex-)Job noch Adam und Freezer oder das, was ich über Travis in Erfahrung gebracht hatte. Für all das war sie vermutlich nicht in der richtigen Stimmung. Davon abgesehen hätte ich auch gar nicht gewusst, wo ich überhaupt anfangen sollte.

Dann zog ich mir fast eine ganze Staffel von *The Crown* bei *Netflix* rein. Erst nachdem ich mehrmals weggedämmert war und der Handlung nicht mehr folgen konnte, machte ich schließlich Schluss. Doch bevor ich mich schlafen legte, schrieb ich noch eine Nachricht an Myles.

Der nächste Tag fühlte sich merkwürdig an. Mein Wecker klingelte nicht wie üblich um sieben Uhr; er klingelte überhaupt nicht. Ich lag im Bett und schlief immer wieder ein. Was zur Hölle sollte ich mit meinem Leben bloß anfangen? Es hatte alles keinen Sinn mehr. Obwohl schon in einer Woche Weihnachten war, fühlte ich mich kein bisschen festlich. Erst als ich irgendwann ein Klopfen an der Tür vernahm, stand ich auf und ging in meinem Pyjama die Treppe runter, um die Tür zu öffnen. Selbst der Anblick von Freezer, der zielstrebig in die andere Richtung trabte, um den Tag bei Adam zu verbringen, heiterte mich nicht auf, da ich wusste, was das Klopfen an der Tür bedeutete.

»Hier bräuchte ich bitte eine Unterschrift«, sagte der Postbote, und ich unterschrieb zögerlich mein Todesurteil.

Ich öffnete den Brief, der wie folgt begann: »Hiermit möchte ich Sie darüber informieren, dass *Colton Capital* es für notwendig erachtet, eine Untersuchung durchzuführen hinsichtlich Ihres Handelns ...«

Als ich den ganzen Brief gelesen hatte, rief ich Chloës Kollegen Rashid an, der leider die ganze Woche ausgebucht war und anschließend bis Neujahr freihatte, aber am zweiten Januar Zeit für mich hätte. Ich sollte mir keine Sorgen machen, sagte er, das würde sich alles klären. Dann fügte er unheilvoll hinzu: »Auf die ein oder andere Weise.«

Den Rest des Tages verbrachte ich mit meinem Laptop auf dem Sofa und googelte und grübelte so lange sinnlos herum, bis es Zeit war, zur Factory zu fahren und endlich aus dem Traum aufzuwachen, in dem ich die letzten vier Monate gelebt hatte.

· · ·

Als ich danach zurück nach Hause kam, war Tansy gerade im Wohnzimmer damit beschäftigt, einen wunderschönen langen weißen Wollmantel auszuziehen, der wohl eines der teuersten und gleichzeitig wahrscheinlich unpraktischsten Kleidungsstücke war, das ich jemals gesehen hatte. Sie war von zahllosen Einkaufstüten umringt, und ihr Koffer stand offen auf dem Boden. Offensichtlich war sie soeben erst zur Tür reingekommen.

»Hey!«, rief sie. »Wie war die Hochzeit? Ich habe bei Renzo übernachtet, weil es dann doch so spät war, als wir zurückkamen. Ich habe dir Parfüm und Gin und *Toblerone* mitgebracht, und zwar richtige, nicht diese traurige Brexit-*Toblerone* - und ich habe Deko auf dem Weihnachtsmarkt gekauft, außerdem noch jede Menge Lebkuchen und Schweizer Käse. Zürich ist so schön, aber mein Gott, es war arschkalt. Geht's dir gut?«

»Ich habe gerade mit Myles Schluss gemacht.«

»Aber du ...«

»Ja«, unterbrach ich sie. »Ich habe ihn schon vor Monaten abserviert. Aber dann habe ich ihn mir in Lissabon gewissermaßen wieder aufgetischt. Er hat mir nämlich erzählt, dass er seine Frau verlassen hat, was aber gar nicht stimmt, sie waren die ganze Zeit zusammen und versuchen sogar, ein Kind zu bekommen. Ich habe es dir nicht gesagt, weil ...«

»Weil ich so sehr mit meinem eigenen Kram beschäftigt war.« Die ganze Freude war aus Tansys Gesicht gewichen, sie sah besorgt und unglücklich aus. »Verdammt, Charlotte, du hast so viel durchgemacht, und ich hatte keine Ahnung. Ich habe dich die ganze Zeit mit Renzo vollgequatscht und ... mit der anderen Sache, und ich habe dich nicht einmal gefragt, was mit dir los ist. Ich bin eine schlechte Freundin.«

»Du bist keine schlechte Freundin. Du hast Gin mitgebracht.«

Ihr Gesicht hellte sich auf. »Nicht nur Gin. Gib mir eine Sekunde.«

Sie kramte weiter in ihren Duty-Free-Tüten und verschwand unter lautem Flaschengeklirr in der Küche. Ich hörte Eis im Cocktailshaker splittern, und wenige Augenblicke später kehrte sie mit zwei Gläsern mit einer durchsichtigen Flüssigkeit zurück.

»Martini Kirsch«, verkündete sie. »Die haben sie in der Bar unseres Hotels gemixt. Mir haben die so gut geschmeckt, dass Renzo den Barmann dazu gebracht hat, uns das Rezept zu verraten. Er behauptet, dass die damals auf der Hindenburg serviert wurden, kurz bevor sie in die Luft geflogen ist.«

»Angemessen«, sagte ich und probierte. »Mein Gott. Kein Wunder, dass das Ding in die Luft geflogen ist, wenn sie dieses Zeug an Bord hatten.«

»So schaut's aus! Jetzt musst du mir aber alles erzählen.«

Das tat ich dann auch. Ich erzählte ihr von Myles' überraschendem Auftritt in Lissabon, wie er mich vor Maddys katastrophalem Junggesellinnenabschied gerettet hatte und ich nicht hatte widerstehen können, mit ihm zu schlafen. Ich erzählte ihr von der Wohnung in Shoreditch, unseren dortigen Rendezvous und Biancas Enthüllungen vor der Hochzeit.

»Ich schätze, ich hätte ihn einfach ghosten können.« Ich erhob meine Stimme, denn Tansy war wieder in der Küche und mixte die zweite Runde Drinks. »Aber ich wollte ihn konfrontieren, um zu sehen, was er dazu sagt.«

»Um rauszufinden, ob er dich weiter anlügt?« Tansy brachte zwei Gläser, in denen wohl einfach nur Gin mit Kirschgeschmack war. »Oder um zu sehen, ob er dich vom Gegenteil überzeugen kann?«

»Beides, denke ich. Oder weder noch. Aber ja, er hat versucht zu lügen. Er meinte, dass Bianca ein bösartiges Miststück sei, womit er natürlich recht hat. Aber was diese Sache angeht, glaube ich ihr, und das habe ich ihm auch gesagt.«

»Du hast seinen Bluff durchschaut«, schlussfolgerte Tansy.

»Renzo hat mir am Wochenende das Pokern beigebracht, und ...
egal, erzähl weiter.«

»Es war seltsam«, berichtete ich. »Ich konnte ihm fast beim
Nachdenken zusehen. Als wäre da ein Computer in seinem
Kopf, der Wahrscheinlichkeiten berechnet - tatsächlich ein bisschen wie beim Poker oder beim Schach. À la: ›Wenn ich A sage,
könnte dieses oder jenes passieren. Aber wenn ich B sage ...‹
und so weiter.«

Ich nahm einen großen Schluck aus meinem Glas und
verschluckte mich fast daran, so stark war der Drink. Im Nach-
hinein war es leicht zu erkennen, was Myles durch den Kopf
gegangen sein musste. Als ich ihn neben mir auf dem Wildledersofa sah, seine langen, schlanken Beine in Jeans, sein
vertrautes Gesicht, das mir halb zugewandt war, dachte ich
einfach nur: *Wer ist er? Wer ist dieser Mann, den ich zu kennen
glaubte, von dem ich dachte, er sei jemand Besonderes?*

»Du hast mich angelogen«, sagte ich kühl. »Ich habe dir
gesagt, was ich davon halte, dass du verheiratet bist. Ich habe dir
gesagt, dass ich dich nicht mehr treffen würde. Deshalb hast du
mich angelogen. Bist du da stolz drauf?«

»Charlotte, du musst verstehen, wie schwer das war«,
meinte er.

»Sie - Sloane - ist im Moment einfach so fragil. Ich wollte
sie verlassen, ich habe die Nächte hier verbracht, ehrlich. Aber
es war einfach noch nicht der richtige Zeitpunkt gekommen,
um es offiziell zu machen. Du weißt nicht, was das bei ihr
anrichten könnte.«

»Vermutlich in etwa dasselbe, wie die Tatsache, dass ihr
Mann eine andere vögelt.«

»Das hätte sie nie herausgefunden. Ich wollte nur darauf
warten, bis es ihr emotional besser geht, dann hätte ich Schluss
gemacht, um mit dir zusammen zu sein. Ich habe nicht darum
gebeten, mich in dich zu verlieben, weißt du.«

Da waren sie: Vor ein paar Wochen hätte ich noch alles

gegeben, um diese Worte zu hören. Jetzt erfüllten sie mich nur noch mit blanker Wut.

»Du bist vielleicht nicht für deine verdammten Gefühle verantwortlich, für dein Handeln aber sehr wohl.« Ich stand auf. Ich war zu wütend, um stillzusitzen. Darum ging ich hinüber zur Balkontür und sah hinaus. Aber ich konnte in der schwarzen Winternacht nichts sehen, nur mein eigenes Spiegelbild, das mir blass entgegenblickte.

»Du weißt ja nicht, wie schwer das alles war«, sagte er sanft. »Der Druck, die ständige Streiterei. Sloane hat dauernd geweint. Sie nimmt diese Hormone, und die machen sie ...«

Ich wirbelte herum. »Hormone, die ihr helfen, dein Baby zu kriegen! Glaubst du, sie macht das zum Spaß? Und anstatt sie zu unterstützen, hast du sie betrogen. Und mich hast du auch betrogen.«

»Ach, Charlotte«, sagte er. »Wenn ich doch nur mehr Zeit hätte. Nur noch ein paar Monate, um die Dinge wieder ins Lot zu bringen. Es ist so schwierig, ich bin so zerrissen zwischen meiner Loyalität ihr gegenüber und dem, was ich für dich fühle. Ich muss das verarbeiten. Ich wollte keiner von euch beiden wehtun.«

»Wir sind dir beide scheißegal.« Ich war überrascht, dass es mir gelang, so ruhig zu klingen. »Du interessierst dich nur für dich selbst, du willst auf zwei Hochzeiten gleichzeitig tanzen und dann auch noch in den verdammten Club gehen.«

Er verschränkte die Arme vor der Brust und sah bockig aus, wie ein kleiner Schuljunge, der bei einem Test geschummelt hat.

»Ich wollte nur ein bisschen Spaß in meinem Leben haben«, murmelte er. »Habe ich denn kein Recht darauf?«

»Recht? Du glaubst, du hast ein Recht auf eine Frau und eine Affäre? Ich sag dir was, warum rufen wir nicht jetzt sofort Sloane an und fragen sie, was sie von diesem hübschen Plan hält?«

Ich stand mit dem Handy in der Hand über ihm und war so wütend, dass ich wohl ziemlich unheimlich wirkte. Selbst als ich mich später daran erinnerte, schlug mein Herz schneller und meine Hände ballten sich zu Fäusten.

Ich hatte es geschafft, meinen Drink und einen weiteren zu leeren. Tansy musste ihn gemixt haben, ohne dass ich es mitbekommen hatte, weil ich mich gerade so lebhaft an diese Szene erinnerte. Sie nahm mir das leere Glas aus der Hand.

»O mein Gott, du hast seine Frau angerufen?«, hauchte sie und füllte unsere Gläser wieder auf.

»Na ja, nein. Zum einen habe ich ihre Nummer nicht. Aber das wusste er ja nicht. Er hat mich regelrecht angefleht, sie nicht anzurufen. Es war furchtbar. Ich habe ihn angesehen und konnte nicht verstehen, warum ich ihn jemals so toll gefunden hatte. Er war erbärmlich. Er tat mir sogar leid, aber nicht so leid wie Sloane.«

»Was hast du dann gemacht?«

Ich seufzte. »Was hätte ich machen sollen? Ich habe ihm gesagt, dass ich nach Hause gehe und empfahl ihm, das auch zu tun. Und sollte er Sloane nichts davon erzählen, damit sie eine Entscheidung über ihre Zukunft treffen konnte, habe ich ihm gedroht, es selbst zu tun. Und das werde ich auch.«

»Vielleicht solltest du es ihr so oder so sagen«, schlug Tansy vor. »Es ist bestimmt einfach, sie zu finden und ihr eine E-Mail zu schicken oder so.«

»Und vielleicht solltest du Renzo von Travis und den anderen erzählen.«

»Das ist doch was ganz anderes«, blaffte Tansy. »Verdammt noch mal, Charlotte, das ist einfach nicht das Gleiche.«

Beim Anblick ihres panischen Gesichts bereute ich meine Worte sofort.

»Du hast recht. Das ist es nicht. Deine Vergangenheit ist nicht das Gleiche wie die Beziehung von Myles und Sloane, definitiv nicht. Aber ich finde trotzdem, dass du es ihm sagen solltest, denn noch schlimmer wäre es, wenn er es auf andere Weise herausfindet.«

»Er wird es nicht herausfinden.« Aber Tansy klang nicht besonders überzeugt.

Wir saßen einen Moment lang schweigend da. »Es tut mir leid, dass ich das angesprochen habe«, sagte ich.

»Schon okay.«

»Also ja«, fuhr ich fort. »Dann bin ich also gegangen. Und hier bin ich nun. Und ich werde ihn nie wiedersehen.«

Das würde ich wirklich nicht. Nicht einmal im Büro, schließlich arbeitete ich dort ja nicht mehr.

»Das fühlt sich doch bestimmt supergut an, oder?«, fragte Tansy. »Ihm so eine Abfuhr zu erteilen. Wie Superwoman oder Professor McGonagall oder so.«

Ich erhob mich vom Sofa. Ich fühlte mich, als hätte ich dort Wurzeln geschlagen. Als ich aufstand, wurde mir leicht schwindelig, und ich merkte, dass ich dringend aufs Klo musste, und dann musste ich allein sein und ganz lange schlafen.

»Es fühlt sich ... okay an. Vielen Dank für den Gin und so. Ich muss jetzt unbedingt ins Bett.«

Tansy beugte sich zu mir herüber und umarmte mich zögerlich. Ich umarmte sie zurück und war dankbar für den Trost. Dann ging ich nach oben. Erst als ich gegen die Wand vor dem Treppenabsatz stieß, merkte ich, wie schrecklich besoffen ich von ihren tödlichen Drinks war. Ich stocherte eine Weile mit meiner Zahnbürste in meinem Mund herum, trank einige große Schlucke Wasser aus dem Wasserhahn und fiel dann in mein Bett.

Ich fühlte mich nicht wie Superwoman, ganz und gar nicht. Und erst recht nicht wie Professor McGonagall, abgesehen davon, dass ich vielleicht einen ähnlichen Kleidungsstil hatte wie sie und genauso viel Pech in der Liebe (bei dem Tempo, das ich an den Tag legte, würde ich mit 72 genauso alleinstehend sein wie sie). Ich fühlte mich einfach nur einsam, traurig und verängstigt.

Am nächsten Morgen wurde ich durch das anhaltende Klingeln meines Handys geweckt, das sich mit den pulsierenden Kopfschmerzschüben in meinem Schädel synchronisiert zu haben schien. Ich wälzte mich auf die andere Seite und blickte schlaftrunken aufs Display. Es war halb zehn und eine unbekannte Handynummer rief mich an. Eine Sekunde lang überlegte ich, den Anruf abzulehnen und weiterzuschlafen, aber es könnte ja jemand von *Colton Capital* sein. Alle Arbeitsnummern waren auf dem Diensthandy gespeichert, das ich Margot zurückgegeben hatte. Möglicherweise war sie es, um mir zu sagen, dass ihnen ein schrecklicher Fehler unterlaufen war und sie mir meinen Job zurückgeben wollte. Oder es war Piers, der fragte, warum seine Weihnachtskarten nicht verschickt worden waren. Mit größtem Vergnügen würde ich ihm mitteilen, wohin er sich diese schieben konnte.

»Hallo«, krächzte ich. Dann setzte ich mich auf und wiederholte mich, um hoffentlich weniger so zu klingen, als wäre ich gerade zum zweiten Mal in vier Tagen mit einem scheußlichen Kater aufgewacht.

»Charlotte? Geht es dir gut? Hier ist Xander.«

Ich hatte noch nie mit ihm telefoniert. Mir fiel auf, dass er eine schöne Stimme hatte, passend zu seinen schönen Augen und seinem schönen Lächeln und seinem schönen ... na ja, Gesamtpaket eben. *Colton Capital* mochte mein Leben ruiniert haben, doch es versetzte mir trotzdem einen schmerzhaften Stich, als mir klar wurde, wie sehr ich diese Firma samt all ihrer Angestellten (außer vielleicht Piers) und nicht zuletzt diesen tollpatschigen, lieben Ex-Kollegen vermissen würde.

»Ich darf nicht mit dir sprechen«, nuschelte ich. »Du könntest das Disziplinarverfahren aufs Spiel setzen. Das habe ich bei *Google* gelesen.«

»Keine Sorge, ich bin nicht im Büro. Ich mache blau. Ich muss mit dir sprechen - oder besser gesagt: du musst mit mir sprechen. Ich habe höchst brisante Informationen für dich.«

»Du hast was?«

»Charlotte! Du liegst noch im Bett, richtig? Warum auch nicht? Das Ding ist nur, es ist sinnlos, dir das zu erzählen, wenn du noch halb schläfst. Ich muss dich sehen. Wo wohnst du?«

»Hackney.«

»Gut. Ich brauche 45 Minuten bis zu dir. In der Zeit kannst du dich fertig machen. Wo sollen wir uns treffen?«

Ich überlegte. »Es gibt da ein Café bei mir um die Ecke, gleich an der U-Bahn-Station.« Ich beschrieb ihm den Weg zum *Daily Grind.* Dann duschte ich, wusch und glättete mir die Haare, schminkte mich und zog Röhrenjeans und den scharlachroten Kaschmirpullover an, den ich letztes Jahr im Schlussverkauf gekauft und nie getragen hatte, und schlüpfte in meine Sneaker. Ich betrachtete mich im Spiegel und tauschte die Sneaker gegen taupefarbene Overknee-Stiefel aus Wildleder, weil ... na ja, weil Xander ein ganzes Stück größer war als ich, und weil es wirklich kalt war. Und ... Aber jetzt war keine Zeit mehr, um mein Outfit zu optimieren, sonst würde ich zu spät gekommen.

Der morgendliche Ansturm im *Daily Grind* hatte sich gelegt. Eine Gruppe Sportmamis mit Kinderwagen im Schlepptau war gerade dabei, das Ende ihres Fitnessdrills mit Latte macchiato, Mandelcroissants, Eiern und Speck an einem Tisch in der Ecke zu feiern. Daneben stand ein großer Weihnachtsbaum, der in Regenbogenfarben leuchtete. Die meisten Gäste waren in ihre Tablets vertieft. Eine Frau hatte einen großen Laptoprollkoffer voller Papierkram dabei und würde wohl den ganzen Vormittag hier verbringen. Und ganz allein an einem Tisch in der hintersten Ecke mit einem Laptop und einem Teekännchen saß Xander.

Er passte gut in diese Umgebung aus Stahlträgern, die mit weiteren Lichterketten und Lametta umrankt waren, alten Filmplakaten und mit Schallplatten bestückten Regalen – und zwar genauso gut wie in die sterilen Hochglanzräumlichkeiten von *Colton Capital*. Vielleicht passte er aber auch nirgendwo richtig hin, sondern wurde einfach Teil seiner Umgebung, da ihn niemand als Eindringling betrachtete. Vielleicht hatte die Arbeit in Ländern wie Kolumbien und Bangladesch das mit ihm gemacht. Ich wusste es nicht, aber ich fühlte mich irgendwie mangelhaft, weil ich selbst überhaupt nicht so war.

Doch ich hatte lange genug in der Tür verharrt und kalte Luft in die duftende Wärme des Cafés strömen lassen. Also eilte ich hinüber zu Xander und begrüßte ihn. Die hübsche spanische Kellnerin eilte ebenfalls herbei und fragte mich, was ich bestellen wollte, ob Xander noch Tee brauchte und ob wir etwas essen wollten.

»Charlotte, du nimmst bestimmt Kaffee, oder?«, fragte Xander.

Ich betrachtete die Steingutkanne und den tabakfarbenen Bodensatz in Xanders Tasse, der mich daran erinnerte, dass ich früher in der Küche meiner Oma in Gateshead auch immer starken Tee getrunken hatte.

»Wissen Sie was: Ich nehme das, was er nimmt.«

»Ich wollte eigentlich Rührei mit Bohnen bestellen«, meinte Xander dann.

»Unsere Bohnen sind garantiert frei von Gentechnik«, versicherte die Kellnerin.

»Klingt super«, sagte ich, obwohl es mir ehrlich gesagt völlig egal war, sie hätten auch aus püriertem Kuheuter oder sonst was sein können. Ich wollte einfach einen starken Tee und so viel Toast, Eier und Bohnen, wie ich nur essen konnte.

Eine Weile lang aßen wir schweigend und tranken

Unmengen von Tee. Xander fing erst an zu sprechen, als auch der letzte Krümel vertilgt war.

Schließlich sagte er: »Also, ich war gestern mit Chryssanthi was trinken.«

Einen Moment lang war ich mir nicht sicher, vom wem er sprach. Dann erinnerte ich mich - die zierliche, IT-Beraterin mit dem glänzenden Haar. Aus irgendeinem Grund konnte ich die Frau plötzlich nicht mehr ausstehen.

»Ach, echt?«

»Sie hat mir etwas über den Sicherheitsverstoß erzählt, und was bei den Ermittlungen herausgekommen ist. Ich bin mir nicht sicher, ob sie das durfte, aber sie hat es getan.«

Natürlich hat sie das, dachte ich. Wie alle anderen auch, war sie auf Xanders Talent hereingefallen, aus Menschen die Dinge herauszukitzeln, die er wissen wollte.

»Du weißt ja, dass sie glauben, dass ich es war«, sagte ich. Man musste nicht Xanders Ninjafähigkeiten haben, um das zu wissen; die Schweigepflicht blieb zwangsläufig auf der Strecke, wenn bei *Colton Capital* wirklich pikanter Klatsch die Runde machte, wie ich selbst nur zu gut wusste.

»Ja. Und ich bin mir ziemlich sicher, dass sie sich irren, deshalb bin ich hier.«

»Warum?«

»Warum sie glauben, dass du es warst, oder warum ich mir sicher bin, dass sie sich irren?«

»Hmm, beides.«

»Es ist kompliziert. Ich verstehe nichts von Cybersicherheit, habe aber gestern Abend einen kleinen Crashkurs bekommen.«

Ob Cybersicherheit wohl das Einzige war, in dem Chryssanthi ihm einen Crashkurs verpasst hatte?

»Dann weißt du mehr darüber als ich«, schnauzte ich. »Ach nein, warte - ich bin ja eine Superhackerin. Eigentlich bin ich Lisbeth Salander.«

»Ich glaube, für die halten sie dich wirklich, ein bisschen zumindest. Sieh mal, sie haben alle Angst vor dir.«

»Was?« Hätte ich noch Tee im Mund gehabt, hätte ich ihn quer über den ganzen Tisch geprustet.

»Wirklich«, fuhr Xander fort. »Piers, Colin, alle. Die halten dich für eine Art hyperintelligente Eislady. Piers sagt, du könntest seinen Job besser machen als er selbst, deshalb gibt er dir nur banale Scheißaufgaben. Renzo sagt, er wollte dich in der ersten Woche nach einem Date fragen, aber hat sich nicht getraut. Pavel sagt, dass er seinen *Red Bull*-Konsum stark runtergefahren hat, weil du ihn bei jeder Nachbestellung so ansiehst, als ob du direkt in die Abgründe seiner Seele blicken könntest.«

Die *Red Bull*-Bestellungen waren tatsächlich leicht eingebrochen, jetzt wo ich darüber nachdachte.

»So bin ich aber nicht! Ich kann nichts für mein Gesicht, ich habe halt ein Resting Bitch Face.«

»Ich mag dein Gesicht.«

Unsere Blicke trafen sich. Seine Augen hatten eine grünlich-braune Pigmentierung, die in der Mitte zu Grau verblasste. Wir sahen uns einen langen Moment lang an, dann lächelte er und ich wurde ganz rot und spürte, wie sich etwas Seltsames um meine Rippen herum abspielte, als hätte ich einen zu engen Sport-BH an.

Um Gottes willen, Charlotte, sagte ich zu mir, *jetzt verhalte dich nicht wie ein Teenager! Deine gesamte Karriere steht auf dem Spiel – du musst dich konzentrieren. Und du kannst nicht in ihn verknallt sein – du arbeitest mit ihm.*

Dann erinnerte ich mich daran, dass ich das nicht mehr tat.

Ich räusperte mich. »Zurück zu Chryssanthi.«

»Genau«, nickte Xander. Er kramte sein Handy aus der Tasche und tippte ein paarmal auf das Display. »Ich habe mir danach Notizen gemacht, weil manches von dem, was sie gesagt hat, ziemlich technisch war und ich nichts vergessen wollte.«

Danach. Bedeutete das, dass ihr Drink wirklich nur ein Drink gewesen war? Ein Bild schoss mir durch den Kopf: Chryssanthi schlief, ihr dunkles Haar fiel über ein Kissen, während Xander mit nacktem Oberkörper neben ihr saß und ihre Unterhaltung in seiner Notizen-App aufschrieb. Das Bild war so lebhaft, dass ich nicht mitbekam, was Xander sagte, und ihn bitten musste, es zu wiederholen, während ich verzweifelt versuchte, diese Vision aus meinem Kopf zu verbannen. *Es war nur ein Drink.*

»Sie hat gesagt, dass die erste Attacke durch etwas namens BlackNurse ausgelöst wurde. Offenbar gehört das zu einer Kategorie von Malware, die BWAIN genannt wird.«

»Was zum Teufel ist ein BWAIN?«, fragte ich.

Xander lachte. »Das wollte ich auch wissen. Hör dir das an - das ist ein Akronym für Bug With An Impressive Name, also Bug mit eindrucksvollem Namen – wie Orpheus' Lyre, TorMoil, WannaCry und so weiter.«

»Die klingen nach Heavy-Metal-Bands aus den Achtzigern«, lachte ich.

»Genau. Und das sagt wahrscheinlich alles, was man über die Leute wissen muss, die dieses Zeug schreiben. Wie auch immer, die ursprüngliche Attacke hat eigentlich nicht viel Schaden angerichtet. Es wurde eine Reihe von fingierten ICMP-Paketen an den Router geschickt, sodass der Server vorübergehend nicht richtig funktionierte. Und nachdem sie dann an der Firewall herumgedoktert haben, war das Problem aus der Welt.«

»Was war also der Sinn der Sache?«

»Das konnten Chryssanthi und Pavel nicht herausfinden. Die Server liefen in den letzten Wochen anscheinend viel langsamer, als wären sie massiv belastet. Das ist, wie du weißt, ein großes Problem für uns.«

Das wusste ich - ich hatte genug *PowerPoint*-Folien für Piers gemacht, auf denen erklärt wurde, wie die Geschwindigkeit unserer Glasfaserkabel, die Rechenleistung unserer Server und unsere Hochfrequenzhandelsalgorithmen eine maximale Ausführungsgeschwindigkeit ermöglichten, mit entsprechenden Auswirkungen auf die Rentabilität. Ich konnte die Worte praktisch im Schlaf aufsagen, hatte aber nie darüber nachgedacht, was sie eigentlich bedeuteten.

»Verstehe«, sagte ich. »Und was haben sie getan, nachdem sie die Ursache dafür nicht finden konnten?«

»Sie haben sich darauf konzentriert, die Quelle der ursprünglichen Malware-Attacke zu finden.«

»Und haben sie die gefunden?«

»Das haben sie. Normalerweise ist das viel komplexer, weil sie die Polizei hätten einschalten müssen, um den Internetanbieter dazu zu überreden, die Daten freizugeben. Aber in diesem Fall deckte sich die IP-Adresse angeblich mit einer, die bereits im System war.«

»Und das war meine.«

Xander nickte.

Das also war die Antwort auf all die Fragen, die mir im Kopf herumgegeistert waren. Und die Lösung für dieses größte aller Rätsel war mir plötzlich so gegenwärtig, als hätte ich sie schon immer gekannt. Ich wusste, dass ich mich nicht in den Server gehackt hatte, und ich kannte nur eine andere Person, die dazu imstande gewesen sein konnte.

»Okay. Ich glaube, ich weiß, was passiert ist - so ungefähr. Aber es gibt etwas, das ich dich fragen muss.«

»Frag ruhig.«

»Warum bist du dir so sicher, dass ich es nicht war?«

»Nun, zunächst einmal teile ich wohl nicht die landläufige Meinung, dass du Lisbeth Salander bist. Ich meine, ich weiß, dass du klug bist, aber du wirkst auf mich nicht wie ein kriminelles Superhirn. Und ich weiß auch, dass du deinen Job liebst - ich kann mir einfach nicht vorstellen, dass du ihn aufs Spiel setzen würdest. Und ...«

»Und?«

»Ich halte dich für einen guten Menschen, Charlotte. Das ist eine einfache Sache. Und ich halte mich selbst für einen guten Menschenkenner.«

Ich seufzte. »Ich denke, die Person, die das getan hat, ist auch ein guter Mensch. Vielleicht sieht er die Welt nur ein bisschen anders.«

Die Kellnerin kam herüber und fragte, ob wir noch Tee wollten, aber wir schüttelten beide den Kopf, und Xander verlangte die Rechnung.

»Was werden sie tun? Wenn sie herausfinden, wer es getan hat, meine ich?«, fragte ich.

»Sie haben die Polizei noch nicht eingeschaltet, und ich glaube nicht, dass sie es tun werden. Denk doch mal darüber nach: Wenn rauskommt, dass unsere Systeme anfällig genug sind, um auf diese Weise kompromittiert zu werden, wird der Fonds im großen Stil Kunden verlieren. Es ist viel besser, die Attacke abzuwehren, die Sicherheitsvorkehrungen zu verschärfen und kein Wort mehr darüber zu verlieren.«

»Also gut. Dann lass uns gehen und ihn fragen.«

Xander folgte mir hinaus in die klirrende Kälte. Er hielt mir die Tür auf und sah mir kurz in die Augen, als ich mich umdrehte, um mich zu bedanken. Ich fragte mich mit einem kurzen, bangen Schauer der Erregung, ob er vielleicht gleich den Arm um mich legen oder meine Hand nehmen würde. Aber er strich mir nur mit der Hand über die Rückseite meines Mantels - fast eine Liebkosung, aber nicht ganz -, und wir gingen gemeinsam um die Ecke und die vertraute Straße hinunter zu meinem Haus. Die Jalousie an Adams Fenster war heruntergelassen, aber ich konnte erkennen, dass dahinter Licht brannte. Zögernd steckte ich meinen Schlüssel ins Schloss und öffnete die Haustür. Xander folgte mir die Treppe hinauf und wir blieben beide vor Adams Tür stehen.

Ich wusste, dass ich nur tat, was ich tun musste. Ich wusste, dass mir nichts anderes übrig blieb, sonst hätte ich die Schuld auf mich nehmen müssen. Und selbst wenn ich das hätte tun wollen (und ein Teil von mir wollte es), reichten meine technischen Kenntnisse bei Weitem nicht aus, um den sicheren Server eines Hedgefonds zu hacken – selbst wenn dieser nicht annähernd so sicher war, wie er hätte sein sollen. Niemand, der mich dazu befragt hätte, hätte mir mehr als fünf Sekunden lang geglaubt.

Trotzdem fühlte sich das Ganze wie ein weiterer Verrat an Adam an.

Bevor ich klopfen konnte, öffnete er die Tür. Er sah nicht aus, als hätte er sich seit der Hochzeit rasiert oder die Haare gekämmt. Er trug die gleichen Jeans, die er angehabt hatte, als ich in seinem Zimmer aufgewacht war, und ein T-Shirt, das aussah, als hätte es ein paar Tage auf dem Boden seines Zimmers gelegen, bevor er es wieder angezogen hatte.

Von Freezer war keine Spur – Hannah war über die Feiertage zu Hause, und vermutlich war er zur Abwechslung zu Gast bei Mama und Papa.

Adam starrte uns einen Moment lang an, dann fragte er: »Bist du Charlottes Ex-Freund? Der verheiratete Typ?«

»Nee, ich bin weder ihr Ex-Freund noch verheiratet. Charlotte und ich arbeiten zusammen. Ich bin Xander.«

Adam sagte: »Adam«, und absurderweise gaben sich die beiden die Hand. »Kommt doch rein.«

Das taten wir. Adam saß an seinem üblichen Platz im Bürostuhl vor seinem Computer. Ich setzte mich auf Adams Bett und Xander lugte auf den Bildschirm, dann stellte er sich in die Ecke ans Fenster.

»Adam«, begann ich. »Erinnerst du dich, dass ich dir erzählt habe, dass ich gefeuert wurde? Na ja, beurlaubt, aber das ist dasselbe.«

»Ja, das tut mir leid.«

»Du weißt schon warum, oder?«, fragte Xander.

»Ja, es ist meine Schuld. Ich habe die Cryptomining-Software installiert.«

»Die *was?*«, riefen Xander und ich gleichzeitig.

»Was, das haben sie noch nicht herausgefunden? O Mann, manchen Menschen kann man noch nicht einmal einen *Atari* anvertrauen, von einem Server ganz zu schweigen. Die sollten sich selbst mal ernsthaft auf den Prüfstand stellen.«

Ich wollte es nicht laut sagen, aber so langsam glaubte ich, dass da wohl was Wahres dran war.

»Sieh mal, warum erklärst du uns nicht, was du gemacht hast?«, fragte ich.

»Für Fünfjährige verständlich.«

Adam seufzte. »Also, okay, ihr wisst, was Bitcoins sind?«

Wir nickten beide.

Er fuhr fort: »Und ihr wisst, dass die in letzter Zeit im Wert gestiegen sind. Sogar fast um tausend Prozent in diesem Jahr.«

Das wussten wir natürlich auch.

»Bitcoins zu kaufen ist zur Zeit ein Spiel mit dem Feuer«, erklärte Adam. »Der Preis ist auf dem Höchststand, und die Blase wird bald platzen. Aber man kann sie noch minen. Wisst ihr, wie das geht?«

»Man muss quasi ein Rätsel lösen, oder? Eine Art Matheaufgabe«, sagte ich.

»So ungefähr. Aber nicht wie ein Sudoku. Es ist unglaublich komplex. Leistungsstarke Computer brauchen dafür mehrere Wochen.«

»Und so eine Rechenpower hast du nicht«, überlegte Xander.

»Nein«, lächelte Adam, »aber ich kenne einen Ort, der sie hat.«

»Also hast du quasi den *Colton Capital*-Server gekapert, um mit Bitcoin-Mining Geld zu machen«, folgerte ich.

»Nein! Natürlich nicht. Das ist mir scheißegal – Geld meine ich. Ich habe am Anfang noch nicht mal über die

Bitcoins nachgedacht. Ich habe es mir einfach mal angesehen und herausgefunden, wie fragil die Systeme waren, wie einfach man darauf zugreifen konnte. Und ich habe mich gefragt, warum zur Hölle du so stolz darauf warst, für diese Leute zu arbeiten. Die verwalten Milliarden von Pfund und könnten einen Haufen Rentnerinnen in die Armut schicken – dabei können sie noch nicht mal ihre eigenen Server sichern.«

Xander und ich sahen ihn an und wussten nicht, was wir sagen sollten. Aber wir mussten auch gar nichts sagen, denn Adam war richtig heiß gelaufen.

»Ich habe also diese Malware installiert, einfach nur weil ich es konnte. Ich wollte Charlotte zeigen, dass die nicht so smart sind, wie sie glauben. Es war interessant – eine Herausforderung. Sonst nichts. Aber dann habe ich es ein paar Typen online erzählt, und die meinten alle: ›Weißt du, was du mit dieser Rechenpower anstellen kannst?‹ Ich wusste es ehrlich gesagt nicht. Aber jetzt weiß ich es.«

»Also hast du mit diesem Bitcoin- ... Ding angefangen«, folgerte Xander.

Adam nickte und sah wieder auf seine Hände hinunter. »Das ist kein Diebstahl, wisst ihr«, sagte er. »Mit der nötigen Technik kann jeder minen.«

»Die hattest du aber nicht«, sagte ich, »sondern *Colton Capital.*«

»Ja, deshalb habe ich sie mir ausgeliehen. Ich hätte nicht ewig damit weitergemacht. Ich wollte es nur deutlich genug machen.«

»Deutlich genug für was?«, fragte Xander.

Adam blickte auf seine Hände und dann hoch zu Xander. Ich wusste, was er sagen würde, da war ich mir ziemlich sicher. Ich wollte es nicht hören, aber mir blieb wohl nichts anderes übrig.

»Deutlich genug, damit Charlotte erkennen würde, dass ich besser bin als die.«

»Adam, das tut mir so leid. Ich hatte keine Ahnung«, stieß ich hervor. »Zumindest bis vor ein paar Tagen nicht. Ich hatte überhaupt keinen Schimmer, dass du ...«

»Schon okay, ich verstehe schon. Du fühlst nicht das Gleiche. Du hast es mir gesagt. Du musst es mir nicht noch mal sagen. Ich werde den Code löschen und dann können wir alle so tun, als wäre nie etwas passiert.«

»Ganz so einfach ist es leider nicht«, sagte Xander. »Sie geben doch Charlotte die Schuld. Sie ist beurlaubt. Wenn wir nicht beweisen können, dass sie unschuldig ist, wird sie ihren Job nicht zurückbekommen und kann nie wieder in dieser Branche arbeiten. Auch wenn sie keine Strafanzeige stellen.«

»Oh, richtig, stimmt ja.« Adam sah sehnsüchtig auf seinen Bildschirm, als würde er irgendeinen Fluchtweg bieten, dann sah er erneut Xander an.

Ernsthaft, dachte ich, *wie kann so ein hochintelligenter Mann nur so strohdumm sein?*

»Du musst es ihnen sagen«, beschloss Xander. »Ich sehe keinen anderen Weg, das in Ordnung zu bringen.«

»Es Charlottes Chef sagen?« Adams Augen weiteten sich.

»Na ja, ich fürchte schon«, sagte Xander. »Colin. Oder Pavel.«

Das war keine leichte Wahl, dachte ich. Colin würde schreien, aber Pavels stille Wut auszuhalten wäre womöglich noch schlimmer. Beim Gedanken daran, dass Pavel Angst vor mir hatte, musste ich ein Schmunzeln unterdrücken.

»Es wird schon gut gehen«, ermutigte ich ihn. »Was sollen die schon machen? Im Grunde bewahrst du sie damit vor endlosen Kopfschmerzen. Vielleicht sind sie dir ja sogar dankbar.«

»Lass uns jetzt hingehen. Ich begleite dich«, bot Xander an.

Adam blinzelte. »Vielleicht morgen.«

»Komm schon, Kumpel. Jetzt oder nie.«

Jetzt oder nie traf es ganz gut – es war höchste Zeit. Morgen würde Colin für sechzig der engsten Freundinnen von Svetlanas Mutter im *Claridge's* den Gastgeber für den Geburtstagslunch der alten Dame spielen, um dann am Abend sein Personal samt besserer Hälften auf der *Colton Capital*-Weihnachtsfeier zu begrüßen, zu der Tansy als Renzos Begleitung mitkam, während ich überhaupt nicht hingehen würde. Und tags darauf begann dann der Betriebsurlaub über Weihnachten. Colin würde nach Dubai fliegen, Renzo nach Italien, Pavel nach Las Vegas. Nur eine Notbesetzung blieb in den Büros, um den Betrieb am Laufen zu halten.

Ich hätte dazugehört. Jetzt tat ich es nicht mehr.

»Komm schon«, versuchte Xander Adam zu locken. »Lass uns das durchziehen.«

Adam stand ganz langsam auf, steckte sein Handy, sein Portemonnaie und seine Schlüssel in die Tasche seiner Jeans und antwortete: »Also gut.«

»Brauchst du keine Jacke?«, fragte ich.

Adam guckte aus dem Fenster. Ich konnte sehen, wie der Nieselregen den Bürgersteig zum Glänzen brachte und hörte, wie die Äste des Baumes draußen gegen das Fenster schlugen. Es war fast drei Uhr, und die Abenddämmerung schien bereits einzusetzen.

»Nö.«

»Ich rufe dich an, Charlotte, sobald ich weiß, was los ist«, sagte Xander.

»Wir sehen uns später«, murmelte Adam. »Und, Charlotte?«

»Ja?«

Er zögerte. »Es tut mir leid, dass du wegen mir in Schwierigkeiten geraten bist. Das wollte ich nicht. Wenn ich überlegt hätte ...«

Ich sagte nichts. Ich griff einfach nach seiner Hand und drückte sie kurz.

Und dann marschierten die beide die Treppe hinunter.

Durch den Spalt an den Rändern der Jalousie konnte ich Adams dunklen und Xanders kastanienbraunen Haarschopf vor der Tür ausmachen. Ich sah, wie sie die Straße hinaufgingen. Xander hatte seinen Mantelkragen zum Schutz gegen den Wind hochgeschlagen. Adam hingegen, dessen Hände einfach neben seinem Körper hingen, schien die Kälte rein gar nichts auszumachen.

Es fühlte sich seltsam an, ganz allein in seinem Zimmer zu sein, als wäre ich ein Eindringling. Deshalb ging ich in mein eigenes Zimmer und setzt mich dort aufs Bett und starrte hinaus in die düstere, noch nicht ganz hereingebrochene Dämmerung.

24

Hallöchen, Bad Girls! Wie geht es euch? Bevor ich diese Podcastfolge aufgenommen habe, ist mir aufgefallen, was für einen weiten Weg ich zurückgelegt habe. Ich will nicht angeben, aber ich denke die Tatsache, dass ich mich diesen Herausforderungen gestellt habe – und falls ihr einige davon schwer fandet, glaubt mir: es ging mir genauso! –, hat mir wirklich dabei geholfen, mich mit einer Seite von mir selbst auseinanderzusetzen, von der ich gar nicht wusste, dass sie existiert. Ich fühle mich mutiger und selbstbewusster, und natürlich hatte ich jede Menge Spaß.

Und heute Abend habe ich ein Date! Ein zweites Date, um genau zu sein, und zwar mit einem Typ, den ich wirklich mag. Wir gehen essen und Cocktails trinken in einem richtig coolen neuen mexikanischen Restaurant. Immer wenn ich an ihn denke, flattern mir die Schmetterlinge wie verrückt durch den Bauch. Warum? Weil ich glaube, dass wir heute Nacht miteinander schlafen werden. Und ich werde mich selbst herausfordern, den ersten Schritt zu machen. Aaaaaaah! Ich weiß nicht, in

*welchem Stadium eures Datingabenteuers ihr euch
befindet, aber wenn ihr jemanden kennengelernt habt,
den ihr mögt, dann macht doch einfach mit? Kommt
schon. Gebt euch ganz diesem Kuss hin und lasst euer
inneres Bad Girl den Rest erledigen!*

»Was hältst du hiervon?«

Tansy stand in der Tür zu meinem Zimmer. Sie trug ein schwarzes Midikleid mit langen Ärmeln und Rollkragen und dazu schwarze Kitten Heels. Ihr Haar war am Hinterkopf zu einem Knoten gebunden. Ihr Make-up war perfekt, dezent und ließ sie strahlen. Sie war wunderschön.

»Süße«, sagte ich. »In diesem Aufzug kannst du auf gar keinen Fall mit Renzo zu der Weihnachtsfeier gehen.«

»Was für ein Aufzug? Schließlich ist es das erste Mal, dass ich seine Kollegen und deinen - seinen - Chef kennenlerne. Ich will seriös rüberkommen. Wie eine Frau, die man heiraten würde.«

»Tansy, das hier ist doch nicht *The Handmaid's Tale*, zieh sofort diese Klamotten aus. Ehrlich, glaub mir. Ich kenne Colins Frau, die trägt Lederröcke, die mit Mühe und Not ihren Arsch bedecken und Absätze, auf denen nicht mal Kim Kardashian laufen könnte. Renzo wird wollen, dass du sie alle umhaust. Und du siehst ja auch *umwerfend* aus -, wie immer, du würdest selbst in einem Kartoffelsack umwerfend aussehen - aber hey, das ist eine Party! Da geht noch mehr.«

»Okay.« Kleinlaut zog sich Tansy das Kleid über den Kopf und löste ihr Haar, sodass es ihr in seiner ganzen blonden Pracht den Rücken hinabfiel. Ich öffnete ihren Kleiderschrank und schaute hinein.

»Probier das mal.« Ich hielt ihr ein glitzerndes rotes Paillettenkleid hin, das über meinem Arm einer Schlange glich, die sich ihre Festhaut übergestreift hatte.

»Bist du sicher, dass das nicht zu ...« Sie berührte das Kleid ganz vorsichtig mit einer Hand, als ob sie sich daran verbrennen könnte.

»Zu was? Zu sexy? Zu weihnachtlich? Sei nicht albern. Zieh es an.«

Sie schlüpfte aus ihren braven Absatzschuhen und zog das Kleid an. Ich half ihr, den Reißverschluss zu schließen. Es schmiegte sich um ihren Körper und setzte genau die richtigen Körperteile in Szene. Sie musste im Solarium gewesen sein, denn ihre Haut war goldbraun und leuchtete. Außerdem war sie wohl beim Friseur gewesen, denn ihre glänzende Mähne sah so schwungvoll aus wie das Haar von Kate Middleton. Diese Haare hochzustecken wäre buchstäblich ein Verbrechen gegen alle Haare dieser Welt, dachte ich.

Doch die Freude und Zuversicht, die ihr Gesicht erhellten, konnte ihr kein Salon dieser Welt verpassen. Diesmal war sie nicht nervös wegen ihres Aussehens; sie strahlte vor Selbstvertrauen.

»Du siehst absolut umwerfend aus«, staunte ich.

»Bist du sicher?« Sie streckte die Hand aus und drückte meine. »Was, wenn sie mich hassen?«

»Sie werden dich nicht hassen. Vielleicht hassen sie ihn, weil er dich vögeln darf und sie nicht. Aber sie werden dich lieben, das verspreche ich dir. Besonders, wenn du die hier trägst.«

Ich schnappte mir ein Paar goldene Riemchenstilettos aus ihrem Kleiderschrank - da drin sah es aus wie in Aladdins Höhle, kein Witz -, und sie schlüpfte hinein.

»Ich wünschte, du könntest auch dabei sein, Charlotte«, jammerte sie. »Kannst du nicht vielleicht doch ... ?«

»Einfach da auftauchen? Auf keinen Fall. Das wäre zu seltsam. Und sehr peinlich, falls sie mich rausschmeißen. Immerhin bin ich noch beurlaubt. Ich habe Adam und Xander seit gestern nicht mehr gesehen, und sie haben beide nicht auf meine Nachrichten geantwortet. Ich habe gar nichts gehört, und das macht mich fertig. Außerdem habe ich nichts zum Anziehen.«

»Kommst du klar?«, fragte Tansy. »Ich habe ein richtig schlechtes Gewissen, weil ich dich hier zurücklasse. Du solltest zu der Party gehen.«

»Es ist nur eine Party. Ich komme schon zurecht. Ich werde früh ins Bett gehen, und du kannst mir alles erzählen, wenn wir uns wiedersehen.«

»Das wird morgen sein«, meinte Tansy. »Renzo fliegt mittags nach Rom. Mein Gott, ich werde ihn vermissen. Er hat gesagt, er wird mich jeden Tag anrufen, aber ... Jedenfalls sollte ich jetzt los. Wir gehen davor noch was trinken. Bist du dir sicher, dass ich wirklich okay aussehe?«

Ich versprach es ihr, umarmte sie und sah ihr dabei zu, wie sie ihren neuen weißen Mantel anzog, Handy, Lippenstift und Schlüssel in eine kleine goldene Clutch steckte und förmlich die Treppe hinunterschwebte.

Nach ein paar Minuten ging ich ebenfalls hinunter und sah mich um. Das Haus wirkte traurig und unbewohnt – zu Maddy und Henrys Zeiten war das nie so gewesen. Henry hatte manchmal Blumen für Maddy gekauft, die sie in einer großen Kanne auf den Küchentisch gestellt hatte. Maddys Sauerteigbrot in diesem speziellen Korb oder ihre köchelnde Hühnerbrühe auf dem Herd hatten das Haus mit dem Duft eines echten Zuhauses erfüllt. Wenn wir abends alle da waren, aßen wir gemeinsam und tranken ein oder zwei Flaschen Wein. Wenn sie noch hier wohnen würden, hätten wir einen Weihnachtsbaum.

Aber Maddy und Henry waren in den Flitterwochen auf Bali, und das hier war schon seit Monaten nicht mehr ihr Zuhause. Ich dachte an die Kissen, die Überwürfe und die Bilder, die ich hatte kaufen wollen, um das zu ersetzen, was sie mitgenommen hatten, als sie auszogen. Ich war nie dazu gekommen. Es würde auch irgendwie keinen Unterschied machen:

Wir waren entweder unterwegs oder in unseren jeweiligen Zimmern im Obergeschoss.

Zwar lebte ich noch hier, aber ich hatte nicht mehr das Gefühl hierherzugehören.

Ich dachte an das Bad Girl, das sich auf ein Date mit dem Mann vorbereitete, auf den es stand, sich diesem Kuss hingab und vielleicht sogar das volle Programm durchziehen würde. Wie es wohl für sie gelaufen war? Ich überlegte kurz, ob ich mir die nächste Folge anhören sollte, um es herauszufinden. Aber ich wusste, dass mich das nur noch mehr deprimieren würde. Sie war längst an mir vorbeigezogen.

Ich dachte an Xander, der mit seinen Kollegen auf der Party plauderte und lachte, obwohl er geistig schon alles abgehakt hatte. Ob Chryssanthi dort sein würde, ganz zierlich und elegant in einem kleinen schwarzen Kleid, und ihr glattes Haar schwingen und ihn anlächeln würde?

Ich öffnete den Kühlschrank, in dem sich neben einer Packung saurer Milch und einer fast leeren Flasche Wein nur drei Fertiggerichte mit abgelaufenem Mindesthaltbarkeitsdatum und eine Tüte mit Salatblättern, die sich in einen schleimigen Klumpen verwandelt hatten, befanden. Nachdem ich alles in den Müll geworfen hatte, ging ich wieder nach oben und ließ mir ein Bad einlaufen. Während sich die Wanne füllte, öffnete ich sämtliche Türchen des *Liberty*-Adventskalenders, den ich mir selbst geschenkt und dann vergessen hatte, und drapierte die schönen, teuren Produkte auf meinem Frisiertisch.

Vielleicht würde ich mich besser fühlen, wenn ich genug davon benutzte.

Eine Stunde später waren meine Haare geglättet, meine Nägel lackiert, eine duftende Körperlotion aufgetragen und mein Gesicht mit vier verschiedenen Cremes verwöhnt. Ich fühlte mich immer noch furchtbar, aber wenigstens duftete ich gut - auch wenn das völlig egal war, da ohnehin niemand an mir roch.

Und dann entdeckte ich den kleinen, nicht ganz quadratischen Umschlag, der so lange auf dem Tisch neben meinem Bett gelegen hatte, dass er mir fast - aber nur fast – nicht mehr aufgefallen wäre. Er war nicht für mich, er war an Tansy adressiert. Ich sollte ihn ihr geben, selbst wenn sie das nicht wollte. Aber es gab eine andere Möglichkeit: Ich konnte sie davor beschützen, indem ich den Brief wie eine Bombe entschärfte.

Ich nahm den Umschlag und betrachtete ihn einen Moment lang, dann hob ich eine Lasche an und riss ihn mit dem Daumennagel quer auf. Jetzt gab es kein Zurück mehr. Ich nahm die Karte heraus. Es war keine Weihnachtskarte; sie war komplett weiß, aber sie war mit winzigen Glitzerflocken bestreut und der Rand der Karte war an einer Seite leicht schräg, als hätte sie jemand mit einer Schere zurechtgeschnitten.

Ich musste wieder an Travis denken, einen Mann, der schon seit seiner Kindheit niemandem mehr eine Karte geschickt hatte, weil seine Assistentin sich um die geschäftliche und seine Frau sich um die persönliche Kartenkorrespondenz kümmerte. Ich stellte mir vor, wie ihm nachts beim Eintüten des Schals aufgefallen war, dass er noch etwas dazulegen musste. Er fand etwas, das seine Tochter herumliegen gelassen hatte, die Tochter, die Sparkly Gems und Glitzerkram liebte. Also schnitt er den Teil mit der Prinzessin oder dem Einhorn ab und schrieb eine Karte. Er hatte einen Füllfederhalter benutzt, so wie Piers, nur dass seine Handschrift viel schöner war.

Saskia, ich weiß nicht, ob das dein echter Name ist, aber meiner ist wirklich Travis. Travis Doyle. Ich weiß nicht, was mit dir passiert ist. Du bist offline gegangen und ich habe dich seit Wochen nicht mehr gesehen, außer einmal zufällig. Ich musste dich finden, denn ich kann einfach nicht aufhören, an dich zu denken. Das zwischen uns war was Besonderes. Ich weiß, dass dir die Dinge, die ich dir geschenkt habe, gefallen: Ich habe gesehen, dass du sie getragen hast. Ich dachte, ich bin dir so wichtig wie du mir. Das glaube ich immer noch. Warum rufst du mich also nicht an? Wir beide sind doch ein super Team. Wir könnten deine Eltern gemeinsam unterstützen. Ich weiß es einfach, und du weißt es auch.

Darunter stand eine Handynummer, die ich aber nicht sofort anrief. Zuerst googelte ich seinen Namen: »Travis Doyle«. Und da war er, ganz offiziell bei *LinkedIn*: ein Versicherungsmakler, der für ein Unternehmen in Oxford arbeitete. Das Foto auf seinem Profil schloss jeden Zweifel aus.

Und dann rief ich ihn an, mit unterdrückter Nummer, versteht sich. Es ging nur die Mailbox ran, aber das hielt mich nicht ab. Ich hinterließ eine Nachricht. Eine lange Nachricht. Ich sagte ihm, dass Tansy - natürlich benutzte ich nur den Fakenamen, unter dem er sie kannte - ihn nie wiedersehen wollte, und dass ich es auch nicht wollte, nachdem er spät abends bei uns aufgetaucht war und mich zu Tode erschreckt hatte.

Wenn er jemals wieder in ihre oder meine Nähe kam, warnte ich ihn, würde ich sofort seinen Arbeitgeber und die Polizei informieren, da Stalking inzwischen als Straftat galt, falls er das noch nicht wusste.

Und dann fügte ich als Zugabe noch hinzu, dass ich auch seine Frau finden und ihr alles über seine perversen Machenschaften erzählen würde, und dass seine Tochter dann diejenige wäre, die den Preis dafür bezahlen musste, da sie ihn womöglich nur noch durch eine Gefängnistrennscheibe sehen könnte. Ich wusste nicht genau, ob das mit der Tochter stimmte - es war reine Spekulation, aber vielleicht war das ja sein wunder Punkt.

Ich beendete das Gespräch bemüht bedrohlich mit den Worten »Auf Nimmerwiedersehen, Travis« und legte auf.

Dann ließ ich mich auf mein Bett fallen und verspürte ein wenig Mitleid mit ihm, weil ich meine geballte Wut auf die Welt an diesem armen Kerl ausgelassen hatte. Aber *so* leid tat es mir auch wieder nicht, hauptsächlich war ich erschöpft.

Als ich fast eingeschlafen war, rissen mich plötzlich die lauten Schläge des Türklopfers aus dem Bett. Ich eilte mit pochendem Herzen nach unten. Ein Päckchen von Travis? Adam, der seinen Schlüssel verloren hatte? Hannah, die Freezer suchte, der nicht hier war, weil auch Adam nicht da war?

Doch es war Xander. Er trug einen Smoking und drei verschließbare Kleidersäcke. Er hatte sich ganz schön herausgeputzt, so viel stand schon mal fest.

»Ich komme, um Aschenputtel zum Ball zu bringen«, verkündete er. »Natürlich nur, sofern sie mitkommen möchte.«

»Wovon sprichst du?«

»Na, von der Weihnachtsfeier bei *Colton Capital* natürlich. Sie findet heute Abend statt, wie du vielleicht weißt.«

»Natürlich weiß ich das. Tansy ist schon lange weg.«

»Nun, dann werden wir beide uns wohl oder übel etwas verspäten.«

»Aber ich kann nicht mitkommen. Ich bin so was von uneingeladen.«

»Dann lies bitte die hier.«

Er reichte mir zwei weiße Umschläge mit dem Logo von *Colton Capital*.

»Was zum ... Du kommst besser mal rein.«

Wir setzten uns an den Küchentisch, und ich öffnete erst den einen, dann den anderen Brief. Der erste informierte mich darüber, dass die Untersuchung zu meinem Fehlverhalten eingestellt wurde, und legte mir nahe, ein Treffen mit der Personalabteilung zu vereinbaren, um meine Rückkehr an den

Arbeitsplatz zu besprechen. Der zweite war der Standardbrief, der alle Mitarbeiter zu Weihnachten über die Höhe ihres Jahresbonus informierte.

»Wow«, entfuhr es mir.

»Ich schätze, es war ein gutes Jahr für *Colton Capital*«, grinste Xander. »Anscheinend war es das beste Jahr für Hedgefonds seit 2010.«

»Hast du auch ...?«

»Jepp. Falls sie mich damit binden wollten, haben sie leider Pech gehabt. Ich werde im Januar meine Kündigung einreichen.«

»Aber du bist doch erst seit wenigen Monaten dabei.«

»Sieben Monate. Lange genug, um festzustellen, dass die Welt des Großkapitals nichts für mich ist. Es hat Spaß gemacht, aber ich hatte meine Zweifel, und die Art, wie sie sich dir gegenüber verhalten haben, hat meinen Entschluss dann besiegelt. Mir fehlt vermutlich der nötige Killerinstinkt. Und außerdem will ich mir eine Auszeit nehmen: reisen, vielleicht eine Zeit lang im Ausland arbeiten. Oder auch nicht arbeiten, sondern die Welt entdecken. Und dank Colin kann ich mir das jetzt sogar leisten.«

Dank Colin war auch mein Sparschwein jetzt prall genug gefüllt, um eine Eigentumswohnung anzahlen zu können. Das einzige Problem war, dass ich mir nicht sicher war, ob ich das überhaupt noch wollte.

»Jetzt aber genug geredet.« Xander stand auf. »Komm schon, du muss dich fertig machen, es sei denn, du willst im Bademantel auf der Party auftauchen.«

Ich blickte an mir herunter. Mein schäbiger Frotteebademantel hing offen und legte einen erschreckend großen Teil meines Dekolletés frei. Als ich ihn daraufhin enger um mich wickelte, fiel mir auf, dass Xander es ebenfalls bemerkt hatte.

»Ich habe nichts zum Anziehen«, sagte ich.

»Doch, das hast du. Ich habe Margot gebeten, mir zu helfen,

ein paar Sachen online zu bestellen. Ich wusste gar nicht, dass man Designerkleider noch am selben Tag geliefert bekommen kann. Verrückte Zeiten, in denen wir leben. Komm.«

Er schnappte sich die Kleidersäcke, folgte mir nach oben und legte sie vorsichtig auf mein Bett.

»Margot meinte, ich soll zwei klassische schwarze Optionen nehmen, ein kurzes und ein langes Kleid, und dann noch etwas Ausgefalleneres«, erklärte Xander. »Sie musste deine Größe schätzen, aber sie behauptet, sie hat ein gutes Auge und sie sollten dir alle passen.«

»Mein Gott, Xander. Das ist verrückt. Ich meine, nett-verrückt, aber … Danke.« Ich hatte ein seltsames Gefühl in der Magengrube: keine Nervosität, sondern eine Art von schwindelerregender Aufregung. Als würde ich gleich anfangen zu kichern und nicht mehr aufhören können.

Xander lächelte. »Du kannst dich bei Colin bedanken. Ohne den Bonus hätte ich bei *New Look* einkaufen müssen. Ich warte draußen auf dich, während du sie anprobierst.«

Langes Schwarzes, kurzes Schwarzes und etwas Ausgefalleneres. Ich öffnete die Kleidersäcke und wusste sofort, welches ich anziehen würde.

Es war aus goldenem Samt, der Glanz des Stoffes ließ ihn fast flüssig wirken. Es hatte einen Schlitz an einem Oberschenkel und einen asymmetrischen Ausschnitt, der eine meiner Schultern offenlegte. Wenn die schwarzen Kleider, so schön sie auch waren, die Wahl einer Frau waren, die lieber unauffällig blieb, schrie dieses Kleid: »Leider geil.«

Ich stieg vorsichtig hinein und machte den Reißverschluss zu. Es passte wie angegossen - das fühlte ich schon, bevor ich mich aufs Bett stellte und mich im Spiegel über meinem Schminktisch von allen Seiten begutachtete. Wenn ich dazu noch die schlichten schwarzen Schuhe mit den Monsterabsätzen anzog, die in meinem Schrank warteten, war das Outfit perfekt.

Ich öffnete die Tür und war gespannt auf seine Reaktion.

»Ich muss mich nur noch kurz schminken. Wir kommen nur ein bisschen zu spät.«

Xander sah mich an und lächelte. »Ich hatte gehofft, dass du das nimmst.«

»Es war die naheliegende Wahl«, sagte ich. »Das ist das schönste Kleid, das ich je getragen habe. Danke!«

Er schüttelte den Kopf und stammelte, dass es ihm ein Vergnügen, ja einE Ehre sei. Es war nicht seine Art, sprachlos zu sein, und sein Gesicht war irgendwie verändert - er war nervös. Plötzlich konnte ich es auch spüren - es war, als wäre die Luft in meinem Zimmer elektrisch aufgeladen oder mit einem unsichtbaren, geruchlosen Gas gefüllt, das das Atmen erschwerte. Im Licht der Hängelampe schienen winzig kleine Glitzerpartikel zu schweben.

Ich dachte an die Herausforderung des Podcasts: *Mach den ersten Schritt.* Keine Ahnung, ob Xander überhaupt auf mich stand. Bis zu dem Moment im *Daily Grind* am Tag zuvor, als ich plötzlich irrational eifersüchtig auf Chryssanthi und dann rot geworden war, als er gesagt hatte, dass er mein Gesicht mochte, hatte ich ja selbst nicht einmal gewusst, dass ich auf ihn stand. Aber das tat ich. Ich stand verdammt noch mal richtig auf ihn. Und es gab nur einen Weg, um herauszufinden, ob er das auch tat.

Mach den ersten Schritt.

Ich ging zu ihm und legte meine Arme um ihn. Er umarmte mich so sanft zurück, als wäre ich aus Seidenpapier, dann beugte er sich zu mir, küsste meine offene Schulter und lächelte mich wieder an.

Dieser Kuss bewirkte etwas Seltsames, als ob er einen Schalter in mir umgelegt hätte, obwohl seine Lippen nur ganz leicht meine Haut berührt hatten. Vielleicht war es auch die Art, wie er mich ansah, oder wie sich seine Schultern unter meinen Händen anfühlten, die Wärme seines Körpers, die den glatten schwarzen Stoff durchdrang. Was auch immer es war: Ich wollte ihn so stark, dass ich kaum noch atmen konnte.

»Xander, komm her«, raunte ich.

»Ich bin doch da.« Dann küsste er mich richtig. Für einen Mann, der nicht einmal durch ein Zimmer gehen konnte, ohne über das Muster auf dem Teppich zu stolpern, konnte er das erstaunlich gut.

»Ich stehe auf dich, seit ich dich zum ersten Mal gesehen habe«, gestand er.

»Trotz Resting Bitch Face?«

»Vielleicht gerade deswegen. Mir gefällt es, dass du keine Gefangenen machst.«

Irgendetwas kam in diesem Moment über mich. Es war nicht nur die Erkenntnis, wie sehr ich ihn mochte und wollte - ich wusste, dass ich das Kommando übernehmen und die selbstbewusste, starke, sexy Frau sein konnte, die ich in den letzten Monaten in mir entdeckt hatte, ohne Angst vor Ablehnung oder Reue.

»Außer wenn sie gefangen werden wollen«, sagte ich frech.

Ohne meinen Blick von ihm abzuwenden, löste ich vorsichtig seine schwarze Fliege und knöpfte sein Hemd auf. Ich fuhr mit den Fingern seinen Oberkörper hinab und dann wieder hinauf und zog die Ärmel über seine Arme. Er küsste mich wieder, diesmal heftiger, und ich küsste ihn ebenfalls und ging dann einen Schritt zurück.

Ich schmolz innerlich, sosehr wollte ich ihn. Mein ganzer Körper wollte sich ihm und meiner Leidenschaft hingeben. Aber ich wollte die Kontrolle übernehmen - ich wollte nicht nur den ersten Schritt machen, sondern auch alle anderen.

Sanft führte ich ihn zurück in mein Zimmer und auf das Bett mit den beiden Kleidersäcken mit den schwarzen Kleidern zu. Ich kniete vor ihm nieder und löste die Hosenträger, die seine Hose hielten.

Am Ende waren wir dann doch ziemlich spät dran für die Party, aber das machte nichts.

Das mag auch daran gelegen haben, dass es sich um eine Weihnachtsfeier von *Colton Capital* handelte und man sich sowieso keine Sorgen machen musste, dass das Essen oder die Getränke ausgingen. Als wir eintrafen, wurde tatsächlich gerade erst der zweite von sechs Gängen serviert.

Hauptsächlich aber lag es daran, dass ich auf einer Wolke aus Glück schwebte – selbst wenn wir an der Tür abgewiesen worden wären, es wäre mir völlig egal gewesen. Ich hätte Xander direkt wieder mit nach Hause genommen, um herauszufinden, ob das zweite Mal so gut sein würde wie das erste, wobei ich mir da ziemlich sicher war.

Sie wiesen uns aber nicht ab an der Tür. Als wir ankamen, standen Colin und Piers draußen und rauchten Zigarren. Sie begrüßten uns, als wären wir ihre verloren geglaubten Kinder. »Schönes Kleid, Darling«, sagte Piers, »wie ein Weihnachtsengel.«

Und Colin sagte: »Ich glaube, ich bin dir eine Entschuldigung schuldig«, und obwohl er sich dann zwar nicht wirklich entschuldigte, legte er seinen Arm um meine Schultern (dank meiner hohen Absätze musste er sich dazu auf die Zehenspitzen stellen) und ließ mich erst los, als Svetlana in einem schwarzen Lederkleid herausstolziert kam und ihm einen Blick zuwarf, der ihn dazu brachte, sowohl mich als auch die Zigarre loszulassen und zurück nach drinnen zu huschen.

Wir folgten ihm, bekamen ein Glas Champagner von einer Kellnerin gereicht und standen gemeinsam unter einem der leuchtenden Aquarien und sahen uns um. Vielleicht ging es nur mir so, aber alles schien zu funkeln: der Champagner, den die Leute tranken, die Kleider der Frauen, die Weihnachtslichter, die jeden Winkel schmückten.

Margot, makellos elegant in einem Satinkleid, unterhielt sich mit ein paar Händlern. Briony, Alice und Greg, alle mit ihren Ehemännern, hatten sich um einen Tisch geschart, auf dem ein Eiskübel voller Flaschen und eine Platte mit Köstlichkeiten standen, und sahen aus, als planten sie hier den Rest des Abends zu verbringen. Renzo und zwei der anderen Portfoliomanager standen in einer kleinen Gruppe, die sich ganz auf Tansy zu konzentrieren schien, die in ihrem roten Kleid hervorstach. Sie erblickte mich quer durch den Raum und sah erst erstaunt, dann erfreut aus. Mit den Lippen formte sie die Worte: »Reden wir später?«

Und in einer Ecke konnte ich Pavel sehen, der in ein Gespräch mit einer vertrauten Gestalt vertieft war, die allerdings einen völlig ungewohnten Smoking trug.

Ich stupste Xander an. »Schau mal da drüben. Ist das der, für den ich ihn halte?«

Xander lächelte. »Ja, das ist er.«

»Was zum Teufel ist passiert? Ich wollte dich fragen, aber dann …«

»Wurden wir abgelenkt«, sagte Xander und lenkte mich wieder für eine Weile mit einem Kuss ab, der niemals enden sollte.

Als er es schließlich tat und meine Lippen kribbelten, sagte ich: »Los, raus mit der Sprache.«

»Ich denke, das sollte er dir selbst verraten«, sagte Xander. »Sobald ich dir einen Margarita besorgt habe.«

Wir gingen rüber und begrüßten uns, wobei die Männer erst einmal damit beschäftigt waren, sich ausgiebig auf die Schultern zu klopfen. Pavel warf mir seinen üblichen Haifischblick zu, nur dass er mir damit keine Angst mehr einjagte. Und dann lächelte er mich plötzlich auf eine Weise an, die ganz und gar nicht haifischartig war, küsste mich auf beide Wangen, sagte mir, wie schön ich aussehe, und rief eine Kellnerin herbei, um mein leeres Glas auffüllen zu lassen.

»Was machst du denn hier?«, fragte ich Adam.

»Ich wurde eingeladen.« Es war nicht nur der Smoking, der

Adam anders aussehen ließ; er stand aufrechter, sein Schnurrbart war gezwirbelt und obwohl er nicht lächelte, blickte er mit glücklicher Zuversicht durch den Raum.

»Aber du ...«

»Ich habe mir fast in die Hose gemacht«, gestand er. »Dein Kumpel da hat mich quasi nach Mayfair eskortiert und mich in diesen gläsernen Raum gesteckt, wie in eine Folterkammer. Dann hat er sich verpisst, um deinen Chef zu holen. Und dann kam der wie eine gesengte Sau im Anzug hereingestürmt und fing an, mich anzubrüllen.«

O Gott. Armer Adam. Colins Wutausbrüche konnten selbst Leuten die Tränen in die Augen treiben, die ihn seit vielen Jahren kannten.

»Es tut mir so leid«, sagte ich.

»Es waren nur Worte. Ich habe ihn ausreden lassen und es dann erklärt.«

Fuck, dachte ich und stellte mir vor, wie Adam zitterte und stammelte, während Colin der Schaum aus dem Mund quoll. Mir wurde leicht übel bei der Vorstellung, wie sich das für ihn angefühlt haben musste.

»Und was ist dann passiert?«

»Dann«, sagte Adam und nahm einen großen Schluck Champagner, »hat er mir einen Job angeboten. Als Leiter der Cybersicherheit, zusammen mit Pavel hier. Ich habe heute angefangen, aber mittags eine Pause gemacht, um shoppen zu gehen.«

Pavel grinste, da er sich selbst glücklich schätzen konnte, seinen Job noch zu haben.

Bevor ich diese neuen Informationen richtig verarbeiten konnte - oder Adam fragen konnte, was er davon hielt, auf die dunkle Seite gewechselt zu haben −, kam Briony zu mir, umarmte mich und nahm mich mit zu ihrer kleinen Gruppe, wo ich eine Weile blieb, aß und tratschte. Dann mischte ich mich ein bisschen unter die Leute und staunte, wie viel netter meine

Kollegen waren, wenn sie nicht rund um die Uhr arbeiteten und auf Hochtouren liefen, und ich fragte mich, ob sie überhaupt noch lange meine Kollegen sein würden. Ich fühlte bereits eine gewisse Distanz, ich hatte mich gelöst und driftete weg, und betrachtete sie nur noch aus der Ferne.

Aber vielleicht lag das auch am Alkohol.

Als das Essen vorbei war, kam Xander zu mir, und wir tanzten. Er tanzte, wie er küsste und wie er vögelte: wie ein Mann in seinem natürlichen Element. Ich fühlte mich ebenfalls ganz in meinem Element - oder zumindest so, als würde ich einem Ziel entgegensteuern oder -schweben und gleichzeitig hierhergehören, in diesen Moment. Ich musste jetzt nicht die Führung übernehmen - wir waren eine Einheit, unsere Körper passten zusammen, als wären wir geschaffen worden, um zusammen zu tanzen – zusammen zu sein. Mir war schwindelig vor Aufregung, aber gleichzeitig war ich auch ganz ruhig und zufrieden; ich war glücklich, ich selbst zu sein und mit ihm zusammen zu sein.

Es war fast so, als hätte ich etwas von demselben Zeug genommen wie die kleine Gruppe von Händlern, die sich ganz unauffällig auf die Toilette verdrückt hatte, um dann wenige Minuten später subtil schniefend wieder herauszukommen.

Aber das war mir egal - Leute, die sich schlecht benahmen, gehörten zu einer richtigen Weihnachtsfeier dazu, und wenn sie sich ernsthaft schlecht benahmen, wäre das ein Problem, um das sich die Rechtsabteilung und die Personalabteilung im neuen Jahr kümmern konnten. Ich dachte einfach gar nicht an das neue Jahr und was es für mich bereithalten würde.

Und dann, ganz plötzlich, kippte die Stimmung.

Ich tanzte eng umschlungen mit Xander und hatte meinen Kopf auf seine Schulter gelegt, sodass ich zunächst gar nichts davon mitbekam. Aber dann spürte ich, wie Xanders Schultern unter meinen Händen erstarrten. Er sah nicht länger zu mir hinunter, sondern hinüber zu der kleinen Sitzecke mit Sofas und Tischen, die als Lounge fungierte. Ich hob meinen Kopf und lauschte ebenfalls.

Und dann hörten wir es alle über den Lärm der Gespräche und des Gelächters, ja sogar über die laute Musik hinweg.

»Geh mir aus den Augen, du Hure!«

Wir stoben auseinander, und Xander hastete so schnell er nur konnte durch das Gedränge der Leute, die eben noch getanzt hatten, in die Richtung, aus der der Schrei gekommen war. Ich rannte in die andere Richtung, dem feuerroten Blitz von Tansys Kleid in Richtung Ausgang hinterher.

Draußen auf der Straße holte ich sie ein. Sie kauerte vor einer Wand, das Neonlicht der Straßenlaternen verlieh ihrer Haut einen kränklichen grünlich-gelben Schimmer. Sie hatte ihre Knie an die Brust gezogen und schluchzte. Ich hockte mich neben sie und legte den Arm um ihre Schultern. Sie fröstelte, genau wie ich.

»Tansy. Schatz, was ist passiert? Hat er dir wehgetan?«

Sie schüttelte heftig den Kopf.

»Habt ihr euch gestritten?«

Ihre langen Haare peitschten mir ins Gesicht, als sie wieder den Kopf schüttelte.

Ich kramte in meiner Tasche nach einem Taschentuch und reichte es ihr. Damit hatte ich meinen Lippenstift abgetupft, aber das würde ihr jetzt wahrscheinlich nichts ausmachen. Ein einzelnes Taschentuch würde sowieso nicht ausreichen, um die Tränenflut wegzuwischen, die auf ihrem Gesicht schwarze Rinnsale aus Wimperntusche zeichnete.

Ich drückte sie fest an mich, tätschelte und beruhigte sie wie ein kleines Kind – und wartete.

Nach einer Weile holte sie tief und zitternd Luft, sah zu mir auf und sagte: »Er hat mir gesagt, dass er mich liebt.«

Und dann schluchzte sie noch heftiger, und ich tätschelte und beruhigte und wartete noch ein bisschen, denn es war offensichtlich, dass sie keine Freudentränen weinte.

Es dauerte eine Weile, bis Tansys Schluchzer schließlich nachließen. Mittlerweile zitterten wir beide vor Kälte und klammerten uns aneinander, um uns gegenseitig zu wärmen und vor allem zu trösten.

»Wollen wir reingehen?«, fragte ich. »Wir können auf die Damentoilette gehen und reden. Da ist es warm und niemand sieht dich.«

Sie schüttelte den Kopf. »Ich kann da nicht wieder reingehen.«

»Okay. Dann bleiben wir eben hier. Auch in Ordnung.«

Das war es nicht, aber einen Moment später kam Xander mit einem großen Haufen Servietten und unseren Mänteln heraus. Ich half Tansy auf die Beine und wir zogen uns an.

»Braucht ihr irgendwas? Kippe, Drink, *Uber*?«, fragte er.

Aber Tansy heulte: »Ich will einfach nur nach Hause.«

»Also ein *Uber*«, sagte Xander und tippte schnell auf seinem Handy herum. »Es braucht noch zehn Minuten, anscheinend ist die Nachfrage gerade ziemlich hoch.«

»Und ich nehme an, die Preise ebenfalls. O Mann«, sagte ich.

Xander nickte, zögerte eine Sekunde, küsste mich und sagte, er würde mich später anrufen. Dann verschwand er wieder im Restaurant.

Endlich kam unser Taxi, und wir kletterten dankbar in den warmen, nach Kiefernnadeln duftenden Innenraum.

Ich nahm Tansys Hand und fragte: »Willst du mir erzählen, was passiert ist?«

Sie schüttelte wieder den Kopf, verzog das Gesicht und putzte sich die Nase. Dann sagte sie: »Ja.«

Ich wartete.

»Er hat mir gesagt, dass er mich liebt. Und ich ...«

Jetzt wusste ich, was sie sagen würde.

»Oh, Tansy. Oh, nein.«

»Ich habe ihm gesagt, dass ich ihn auch liebe. Und ich habe

ihm gesagt, dass ich nicht will, dass es Geheimnisse zwischen uns gibt. Und dann habe ich ihm ...« Sie

blickte den Fahrer an, der teilnahmslos auf die Straße starrte und *Magic FM* hörte. »Du weißt schon.«

»Scheiße«, sagte ich. »Und dann ist er gemein geworden?«

Tansy fing wieder an zu weinen. »Es war schrecklich. Er sagte ... er hat richtig üble Sachen zu mir gesagt. Als wäre er ein komplett anderer Mensch. Und als wäre ich ein komplett anderer Mensch für ihn. Er hat mich mit den Worten beschimpft, die auch die Männer ... die Kunden früher benutzt haben. Es war mir nie egal, wenn sie das gesagt haben, obwohl ich es ja erwartet habe. Aber als er es gesagt hat ...«

Ich drückte ihre Hand, und wurde von meinem schlechten Gewissen gepackt: Ich hatte sie dazu gedrängt, es Renzo zu sagen. Es war meine Schuld. Aber sie hätte es doch nicht ewig vor ihm verbergen können. Oder?

»Ich habe ihm erzählt, dass ich aufgehört habe. Dass ich kein einziges Mal mehr im Chat war, seit wir aus Paris zurückgekommen sind. Daraufhin meinte er, das sei ja auch kein Wunder, ich hätte ja jetzt jemand anderen gefunden, der mich finanziert. Er hat mich eine geldgierige Schlampe genannt.«

»Oh, fuck, Tansy. Wie konnte er nur?«

Verzweifelt versuchte ich, tröstende Worte zu finden. Ich hätte ihr sagen können, dass sie noch einmal davongekommen war, nachdem sie Renzos wahres Gesicht gesehen hatte. Aber war das wirklich sein wahres Gesicht? Vielleicht war die Person, die er mit ihr gewesen war, auch sein wahres Ich. Ein Mann, der liebevoll, aufrichtig und verliebt war, ja, sogar ein bisschen unsicher. Ich war überzeugt, dass er in sie oder zumindest in das Bild verliebt war, das er von ihr hatte, in die Teile von ihr, die sie ihm offenbarte.

»Das Schlimmste aber, Charlotte«, sagte sie, schluckte und fing wieder an zu weinen. »Das Schlimmste ist, dass er recht hat. Ich war wegen seines Geldes hinter ihm her. Er hat recht, wenn er das über mich sagt.«

»Nein, natürlich hat er das nicht«, sagte ich bestimmt. »Es ist schrecklich, so etwas zu sagen.«

»Aber es ist wahr. Das weißt du genau. Aber dann habe ich mich in ihn verliebt. Und ich bin immer noch in ihn verliebt.«

Den Rest der Fahrt schwiegen wir. Als wir zu Hause ankamen, ging Tansy nach oben, schminkte sich ab und zog ihr Kleid aus. Ich kochte Tee und brachte ihr eine Tasse davon ans Bett.

»Ruh dich ein bisschen aus. Mal sehen, wie du dich morgen früh fühlst.«

»Ich werde ihn mir zurückholen, weißt du. Ich werde ihm beweisen, dass er sich irrt.«

»Was auch immer passiert«, sagte ich. »Alles wird wieder gut. Ich weiß, wie verdammt weh es jetzt tut, aber das geht vorbei. Das verspreche ich dir.«

Im Großen und Ganzen stimmte das wahrscheinlich. Aber ich wusste auch, dass meine Worte für sie genauso leer klingen mussten wie für mich selbst.

Dann setzte ich mich im Dunkeln in die Küche, trank meinen eigenen Tee und schrieb Xander. Er antwortete mir, dass er mich vermisste und wünschte, dass er bei mir wäre. Ich schrieb ihm, dass es mir genauso ging, und so verbrachten wir ein paar Minuten damit, uns Küsse und alberne Emojis hin- und herzuschicken, bis ich vor Glück kicherte, obwohl mir gar nicht danach war. Aber bevor wir unsere letzte Gute-Nacht-Nachricht austauschten, erzählte er mir noch, dass er versucht hatte, mit Renzo zu reden, dabei aber nichts herausgekommen war, und dass Renzo, nachdem er fast eine ganze Flasche *Grey Goose* geleert hatte, mit Pavel und Piers in einen Stripclub gefahren war.

25

Hallo! Willkommen zurück bei Leider Geil und dem letzten meiner Podcasts. Ihr fragt euch, warum es der letzte ist? Na ja, einerseits bin ich echt traurig darüber, dass dieses kleine Projekt zu Ende geht, denn es hat mir richtig viel Spaß gemacht, und ich freue mich, dass ihr alle dabei wart. Aber andererseits bin ich völlig aus dem Häuschen. Das zweite Date ist nämlich sehr gut gelaufen, und das dritte und vierte danach auch. Ich glaube, ich habe den Richtigen kennengelernt. Es ist noch frisch, aber kennt ihr das, wenn ihr einfach eine Verbindung spürt? Ich fühle sie, und er sagt, er fühlt sie auch. So sehr, dass wir beide unsere Tinder-Apps gelöscht haben – und ich schätze, das ist heutzutage ein Zeichen dafür, dass wir es ziemlich ernst meinen, oder was denkt ihr?

Wenn das mit ihm gut geht, bedeutet das, dass in meinem Leben ein paar ziemlich große Veränderungen anstehen – vielleicht lasse ich sogar mein Leben hier in New York hinter mir. Und das ist irgendwie beängstigend, aber auch wirklich aufregend - und jetzt muss ich

mich selbst ermahnen, die Dinge langsam angehen zu lassen!
Ich muss einfach abwarten, was die Zukunft bringt - aber für den Moment bedeutet sie das Ende dieses Podcasts.
Es hätte sich komisch und falsch angefühlt, diese letzte Folge ohne eine letzte Herausforderung für euch aufzunehmen. Hier ist sie also: Seid ihr selbst und folgt eurem Herzen.

Der Podcast endete abrupt, einfach so. Was für ein Zufall, dachte ich, dass sie fast genau zur gleichen Zeit jemanden kennengelernt hatte wie ich. Und dann fiel mir ein, dass sie das natürlich nicht getan hatte - die Podcasts waren ja schon ein paar Jahre alt. Ich fragte mich, was aus ihr geworden war und ob der Mann, von dem sie sprach, wirklich der richtige gewesen war, ob sie geheiratet und Kinder bekommen hatten, ob sie glücklich waren.

Aber dann fuhr die U-Bahn in meinen Bahnhof ein, und ich vergaß sie und konzentrierte mich stattdessen auf die anstehende Aufgabe.

Es war der zweite Arbeitsmontag im Januar, der Blue Monday, der in den Medien gern als der deprimierendste Tag des Jahres bezeichnet wurde. Vor einer Woche hatten Xander und ich beide bei *Colton Capital* gekündigt. Ich hatte noch jede Menge Urlaub übrig, den ich nie hatte nehmen können, darum nutzte ich den Resturlaub bis zu meiner offiziellen Vertragsauflösung, um unsere Asienreise zu planen, die drei oder sechs Monate oder vielleicht sogar länger dauern sollte. Mein Kopf war voll mit Bildern von strahlenden Stränden, neonbeleuchteten Straßen, die erkundet werden wollten, und schmalen Pfaden durch den Dschungel - all das war fast so verlockend wie Xander selbst.

Als er mir vorschlug, ihn auf seiner Reise zu begleiten, zögerte ich.

»Ist das nicht zu früh? Ich meine, wir haben gerade erst angefangen ... du weißt schon. Hiermit.«

»Es ist früh«, sagte er. »Aber ich glaube nicht, dass es zu früh ist. Das ist doch die beste Möglichkeit, um uns gegenseitig besser kennen zu lernen. Und außerdem hat es bei Prinz Harry und Meghan funktioniert.«

Ich musste lachen und freute mich wie blöd, dass er dieses Detail über die royale Romanze kannte.

Was war mit dem Geld, das ich so lange gespart hatte, um eine Wohnung anzahlen zu können? Wäre das nicht die vernünftigere Investition? Ich träumte schon ewig davon, mir eine eigene Wohnung zu kaufen. Aber das konnte warten. Ich hatte jetzt einen anderen Traum. Genau wie das Bad Girl machte auch ich große Veränderungen durch, schritt mutig ins Unbekannte und war bereit, diese neue Herausforderung anzunehmen.

Tansy und ich hatten Weihnachten zusammen verbracht, so wie wir es geplant hatten. Wir saßen den ganzen Tag in unseren Pyjamas herum und sahen fern. Adam war nicht da - er war in Richmond bei seiner Tante und seinem Onkel, zusammen mit Bianca, Henry, Maddy und dem Rest des Clans, der zweifellos ebenso erfreut wie erstaunt war, dass das schwarze Schaf der Familie wieder auf den richtigen Weg gelangt war und einen Job bei einem Hedgefonds gelandet hatte.

Ich machte mir Sorgen um Tansy und fragte sie immer wieder wie eine nervige Helikoptermami, ob es ihr gut ging. Sie bestand ganz ruhig darauf, dass es alles in Ordnung war. Sie würde Renzo zurückbekommen, behauptete sie beharrlich und klang dabei ein wenig wie Scarlett O'Hara am Ende von *Vom Winde verweht*. Sie wusste nur noch nicht genau, wie sie das anstellen sollte. Ich sagte es ihr nicht, aber insgeheim hoffte ich, dass sie stattdessen herausfinden würde, warum sie das besser nicht tun sollte.

Wir - Tansy, Xander und ich - feierten Silvester mit all unseren Freunden, inklusive Maddy und Henry. Maddy und ich verbrachten etwa eine halbe Stunde damit, uns noch einmal gegenseitig für unser schlechtes Benehmen zu entschuldigen und zu beteuern, wie schlimm wir es fanden, dass wir fast unsere Freundschaft zerstört hätten. Sie war zwar nicht zerstört, hatte sich aber definiert verändert.

Ich fragte Maddy und Henry, was ich in Sachen Myles unternehmen sollte. Und natürlich sollte ich nichts in Sachen dieses Arschlochs unternehmen - außer vielleicht ihm mit großer Freude in die Eier treten oder ihm ein Glas Bier über den Kopf schütten, sollte ich ihn jemals wiedersehen. Okay, das würde ich nicht tun - denn das wäre ja würdelos. Aber ich würde ihn mit Freude einfach ignorieren und glücklich weiterleben. Ich könnte die Klügere sein, wenn ich wollte.

Es war seine Frau, um die es mir ging, und nach ihr fragte ich die beiden.

»Soll ich es ihr sagen? Ich meine, ich habe ihre E-Mail-Adresse und ich weiß, wo sie arbeitet; ich könnte es ihr einfach sagen. Aber ist es das Richtige?«

»Sicher ist es das«, bekräftigte Maddy. »Wenn Henry mich betrogen hätte, würde ich das auch wissen wollen. Nicht dass du das tun würdest.«

Henry drückte ihre Hand. »Aber würdest du es wirklich wissen wollen? Ich meine, vielleicht war es nur ein einmaliger Ausrutscher und er tut es nie wieder. Vielleicht – sorry, Charlotte –, vielleicht hat sie gerade herausgefunden, dass sie schwanger ist, und dann sagst du es ihr zum denkbar schlechtesten Zeitpunkt.«

»Er hat es einmal getan, er wird es wieder tun«, urteilte Chloë. »Der Kater lässt das Mausen nicht. Wahrscheinlich weiß sie es schon oder ahnt es zumindest und will es bloß nicht wahrhaben.«

»Vielleicht sagt er es ihr ja selbst«, überlegte Molly. »Du solltest ihm eine Chance lassen. Immerhin hast du gesagt, du würdest es ihr nur sagen, wenn er es nicht selbst tut.«

»Und tust du es wirklich für sie?«, fragte Tansy. »Oder nur, damit du dich wegen der ganzen Sache weniger schuldig fühlst?«

Ich dachte an das schreckliche Geheimnis, das sie so lange mit sich herumgetragen hatte, und wie ich sie ermutigt hatte, Renzo die Wahrheit zu sagen – und an das, was passiert war, als sie es getan hatte. Ich wusste auf ihre Frage ehrlich gesagt keine Antwort.

»Was denkst du?«, fragte ich Xander.

»Ich denke, du musst tun, was du für richtig hältst«, sagte er. Das stimmte, war aber wenig hilfreich.

Molly ließ an diesem Abend eine Bombe platzen. Sie erzählte uns, dass sie es satt hatte, auf einen Heiratsantrag von William zu warten, und ihn stattdessen selbst gefragt hatte. William, so berichtete sie, hatte herumgedruckst und gesagt, er war sich nicht sicher, ob der Zeitpunkt richtig war, woraufhin Molly ihn einfach abserviert hatte.

»Das war ein großartiges Gefühl«, sagte sie. »Ich habe mir gedacht: ›Wenn du es nicht ernst mit mir meinst, dann suche ich mir jemanden, der das tut.‹ Und er hat ausgesehen, als hätte er sich aufs Klo gesetzt und gemerkt, dass jemand den Sitz oben gelassen hat. Und ich weiß genau, wie sein Gesicht dann aussieht, denn ich habe es oft genug im Badezimmerspiegel dabei beobachtet. Arschloch.«

»Arschloch!«, riefen wir alle im Chor.

»Weißt du«, meine ich, »wenn du dich wieder bereit fürs Daten fühlst, dann kann ich dir diesen tollen Podcast ans Herz legen …«

Aber jetzt war der ganze Glanz der Feiertage verblasst. Ich

hatte viel darüber nachgegrübelt und für mich eine Entscheidung getroffen: nicht um mein Gewissen zu beruhigen und auch nicht aus Rache, sondern weil ich es für notwendig hielt.

Ich hatte viel Zeit im Internet verbracht, um alles über Myles' Frau herauszufinden. Man weiß ja, wie das ist: Man macht eine schnelle *Google*-Suche und schon ist es zwei Uhr morgens und man ist immer noch dabei, vom Hölzchen aufs Stöckchen zu kommen. Man klickt eine Sache nach der anderen an und kommt nie an einen logischen Schlusspunkt, an dem man sein Handy weglegt und einfach schlafen geht. Und das passiert ja schon, wenn man nur nach dem perfekten schwarzen Pullover sucht, verstehen will, was zum Teufel eigentlich nach dem Brexit passieren wird, oder was auch immer - wenn man versucht, in den Kopf einer Frau einzudringen, der man auf die schrecklichste Weise Unrecht angetan hat, sieht das Ganze noch mal komplett anders aus.

Ich fand ihren Arbeitgeber ziemlich schnell: eine Agentur namens *Ripple Effect*, die auf die Vertretung von Influencern spezialisiert war. Und zwar von Influencern mit massenhaft Followern auf *YouTube* und *Instagram*. Einige von ihnen erkannte ich sogar wieder: Lisa Summers, von der ich mir schon mal Make-up-Tutorials angeschaut hatte; Glen Renton, dessen Namen ich auf Listen von Topverdienern unter 25 gesehen hatte, und Sparkly Gems, deren Name, Gesicht und lila Haar ich nur zu gut kannte. Aber die meisten Namen waren mir unbekannt. Einige von ihnen klickte ich an, um mir ihre Videos anzuschauen und in eine Welt voller Unboxings, Let's Plays und Pranks einzutauchen.

Dann führte mich ein Link zu einem Video von einem Typ namens Charlie Berry. Ich startete das Video und hätte das Tablet nur Sekunden später vor Schreck fast fallen lassen. Ich schloss ganz schnell den Tab und musste den Blick abwenden: Charlie Berry wohnte in der Wohnung, die Myles angeblich mietete, und er filmte seine Videos auf dem Sofa, auf dem wir

Sex gehabt hatten. Wenn ich also noch mehr Bestätigung brauchte, dass Bianca recht gehabt hatte, dann hatte ich sie gerade gefunden.

Danach mied ich *YouTube* und konzentrierte mich darauf, wie ich Sloane Cassidy kontaktieren wollte. Ich fragte mich, warum sie ihren Nachnamen nach der Hochzeit beibehalten hatte. Mich schmerzte die Gewissheit, dass ich zu dem Zeitpunkt, als ich noch glaubte in ihn verliebt zu sein, ohne mit der Wimper zu zucken meinen Nachnamen für ihn aufgegeben hätte.

Er hatte Sloane wohl geliebt, und zwar genug, um sie zu heiraten - aber nicht genug, um ihr treu zu sein.

Ich hatte mir natürlich auch andere Optionen zurechtgelegt. Sie war online leicht zu finden - sie war überall in den sozialen Medien präsent. Ich hätte ihr eine E-Mail oder eine *LinkedIn*-Nachricht schicken können, ich könnte sie via *Facebook Messenger* kontaktieren, ihr auf *Twitter* folgen und darauf hoffen, dass sie mir zurückfolgte, oder mich sogar zum ersten Mal in meinem Leben auf *Snapchat* wagen und versuchen, ihr dort zu schreiben.

Ich hatte mich für den altmodischen Weg entschieden und im Büro von *Ripple Effect* angerufen und darum gebeten, mit ihr verbunden zu werden. Als ich aber gefragt wurde, wer dran war, hatte ich aufgelegt, weil mich der Mut verließ. Also wollte ich warten, bis sie Feierabend hatte, und sie dann auf der Straße ansprechen. Die Vorstellung war beängstigend und demütigend zugleich, aber es schien der einzige Weg zu sein.

Zunächst aber stand ein Vormittag voller Arbeit bei *Colton Capital* für mich auf dem Programm. Ausnahmsweise war alles ganz einfach - die Jahresbilanz der Firma war so erstaunlich gut, dass ich eigentlich nur mit der PR-Agentur dafür sorgen musste, dass unsere Pressemitteilung die größtmögliche Reichweite erfuhr. Und ich musste Piers dabei helfen, die vielen Treffen mit potenziellen Kunden unter einen Hut zu bekommen, die seinen Terminkalender aus allen Nähten platzen ließen.

Für Margot begann das Jahr hingegen weniger entspannt. Ich hatte mehrere hitzige Meetings zwischen meiner Vorgesetzten und Colin im Aquarium beobachtet, aus denen sie aufgeregt und nervös herausgekommen war – ihre übliche Gelassenheit schien wie weggeblasen.

»Kann ich dir irgendwie helfen?«, hatte ich sie ein paar Tage zuvor gefragt.

»Nur wenn du es schaffst, dass Myles Taylor den Arsch hochkriegt, und du die Renovierung des Büros wieder in den Zeitplan bringen kannst«, hatte sie genervt geantwortet. »Er steuert gerade auf seine zweite gelbe Karte zu.« Ich spürte, wie mein Gesicht bei der Erwähnung seines Namens vor Scham brannte und sagte nichts weiter.

Aber an diesem Montagmorgen waren meine Gedanken bei Myles' Frau, nicht bei ihm. Als ich also die vertraute grauhaarige, anzugtragende Silhouette in unseren Räumlichkeiten erblickte, die Margot an meinem Schreibtisch vorbei folgte, dachte ich, ich würde halluzinieren. Er schaute geradeaus, ohne mich auch nur aus dem Augenwinkel anzusehen, und ich heftete meine Augen fest auf meinen Bildschirm.

Was zum Teufel macht er hier? Warum sind sie nicht in den Konferenzraum gegangen?

Dann wurde mir alles klar. Margot begleitete Myles ins Aquarium, wies ihm einen Platz zu und stellte ihm ein Glas Wasser vor die Nase. Heute gab es keine Kekse, bemerkte ich. Nicht einmal Kaffee. Margot ließ ihn dort allein und kehrte an ihren Schreibtisch zurück. Ich beobachtete, wie sie sich ihrem Bildschirm zuwandte, ihre Maus bewegte, auf ihre Tastatur eindrosch, dann die Schultern kreisen ließ und einen Moment lang die Augen schloss, als würde sie versuchen, sich an einen schöneren Ort zu träumen.

Dann kam Colin aus seinem Büro. Sein Gesicht war über

den Wangenknochen bereits ziegelrot angelaufen, und Schweißperlen rannen über seine Schläfen. Er lockerte leicht seine Krawatte und steuerte langsam auf das Aquarium zu.

Um mich herum verfolgten meine baldigen Ex-Kollegen seine Schritte mit den Augen, während ihre Köpfe weiter fest nach vorn gerichtet blieben. Greg stand blass vor Vorahnung von seinem Schreibtisch auf, schnappte sich Stenoblock und Diktiergerät und folgte Colin. Margot schloss erneut die Augen, atmete noch einmal tief durch, schüttelte dann den Kopf, stand ebenfalls auf und verzog sich auf die Damentoilette, wo sie die nächste halbe Stunde blieb.

Nur die Händler, die sicher an ihren Schreibtischen im hinteren Teil des Raums versteckt waren, ließen ihren Mutma-ßungen freien Lauf. In der *WhatsApp*-Gruppe, zu der sie mich vor einiger Zeit hinzugefügt hatten, in der auch Xander, Renzo und Colins Assistentinnen (nicht aber Colin selbst, Piers oder Margot) waren, ploppten im Sekundentakt Nachrichten auf:

Fünf Pfund, dass er gefeuert wird. Er ist zwei Monate hinter dem Zeitplan und eine halbe Million über dem Budget.

Ich setze darauf, dass der Chef ihn als H-Sohn bezeichnen wird.

Greg muss den Audiomitschnitt mit uns teilen, um das zu bestätigen. Ansonsten sind alle Wetten ungültig.

Wer bekommt also den Job, wenn Taylor gefeuert wird? 15 Pfund auf Purcell, 10 auf Capita, 5 auf Atkins, 20 auf Fosters, 30 auf irgendwen anders.

Aus der Ecke der Händler ertönte Gelächter, dann schaute Colin in ihre Richtung, sodass sie sofort die Klappe hielten und so taten, als würden sie arbeiten. Mit einem letzten Blick über seinen Geltungsbereich betrat mein Chef das Aquarium und schloss die Tür hinter sich.

Es war schrecklich mitanzuhören. Colin brüllte ohne Unterlass. Myles wich vor ihm zurück. Irgendwann drehte er sich um und öffnete die Tür, um zu gehen, aber Colin packte ihn buchstäblich am Kragen, und das ganze Büro hörte ihn brüllen: »Ich bin noch nicht fertig mit dir, du ...«, bevor die Tür wieder zuknallte.

Schließlich war es vorbei. Colin riss die Tür auf und ging schnurstracks zum Aufzug. Greg folgte Sekunden später, blass und zitternd, und ging zurück an seinen Schreibtisch, um sich von Briony ein wenig Traumatherapie einzuholen.

Myles blieb allein im Aquarium zurück. Er saß da mit dem Gesicht in den Händen und den Ellbogen auf den Knien, bis ich Margot von der Toilette holte, um sie zu informieren, dass alles vorbei war und sie ihn jetzt hinauseskortieren konnte.

»Gut«, sagte sie und straffte die Schultern. »Da komme ich wohl nicht drumherum.«

Ganz *Colton Capital* sah zu, wie sie in den gläsernen Kasten trat und Myles sanft auf die Schulter tippte. Er zuckte zusammen, stand aber gehorsam auf. Die beiden hielten kurz inne, dann öffnete sie die Tür, packte ihn fest am Ellbogen und führte ihn hinaus.

Die Händler applaudierten ironisch, aber Myles schaute nicht auf. Er ließ sich von Margot zum Aufzug führen, als wäre er nicht in der Lage, ihn eigenständig zu finden. Dabei sah er aus wie ein Schwerverbrecher im Fernsehen, der von Polizisten zur Anklagebank geführt wird. Der Unterschied war nur, dass er keinen Kapuzenpulli trug, um sein Gesicht zu verbergen.

Und dann war es vorbei. Ich hatte kein Mitleid mit ihm - kein bisschen. Es gab eine andere Person, der ich etwas schuldig war, und jetzt würde ich sie treffen, ihr sagen, was ich getan hatte, und alles akzeptieren, was sie mir sagen wollte.

Ich bestellte mir einen Kaffee und setzte mich auf einen Barhocker an der Theke am Fenster eines Cafés in Soho, das fußläufig nicht weit vom Büro von *Colton Capital* entfernt war, und zog zur Tarnung meinen Laptop hervor. Umgeben von anderen Leuten, die das Café als Arbeitsplatz zu nutzen schienen, war ich so unauffällig wie nur möglich, obwohl ich meinen Mantel und meinen Schal anbehielt. Ich wusste, dass ich mich beeilen musste, sobald ich sie durch die Glastür ihres Büros kommen sah.

Es klingt albern und es fühlte sich auch albern an, aber ich hatte ein Bild von ihr auf meinem Laptop geöffnet, um sicherzugehen, dass ich auch wirklich die richtige Person ansprechen würde. Ich saß eine Stunde lang wie die schlechteste Privatdetektivin der Welt da und schaute auf meinen Bildschirm, dann auf die Tür und dann wieder auf meinen Bildschirm, und wurde dabei immer angespannter und gelangweilter ... und noch gelangweilter.

Und außerdem musste ich mit zunehmender Dringlichkeit pinkeln. Daran war wohl der Kaffee schuld.

Wäre ich tatsächlich eine Privatdetektivin bei einer Observierung gewesen, hätte ich meine Kaffeetasse benutzt, um mich zu erleichtern – aber dafür hätte ich zumindest in einem Auto sitzen und einen Penis haben müssen. Ich schaute auf die geschlossene Glastür auf der anderen Straßenseite und dann auf mein Handy. Es war Viertel vor fünf.

Bestimmt, ganz bestimmt verließ niemand um Viertel vor fünf das Büro. Oder? Wenn sie zu einem Außentermin musste, selbst wenn er um fünf Uhr stattfand, wäre sie schon weg. Und es war zu früh, um Feierabend zu machen. Ich konnte doch bestimmt für zwei Minuten verschwinden? Und wenn ich sie verpasste, würde ich einfach an einem anderen Tag wiederkommen.

Oder auch nicht.

Ich klappte meinen Laptop zu und steckte ihn in meine

Tasche, packte meine Sachen zusammen und rannte in die Richtung, auf die der Pfeil unter einem schmiedeeisernen Schild mit einer Frau in einem altmodischen Volantkleid mit Sonnenschirm zeigte, und betete, dass mir niemand meinen Aussichtspunkt stehlen würde.

Ich ging durch eine Holztür, eine Treppe hinunter, einen Gang entlang - verdammt, war das ein Scherz? - und fand schließlich die Tür, die ich suchte.

Ich pinkelte in Lichtgeschwindigkeit, wusch mir die Hände und rannte hinaus, den Flur entlang, die Treppe hinauf und durch die Tür zurück ins Café.

Und da war sie.

Sie stand an der Theke und hielt einen wiederverwendbaren Bambusbecher in der Hand, den der Barista offensichtlich gerade für sie gefüllt hatte, und plauderte mit ihm, als wären sie alte Freunde – was sie angesichts der Tatsache, dass ihr Büro nur fünf Sekunden entfernt von hier lag, wahrscheinlich sogar waren.

Ich hielt inne, um ganz sicher zu gehen. Sie war kleiner als sie auf den Fotos aussah, ein paar Zentimeter kleiner als ich, obwohl sie rote Lackstiefel mit Kitten-Absatz trug. Ihr dunkles Haar, das zu einer Hochsteckfrisur gebunden war, ließ sie ebenfalls größer erscheinen. Einen Moment lang fragte ich mich, ob ich mich geirrt hatte, aber ihr Stil war unverkennbar: der taillierte schwarze Mantel, der geschwungene Eyeliner, der rote Lippenstift - all die Details, an denen Myles' Frau zweifelsfrei zu erkennen war, da ich sie von Bildern kannte.

Dann hörte ich den Barista sagen: »Bis morgen, Sloane«, und wusste, dass mein Moment gekommen war.

Ich eilte hinüber und holte sie ein, als sie gerade ihre Hand auf die Türklinke legte.

»Entschuldigen Sie, sind Sie Sloane Cassidy? Hätten Sie vielleicht eine Sekunde für mich?«

»Herzchen«, begann sie. In der Zeit, in der sie sich eine

Antwort überlegte, wurde mir bewusst, dass ich zwei dumme Fehler auf einmal begangen hatte.

Zum einen hatte ich nicht bedacht, wie ihr Job sich darauf auswirkte, wie sie auf Leute reagierte. Immerhin war sie eine Frau, die über die Karriere von erfolgshungrigen Teenagern entscheiden konnte. Sie wurde wahrscheinlich ständig von jungen Frauen angesprochen, die vergeblich gemailt, angerufen und getwittert hatten, weil sie dachten, wenn Sloane sie traf - in persona -, würde sie ihr Potenzial erkennen und sie unter Vertrag nehmen.

Sie wusste genau, wie sie mit ihnen umzugehen hatte – und das tat sie auch.

»Ich muss quasi jetzt schon woanders sein, aber es wäre so schön, mit dir zu reden! Darf ich dir meine Visitenkarte geben?«

Sie hielt mir ein glänzendes scharlachrotes Kärtchen hin, aber ich nahm es nicht. Sie sah mich noch einen Moment lang an, dann stieß sie die Tür mit der Hüfte auf und eilte hinaus.

Hätte ich mich doch nur von der Empfangsdame zu ihr durchstellen lassen. Das war mein zweiter Fehler gewesen. Selbst wenn ich nur ihre Mailbox-Ansage gehört hätte, hätte ich Bescheid gewusst. Schließlich hatte ich ihrer Stimme in den letzten sechs Monaten stundenlang gelauscht.

Sie war das Bad Girl, die Frau, deren Leben *Leider Geil war*.

EPILOG

Ich lehnte mich zurück, ließ mich in die weißen Jutekissen sinken und nahm einen Schluck des sauren Gurke-Stachelbeer-Biers aus der eiskalten Flasche in meiner Hand. Meine Füße waren halb im Sand vergraben und noch warm, obwohl die Sonne bereits untergegangen und die Hitze des Tages einem lauen Abend gewichen war. Das Meer sah im schwindenden Licht wie zerknitterte Alufolie aus. Über meinem Kopf zeichneten Palmenblätter scharf gezackte Konturen in den indigoblauen Himmel.

Ich konnte Xander am Tresen warten sehen, seine langen, braungebrannten Beine steckten in weiten, abgeschnittenen Jeans. Sein Haar war durch die Sonne fast goldblond geworden, Sommersprossen zierten seine Wangen und Schultern. Wie seltsam es doch war: Bis vor drei Monaten hatte ich ihn ausschließlich in seiner Arbeitskluft gekannt; jetzt hatte ich das Gefühl, jeden Zentimeter seines Körpers so gut zu kennen wie meinen eigenen. Ich kannte seinen Geruch, wenn ich ihn morgens an mich zog, den salzigen Geschmack seiner Haut, wenn ich ihn küsste, die Art, wie er nach dem Sex lachte und so tat, als wären wir zwei verrückte Genies, die dieses vorzügliche, nicht enden wollende Vergnügen erfunden hatten.

Ich wusste, dass er trotz all seiner Reisen seltsamerweise immer noch nervös wurde, wenn ein Flugzeug in Turbulenzen geriet, und dass ein fester Druck mit meiner Hand ihn beruhigte. Ich wusste, dass er bereit war, alles Neue auszuprobieren, solange es nicht darum ging, tote Tiere zu essen. Ich wusste, dass er immer Unterhaltungen mit Taxifahrern und irgendwelchen Leuten in Bussen und in den Lobbys von Hotels anfing. Ich wusste, dass er sich vor kindlichem Vergnügen krümmte, wenn ich ihn am unteren Ende seiner Wirbelsäule kitzelte.

Und ich wusste, dass er auch schon einiges über mich gelernt hatte. Dass ich den Geruch von Bananen nicht ausstehen konnte, aber Papaya liebte. Dass ich nervös wurde, wenn ich mich nicht mit Sonnenschutzfaktor fünfzig eingecremt hatte. Dass ich nie richtig schwimmen gelernt hatte, es aber liebte, bis zur Hüfte ins Wasser zu waten und mich dann auf dem Rücken treiben zu lassen, wenn ich wusste, dass er da war, um mich zu retten, falls eine große Welle kam. Dass ich Garnelen liebte, es aber hasste, sie zu pulen, also tat er es für mich, obwohl er sie selbst gar nicht aß. Dass ich es liebte, die Füße massiert zu bekommen, und dass ich es noch mehr liebte, wenn er sich nach der Massage von den Knöcheln aufwärts entlang meiner Waden und dann immer weiter nach oben küsste.

Jetzt stand er in einer Schlange für den angeblich besten grünen Mangosalat Kambodschas an. Der Anzahl der Menschen nach zu schließen, die sich um die Bretterbude drängten, in der er verkauft wurde, würde er noch eine Weile brauchen, aber das machte mir nichts aus. Ich war so entspannt wie nie zuvor in meinem Leben und genoss es, einfach zu warten und den Leuten und dem Sonnenuntergang mit einer Flasche in der Hand zuzusehen, die noch zu zwei Dritteln gefüllt war.

Ich fischte mein Handy aus der Korbstrandtasche, die Xander mir gekauft hatte, damit ich nicht ständig meine Sonnenbrille und mein Lippenbalsam verlor, und wischte rüber zu *WhatsApp*, wobei ich kurz das Symbol für die *Slack*-App erspähte, die Bianca uns aufgedrängt hatte, als sie Maddys Hochzeit plante. Ich sollte sie wahrscheinlich löschen, aber dazu hatte ich jetzt keine Lust. Sie konnte mir nicht mehr wehtun – und ihre cloudbasierte Kollaborationssoftware schon gar nicht.

Ich hatte eine neue Nachricht von Maddy: Es war ein Foto. Ein Foto von ihren langen, jeansbekleideten Beinen neben Henrys. Nur dass ich nicht viel von den Beinen sehen konnte, da sich darüber die größte und flauschigste schwarze Katze ausstreckte, die ich je gesehen hatte. Ernsthaft, bis ich den Text darunter gelesen hatte, fragte ich mich, ob die beiden von einem Bären verschlungen worden waren.

Aber Maddy hatte geschrieben: *Das ist Wayne. Er ist heute Nachmittag eingezogen und hat bereits das Zepter übernommen.*

Ich antwortete mit einer Menge Herzen und Katzengesichtern und sagte ihr, dass Wayne eindeutig der beste Kater aller Zeiten war und bald wohl auch der verwöhnteste. Dann überflog ich meine E-Mails und klickte auf den Ordner mit den Entwürfen, was ich wieder und wieder getan hatte, ohne auf Senden zu klicken.

Liebe Sloane,
ich bin mir nicht sicher, ob ich dir diese E-Mail überhaupt schicken sollte. Ich habe versucht, persönlich mit dir zu sprechen, in dem Café in Soho im Januar. Du erinnerst dich wahrscheinlich nicht, denn es kam nicht wirklich dazu. Es war wohl keine so gute Idee, aber es schien mir damals richtig zu sein.
Weißt du, ich habe etwas sehr Schlimmes getan. Ich wusste nicht, wie schlimm es war, nicht wirklich, aber

*ich hätte es natürlich wissen sollen. Es gibt keine schöne
Art, das zu schreiben, deswegen bin ich einfach ganz
direkt: Ich hatte eine Affäre mit deinem Mann. Mit
Myles. Sie dauerte etwa vier Monate, bis ich im
Dezember herausfand, dass du und er noch verheiratet
sind, da habe ich sie beendet.
Ich erspare dir die Details, außer du willst sie hören. Mir
ist vollkommen klar, dass du mich dafür hassen wirst,
und es tut mir wirklich unendlich leid. Ich hoffe, es geht
dir gut und dass sich die Dinge einrenken, was auch
immer du tun wirst.*

Weiter war ich nicht gekommen. Das Problem war, dass ich
nicht wusste, wie ich mich verabschieden sollte. »Alles Liebe«
klang zu intim, obwohl ich ihr schon zeigen wollte, dass sie mir
wichtig war – auf eine fürsorgliche, schwesterliche Art. Aber sie
wollte meine Liebe wahrscheinlich nicht. »Mit freundlichen
Grüßen« wäre noch schlimmer. Und bloß mit meinem Namen
zu unterschreiben fühlte sich zu kalt und abrupt an.

Ich hatte überlegt, ihr von dem Podcast zu erzählen, von
den Monaten, die ich damit verbracht hatte, ihrer Stimme in
Leider Geil zuzuhören, und wie sehr er mich verändert hatte.
Aber auch das fühlte sich nicht richtig an - ich dachte an die
Freude in ihrer Stimme, als sie die Worte »Ich glaube, ich habe
den Richtigen kennengelernt« aufgenommen hatte. Das hatte
sie auch - aber es war eine Illusion gewesen. Der Mann, der sie
für immer lieben und ehren sollte, hatte sie betrogen, und ich
war mir sicher, dass sie nicht an die glückliche Zuversicht erinnert werden wollte, die sie damals empfunden hatte.

Die E-Mail war also ein Entwurf geblieben. Ab und zu
öffnete ich sie und schraubte an ihr herum, fügte ein paar
Worte hinzu und löschte ein paar andere, löste aber nie das
Problem mit der Verabschiedung und sendete sie deshalb
nie ab.

Auch jetzt sendete ich sie nicht ab. Seufzend wechselte ich zurück zu *WhatsApp* und sah mir Maddys Kater wieder an.

Und genau in diesem Moment erschien eine neue Nachricht. Sie war von Myles. Ich spürte einen kleinen Schock und wartete auf die gewohnte Reaktion auf seinen Namen, die ich damals in London vor Lichtjahren immer verspürt hatte: den Rausch der Vorfreude, das Gefühl der Erregung, wenn meine Augen seinen Namen lasen und mein Körper darauf reagierte. Aber nichts passierte. Er hatte keine Macht mehr über mich, genauso wenig wie Bianca. Ich grub meine Zehen tiefer in den Sand und mein Finger berührte das Display, um zu lesen, was er zu sagen hatte.

Es waren weniger als zehn Worte.

Ich habe es ihr gesagt. Sie ist gegangen. Glücklich?

Es war eine gehässige Nachricht. Er versuchte, die Schuld für das Scheitern seiner Ehe auf mich zu schieben, anstatt selbst die Verantwortung dafür zu übernehmen. Und ich war nicht glücklich - natürlich war ich das nicht. Jedenfalls nicht darüber. Aber wenigstens war es vorbei. Sloanes Entscheidung - so schwer sie auch gewesen sein musste - war getroffen. Wenn ich nach London zurückkehrte, schwor ich mir, würde ich mich mit ihr verabreden, mich persönlich entschuldigen, sie sagen lassen, was auch immer sie zu mir sagen wollte, und es akzeptieren, weil ich es verdiente.

Ich steckte mein Handy weg. Xander kam über den Strand mit zwei Tellern aus Bananenblättern in der Hand und zwei kalten Bierflaschen unter dem Arm auf mich zu gelaufen. Ich stand auf, um ihn zu küssen.

»Ist alles in Ordnung?«, fragte er, als er mein Gesicht sah.

»Ja«, erwiderte ich. »Alles in bester Ordnung.«

EIN BRIEF VON SOPHIE RANALD

Liebe Leserinnen und Leser,

ich möchte mich ganz herzlich dafür bedanken, dass ihr euch entschieden habt, *Leider Geil* zu lesen. Wenn es euch gefallen hat und ihr über meine neuesten Veröffentlichungen auf dem Laufenden gehalten werden und (Pssssst!) wissen wollt, wie es mit Tansy, Adam und Freezer weitergeht, dann meldet euch doch einfach über den folgenden Link für meinen Newsletter an. Eure E-Mail-Adresse wird vertraulich behandelt und eine Abmeldung ist jederzeit möglich.

www.bookouture.com/bookouture-deutschland-sign-up

Ich habe *Leider Geil* auf einer Baustelle geschrieben. Natürlich nicht auf irgendeiner, sondern auf einer Baustelle in meinem eigenen Haus. Während ich an dem Roman gearbeitet habe, wurden Mauern eingerissen, Deckenbalken montiert und überall Löcher für Kabel und Rohre gebohrt. Es kam sogar ein sogenanntes Riss-Fix-Set zum Einsatz.

Mir fiel auf, dass das Schreiben eines Romans sich gar nicht so sehr von der Entkernung eines Gebäudes unterscheidet. Man beginnt mit einer klaren Vorstellung davon, wie das Ganze aussehen soll, wenn es fertig ist – alles hübsch unter Dach und Fach, so wie man es haben will. Und dann beginnt die Arbeit, die sich als absoluter Albtraum entpuppt – Staub und Späne, Berge voller Schutt (oder Worte, die einfach fehl am Platz sind,

Figuren, die sich schlecht benehmen, und Handlungslücken, die sich nicht schließen lassen) –, sodass man sich wünscht, man hätte gar nicht erst damit angefangen.

Doch während ich diese Zeilen schreibe, ist mein Haus halbwegs fertig – und Charlottes Geschichte ist ganz fertig. Hattet ihr Spaß beim Lesen? Es interessiert mich brennend, wie euch *Leider Geil* gefallen hat, und die beste Möglichkeit, mir das mitzuteilen, ist eine Onlinerezension zu schreiben. Ich lese jede einzelne davon – egal ob wohlwollend oder vernichtend – und ich bin wirklich dankbar um jeden Lesenden, der oder die sich dafür ein paar Minuten Zeit nimmt.

Natürlich gibt es auch andere Möglichkeiten, mit mir in Kontakt zu treten. Wenn ihr über meine Neuerscheinungen informiert werden möchtet, tragt euch einfach auf die Mailingliste oben ein. (Ich verspreche, dass ich euch niemals vollspammen oder die Daten an Dritte weitergeben werde.) Oder ihr nutzt die unten stehenden Links, um euch mit mir auf *Facebook*, *Twitter* oder *Instagram* zu vernetzen.

Vor allem aber möchte ich mich herzlich dafür bedanken, dass ihr euch entschieden habt, diese Geschichte zu lesen.

Vielen Dank!

Sophie Ranald

DANKSAGUNG

Es ist schon lustig: Manchmal kommt einem die Inspiration zu einem Roman rein zufällig – zumindest ist das bei mir so! In diesem Fall war es eine Unterhaltung mit meiner Überfliegerfreundin Katie, die erwähnte, dass der Kühlschrank des Hedgefonds, für den sie arbeitet, permanent mit hochwertigen Proteinen bestückt sei. Ich weiß nicht mehr, was mich an dieser Vorstellung angefixt hat, aber irgendetwas in mir sagte: »Ich will etwas über die Person schreiben, deren Job es ist, dafür zu sorgen.«

Also löcherte ich Katie bei unzähligen Cocktails und zahlreichen Tellern voller köstlicher Speisen im sagenhaften *Kitty Fisher's* in Mayfair (falls ihr mal dort sein solltet, probiert unbedingt den Whipped Cod's Roe – der ist überragend) zum Innenleben der Hedgefondswelt und allen anderen Dingen, die der Alltag unserer Proteinbestellerin so beinhalten könnte. Ich fragte sie mit zunehmender Faszination aus, während die Figur, aus der Charlotte werden sollte, Gestalt annahm. Danke für deine Unterstützung, liebe Katie – für etwaige Fehler oder Ungenauigkeiten bin natürlich ich selbst verantwortlich.

In der Zwischenzeit konnte ich durch einen meiner Kunden in der Content-Marketing-Agentur, für die ich freiberuflich als Redakteurin arbeite, mehr über die Welt des Großkapitals in Erfahrung bringen. Glücklicherweise haben die Menschen, mit denen ich dort zu tun habe, absolut nichts mit Colin, Piers oder Pavel gemein. Allerdings habe ich mir erlaubt, die cappuccinofarbenen Lederstühle aus ihrem Meetingraum für meinen Roman zu borgen. Zudem habe ich meine wunderbare Kollegin Ellie um Einblicke in die Datingerfahrungen von Menschen Mitte zwanzig gebeten.

Meine Anlaufstelle in Sachen Hacken und Bitcoin-Mining war Anne Miles, die mich freundlicherweise mit einem ihrer Kontakte in Verbindung gesetzt hat. Danke, Anne und VN – eure Einblicke waren unbezahlbar. Auch hier gilt: Für sämtliche etwaige Fehler trage allein ich die Verantwortung.

Obwohl er nicht ihr Kater ist, bin ich meinen lieben Freundinnen Sarah und Lea unendlich dankbar dafür, dass sie mir Freezer vorgestellt haben, der zu einer der zentralen Figuren dieses Romans avanciert ist.

Großer Dank gilt wie immer dem Team von LAW, das mich nun bereits seit sieben Jahren vertritt. Ohne die uneingeschränkte Unterstützung, hervorragenden Ratschläge und konstruktive Kritik von Alice Saunders, Niamh O'Grady und Araminta Whitley hätte ich dieses Buch niemals zu dem machen können, was es geworden ist. Ihr seid alle wunderbar und ich bin euch so dankbar.

Nachdem ich meine fünf bisherigen Romane selbst veröffentlicht habe, war es eine große Freude und ein echtes Privileg, für dieses Buch von *Bookouture* unter Vertrag genommen zu werden. Ein riesiger Dank gebührt meiner Lektorin Christina Demosthenous für ihre unermüdliche und akribische Arbeit, die diesen Roman viel besser gemacht und ihn gleichzeitig mit ihren ermutigenden Worten, ihrer Inspiration und ihrem heiteren Wesen bereichert hat. Bei *Bookouture* möchte ich der ganz fabelhaften Peta Nightingale danken, die meine Karriere als Schriftstellerin von Anfang an durch Rat, Tat und guten Zuspruch unterstützt hat. Ich danke dir, Peta.

Zu guter Letzt waren mein lieber Schatz Hopi und meine süße kleine Purrs stets an meiner Seite. Ich liebe euch beide, und hätte dieses Buch ohne euch niemals schreiben können.